그래도 딸 그래도 엄마

9명의 딸들이 들려주는 엄마 이야기

그래도 딸
그래도 엄마

나타샤 페넬, 로이진 잉글 지음 · 정영수 옮김

솔빛길

어느 날, 여러분은 가장 소중한
엄마의 장례식에 있게 될 거예요.
상상해 보세요.
엄마의 무덤 옆에서
아무런 후회 없이 서 있을 수 있을지……

1장

벤치에서
머문 순간

화요일이다. 나는 화요일마다 엄마를 보러 병원에 간다. 병원 복도에서는 온갖 약품과 푹푹 삶은 야채 냄새가 뒤섞인 고약한 냄새가 난다. 코가 절로 비뚤어지고 속이 뒤집어진다. 약품의 종류는 몰라도, 야채 냄새의 정체는 확실히 알 수 있다. 방울양배추 삶는 냄새다.

나는 언제나 정성스럽게 만들어 준 엄마의 방울양배추 요리를 좋아했다. 밤과 베이컨을 곁들이는 엄마만의 조리법은 최고였다. 엄마는 일평생 방울양배추를 지나치게 오래 익힌 적이 한 번도 없었다. 병원 침대에서 방울양배추 요리 냄새를 맡을 수 있다면 엄마는 루푸스를 잠시나마 잊을 수 있을 것이다.

아, 그래, 루푸스. 이 병명에서는 병의 유해성이 전혀 느껴지지 않는다. 면역 체계의 파괴를 일으키는 심각한 병의 이름이라기보다는 정말 바보처럼 아름다운 봄꽃 이름에 가깝다. 크로커스나 아네모네, 또는 사람들이 금방 떠올리는 다른 봄꽃의 이름처럼 말이다. 이렇게 일말의 공포감을 느낄 수 없는 병명도 드물 것이다. 하지만 바로 그 루푸스 때문에 41호실로 가기 위해 나는 엘리베이터 앞에 서 있다. 엄마는 루푸스를 앓고 있다. 나도 엄마도 이제 막 그 사실을 알게 되었다. 이런 상황에서는 엄마라 할지라도 방울양배추 생각 따위는 하지 않을 것이다. 위층 혹은 아래층 어딘가에 처박혀 꼼짝도 못하고 멈춰 있는 엘리베이터를 타려고 버튼을 누른다. 엘리베이터는 지금 구렁에 빠져 있다. 나는 이제 그 느낌을 안다.

마침내 엘리베이터가 도착했다. 나는 잠시 후 7층에서 내린다. 좌우를 두리번거리며 41호실을 찾는다. 나는 41살이다. 그러나 지금 나는 내가 두 살짜리 어린아이처럼 느껴진다. 나는 어릴 때 엄마의 껌 딱지였다. 다섯 살 때까지 대부분의 시간을 엄마 다리에 딱 달라붙어 지냈다. 슈퍼마켓에서의 일이 기억에 남아 있다. 엄마가 선반에서 콩 통조림을 꺼내려고 하는 그 잠깐의 순간에도 나는 엄마 다리를 놓지 않았다. 분명히 몹시 짜증스러웠을 텐데도 엄마는 결코 귀찮아하는 티를 내지 않았다. 내가 숨을 쉬고 있는 한 절대로 엄마를 놓지 않기로 결심한 탓에 진열된 통조림이 넘어질 위험에 처했지만, 그 순간에도, 엄마는 나를 향해 미소를 지었다. 그런 엄마의 모습이 지금도 눈에 선하다.

41호실이 여기인가? 병실 안에는 금방이라도 쓰러질 것처럼 보이는 노인이 『카운트다운』 프로그램을 보고 있다. 아니, 이 방이 아니다. 엄마는 저렇게 허약하지 않다. 예순아홉이면 누가 봐도 노인네 축에 들 나이지만 나는 한 번도 엄마가 늙었다고 생각해 본 적이 없다. 나는 단순히 '늙었다'라는 말보다 '나이가 더 들었다'라는 표현을 훨씬 더 좋아한다. 다른 누군가에 비해 나이가 더 들었을 뿐, 늙은 것은 아니다. 십대는 걸음마하는 돌쟁이들보다 나이가 더 들었으며 팔십대는 오십대보다 나이가 더 들었다. 그에 비해 늙었다는 표현은 종말을 암시한다. '이제 종착역인 늙은이들 마을에 도착했습니다. 버스에서 내리기 전에 두고 내리는 물건이나 유난히 긴 얼굴 털은 없는지 확인해 주십시오.' 이제 그만. 지금 이 순간 종말에 대해서는, 특히 엄마의 종말에 관해서는 더 생각하고 싶지 않다.

이제 다 왔다. 41호실이다. 허리끈으로 가운을 여미고 나를 쳐다보는 여성을 지나쳐 병실 오른쪽 끝 창가 쪽으로 갔다. 나는 분홍색 커튼 쪽으로 몸을 기울이며 숨을 들이마셨다.

"엄마. 저예요. 나타샤예요." 나는 속삭였다.

아무 반응이 없었다.

"엄마. 저 왔어요." 나는 다시 속삭였다.

커튼을 젖히자 베개 더미에 기댄 은회색 머리카락이 보였다. 엄마 코에는 튜브가 꽂혀 있고 침대 옆 사물함 위에 흡입기와 물병이 놓여 있었다. 침대 옆 바닥에 놓인 산소발생기에서 산소가 뿜어져 나오고 있었다. 눈을 감고 있는 엄마 얼굴은 부은 것 같았다. 기계의 도움을 받아 숨을 쉴 때마다 엄마의 가슴이 위아래로 들썩였다. 엄마, 메리 트로이 여사는 언제나처럼 당신이 가장 좋아하는 노란색 잠옷을 입고 있었다. 이 낯선 상황 속에서 나는 그 모습에 위안을 받았다. 나는 그저 거기에 서서 엄마를 지켜보고 있을 수밖에 없었다. 나는 내가 움직이는 바람에 엄마를 깨울까 봐 두려우면서도 동시에 간절히 엄마를 깨우고 싶었다. 나는 옷장 옆 의자까지 살금살금 걸어가 가방과 엄마를 위해 가져온 여벌 잠옷을 내려놓았다. 나는 의자에 앉아서 엄마를 뚫어져라 쳐다봤다. 엄마는 꼼짝도 하지 않았다. 나는 창밖을 내다봤다. 나는 이런 상황을 맞이할 준비가 되어 있지 않았다.

나는 이 세상 어느 누구보다 더 사랑하면서도 아직 입 밖으로 소리내어 사랑한다고 말하지 못한 한 사람, 엄마에게 속으로 말했다. '이럴 수는 없어요. 엄마는 아무 데도 가지 않아요. 잠시 쉬고 있는 것뿐이에요. 이번 주 동안은 나와 함께 있기로 했잖아요. 화장실에 타일 붙이는 것을 도와주겠다고 했잖아요. 하찮은 일이라는 것을 알지만 엄마만큼 모자이크 타일에 대한 안목이 있는 사람은 아무도 없어요. 내가 착각한 것이 아니라면 우리는 이집트 여행 예약을 했고 엄마는 언젠가는 남극 빙하를 보고 싶다고도 했어요. 나는 엄마와 함께 더 많은 것을 하고 싶어요. 엄마는 제 곁에 계셔야 해요. 우리 모두에게 엄마는 소중해요. 지금은 엄마 혼자만의 시간을 가질 때가 아니에요.'

비록 머릿속에서였지만 그래도 엄마를 책망했다는 죄책감에 나는 몸을 구부려 맨살이 드러난 엄마 팔을 어루만졌다. 내 손끝에 전해지는 엄마 피부는 부드러웠지만 힘없이 축축 처졌다. 엄마가 침대에서 뒤척이며 나를 향해 머리를 기울였다. 졸음이 가득한 눈꺼풀이 무거워 보였다. 엄마가 코에 꽂혀 있던 튜브를 빼며 속삭였다. "아, 내 사랑하는 딸, 잘 있었어? 네가 와서 정말 좋구나."

'와서 정말 좋다고?' 엄마는 내가 견딜 수 없을 정도로 지나치게 예의를 차렸다. 우리는 잠시 동안 이야기를 나눴다. 그렇지만 둘 다 서로의 진심에 대해서는 아무 말도 하지 않았다. 마치 암묵적 합의에 이른 것처럼 우리는 중립적인 내용의 대화를 이어 갔다. 신문에 나온 법정 사건에 대한 이야기와 곤죽 같은 병원 환자식에 대해 이야기했다. 엄마는 어떤 방울양배추는 점심을 위해 정말이지 헛된 최후를 맞이했다고 말했다. 급격하게 쇠약해진 엄마의 건강과 입원, 그로부터 우리가 받아야 했던 갑작스러운 충격이나 혼란, 무기력감에 대해서는 아무런 언급도 하지 않았다. 그렇지만 우리는 서로의 눈에서 그 모든 것을 읽을 수 있었으며, 그래서 나는 아주 오랫동안 엄마의 눈을 마주 볼 수 없었다.

엄마는 아무 말도 하지 않았지만 나는 엄마가 잠깐의 대화에도 지쳤다는 사실을 알 수 있었다. 나는 마지못해 엄마에게 작별 인사를 하고 나서 복도를 따라 비틀거리며 왔던 길을 되짚어 걸어가 엘리베이터 앞에 섰다. 엘리베이터 버튼을 누르며 나는 속으로 중얼거렸다. '아, 어서 나를 데리고 가 줘. 여기서 빨리 나가게 해 줘.'

마침내 엘리베이터가 도착했다. 나는 1층 버튼을 눌렀다. 도움을 청하는 버튼은 어디에 있을까? 1층에 도착하자 나는 여러 개의 문을 밀어젖히며 출구로 향했다. 문을 하나, 하나 지날 때마다 나는 엄마와 더 멀어지고 있었다.

나는 이제 밖에 있었다. 나는 벽에 기대 몸을 가눈 채 방울양배추 냄새가 나지 않는 공기를 게걸스럽게 들이마시고 난 뒤 근처 벤치로 갔다. 전에 이곳에 와 본 적은 없었지만 바깥에 놓인 이 평범한 벤치가 갑자기 내 눈길을 사로잡았다. 바로 여기다. 이 벤치는 누군가를 저세상으로 떠나보내려 할 때 가장 먼저 머무르게 되는 곳이다. 잠깐 멈추어 도대체 다음에는 어떤 끔찍한 일이 닥칠지 감히 생각해 보는 자리다. 나는 벤치에 앉아 나보다 앞서 여기에서 시간을 보낸 다른 모든 사람들을 향해 속으로 소리를 질렀다. '모두 자리 좀 비켜 주시겠어요? 다들 이 벤치를 저한테 넘겨주시겠어요? 제발 자리 좀 피해 주세요. 지금은 제 차례라고요.' 물론 아무도 듣는 사람은 없었다. 나는 혼자였다.

나는 물병을 찾느라 가방을 뒤적였다. 물병을 발견하고는 물에 무슨 치료약이라도 든 것처럼 벌컥벌컥 급하게 마시기 시작했다. 너무 빨리 마시는 바람에 미처 삼키지 못한 물이 다시 물병 안으로 튀어 들어갔다. 품위 따위는 잊었다. 나는 몸을 앞으로 구부렸다. 그리고 팔을 엇갈려 꽉 움켜잡은 채 41호실 연분홍색 커튼을 열어젖히던 그 순간부터 겨우겨우 참았던 것을 하기 시작했다. 나는 울고 또 울었다. 오늘 처음으로 우는 것은 아니었다. 나는 생각했다. '엄마가 내 곁을 떠날지도 몰라. 그렇지만 엄마는 나를 두고 떠날 수 없어. 엄마는 내 엄마니까.'

나는 병원 밖에서의 그 시간을 결코 잊지 못할 것이다. 나는 그 시간을 '벤치에서 머문 순간'이라고 부른다. 그 순간을 떠올리기만 해도 벤치에 앉아 다가올 모든 일들에 대한 생각 때문에 머릿속에서 소용돌이치던 엄청난 공포감이 생생하게 느껴진다. 나는 위기 상황에 잘 대처하는 편이다. 해결사 기질을 타고난 것이다. 그렇지만 이번에는 아니었다. 벤치에 앉아 있는 동안 나 자신이 무능하고 무력하며 능력에 한계가 왔다는 생각이 들었다.

나는 당연히 엄마의 병에 대해 무척 많은 걱정을 했다. 하지만 또 다른 한편으로는 엄마가 남은 일생 동안 산소발생기를 달고 살 가능성까지 고려하면서 엄마가 돌아가실 가능성과 엄마의 죽음이 내게 어떤 영향을 미칠까 하는 생각에 사로잡혀 있었다. 스스로 생각건대 엄마의 죽음을 생각할 때 내가 흘리는 눈물의 3분의 2는 슬픔이고 3분의 1은 자기 연민이었다. 그리고 이 이기적인 눈물에 더불어 자기 연민의 감정이 파도처럼 걷잡을 수 없이 밀려들었다.

나는 좋은 딸이었을까? 얼마나 사랑하는지 엄마한테 말한 적이 있었나? 엄마가 나를 위해 해 준 모든 것들에 대해 내가 얼마나 고마워 하는지 엄마는 알고 있을까? 내가 마흔한 해 동안 살아오면서 엄마를 위해 한 일은 뭘까? 엄마는 내가 엄마를 여성으로서, 엄마로서 얼마나 존경하고 흠모하는지 알까? 그런데 만약에 엄마가 모른다면 엄마에게 이런 사실을 알려 줄 시간이 아직 남아 있기는 한 걸까?

벤치에서 머문 순간은 심판의 순간이었다. 나는 엄마와 나의 관계의 본질에 대해 질문하기 시작했으며 우리가 가지고 있는 것을 간직하기 위한 여러 가지 방법을 찾기 시작했다. 병원 밖에서의 그 시간을 경험하기 전에 나는 한 번도 엄마가 나를 남겨 두고 돌아가실 것이라는 생각으로 고민한 적이 없었다. 이 책은 실질적으로 내가 앉아 있던 그 벤치에서 시작되었다. 그 벤치는 내가 상실을 직면하고 있음을 처음으로 깨닫고 그 상실감을 어떻게 다룰지 생각한 곳이다. 그러나 암울했던 그 화요일에는 1년 만에 처음으로 담배 생각이 간절했을 뿐, 어디서부터 시작해야 할지 전혀 갈피를 잡을 수 없었다.

엄마는 5년 전에 루푸스에 걸렸다. 엄마와 함께 모로코로 휴가를 떠났을 때 나는 처음으로 뭔가 잘못됐다는 것을 알았다. 어느 날 엄마의 피부가 흉측한 잡티로 뒤덮인 것을 발견했는데 우리는 둘 다 강렬한 햇빛 탓이라고 추측했다. 그렇지만 우리가 땀띠라고 생각했던 것이 결국 루푸스로 밝혀졌다. 루푸스는 신체의 면역 체계가 지나치게 예민해져서 건강한 정상 조직을 공격하는 질병이다. 관절과 피부, 신장, 혈액, 심장과 폐의 염증과 부종, 손상 등의 많은 증상을 동반한다. 그런데 엄마는 상황이 더 복잡해져서 폐동맥 고혈압 진단까지 받았고 그 이후로 필요할 때마다 산소발생기를 사용해야만 했다.

엄마와 나의 관계는 진단 초기부터 변하기 시작했다. 퇴원 후 집에 돌아 온 엄마는 더 이상 내가 알던 쾌활하고 대담한 엄마가 아니었다. 엄마는 산소발생기와 자식들의 돌봄에 의존하는 처지가 되었다. 우리 가족은 교대로 돌아가며 항상 엄마를 곁에서 돌봤다. 내가 집에 머물 수 없을 때에는 하루에도 몇 번씩 엄마에게 전화를 걸었다. 엄마가 겪고 있는 일과 견주어 내 일과 내 인생의 다른 모든 일들은 별로 중요하지 않은 것처럼 느껴졌다. 나는 엄마와 두 시간 반 거리 떨어진 더블린에서 살며 오빠 킬리언과 함께 커뮤니케이션 상담소를 운영하고 있었다. 그래서 나는 엄마가 나를 가장 필요로 할 때 엄마 곁에 있지 못한다는 죄책감을 끊임없이 느껴야만 했다.

내가 루푸스에 관해 상세하고 전문적인 지식을 쌓아 가고, 엄마는 매일매일 복용해야 할 많은 약에 대해 알아 가는 동안 나에게 뭔가 다른 일이 벌어졌다.

그것은 엄마의 일과는 완전히 별개로 충격적으로 다가왔다. 내가 전형적인 중년의 시기로 미끄러지듯 들어가고 있음을 깨닫기 시작한 것이었다.

나는 매달 아주 가까운 친구들과 함께 갖는 저녁 모임을 수년째 주관하고 있었는데 그 모임에서도 친숙한 중년의 양상이 드러나곤 했다. 우리는 모두 이십대와 삼십대를 지나 나이를 먹어 가고 있었으며 때로는 대화 주제가 새로 알게 된 온몸을 쑤시는 통증으로 바뀌기도 했다. 우리는 각자 앓고 있는 병에 대해 이야기하기 시작했다. 어떤 이는 술병에서 코르크 마개를 뻥 하고 뽑으면서 계단을 올라갈 때 무릎이 얼마나 쑤시는지에 대해 말했고, 어떤 이는 무리한 필라테스 때문에 발목에 이상한 찌릿한 통증을 느끼는 것 같다고도 말했다. 내 친구 모이라는 조기 폐경을 겪었는데, 우리는 기억에 남을 만큼 특별한 어느 날 밤에 야채튀김을 먹으면서 그 증상에 대해 아주 자세히 들을 수 있었다. 모이라가 처음으로 느낀 안면홍조의 끔찍함에 대해 이야기하고 있을 때, 나는 우리 대화가 오로지 우리 인생에서 가장 최근에 만난 멋진 남성들에 대해서만 초점이 맞춰져 있었던 시절을 회상했다.

다양한 신체조건에 대한 불만 외에 또 다른 주제가 계속 저녁 식탁에서 슬금슬금 흘러나오고 있었다. 전채 요리 다음에 주요리가 나오듯이 질문이 이어졌다. "그런데 엄마는 어떠셔?" 우리는 엄마와 관련된 소식들을 차례차례 돌아가며 말했다. 나는 엄마가 받고 있는 다양한 치료 내용을 자세히 전하면서 최근의 엄마의 상태 변화를 마치 전문가처럼 아주 자세하게 설명했다. 나는 엄마의 병과 관련된 재미있는 일화를 소개했다. 우리는 엄마의 산소통에 연결된 긴 튜브에 걸려 자꾸 넘어지곤 했는데, 엄마는 문병객들에게 그 긴 줄을 가지고 농담을 하기도 했던 것이다. "그 줄을 따라오기만 하면 나를 찾을 수 있다우." 나는 일요일 저녁에 엄마에게 작별 입맞춤을 하고 더블린의 내 일상으로 돌아가는 기차를 타면서 드는 죄책감에 대해 말했다.

친구 노라는 아버지가 1년 전에 돌아가셨고 지금은 엄마가 류마티스성 관절염 진단을 받았기 때문에 내가 무슨 말을 하고 있는지 알았다. 노라는 외동딸이었고, 주말마다 네 시간이나 걸리는 엄마 집에 가야만 했다.

"나는 뭐가 더 나쁜 것인지 모르겠어. 주말마다 엄마한테 가는 여정의 고단함일까, 아니면 주말마다 엄마한테 가야 하는 데서 생기는 나의 분노에 대한 죄책감일까?" 노라가 말했다.

제니퍼의 엄마는 무척 건강한데 최근에 손주들에게 사 주고 싶은 크리스마스 선물 목록을 만들었다는 이야기를 하면서 말했다.

"이제 겨우 6월이잖아!" 제니퍼는 햇빛이 우리집 뒷마당의 라임색 담장을 가르며 비추는 모습을 보며 속을 끓였다.

노라는 자기 상황이 더 심각하다고 생각했다. 노라의 엄마는 북클럽을 운영하고 있었는데 페인트를 새로 칠해야 한다고 고집을 부리고 있었다. "나는 어떻게 페인트를 칠해 놨는지 보려고 북클럽에 오는 사람은 아무도 없을 거라고 말했지만 소용없었어. 엄마는 벽에 바를 페인트를 네 가지 색으로 준비해 놓고 나보고 하나를 고르라고 하더라니까." 노라는 신음 소리를 내며 말했다. 우리 엄마들에 대한 한탄과 웃음은 요즘 저녁 모임에서 아주 재미있는 이야깃거리가 되었다.

우리의 토론 내용은 심각했지만 언제나 기분 좋게 웃으며 마무리할 수 있었다. 우리는 '엄마 이야기'가 저녁 모임에서 상당히 많은 시간을 차지한다는 사실을 믿기 힘들었다. 그러나 나는 이런 대화를 무척 좋아했다. 그 이유는 매우 간단했다. 엄마를 존경하기 때문이었다. 엄마는 지적이고 다정하며, 적절한 냉소까지 갖춘 현명한 여성이다. 다행히 우리는 공통점이 굉장히 많다. 우리는 진토닉 잔 같은 하찮은 물건에 대해서도 완벽을 추구하느라 몇 주 동안 집착하거나 아베이 극장(1904년에 세워진 더블린에 있는 극장—옮긴이)에서 본 브라이언 프리엘의 연극에 대해 수다를 떠는 사람들이다. 나는 늘 엄마와 그렇게 친밀한 관계를 맺고 있어서 행운이라고 느끼고는 있었지만, 이 책을 쓰기 시작한 뒤에야 비로소 정확히 얼마나 내가 운이 좋은 사람인지 깨달았다.

저녁 모임이 있었던 어느 날, 나는 암에 걸렸음에도 불구하고 하루에 담배 두 갑을 피우는 습관을 버리지 않겠다고 고집을 부리고 있는 엄마에게 절망한 친구의 이야기와, 집에 왔다가 갈 때까지 줄곧 딸의 양육 방식을 비판하는 엄마 생각을 떨쳐 버리려 애쓰고 있다는 다른 친구의 이야기에 귀를 기울였다. "도대체 끝이 없어. 샘의 머리가 너무 길다는 것부터 세라의 음악 레슨을 시작도 안 했다는 것까지. 뭐라고 한마디 하지 않고서는 그냥 넘어가지를 못해."

내 엄마의 건강 상태가 더 걱정스러워지면서 친구들 얼굴에 드러난 비통함이 눈에 보였고 나는 엄마들과의 관계가 이제는 그 어느 때보다 더 우리 마음속에 깊이 자리 잡고 있다는 것을 깨달았다. 우리는 엄마에 관해 이야기를 나눌 필요가 있었다. 우리는 너무 늦기 전에 엄마와 우리의 관계가 과연 어떤 것인지 생각해 보아야만 했다.

나는 어느 날 저녁 모임을 갖다가 깨달았다. 나와 내 친구들이 엄마에 대해 이런 생각을 하는 것을 보면 대부분의 다른 40대 여성들도 싫든 좋든 자신들의 엄마를 생각하는 데에 예전보다 더 많은 시간을 보내고 있지는 않을까 하는 깨달음 말이다.

이 깨달음으로부터 꼬치꼬치 캐묻는 나의 질문이 시작되었다. 나는 만나는 모든 여성들에게 다음의 두 가지 간단한 질문을 하기 시작했다.

먼저 이렇게 묻는다. "엄마가 살아 계세요?" 그리고 내 질문을 받은 사람이 당황해 어쩔 줄 몰라 하며 그렇다고 대답하면 나는 다음의 질문을 한다. "엄마가 돌아가실까 봐 걱정이 되나요?"

내가 이런 질문을 사람들에게 던진 기본적인 이유는 내가 처한 공포스러운 상황에서 외로움을 조금이라도 덜 느끼고 싶었기 때문이었다. 또 한편으로 나는 다른 사람들이 엄마의 죽음에 대해 생각해 본 적이 있는지, 엄마가 돌아가셨을 때 어떤 느낌이 들지 깊이 생각해 봤는지 궁금하기도 했다. 그렇지만 비록 내가 그 당시에는 깨닫지 못했다고 하더라도 지금은 내 호기심이 이기심에서 출발했다는 것을 안다. 엄마의 죽음을 잘 감당하기 위해서는 다른 사람들이 같은 상황에 어떻게 대처하고 있는지 알아야만 했던 것이다.

만약 당신이 여성이고 우리가 서로 사교 석상에서 만나게 된다면 당신은 위의 두 질문을 받게 되는 셈이었다. 나는 저녁 모임에서, 그리고 미술 전시회에서, 미용실에서, 기차에서 묻고 또 물었다. 모두 즉각적인 반응을 보였다. 내 질문을 받고 있는 사람의 낯빛이 창백해지기도 했고 또는 질문에 답을 하기 전에 눈을 굴리기도 했다. 그들은 너무 개인적인 주제라서 말하기 힘들어했지만 이야기를 시작한 이상 언제나 자신들과 엄마의 관계에 대해서 말하는 것으로 끝을 맺었다. 관계 속에는 친밀함과 소원함과 죄책감이 들어 있었다. 죄책감은 항상 빠지지 않았다. 엄마와 죽음이라는 단어를 언급하는 것만으로도 내가 말을 거는 여성들의 얼굴에는 감정의 동요가 일었다. 한번은 뉴욕에서 더블린까지 가는 비행기 안에서 기억에 남을 만한 대화를 나누었는데 그 여성은 그녀의 엄마에 대한 내 질문에 다음과 같이 대답했다.

"정 알고 싶다면 말씀드리죠. 저는 엄마와 한 방에 있지 못하겠어요. 같이 있으면 거의 내내 싸우거든요. 그럼에도 불구하고 엄마랑 싸우고 있을 때조차도 엄마가 돌아가시면 어쩌지 하는 두려움이 마음속에 가만히 자리 잡고 있어요. 아주 묘한 순간마다 불현듯 그런 기분이 엄습해 와요. 그 생각은 하고 싶지도 않아요." 그녀는 그 후에도 두 시간을 더 이야기했다.

이런 대화를 통해 나는 그들과 엄마들의 관계가 어떻든지 간에 내 나이 또래 여성들이 엄마에 대해 상당히 할 말이 많다는 것을 알게 되었다.

나는 다른 질문을 하기 시작했다. "당신은 착한 딸이라고 생각하나요? 지금보다 더 착한 딸이 될 수 있나요?" 돌이켜 보면 나는 이런 식으로 앞으로 닥칠 일에 대한 준비를 하기 시작했던 것 같다. 내 앞으로 다가오고 있는 위험한 벼랑 끝이 보였고, 삶이 내게 다가와 나를 나락으로 떨어뜨릴 때를 맞이할 준비를 하고 싶었다. 더 이상 내 곁에 엄마가 없는 그때를.

그렇지만 어떻게 준비를 한단 말인가? 나는 엄마와 나의 관계를 마치 법의학자처럼 세밀하고 날카로운 시선으로 살펴보려고 했다. 그리고 지난 5년 동안 엄마를 잃는다는 두려움이 내 생각의 상당히 많은 부분을 차지하고 있었기 때문에 나는 이 책을 쓰기로 결심했다. 이 책은 단순히 나의 두려움, 그리고 나와 엄마의 관계에 대한 것이 아니라 이 세상 보통 딸들, 그리고 그들이 인생에서 가장 복잡하고 정말 짜증나며 무척 기쁘고 골치 아프면서도 오랫동안 지속되는 관계와 협상을 하려는 시도에 대한 것이다.

 온라인 서점의 진열대와 집 책장에는 육아 서적이 가득하지만, 엄마와 함께 보람 있고 고상하게 삶을 살아가는 방법에 대한 책은 거의 없다. 그 생각을 하면 할수록 나는 점점 더 엄마와 맺고 있는 관계를 되돌아보고 가능한 한 최고의 관계가 될 수 있도록 의식적으로 노력하는 데 도움을 주는 책이 필요하다고 느꼈다. 특히 생이 얼마 남지 않았을 때에는 더더욱 필요하다. 많은 이들이 어려울 때 언제나 갈망하며 의지하는 사람, 지구 상에 다른 어느 누구보다 생명을 기르고 위로하며 때로는 귀찮게까지 하는 능력이 있는 여성은 단 한 사람, 좋든 싫든 바로 여러분의 엄마다. 그런 엄마와 딸이 말년에 서로 어떻게 관계를 맺으며 지낼지 도움을 주는 책은 반드시 필요하다.

 벤치에서 시간을 보낸 이후로 나는 임무를 수행하고 있는 중이며 이 책을 읽고 있는 당신도 역시 여기에서 자유로울 수 없다. 당신은 이 임무를 받아들여야만 한다. 당신이 아무런 후회 없이 엄마의 무덤 옆에 서 있을 수 있을지 상상해 보라. 아무런 후회가 남지 않을 수도 있다. 그렇다면 당신이 엄마 무덤 옆에 서서 깊은 슬픔에 빠져 있을 때, 엄마와 함께 보낸 인생 마지막 장에서 최선을 다했다고 자신할 수 있을지 상상해 보라.

그것이 바로 이 책에 담고자 하는 바이다. 이 책은 엄마가 나이를 들어 감에 따라 엄마와 함께, 그리고 엄마를 위하여 함께하는 시간과 엄마와의 관계를 공고히 하는 일에 관한 것이다. 우리의 엄마에게 그럴 만한 자격이 있다고 생각하든 그렇지 않든 간에 엄마에게 즐거움을 가져다주는 것에 관한 것이다. 이것은 어떤 이들에게는 아주 쉽겠지만 또 다른 이들에게는 좀 더 도전적인 일이 될 것이다. 우리와 엄마의 관계는 할리우드 영화에 나오는 엄마와 딸의 관계와는 상당히 거리가 멀다. 이 책은 우리가 이점을 받아들이는 것 말고는 할 수 있는 일이 아무것도 없을지도 모른다는 사실을 인정하는 것과도 관련이 있다. 카드 회사에서 엄마와 잘 지내지 못하는 딸들이 사용할 '어머니날' 카드를 만들지는 않는다. 그렇지만 자기 엄마를 좋아하지 않는 딸도 여전히 어머니날 엄마에게 카드를 보내기는 한다. 그런데 카드 안에는 보통 엄마에 대한 고마움의 미사여구가 전혀 없이 아무 글도 쓰여 있지 않은 채로 보내진다.

나는 딸들과 이야기를 나누며 다음과 같은 사실을 알게 됐다. 우리는 엄마한테 화가 나 있다. 그런데 많은 경우, 우리는 엄마와 딸의 관계가 만족할 만큼 좋지 않다는 죄책감 때문에 화가 나는 것이다. 따라서 우리는 너무 늦기 전에 이에 대처해야 할 필요가 있다.

다른 제목이 채택되리라 예상했지만 아무튼 이 책의 원제목은 '엄마가 돌아가시기 전에 엄마와 해야 할 열 가지'였다. 촌각을 다투는 일이라는 섬뜩한 긴박감의 의미를 담고 있었다. '당신의 어머니가 돌아가실 것이다'라는 말을 좋게 적을 방법은 어디에도 없다. 명확한 사실이기 때문이다. 분명히 당신의 엄마는 당신보다 먼저 돌아가실 것이다. 내 엄마도 예외는 아닐 것이다. 여러분이 이 책을 살 필요가 있다고 느낀다면, 또는 누군가가 여러분에게 이 책을 선물했다면 추측건대 여러분의 인생에서 가장 길고 복잡한 관계, 즉 당신과 당신 엄마의 관계는 이제 황혼기에 들어와 있는 것이다. 축구 용어로 우리는 추가 시간이 줄어들고 있는 순간에 처해 있는 것이다.

이 책의 어떤 부분은 읽기가 쉽지 않을지도 모른다. 특히 엄마와 당신의 관계가 좋지 않다면 더욱 그럴 것이다. 어떤 아이디어는 상상도 할 수 없는 것처럼 보일 것이다. 내 제안 가운데 여러분의 엄마가 자신의 장례식을 준비하도록 돕는 항목이 있다. 많은 사람들에게 그 제안은 차마 생각조차 하기 싫을 것이다. 우리가 이 책에서 논의해 보려는 것들은 간단하며 복잡하지 않고 대부분의 경우에 아주 명백하다. 그렇다고 해서 쉽다는 뜻은 아니다.

엄마와의 관계가 좋은 어떤 이들에게 이 책은 긍정적인 것들을 더 좋게 만들 수 있는 기회가 될 것이고, 또 다른 어떤 이들에게는 이 책을 읽는 것이 나쁜 관계를 그저 견딜 수 있을 정도로 만들어 주는 방법을 찾는 수단이 될 것이다. 또는 나쁜 관계는 절대로 변하지 않는다는 사실을 받아들일 방법을 찾는 것이 될지도 모른다. 또는 용서하는 방법을 찾는 수단이 될 수도 있다. 그렇지만 무엇보다도 이 책은 다음과 같은 질문에 관한 것이다.

'엄마가 우리 곁에 있었을 때 우리가 엄마한테 이렇게, 혹은 저렇게 했기 때문에 엄마가 이 세상을 떠날 때 우리 마음이 평온하리라는 것을 어떻게 확신하죠?'

그리고 하나 더.

'우리가 아무것도 안 하고 모든 일을 그냥 하던 대로 놔둔다면 엄마가 돌아가셨을 때 기분이 어떨까요?'

대답은 사람마다 다를 것이다. 당신이 처한 상황이 어떻든지 간에 당신이 이 책을 읽고 있다는 사실은 우리 모두 한 배를 타고 비슷한 수평선을 바라보고 있음을 암시한다. 풍경은 다를지 모르지만 목적지는 같다. 어느 날 우리는 무덤이나 화장장 앞에 서 있을 것이고, 또는 엄마 장례식에서 추도사를 읽고 있을 것이다. 그리고 우리는 후회를 할 것이다. 우리가 하려고 하는 것은 그러한 후회를 최소화하는 것이다. 내일이 아니라, 다음 주가 아니라 바로 지금이다. 할 수 있을 때 행동에 옮기자.

2장

협력자

이 책을 쓴다는 것은 '엄마' 중심의 긴 여정을 시작하는 것과 같았
다. 이 책을 통해 사람들이 엄마와의 관계를 최대한 개선하는 데 도움
을 얻을 수 있을 것이라는 점에 대해서 나는 무척 자신이 있었다. 게다
가 나에게는 확실한 임무가 있었다. 힘들어하는 딸들에게 치유의 기름
을 약간만 떨어뜨려 주면 되는 임무 말이다. 나는 걱정에 빠져 있는 딸
들과의 폭넓은 대화를 통해 조사를 마쳤으며 밑바닥에는 나 자신의
경험이 있었다. 그럼에도 불구하고 딸들이 겪고 있는 다양한 어려움들
을 너무 만만하게 생각했음을 먼저 인정한다. 앞서도 말했듯이 나는
운이 좋다. 나는 늘 엄마와 좋은 관계를 맺고 있었다. 완벽하지도 않고
늘 도전거리가 있는 관계지만 메리 트로이 여사와 나는 함께 잘 지낸
다. 나는 매일 엄마와 전화 통화를 하고, 진심으로 엄마의 말벗 노릇을
즐긴다. 나는 곤란한 상황에 처해 있을 때 엄마에게 조언을 구하며 엄
마는 나를 웃게 해 준다. 엄마와의 관계에서 얻는 즐거움은 내 인생에

있어서 커다란 기쁨 가운데 하나다. 그렇게 운이 좋은 나는 많은 딸들의 문제를 '꼬치꼬치' 캐물어 보고 나서야 나 자신의 경험에만 의존한다면 이 책이 복잡한 엄마와 딸 사이의 관계를 정확히 반영하지 못할 것이라는 점을 깨달았다.

동시에 나에게 도움이 필요하다는 사실을 인식하기 시작했다. 회사를 경영하면서 동시에 책을 써야 하는 압박감을 고려해 볼 때 협력은 한층 더 매력적으로 보이기 시작했다. 또한 다른 의견과 아이디어를 위한 발판, 브레인스토밍 파트너, 엄마와 딸의 곤란한 문제에 대한 새로운 시각을 제공할 누군가가 필요했다.

나는 여러 해째 『아이리시 타임스』에 기고되는 로이진 잉글의 칼럼을 읽고 있었다. 모든 사람들이 좋아할 만한 종류의 글은 아니었지만 내 취향이었다. 나는 로이진 잉글의 글 스타일을 좋아한다. 그녀의 글은 언제나 재미가 있고 독자로 하여금 생각을 하게끔 만들며 무엇보다도 때로는 고통스러울 정도로 대담하게 솔직하다. 나는 로이진의 엄마가 그녀에게 매주 깊이 생각할 거리를 상당량 제공한다는 사실을 알아차렸다. 그녀는 자신의 엄마에 대한 넘치는 사랑을 보여 주기도 했지만 엄마의 헌신과 사랑을 당연시하며 스스로를 심각한 애정 결핍의 존재로 묘사한 적도 있었다. 그래서 나는 그녀에게 전화를 걸어 불쾌감을 주지 않고 관심을 끌기 바라면서 메시지를 남겼고 그녀의 대답을 기다렸다.

내(로이진)가 나타샤의 음성 메시지를 들었을 때 내가 어디에 있었는지 여러분은 짐작할 수 있겠는가? 나는 정확히 엄마 집 부엌 식탁에 앉아서 엄마가 끓여 준 아주 맛있는 커피를 마시고 있었다. 그것이 우연이라고 말할 수는 없다. 그 당시 나는 거의 매일 엄마 집에 드나들고 있었다. 나는 건강을 위해 다시 체중 조절을 시작했고 집에 체중계가 없었다. 그래서 엄마가 내 몸무게와 운동량 등을 계속 기록하고 있었다. 간단한 일은 아니었다. 엄마는 여동생과 같이 살고 있었고 나는 내가 엄마에게 체중 감량 프로그램의 관리자 역할을 맡겼다는 사실을 동생에게 별로 알리고 싶지 않았다. 나는 엄마가 분필로 내 변화를 기록하는 칠판을 동생이 보지 못하도록 텔레비전 뒤에 숨기게 했다.

나타샤가 그 메시지를 남겼을 때 나는 엄마 집에서 그 주의 체중을 재고 나서, 볶은 버섯을 얹은 엄마표 토스트를 먹고 있었다. 엄마 집에 그렇게 자주 드나드는 데는 칠판의 유혹만 있었던 것은 아니었다. 엄마가 얼마나 멋진 분인지에 대해서는 나중에 얘기하겠지만, 그것은 내가 엄마와 함께 시간을 보내기 좋아하는 이유 중 극히 일부일 뿐이다. 나 자신을 빼면 이 세상에서 엄마만큼 내게 관심을 가지는 사람은 아무도 없다. 많은 경우에 엄마라는 존재는 그런 사람들이지 않은가? 나타샤를 만나 그녀의 여정에 함께 한 이후로 내가 사랑한 엄마의 여러 모습 가운데서도 내가 가장 사랑한 것은 나에 대한 엄마의 관심이었다는 점을 깨달았다.

엄마는 나를 안다. 엄마는 아주 작은 것 하나까지, 나에 대한 것은 속속들이 다 안다. 그리고 더욱 중요한 것은 엄마는 엉망이 된 나의 전부를 받아들인다는 점이다. 엄마는 내가 계속 숨기려 하는 모든 것을 알고 있으며 무슨 일이 있어도 나를 사랑한다. '무조건적인 사랑'이란 구절을 처음 배우고 이해했을 때 나는 엄마를 떠올렸다. 엄마는 그런 사람이다. 다른 사람이 어젯밤 꾼 꿈에 대해 귀 기울이는 것이 얼마나 지루한지 아는가? 나는 엄마에게 내가 꾸었던 꿈을 하나에서부터 열까지 전부 말할 수 있었으며 엄마는 그런 나를 죽이고 싶어 하지 않았을 뿐 아니라 더 상세한 이야기를 물어보기까지 했다.

모르는 번호였기에 나는 나타샤의 전화를 받지 않고 그냥 울리게 놔둔 채, 엄마에게 2분 30초 동안 쉬지 않고 조깅을 하는 것이 얼마나 힘든지에 대해 얘기하고 있었다. 그리고 내가 이야기를 마쳤을 때 엄마는 최근에 엄마가 쓴 단편 소설에 대해 말했다. 그때 엄마는 엄마가 낼 수 있는 가장 우아한 억양으로 그 소설을 소리 내어 읽었다. 벌써 직장에 복귀해 일을 하고 있었어야 했지만 버섯과 소설 이야기로 즐거운 시간을 보내며 조금 더 엄마 부엌에 머문다고 문제 될 것은 없었다.

잠시 후에 나는 음성 메시지를 들었다. 짧은 메시지였다. 그녀는 자신이 가지고 있는 어떤 아이디어에 대해 직접 만나서 이야기를 나누고 싶다고 했다. 메시지를 다 듣고 나서 나는 전화를 내려놓으며 메시지 내용을 엄마에게 말했다. "전화를 해서 만날 약속을 정해 봐. 뭔가 좋은 일일 수도 있어." 엄마가 말했다. 나는 엄마 말대로 하기로 했다.

엄마 말이 가끔 틀릴 때도 있었지만 엄마는 대부분 옳았고, 이번에도 역시 엄마 말이 맞았다. 나타샤와의 만남은 뭔가 좋은 일이었다. 나는 나타샤의 사무실에 들어서자마자 그것을 알아차렸다. 나타샤가 말문을 열었다. "『엄마가 돌아가시기 전에 엄마와 해야 할 열 가지』라는 가제의 책에 대한 아이디어가 있어요." 나타샤가 다른 말을 더 할 필요는 없었다. 그녀가 책을 쓰는 일을 도와주기 이전에 나는 벌써 그 책을 읽고 싶었다. 최근에 다녀온 엄마와의 런던 여행이 그 책을 읽고 싶은 이유의 일부가 될 수 있을 것이다.

함께 여행을 할 때면, 엄마는 수면 무호흡증을 대비한 양압기뿐만 아니라 오랜 세월 내가 여행 중 일으킨 다양한 분실 사건과 자잘한 사고의 기억이 불러오는 불안감까지도 챙겨야 했다. 나는 여권을 잃어버리고, 탑승권을 제자리에 두지 않으며, 비행기 출발 시간보다 늦게 나타나곤 했다. 런던 여행 중에 엄마가 나를 쳐다보며 여행과 관련해서 뭔가 혼란스러운 일이 일어날 가능성을 보았다고 해도 전혀 놀랄 일은 아니었다.

그럼에도 불구하고 나는 엄마에게 몹시 짜증이 났다. "제가 다섯 살짜리인 줄 아세요?" 엄마가 내게 여권이 있는지 세 번째 묻자 나는 투덜댔다. 나는 엄마가 침묵하고 있을 때조차 내게 물어볼 것에 대해 생각하고 있다는 것을 안다. "완전 짜증 나." 내 안에 있는 열세 살짜리가 칭얼댔다. 나는 분명히 책임감 있는 어른이다. 나한테는 다섯 살 난 쌍둥이 딸도 있다. 조야와 프리야가 다섯 해 동안 별 탈 없이 잘 자라고 있다는 사실이 내가 책임감 있는 어른이라는 증거다. 내가 도시락에 오이피클 대신에 할라페뇨를 넣은 것도 딱 한 번뿐이었다. 엄마에게도 불안감에서 벗어나 숨 돌릴 여유가 필요하다.

엄마와 나는 우연히 검색대에서 서로 헤어졌다. 우리가 다시 만났을 때 한 남자가 바닥에서 주운 탑승권을 흔들고 있었다.

"탑승권을 잃어버렸니?" 엄마가 물었다. 나는 탑승구 번호를 확인하기 위해 화면을 올려다보면서 못 들은 척했다. 결국 엄마가 묻기를 그만두었다. 우리는 계속 탑승구를 향해 갔다. 내가 탑승권을 냈을 때 나는 엄마 눈에서 익숙한 표정을 봤다. 안도감이었다.

물론 나는 이 끊임없는 법석에 대해 엄마를 탓할 수 없다. 하지만 내 엄마이기 때문에 나는 엄마를 탓하는 것이다. 엄마가 화를 참고 있다는 것을 나는 알고 있었다. 내가 두 번씩이나 전화기를 잃어버릴 뻔했는데도 엄마는 조심하라고 더 이상 말하지 않았다. 그렇지만 나는 엄마의 표정에서 조심과 우려, 걱정을 볼 수 있었다.(분명히 정말로 화가 나 있었다.) 엄마는 대부분의 경우 염려하는 바를 말로 하지 않았고 그 부분에 대해서 나는 고마워했다.

그럼에도 불구하고 나에 대한 엄마의 관심과 불안감은 여전히 내 안의 열세 살짜리가 부당한 대우를 받는다고 느끼게 만드는 엄마만의 비법이다.

나는 잠깐 방문하는 것이었지만 엄마는 런던의 오빠 집에 계속 머물 예정이었다. 전날 밤 올케의 성대한 생일 파티가 있었고, 그다음 날 아침 내가 거의 정신을 차리지 못하고 있을 때 엄마가 내 비행기 시간을 물었다. "밤 10시예요." 나는 이를 앙다문 채 대답했다. "확실하니?" 엄마가 물었다.

나는 숙취 가운데 엄마를 조용히 시키려고 시간을 확인했다가 내가 틀렸다는 사실을 깨달았다. "오후 6시네요." 나는 엄마에게 말했다. 엄마는 흡족해하는 표정을 드러내지 않으려고 애썼다.

내가 공항에 도착했을 때 비행기 탑승구는 닫혀 있었다. 비행기 출발 시간은 오후 6시가 아니라 오후 4시 45분이었고 비행기는 이제 막 활주로에서 이륙하려던 참이었다. 나는 두 배의 값을 치르고 다음 비행기 표를 새로 사야 했다.

내가 제정신이 아닌 채로 엄마에게 전화를 하자 엄마는 엄마 카드로 예약을 할 테니 걱정하지 말라고 했다. 그냥 돈이 더 드는 문제일 뿐이며 나중에 네가 엄마에게 표 값을 갚을 것이니 염려할 것 없다고 도 했다. 마지막으로 엄마는 비행기 시간을 끝까지 확인을 했었어야 했지만 나를 어린아이처럼 대하고 싶지 않았기 때문에 재차 묻지 못 한 것이 안타깝다고 말했다.

전화를 끊고 나는 공항에 앉아서 울었다. 내 어리석음 때문에, 그리 고 엄마가 돌아가시면 엄마만큼 내게 마음을 써 줄 사람이 이 세상에 아무도 없을 것이라는 생각 때문이었다. 나는 울면서 스스로에게 지킬 수 없는 약속을 했다. 내 내면의 열세 살짜리가 뭐라고 생각하든지 간 에 절대로 다시는 엄마의 염려에 부정적으로 반응하지 않겠다고 말이 다. 엄마는 모진 사람이 아니고 내 엄마이기 때문이다.

나는 나타샤의 책에 대한 아이디어가 아주 마음에 들었다. 엄마가 돌아가셨을 때 우리가 엄마에게 했던 일을, 더욱 중요하게는 우리가 하지 않았던 일을 후회하기보다 엄마가 아직 살아 계시는 동안 엄마 에게 좀 더 특별한 관심을 기울일 수 있다는 생각이 정말 좋았다. 아직 도 내 인생에서 하고 싶은 것들이 많다. 나는 다른 언어를 배우고 싶 고 더 건강해지고 싶다. 나는 최소한 세 곡은 기타로 멋지게 연주를 하 고 싶고, 쉬지 않고 한 시간 동안 달리고 싶다. 그리고 나는 더 착한 딸이 되고 싶다. 말 그대로 간단하다. 어쩌면 간단한 일이 아닐지도 모 른다. 이제 여러분과 같이 그 일들에 대해 알아볼 것이다.

3장

딸들을
찾아서

코미디언이자 배우인 로빈 윌리엄스가 죽은 다음 날, 나(나타샤)는 추모 방송에 등장하는 그가 자기 집에서 했던 인터뷰에 귀를 기울였다. 영예로운 코미디 명대사들과 약물 중독에 관한 솔직한 이야기가 이어졌고, 그리고 끊임없이 그를 따라다닌 두려움을 고백하는 사이사이, 모크(로빈 윌리엄스가 『모크와 민디』라는 코미디 시리즈에서 맡았던 외계인 과학자 역할—옮긴이) 역을 맡았던 그 남자는 자신의 엄마에 대해서 이야기했다. 로빈 윌리엄스는 "엄마는 자식들 버튼을 누르는 법을 안다. 엄마는 자식들에게 버튼을 달아 준 장본인이기 때문이다."라는 심금을 울리는 말을 들은 적이 있다고 했다.

　엄마들은 우리의 유년 시절에 우리의 버튼을 만들고 남은 인생 동안 그 버튼을 누르며 시간을 보낸다. 때로는 실수로 누르고, 때로는 의도적으로 누른다. 어떤 면에서 그것은 엄마의 일이다. 엄마와 딸들 사이에서 벌어지는 시끄러운 언쟁과 소동을 우리가 어떻게 견뎌 내는지 그저 놀라울 따름이다. 엄마와 딸이 서로를 여자 대 여자로서 알아 가는 일은 제쳐 두고 말이다. 나와 로이진이 함께 책 작업을 시작하기로 결정한 이후로 우리는 엄마와 딸의 세계를 더욱 면밀히 들여다보기 시작했다. 우리가 조사차 읽은 어떤 책에는 불만 가득한 딸의 한탄이 적혀 있었다. "엄마가 내 엄마가 아니었다면 난 엄마와 헤어졌을 거예요." 그렇지만 보통 엄마와 딸은 헤어지지 않는다. 설령 어려운 관계라고 하더라고 엄마와 딸의 관계는 우리 인생 가운데 다른 그 어떤 관계보다 더 오래 지속된다.

50년 전에는 이런 책이 쓸모가 없었다. 엄마와 딸 문제를 토론할 필요가 없었기 때문이 아니라 엄마와 딸의 관계가 깊이 살펴볼 만큼 오래 지속되지 않았기 때문이다. 21세기의 딸들은 역사상 다른 어떤 딸들보다 엄마와 더 오래 시간을 보내고 있다. 1900년대 이후 기대 수명은 두 배로 늘었다. 일반적으로 여성이 남성보다 오래 산다. 종종 나이 일흔을 지난 엄마가 혼자 살고 있다는 사실은 확실히 자녀들, 특히 딸들과의 관계를 밀접하게 만든다. 딸들은 중년 후반에 접어들면서 엄마에 대해 더 많이 걱정을 하기 시작한다. 그리고 늙은 엄마들은 뒤에 남겨질 자녀들에 대해, 그리고 자신이 죽었을 때 자녀들에게 벌어질 일에 대해 더 많이 염려하게 된다.

캐런 핑거맨(Karen L. Fingerman) 박사는 탁월한 연구 『나이 든 엄마와 성인이 된 딸(Aging Mothers and Their Adult Daughters)』에서 이 새로운 장수 시대와는 별개로 엄마와 딸의 관계가 특이하게 오래 지속되는 특성은 심리적이며 사회적인 요소에 의해 생긴 것이라고 언급한다. 그녀는 "엄마와 딸이 여성이라는 공통점은 이들 연대의 본질에 일조

한다."라고 썼다. "여성들은 사회적 약자의 위치에 있다는 공통점이 있다. 가난, 교육 기회의 박탈, 그리고 열악한 의료 혜택으로 인해 엄마와 딸 사이에는 유대 관계가 형성된다. 여성은 남성보다 일과, 정서 문제, 그리고 경제적 요구에서 더 많은 도움을 필요로 하는 것 같다. 여성들은 종종 이런 도움을 자신의 엄마나 딸에게서 받는다. 그런데 유복한 여성들까지도 엄마와 강한 유대 관계를 유지한다."

캐런 핑거맨 박사는 남성의 육아 참여에 따른 변화가 있기는 해도 일생을 통해 여성은 남성보다는 자신의 자녀들에게 더 많은 투자를 하는 경향이 있다는 점을 이야기한다. "고령의 여성들은 어린 시절부터 자신을 엄마로서 바라보도록 사회화되었으며 모성 정체감은 자녀에 대한 투자를 증가시킨다." 그리고 많은 경우에 딸들은 자신을 자신의 바로 윗세대와 아랫세대에 투자하도록 키워진다. "어린 시절부터 줄곧 여자아이들은 엄마와 가까운 관계를 유지하도록 배우는 반면에 남자아이들은 부모로부터 확고히 독립하라는 독려를 받는다."

엄마와 딸의 관계는 열정적인 연애의 특징들을 그대로 닮는 것으로 시작한다. 언젠가 로이진이 가끔씩 이른 아침 쌍둥이 딸들과 함께 침대에 누워 있는 한때의 풍경에 대해 말한 적이 있었다. 그럴 때는 보통 로이진이 그리 아름답게 보이지 않거나 기분이 최상이 아닐 때다. 쌍둥이 딸들은 로이진의 기름진 머리카락과 아침의 고약한 입 냄새, 그리고 화장 너머에 있는 지난밤의 일들을 본다. 딸들은 로이진이 보지 못하는 뭔가 다른 것을 본다. 딸들은 로이진이 예쁘다고 말한다. "엄마는 정말 예뻐요." 딸들은 로이진이 무슨 미술 작품이라도 되는 양 고개를 한쪽으로 기울이며 그녀를 평가하듯이 말한다. 미소를 지으며 딸들의 평가에 푹 빠지는 대신, 그녀는 습관적으로 딸들에게 쓸데없는 소리를 그만하라고 말하곤 한다. 그러나 딸들의 말은 진심이다. 그래서 로이진은 그 말을 받아들이고 이제까지 경험해 보지 못한 가장 순수한 사랑이 그녀를 엄습하게 내버려 둔다. 그런 다음 로이진은 이를 닦는다.

로이진은 딸들이 글자를 쓰거나 우유를 흘리지 않고 시리얼 그릇에 부을 때, 또는 '주세요'와 '고맙습니다'라는 말을 할 때마다 매번 딸들을 칭찬한다. 그리고 그때마다 딸들의 얼굴에서 기쁨을 본다. 또한 로이진은 딸들을 엄격하게 대할 때마다 그들에게서 어둡고 우울한 표정을 본다. 엄마가 되는 바로 그 순간부터 '얼마나'에 대해 직접 경험을 하게 된다. 엄마에게는 딸들이 자기 자신에게 호감과 비호감을 느끼게 하거나 또는 자기 자신에게 무관심하게 만드는 힘, 그리고 그 정도의 '얼마나'를 결정하는 데 영향을 미치는 힘이 있다.

십대들이 그러하듯이, 많은 경우에 우리들은 우리 나름대로 세상과 타협하기 시작하면서 타인과의 강한 유대감에 대해 저항하고 거부한다. 나이가 들면서 우리는 인생을 더 경험하게 되며 자녀를 기르면서 엄마에 대한 시야가 넓어진다. 가장 이상적인 시각은 우리가 엄마를 엄마라는 정체성 이전에 그들만의 권리를 지닌 개인으로 보는 것이다. 엄마는 욕구와 감정, 욕망을 가진 여성이다. 그 사실을 발견할 때 우리는 더 동등한 입장에서 엄마에게 반응하기 시작한다. 어떤 사람들에게는 이러한 발견이 다른 사람들보다 더디게 일어 날 수도 있다. 나는 로이진과의 대화를 통해 엄마에 대한 그녀의 시각이 이상적인 방향으로 충분히 움직이지 않았음을 스스로 느끼고 있다는 것을 알았다.

캐런 핑거맨 박사의 또 다른 연구에 따르면 딸과 엄마의 관계 가운데 많은 부분이 딸이 중년에 접어들면서 변화하지만 어떤 감성적 측면만큼은 변하지 않고 계속 지속된다고 한다. "엄마는 딸이 자기 자신에 대해 느끼는 방식에 끊임없이 영향을 미친다. 딸이 성장하고 난 후에도 여러 해 동안 엄마가 비난을 하면 딸은 죄책감과 수치심을 느끼고 엄마가 자랑스러워하면 행복해한다."

우리의 연구는 다른 사람들의 사연들을 통해, 그리고 우리 자신의 경험을 통해 이미 배운 것들에 무게를 두고 있었다. 딸들과 그들의 엄마들에 관한 깊이 있는 대화는 나눌 만한 가치가 있었다. 그래서 우리는 질문의 그물을 약간 더 넓게 던지기로 결정했다. 우리가 정말로 죄책감으로 비틀린 딸들의 밑바닥까지 파고들려면 다른 딸들이 어떤 느낌을 가지고 있는지 알아보고 그들이 자신들의 이야기를 기꺼이 함께 나누고자 하는 의지가 있는지를 살펴보아야 했다. 아일랜드 전역에 나이 든 엄마를 둔 딸들에게 공고문을 내자는 제안을 한 사람은 바로 로이진이었다. 이는 아일랜드에 사는 모든 엄마와 딸의 생각을 가늠해 볼 수 있는 한 가지 방법이었다. 일어날 수 있는 최악의 상황은 아무도 답을 하지 않는 것, 즉 자신의 엄마에 대해 이야기하는 데 관심이 있는 딸들이 전혀 없다는 사실과 마주해야만 하는 것이었다. 나는 로이진에게 지체하지 말고 당장 그 제안을 실천해 볼 것을 권했다.

다음은 내(로이진) 신문 칼럼 말미에 썼던 글이다. "당신이 여성이고, 너무 늦기 전에 엄마와의 관계를 향상시키고 싶다면 아래 주소로 이메일을 보내 주세요."

　반응은 즉각적이며 강렬했다. 우리는 마치 딸과 관련된 갈등의 시대에 발을 들여놓은 것 같았다. 우리는 아일랜드 전역의 여성들로부터 거의 100통의 이메일을 받았고 그중에 몇몇은 내용이 아주 길었다. 많은 여성들이 처음으로 자신들의 엄마에 대해서 이야기를 하고 있었다. 이와 같은 반응으로 우리는 나머지 딸들 모두 같은 문제로 씨름하고 있다고 짐작할 수 있었다. 다만, '딸답지 않은' 감정으로 간주될지도 모르는 말을 입 밖에 낸다는 두려움이 자신들의 생각을 이메일로 적어 보내는 것을 막았을 것이라는 생각에 이르렀다.

　이메일에는 죄책감과 억울함, 그리고 염려와 비통함, 후회와 기쁨, 그리고 슬픔이 가득 흘러넘치고 있었다. 어느 날 밤, 나타샤와 나는 그녀의 부엌 식탁에 앉아 옆에 와인 잔을 하나씩 놓고 이메일들을 읽었다. 우리는 소리 내어 크게 웃기도 하고 울기도 했다. 우리는 약간 취했다가 다시 술이 깼다. 그 많은 이메일을 다 읽고 나자 우리는 자신들의 엄마에 대해 내밀한 생각을 쏟아 낸 이 여성들에 대한 연민에 휩싸였다. 많은 여성들이 까다로운 엄마, 특히 정신적으로든 육체적으로든 아픈 엄마에게 순종적인 딸 노릇을 하는 데 따르는 어려움을 토로하고 있었다. 저마다 이야기는 달랐지만 모든 이야기에는 관계에 대한 다양한 수준의 불안감이 있었고, 대부분의 경우 너무 늦기 전에 그 관계를 개선하려는 욕구가 담겨 있었다.

　우리는 지하에서 오랫동안 침묵해 온 몹시 연약한 공동체의 고통을 읽고 있다는 느낌이 들었다. 이들 여성 대부분은 특히 엄마와의 관계가 한계점에 다다른 경우를 포함하여 그들이 이야기하고 있는 내용의 금기성에 대해 언급했다. 공고를 냈을 때 우리는 이 정도의 심적 고통과 비통에 다가가게 되리라고는 결코 상상하지 못했다. 우리는 우리가 하려고 하고 있는 일에 대해 다시 한 번 생각하는 시간을 가졌다.

잠시 후 우리는 나타샤의 부엌으로 돌아와 다시 이메일을 읽었다. 우리는 편안한 친구 사이가 되었고, 이런 밤에 함께 앉아 우리 엄마들에 대해 이야기를 나누는 것이 일로 느껴지지 않았다. 나는 다음 날 밤에 잡혀 있는 북클럽 때문에 눈의 반은 노트북에, 나머지 반은 아직 끝까지 읽지 못한 책에 꽂아 둔 책갈피에 고정되어 있었다. 나는 도나 타트(Donna Tartt)의 「황금방울새(The Goldfinch)」를 획획 넘기면서 나타샤에게 북클럽 회원이 아니었다면 조금이라도 책을 읽을 틈을 낼 수 없었으리라고 이야기했다.

나는 엄마와 가능한 한 모든 유대를 이끌어 내려고 결심했다는 어떤 딸의 특별히 가슴 아픈 이메일을 소리 내어 읽기 위해 「황금방울새」를 내려놓았다.

"상상해 봐요." 내가 이메일을 다 읽자 나타샤가 말했다. "책을 읽고 토론하는 대신에 딸들이 둘러앉아 엄마와의 문제를 서로 상의하는 클럽이 있다고 상상해 보라고요." 이 말은 진짜로 농담이었다. 그렇지만 나타샤가 그 말을 하자마자 우리 둘 다 나타샤가 큰 건을 하나 건졌음을 깨달았다.

우리는 이 새로운 아이디어에 관한 생각을 하다가 우리가 아는 여성들 대부분이 클럽 회원이라는 점을 알게 되었다. 북클럽, 케이크클럽, 저녁클럽, 달리기클럽, 와인시음클럽, 옷교환클럽 등등. 어떤 성격의 클럽이든, 우리 모두의 수첩에는 매주 혹은 매달 술이나 밥을 먹으러 모이는 약속이 빼곡하게 적혀 있었는데, 사실 대부분은 이야기를 나누기 위해 모이는 것이었다. 물론 모임을 통해 어떤 자기 계발이 이뤄진다면 그보다 더 좋을 수는 없을 것이다.

'좋은 딸 되기 클럽'은 어떨까? 딸로서 살아가는 인생 현장에서 고생하는 많은 여성들이 함께하는 것, 엄마들과의 관계를 어떻게 개선할지를 알아내는 데 이보다 더 좋은 방법은 없을 것이다. 사실상 나와 나타샤는 이미 일종의 '좋은 딸 되기 클럽'에 참여하고 있는 셈이었다. 아주 작은 클럽이지만 말이다.

'좋은 딸 되기 클럽'이라고? 나(나타샤)는 아이디어가 나온 이상 구체적이고도 실제로 클럽 설립을 추진해 봐야겠다고 생각했다. 모든 클럽은 회원이 필요하므로 첫 번째 과제는 같은 목적으로 클럽에 참여하도록 딸들을 설득하는 것이었다. 우리는 로이진의 칼럼에 응답했던 여성들 몇 사람과 만남의 자리를 마련하고자 했다. 우리는 그들이 어떤 사람인지 더 알아보고 그들이 실제로 우리 클럽의 일원이 되는 데 관심이 있는지 확인하기 위해 그들에게 전화를 걸었다. 그들의 상당수는 클럽에 관심이 있었다. 그 칼럼이 매우 긍정적인 반응을 얻기는 했지만 엄마에 관한 이야기를 나누고자 하는 욕구가 그토록 크리라는 사실은 여전히 놀라웠다. 우리는 전화로 오랫동안 대화를 나누었다. 우리는 그들 가운데 몇 사람은 카페에서, 몇 사람은 내 사무실에서, 그리고 어떤 경우에는 로이진이 업무상 벨파스트로 가는 길에 기차역에서 만나기로 했다.

우리가 이야기를 나눈 딸들 대부분은 우리의 아이디어를 정말로 좋아했다. 그리고 우리는 그들에게 상당히 많은 것을 요구할 작정이었다. 한 가지는 한 달에 책 한 권을 읽는 것이고, 또 다른 하나는 사회가 인생에서 가장 즐거운 관계라고 말하는 엄마와의 관계에 생긴 균열에 대해 낯선 사람들 앞에서 터놓고 이야기하는 것이었다. 엄마와 딸의 관계 개선을 위한 노력의 핵심에 들어가기도 전에 우리는 그들에게 상당한 시간 투자를 요구하고 있었다. 어떤 여성들에게는 간단하지 않은 투자였다.

투자를 주저하는 딸들 가운데는 엄마가 아주 비판적이고 부정적이어서 주말에 엄마 집에 가는 일을 포기한 제인부터, 수년 전에 집에서 독립했음에도 불구하고 계속해서 자신을 감시하는 엄마를 둔 몰리, 그리고 샐리가 있었다. 샐리의 이야기는 계속 내 머릿속에 맴돌았다. 샐리는 어린 두 자녀와 외국에서 생활하다 남편과의 이혼을 계기로 돌아온 경우였다. 그들은 자리를 잡는 동안 샐리의 엄마 집에서 임시로 지내고 있었다. 샐리의 엄마는 결혼 파탄의 책임을 샐리에게 돌리는 것 같았다. 샐리는 마흔두 살이었고, 엄마의 간섭 없이도 자신의 결혼 생활이 잘 풀리지 않은 이유를 스스로 알 수 있는 나이라고 생각했다.

"나는 엄마 때문에 아일랜드를 떠나는 것이 끔찍하게 느껴졌어요. 게다가 엄마가 아이들을 그리워할 것을 알았기 때문에 아이들을 데리고 가는 것에 대해 죄책감마저 들었죠." 샐리가 내게 말했다. "그런데 이제 내가 남편과 헤어지고 집에 오니 엄마는 나를 더욱 비참하게 만들어요. 엄마는 계속 애들이 걱정이라고 말하지만 당신의 딸이 이혼했다는 사실을 약간 부끄러워한다는 생각이 들어요. 엄마와 아빠는 40년 동안 해로했고 엄마에게 있어서 결혼은 평생을 함께한다는 의미거든요. 제가 남편과 헤어진 것이 모두에게 더 나은 선택이었다고 엄마를 납득시키려면 아주 오랜 시간이 걸릴 거예요." 샐리가 엄마의 지지를 가장 필요로 할 때 그녀의 엄마는 그녀를 외면하는 것 같았다.

나는 샐리에게 상당한 연민을 느꼈다. 샐리는 매일 엄마가 자신을 못마땅해한다는 것을 느끼면서도 엄마에게 의지해야만 하는 상황에 갇혀 있었기 때문이었다. 마침내 샐리는 집을 구해 이사를 했고, 이사 후 내가 전화를 걸었을 때 샐리는 지난 석 주 동안 딱 한 번 엄마를 만났다고 했다. 어떤 면에서 샐리는 어느 누구보다도 '좋은 딸 되기 클럽'이 필요했지만 딸들을 대상으로 하는 실험적인 일에 참여한다는 것에 대해 마음의 부담을 느끼고 있었다. 한편 제인은 다섯 남매 중막내로 열두 살 때 기숙 학교로 보내졌다. 제인은 그녀의 회사에서 있을 중요한 발표를 앞두고 발표 훈련을 받으러 온 내 고객이었다. 제인은 공식 석상에서 발표하는 일에 대해 자신감이 부족하다고 말했다. 나는 세상 사람 대부분이 다 그렇다고 제인을 안심시켰다. 우리는 제인의 자신감 부족이 어디에서 나오는지에 대해 서로 이야기를 나누다가 그녀의 엄마 이야기에서 그 원인을 찾았다.

"엄마는 내가 어렸을 때 모든 면에서 내가 열등하다고 생각했어요. 그래서 엄마는 내 문제가 해결되길 바라면서 나를 기숙 학교에 보냈어요." 제인이 계속 말했다. "나는 나보다 더 똑똑한 두 오빠와 끊임없이 비교당했고 나는 그럴수록 스스로 나 자신을 오빠들보다 똑똑하지도 소중하지도 않다고 믿기 시작했어요. 나에 대한 엄마의 부정적 시각은 내 온몸의 피를 다 빨아내고 말 거예요. 나는 직장에서 지금의 위치에 오르기 위해 아주 열심히 일했지만 엄마는 한 번도 칭찬해 주거나 내가 잘하고 있다고 말해 주지 않았어요. 그래서 나는 서른여섯 살이나 먹었으면서도 아직도 엄마한테 인정받으려고 애쓰고 있어요. 나는 이 문제로 엄마한테 자주 맞섰지만 결국에는 늘 언쟁으로 끝나고 말았죠."

제인은 최근에 엄마와의 갈등이 해결되길 바라면서 상담을 받기 시작했다. 나는 제인에게 우리 프로젝트에 대해 이야기하며 우리의 프로젝트가 그녀의 문제 해결에 도움이 될 거라 생각하지는 않는지 물어보았다. 그녀의 첫 반응은 모임의 일원이 되고 싶다는 것이었다. 그러나 일주일 후에, 제인은 아쉽지만 모임에 충실히 참여할 수 없을 것 같다고 말했다. 제인은 엄마가 그 사실을 알게 될까 봐 무척 두려워했던 것이다.

바로 그 두려움, 그것이 우리가 만난 많은 여성들이 우리 모임에 참여하는 것을 가로막는 주된 걸림돌 중 하나였다. 그들은 엄마와의 관계에 대해 이야기하는 것을 딸의 도리를 다하지 못하는 일이라고 느꼈던 것이다. 명백히 엄마가 딸에게 실망을 안겨 준 경우에도 말이다. 우리는 매 순간 엄마와 딸의 관계의 깊이와 복잡함에 대해 점점 더 많이 배우고 있었다. 엄마가 아닌 다른 사람이 엄마가 그들을 대했던 것처럼 그들을 대했다면 그들은 벌써 그 사람 곁을 떠나 버렸을 것이다. 그렇지만 엄마와의 관계는 떠나 버릴 수 있다고 생각할 수 있는 관계가 아니었다. 그들은 설사 엄마와의 관계가 그들에게 고통을 주고 있다 하더라도 그 관계가 선택적이라고 생각하지 않았다.

많은 여성들이 자신의 엄마에 관해 기꺼이 자세한 이야기를 들려주었지만 대부분은 실명을 밝히며 녹음에 응할 준비가 되어 있지 않았다. "내 절친들한테도 이런 이야기는 안 해요." 이것이 공통된 반응이었다. 그래서 우리는 모든 인터뷰는 익명으로 진행될 것이며, 신분을 보호해 줄 것이라고 말했음에도 많은 여성들은 여전히 머뭇거렸다. 엄마와 힘든 관계 속에 있는 딸들이 클럽에 적극적으로 참여하는 것을 꺼린다는 사실이 놀라운 것은 아니었다. 정작 놀라운 것은 그들이 바로 우리의 이야기를 들어야 하는 사람이라는 점이었다. 이야기를 들어야 할 필요가 있는 사람일수록, 모임 참여를 꺼린다는 역설이 놀라웠던 것이다.

다행히도 적극적으로 참여할 수 없다고 생각하는 여성들을 대신해 간절한 참여 의지를 보이는 많은 여성들을 만날 수 있었다. '좋은 딸 되기 클럽' 참가자를 찾는 일이 끝나갈 즈음에 우리는 세 개의 그룹으로 나누어 시작할 수 있을 만큼 사람들을 모을 수 있었다. 그러나 아마추어에 불과한 우리의 처지를 고려하여 한 그룹만 유지하기로 결정했다. 클럽 제1기로 참여하게 된 여성들은 약간 긴장하기는 했지만 열광적인 반응을 보였다.

우리 계획은 전투 현장의 생생한 이야기를 교환하고 더 멋진 딸이 되도록 서로에게 동기를 부여하는 것이었다. 다음은 우리가 한 질문이다.

"우리가 여러 해 동안 그냥 내버려 두었던 관계에 도전하고 관계를 고치고 개선하기 시작하면 무슨 일이 벌어질까요?"

확신은 없었지만 우리가 흘리는 눈물만큼 웃음도 많이 있을 것이라고 생각했다. 그리고 와인도 있을 것이다. 틀림없이 와인은 있을 것이다.

4장

좋은 딸
되기 클럽

나(나타샤)는 양초를 무척 좋아한다. 아침을 먹을 때도 초를 켜는 것을 보면 식탁 위의 작은 깜박거림에 내가 얼마나 정성을 쏟는지를 알 수 있다. 로이진은 이제 우리 집에 들어오면 뭐부터 해야 할지 안다. 초가 켜 있어야만 대화가 순조롭게 이어질 수 있다. 나는 우리 딸들이 처음으로 모이는 날 평상시보다 초를 더 많이 켰다. 우리는 모임의 이름을 정했다. 엄마로서의 삶을 폭넓게 묘사해 주는 단어로 '모성(motherhood)'이 있다. 내 사전에 따르면 그 의미는 다음과 같다. "모성은 여성이 어머니로서 가지는 정신적·육체적 성질, 또는 본능. 자녀를 낳고 키우고 있는 상태나 경험으로 출산과 양육은 모성의 한 예다." 따라서 '모성(motherhood)'처럼 딸로서의 삶에 마땅한 단어가 있다면 'daughterhood', 즉 여자로 태어난 자녀가 '딸'이 되는 상태나 경험이라고 할 수 있을 것이다. 그리고 그것은 바로 우리가 함께 모여 탐험해야 할 상태였던 것이다. 우리는 '좋은 딸 되기 클럽'을 시작했고 지금 첫 회원들이 내 집 현관문을 지나 들어오려 하고 있었다.

칠리 콘 카르네(고기, 콩, 칠리고추로 만든 매운 멕시코 요리 — 옮긴이)가 오 븐에서 데워지고 있었고 와인이 탁자 위에 있었다. 나는 한편으로는 흥분되었지만 다른 한편으로는 두려웠다. 나는 이 여성들을 알지 못한 다. 이 프로젝트가 끔찍한 아이디어로 판가름 나면 어떻게 하지? 나는 그날 밤 시내에서 브리지클럽, 줌바교실, 요가레이츠(요가와 필라테스를 합친 운동 — 옮긴이) 클럽 등에서 나처럼 낯선 만남을 하고 있을 사람들 을 생각하면서 스스로 마음을 가라앉혔다.

또한 우리 모임 같은 성격의 모임이 어디에도 없을지도 모르지만, 그 것이 진실이라고 해도 문제 될 것은 없었다. 열정이든 문제의식이든 공 통점을 가진 사람들이 함께 시간을 보내고 싶어 하는 것은 자연스러 운 현상이라고 나 자신을 안심시켰다. 나는 그날 밤 시내 곳곳에서 열 리고 있는 모든 알코올중독자모임을 AA(Alcoholic Anonymous) 모임이라 고 부르듯, 오늘 모임은 익명의 딸들의 모임, 즉 DA(Daughters Anonymous) 모임이라고 부를 수도 있으리라 생각했다. 초인종이 울렸 다. 나는 행운을 빌며 다른 초에 불을 붙인 뒤 숨을 크게 들이마시고 문을 열었다.

직업의 일부로 자신감 찾기 코스도 운영하고 있는 나였지만, 그날 저녁은 상당히 불안했다. 도착한 여성들은 서로 수줍어하며 부엌 식탁 에 둘러앉아 무슨 일이 일어나기만을 기다리고 있었다. 나는 우리가 어떤 결과를 얻게 될지 확실한 것은 아무것도 없다는 사실을 생각하 지 않으려 했다.

처음에는 나와 로이진까지 포함해 모두 일곱 명이었다. 나중에는 회원이 아홉 명이 되었다. 두 여성이 예상치 못한 방식으로 우리 모임에 합류하게 되었는데 나중에 그들에 관한 이야기를 할 기회가 있을 것이다. 그날 밤 나는 식탁을 둘러보며 무엇을 하고 있는지 정확히 아는 사람의 분위기를 풍기려고 애썼다. 머리가 까만 매브는 와인을 마시지 않겠다고 말했고, 내 기억에 밝은 빨간색 점퍼를 입은 릴리는 피부가 귀신처럼 창백해 보였다. 나는 릴리가 얼마나 불안해하는지 알 수 있었다. 새까만 머리에 청금석 목걸이를 한 소피는 매우 얌전하게 조용히 있어서 문 쪽으로 뛰쳐나갈 궁리를 하고 있는 것은 아닌가 하고 의심이 들 정도였다. 로이진은 새빨간 립스틱을 바르고 웃으며 농담을 하고 있는 그레이스와 이야기를 나누고 있었는데 더 자세히 들여다보니 약간 눈물을 글썽거리고 있었다. 확실히 긴장한 것처럼 보이는 캐시는 레드와인을 한 잔 더 벌컥벌컥 마셨다. 그날 모임에서 나는 첫 번째 리허설에서 오케스트라의 체계를 잡으려 하는 지휘자와 같은 역할을 했다. 물론 우리는 신생 오케스트라였다. 우리는 연주할 곡의 제대로 된 음도 몰랐지만 기꺼이 시도해 보려고 했으며 그것이 중요하다고 생각했다.

우리 일곱 명은 얼핏 보기에도 공통점이 별로 없는 무척 다른 사람이었으나 그렇다고 다른 점이 크게 두드러져 보이지도 않았다. 우리는 자기 엄마에 대해 이야기를 하고 싶었고, 다른 딸들이 그들의 엄마에 대해서 이야기하는 것을 듣고 싶었다. 그렇게 그날 저녁은 시작되었다. 밖에서 빗줄기가 휘몰아치며 바람이 울부짖자 우리는 일렁이는 촛불 아래 식탁에 둘러앉은 순서대로 서로가 들려주는 엄마 이야기에 귀를 기울였다. 자연스러웠다. 나는 무척 마음이 놓였다.

나는 '좋은 딸 되기 클럽'의 개념과 이 모임을 통해 얻고자 바라는 것을 소개하는 것으로 모임을 시작했다. 나는 내 엄마에 관해, 그리고 내가 엄마의 병을 계기로 딸로서 어떻게 나 자신을 반성하는 시간을 갖게 되었는지 고백했다. 나는 그들에게 로이진이 어떻게 이 모임에 참여하게 되었는지도 설명했다. 나는 '좋은 딸 되기 클럽'의 목적은 너무 늦기 전에 우리들 엄마와의 관계를 개선하는 것 그 이상도, 그 이하도 아니라고 말했다. 나는 그들에게 6개월에 걸쳐 여섯 번의 모임에 성실히 참여해 달라는 부탁도 했다. 비록 마술봉은 없지만 여섯 번의 모임을 통해 긍정적인 해결책이 하나라도 나온다면 모임은 성공한 것이라고도 말했다.

나는 칠리 콘 카르네를 접시에 담아 나누기 시작했고 내 앞에 딕터폰(구술된 내용을 녹음하고 재생하는 기계―옮긴이)을 놓았다. 우리는 책으로 옮길 수 있도록 이야기를 녹음하기로 결정했다. 내가 소개한 부분을 글로 옮기기 위해 다시 들었을 때 나는 내가 얼마나 감성적으로 엄마에 대해, 그리고 클럽의 시작과 관련된 이야기를 했는지 알 수 있었다.

"이처럼 집단적으로 우리의 엄마에 관해 이야기하는 것이 약간 이상하게 느껴질 수도 있다는 것을 알지만 나는 우리가 이런 형식에 익숙해졌으면 좋겠어요. 나는 오랫동안 이런 자리를 생각해 왔기 때문에 벌써 마음이 편안해요. 의도가 중요해요. 그리고 적극적인 참여도요. 우리는 모두 엄마와 뭔가를 하고 싶고 엄마와의 관계에 대해 더 의식적으로 생각하고 싶기 때문에 여기에 있는 것입니다. 옳고 그른 것은 아무것도 없어요. 이것이 중요한 점이에요. 그리고 이 모임이 끝날 때 여러분과 여러분의 어머니를 위해 얻는 것이 하나라도 있다면 그 한 가지는 그만한 가치가 있는 것입니다. 어떤 것은 우리에게 쉽지 않을지도 모르고 따로 준비를 해야 할 필요가 있을지도 몰라요. 우리는 6개월 동안 매달 만날 거예요. 제가 부탁드리는 것은 그뿐입니다. 6개월 동안 적극적으로 참여해 주신다면 우리 모임을 통해 얻는 것이 무엇이든지 그것으로 충분할 거예요."

내가 이야기를 한 뒤에 우리는 한 명씩 돌아가며 말했고 이후의 모든 모임도 이런 형식으로 진행되었다. 매브는 엄마와 좀 더 가까워지고 싶어 하면서도 엄마와 적당히 거리를 두고 있는 자신이 이상하다고 했다. 우리는 소피로부터 엄마가 정신 질환을 앓고 있다는 이야기를 들었고, 릴리의 이야기를 통해 자기애가 강한 엄마가 있다는 것이 어떤 것인지를 알게 되었다. 캐시는 자기가 자기 엄마처럼 될까 봐 두렵다고 했다. 그레이스는 알츠하이머를 앓고 있는 엄마에 대해 이야기했다. 로이진은 자신이 엄마와 얼마나 가까운지 설명하면서 솔직히 딸로서는 실패했다는 고백을 했다. "엄마를 만나면 말을 아끼자고 계속 다짐하지만 늘 내 이야기만 너무 많이 해요. 엄마와 함께 있으면 늘 정신을 못 차려요." 로이진이 웃으며 말했다.

모두 이야기를 마친 후, 우리는 접시를 비웠다. 나는 모임이 진행되는 6개월 동안 딸들이 엄마와 하고 싶어 할 만한 일들의 목록을 돌렸다. 엄마 말을 더 잘 들어 주기, 인내심 가지기, 하고 싶은 말을 참기, 엄마와 여행하기, 엄마에게 의사 노릇하지 않기 등등의 것들이었다. 우리는 처음에는 그것을 디너파티와 점심 약속, 아이패드 강습과 쇼핑 등의 항목을 표시하는 것일 뿐이라고 가볍게 생각하면서 이야기를 나눴다.

우리는 해야 할 일에 대해 이야기를 하면서 '좋은 딸 되기 클럽' 기준에 적합한지, 아닌지에 대해 생긴 의구심을 표현했다. 우리는 웃기도 하고 낮은 신음 소리를 내기도 하며 각자의 상황에 가장 적절해 보이는 칸에 표시를 했다.

모임이 끝나고 자리에서 일어설 즈음에는 서로 상당히 많은 것을 공유했기 때문에 더 이상 서로가 낯설게 느껴지지 않았다. 그중 몇몇은 그날 처음으로 자신의 엄마에 대한 이야기를 털어놓았다. 그들이 흘린 눈물의 증거로 축축하게 구겨진 키친타월이 식탁 위 여기저기에 흩어져 있었다. 다음 모임에는 제대로 된 화장지를 준비해야겠다고 생각했다.

로이진과 나는 '좋은 딸 되기 클럽'의 첫 모임을 돌아보는 시간을 가졌다. 앞으로 있을 많은 검토 가운데 첫 번째 검토에 해당하는 시간이었다. 사람들에게는 매우 다른 배경과 도전 과제가 있음이 명백해졌다. 많은 유형의 엄마가 있듯이 많은 유형의 딸이 있다. 그리고 첫 모임에서 이 다양성은 극명하게 드러났다.

두세 번 정도 더 모임이 이루어진 뒤에 우리는 서로에 대해 더 잘 알게 되었고, 각자의 가장 큰 도전 과제를 알게 되었으며 딸로서의 우리 자신을 어떻게 봐야 할지 이해하기 시작했다. 우리는 지금 이 순간 우리들 각자가 어떤 모습의 딸인지에 걸맞는 이름들을 하나씩 생각해 냈다. 여러 가지 일을 한꺼번에 처리하는 데 고수인 우리 딸들은 각자의 인생에서 벌어지고 있는 일과 처한 상황에 따라 이런 딸이 됐다가 저런 딸이 됐다가 하는 능력을 분명히 가지고 있다. 우리 딸들은 모두 여러 모습을 조금씩은 가지고 있음을 여러분도 알게 될 것이다.

5장

딸들을
소개합니다

매브
바쁜 딸

엄마한테는 디스코클럽 네온 빛깔에 가까운 분홍색 코트가 있다. 엄마는 겨울에도 여름에도, 거의 일 년 내내 그 코트를 입는다. 방수 처리가 되어 있는 데다가 지퍼로 분리되는 양털 내피가 붙어 있어서 날씨에 따라 내피를 뗐다 붙였다 할 수 있다. 엄마는 말한다. "사계절 내내 코트 한 벌이면 충분해. 매브, 너도 알다시피 내가 짠순이잖니." 그런데 엄마는 정말 짠순이다. 내가 엄마를 정말로 좋아하는 이유 중 하나다. 엄마는 여름에 오이나 어린 비트로 피클을 담아 낡고 허물어 져 가는 식품 저장실을 피클 단지로 가득 채운다. 겨울에 엄마 집에 들르면 가방 안에 적어도 달그락거리는 단지 세 개는 넣어 가지고 나 와야 한다. 엄마는 계속해서 핵전쟁에 대비하고 있다. 세상의 종말이 오면 여러분은 우리 엄마 집에서 살고 싶어질 것이다. 특히 식품 저장 실에 말이다. 엄마의 식품 저장실에는 바닐라와 식초, 그리고 갖가지 모양의 여러 지역에서 난, 다양한 크기의 피클 냄새가 난다.

그렇지만 엄마는 자신이 만든 음식을 한 번도 만족스럽게 생각한 적이 없었다. 엄마는 내 뒤에 대고 이렇게 소리치기도 한다. "아마도 맛이 끔찍하겠지만 고양이한테는 줘도 괜찮을 거야." 나는 엄마가 이렇게 말할 때면 무척 화가 난다. 나는 엄마가 만든 음식이 상을 받을 만하다고 생각하기에 자신이 만든 음식에 대해 이런 식으로 말하는 것이 늘 불만이었다. 엄마는 그런 식으로 당신의 인생을 살아왔다. 자신의 존재에 대해 사과하면서 말이다. 엄마의 그런 태도에 나는 미칠 지경이다.

나는 엄마의 분홍색 코트를 좋아한다. 왜냐하면 그 코트는 색이 밝아서, 우리 집 현관 창 너머로 보면 멀리서 다가오는 엄마의 모습을 단박에 알아볼 수 있기 때문이다. 엄마의 출현을 알려 주는 일종의 경보기인 셈이다. 내가 프로그램 버그나 혹은 그보다 더 심각한 난제에 골머리를 썩느라 엄마가 녹슨 낡은 대문을 열 때 나는 삐걱 소리와 땡그랑 소리를 듣지 못해도 현관 유리문에 비치는 분홍색을 못 보고 넘어갈 리는 없는 것이다. 그리고 그 분홍색이 보이면 나는 두 가지를 선택할 수 있다.

선택A: 먹고살 돈을 벌어야 하지만 내 귀중한 시간을 포기하고 나와 엄마의 일상에 관해 시시콜콜 수다를 떨기 위해 현관에 나가 엄마를 맞아들인다. 여기서 하나 짚고 넘어갈 것이 있는데 이런 상황에서 나는 매우 자주 엄마한테 현관문을 열어 줬다는 점이다. (나는 그렇게 끔찍한 괴물이 아니다.)

선택B: 숨는다. (때때로 나는 숨는다.)

나는 오늘 아침에도 숨었다. 숨어서 『아이리시 타임스』에 난 공지를 읽고는 흥미롭다고 생각했다. 엄마가 문 앞에 빨간 피망 피클 단지를 놓고 돌아간 지(나중에야 안 사실이지만) 한참이 지났지만, 나는 죄책감을 느끼며 소파 뒤에 숨은 채 나 자신과 대화를 나누고 있었다. "엄마한테 문을 열어 주고 엄마랑 이야기를 하면 네가 죽기라도 해? 휴식 시간도 없어? 엄마한테서 숨어서 뭐 하고 있는 거야?" 나는 나 자신을 질책하며 시간을 보냈는데 그 시간이면 엄마와 커피를 두 잔은 마실 수도 있었고 『아처 가족(The Archers: 1951년에 첫 정규 편성된 농촌 배경의 영국 BBC 라디오 드라마—옮긴이)』 또는 『코로네이션 스트리트(Coronation Street, 1960년부터 영국 ITV를 통해 방송 중인 일일 드라마—옮긴이)』의 전체 줄거리에 대해 논쟁할 수도 있었다.

그 신문은 내 옆 바닥에 놓여 있었고 나는 그 신문을 집어 들고 그냥 훌훌 넘기고 있었다. 그때 3쪽의 칼럼 밑에 있는 문구가 내 시선을 사로잡았다. "너무 늦기 전에 어머니와의 관계를 향상시키고 싶다면 아래 주소로 이메일을 보내 주세요." 그 당시 내가 그 공지에 대해 깊이 생각했다고는 말할 수 없다. 그렇지만 나중에 남편 토니와 저녁을 먹으면서 남편에게 나와 엄마의 관계에 대해 어떻게 생각하는지 물어본 것으로 봐서 그 공지가 내 머릿속에 다시 떠오른 것은 분명하다. 토니가 소리 내어 웃었는데 그의 생각이 흥미로웠던 기억이 난다. "글쎄, 당신은 장모님과 가깝지는 않지. 당신이 장모님과 맨날 붙어 다니지는 않잖아." 토니는 잠시 생각을 한 후에 다시 말했다. "그렇지만 딸과 엄마의 관계는 아껴 둘 필요가 있는 관계는 결코 아니야." 토니는 그 이상 더 얘기하고 싶어 하지 않았다. 그날 밤 텔레비전에서는 축구 경기 중계가 있었고 나는 일 때문에 밤을 샜던 것 같다. 그렇지만 토니의 말은 내게 많은 생각을 던져 주었다. 그리고 그날 밤 나는 로이진에게 이 메일을 보냈다.

✉ 로이진에게

내 엄마에 관한 이야기예요. 중요한 것은 엄마가 집에 오면 내가 숨는다는 거예요. 그런데 그것은 내 잘못이 아니에요. 순전히 엄마 탓이라고요. 엄마는 내가 일하느라 바쁘고 프리랜서라는 점을 알면서도 계속해서 미리 약속을 정하지도 않고 툭 하면 집에 찾아와요. 그러지 말라고 엄마한테 얼마나 여러 번 말했는지는 중요하지 않아요. 엄마가 아직도 그런다는 게 중요하죠. 엄마는 가끔 음식을 가져와요. 이 메일을 쓰고 있는 나도 내 말이 얼마나 터무니없게 들릴지 알아요. 엄마는 사랑과 영양이 가득한 음식을 가지고 찾아오는데 나는 엄마를 피해 숨어요. 물론 이것이 이야기의 전부는 아니에요. 당신이 내 얘기를 듣고 싶다면 해 줄 이야기가 더 있어요. 당신 칼럼 맨 아래에서 공지를 읽었을 때 나는 엄마와 내가 가깝게, 많은 시간을 함께 보내기는 하지만 내가 바라는 관계가 아니라는 사실을 깨달았어요. 엄마와의 관계를 개선하고 싶어요. 내 사연보다 더 극적인 이야기가 필요할지도 모르겠지만, 도움이 된다고 생각한다면 당신이 준비하고 있는 것이 무엇이든지 간에 참여하고 싶어요.

아주 약간 바보 같다고 느끼며 이만 줄입니다.

매브가.

나는 이메일 맨 밑에 내 휴대전화 번호를 남겼지만 전화가 오리라 기대하지는 않았다. 어쨌든 이메일을 보내고 난 뒤, 여러 해 동안 피하기만 했던 뭔가를 정확히 표현했다는 생각에 나는 자유로움을 느꼈다. 할 말이 더 많았지만 나는 참았다. 나는 '문제'를 행복하게 무시하는 것으로 해결해 왔다. 그것이 '문제'라고 확신조차 하지 못했기 때문에 인용 부호 안에 넣었다. 나는 나 말고 이메일을 보낸 다른 사람들, 그리고 그들의 사연에 궁금해했던 것이 기억난다. 그런데 내가 그 공지에 대해 완전히 잊고 있을 때쯤 로이진에게서 전화가 왔다. 나는 엄마와 딸에 관한 로이진의 이야기에 귀를 기울이며 약간 웃었던 것 같다. 나는 그녀의 이야기에 공감했고 뭔가 느껴졌다. 그렇지만 나는 곧장 '클럽에 참여하겠다'고 말하지 않았다. 생각해 보겠다고 대답했다. 클럽에 대해 생각해 볼 필요가 있었다.

나는 열세 살이었다. 아빠는 싱가포르에서 해외 근무 중이었고 남동생 둘과 엄마, 그리고 나는 더블린에서 지냈다. 우리는 아빠를 많이 보지는 못했다. 우리는 아빠와 함께 두바이, 싱가포르, 오스트레일리아, 뉴질랜드 등 세계 곳곳에 여행을 다니고는 했다. 아빠는 영업 사원이었다. 주로 기계류를 취급했다. 나도 결국 아빠와 마찬가지로 기술 분야에 종사하게 되었다.

엄마는 외할머니를 돌봐 드리고 싶어 했고, 우리는 더블린으로 돌아왔다. 외할머니는 혼자 사셨는데 엄마 말처럼 몇 해 사이에 몸이 '약해'지셨다. 나는 할머니를 보면서 산다는 것은 약해지는 과정이라고 생각하게 되었다. 날마다 아주 조금씩 점점 더 약해지다가 죽음에 이르게 되면 완전히 기능을 상실하게 되는 것이 아닐까? 참 안타까운 일이지만 말이다.

그러니까 그때 나는 열세 살이었고 복도에 서서 남동생 키애런에게 축구화를 신기려고 하고 있었다. 햇살이 좋은 날이었고 엄마는 우리를 간이 축구장이 있는 잔디밭으로 내보내고 싶어 했다. 기둥에는 '티모는 시네이드를 좋아해.', 'U2 영원하라.', '슬러그가 여기 왔다.' 같은 낙서가 있었다. 키애런이 축구화를 신었다고 해서 공놀이를 하는 것이 아니었다. 그래서 나는 키애런에게 소리를 지르고 있었다. 그때 전화가 울렸다. 엄마가 내게 조용히 하라고 손가락을 입에 갖다 댔다. 맏이가 되면 언제나 뭔가 '책임을 져야' 한다. 항상 올바른 일을 해야만 한다. 사람들은 맏이한테 뭔가를 기대한다. 실제보다 더 성숙하고 현명하게 행동해야 하며 무슨 부탁을 받든 꺼려해서는 안 된다. 나는 이 점에 대해서 약간 억울하다. 동생들은 엄마의 자식들이지 내 자식들이 아니다. 왜 엄마는 키애런의 신발을 신기지 않는 거지? 나도 잔디밭에 나가고 싶고 티모와 서성거리며 티모가 시네이드가 아니라 나를 좋아하는지 알고 싶었다. 그렇지만 나는 엄마가 전화를 하며 나한테 조용히 하라고 하는 동안 남동생과 씨름을 하고 있었다.

"조용히 좀 해." 엄마가 낮게 말했다. 나는 엄마를 쳐다보다가 뭔가 잘못됐다는 것을 알았다. 평상시에 엄마는 농부처럼 볼이 불그스름했다. 외할아버지는 소를 키웠고 외할머니는 소젖을 짜고 암탉을 쳤다. 나는 엄마 볼이 농부의 딸답다고 생각했다. 그렇지만 그때 전화를 들고 서 있는 엄마의 볼은 창백했고 앞치마에는 엄마가 만들고 있던 딸기잼 때문에 생긴 빨간 얼룩이 묻어 있었다.

"뭐라고요? 언제요? 그이는 누구와 같이 있었죠?" 엄마가 묻고 있었다. 엄마가 오른손으로는 수화기를 들고 귀를 기울이면서 다른 한 손은 입에 대고 있었다. 엄마가 손을 치우자 입 주위에 밝은 빨간색 잼 얼룩이 보였다. 엄마가 수화기를 내려놓고 아빠가 어떤 큰 호텔 20층에 있는 레스토랑에서 뇌출혈을 일으켜 돌아가셨다고 말했을 때도 나는 잼 얼룩 생각만 났다.

나는 슬펐다. 어쨌든 나는 그렇게 생각했다. 이미 아빠를 석 달 반 동안 만나지 못했었기 때문에 곁에 없는 아빠가 보고 싶지는 않았다. 나는 내가 잃어버린, 알지 못하는 무언가를 그리워하고 있다고 생각했다. 아빠 시신이 비행기로 송환되었다. 아빠는 내가 학교 갈 때마다 지나치는 묘지에 묻혔다. 엄마는 샌드위치를 산더미처럼 만들어 놓고 부엌에 들어오는 모든 사람들에게 "내가 만든 샌드위치 가운데 최악이야."라고 말하곤 했다. 샌드위치는 맛있었다. 나는 아주 작은 샌드위치를 여섯 조각 먹고 나서 아빠가 크리스마스 선물로 보내 준 아타리 게임을 가지고 방에 올라가 잠이 들 때까지 퐁(아타리에서 발매한 아케이드 게임—옮긴이)을 했다. 나는 얼굴에 키보드 자국이 생긴 채 일어났다. 꿈속에서 나는 딸기잼 통에서 빠져나오려고 애를 쓰고 있었지만 한 번도 달콤한 냄새가 나는 끈적끈적한 잼 밖으로 머리를 내놓지 못했다. 나는 그 이후로 딸기잼을 절대로 먹지 않는다.

집안일과 숙제, 아이 돌보기로 정신없는 가운데에서도 시간은 흘러갔고 나도 자랐다. 그리고 나와 엄마의 관계는 일로 맺어진 사람들의 관계처럼 되어 버렸다. 엄마와 나는 함께 일을 했다. 우리는 함께 집안을 꾸려 나가고 있었다. 집안에는 성인 남자가 없었다. 아빠는 돌아오지 않았다.

기억의 단상: 아빠가 돌아가시고 나서 두 달 후에 외할머니까지 돌아가셨다. 엄마가 슬픔에 빠져 있는 동안 열세 살이었던 나는 매일 두 남동생을 학교에 데리고 갔다. 열네 살 때, 엄마는 나에게 할머니가 돌아가신 뒤로 외롭다는 말을 했다. 죽음의 그림자가 우리 가족에 드리운 것은 아닌가 하는 생각이 든다고도 말했다. 열다섯 살 때 나는 엄마가 정원 창고를 페인트칠을 할지, 헐어 버릴지 결정하는 것을 도왔다. 우리는 도끼로 그 창고를 부수고 남동생들을 위해 모래밭을 만들었다. 내가 열여섯 살이 되었을 때 엄마와 나는 엄마와 딸이 아니라 공동 양육자이자 동업자인 것처럼 가족회의를 하고 노란색 메모장에 재정 상태, 휴가 등을 기록했다.

아니, 앞의 말은 잊어버리면 좋겠다. 엄마와 나는 동업자가 아니었다. 우리는 어떤 것도 같이 하지 않았다. 엄마는 상관이었다. 그것도 엄격한 상관이었다. 가장 경력이 많은 사원인 내게 높은 기대치를 가지고 있는 상사였다. 그런데도 나는 엄마를 사랑했다. 정말로 사랑했다. 그렇지만 때때로 나와 엄마의 관계가 정상적인 의미에서의 딸과 엄마의 관계가 아니라는 생각을 지울 수가 없었다. 열일곱 살이 되었을 때 나는 하루라도 빨리 집에서 벗어나고 싶었다. 엄마는 끊임없이 체면치레를 하려고 했다. 엄마는 항상 걱정을 했다. 우리는 어디로 가는가? 누구와 있는가? 언제 돌아올 것인가? 죽음이 여전히 우리를 쫓아다니며 괴롭히고 있다고 엄마는 상상했다. 어쨌든 그렇게 보였지만 나는 엄마한테 묻지 않았다. 왜냐하면 우리가 같이 살고 있음에도 불구하고 엄마와 나는 서로에 대한 이해라는 측면에서 볼 때 따로 떨어진 곳에서 사는 것이나 마찬가지였기 때문이었다. 엄마는 고급스러운 음식을 만들어 놓고는 늘 이보다 훨씬 더 잘 만들 수 있었다는 점을 강변함으로써 그 음식을 맛보고 즐기는 기쁨을 빼앗아 버렸다. 엄마는 신문에 나오는 광고에 동그라미를 칠 정도로 야간 강좌에 대해 궁금해했지만 결코 야간 강좌에 등록을 하지는 않았다. 엄마의 인생은 소박했고 우리의 인생도 소박했다. 그렇지만 언젠가 나는 더 나이를 먹을 것이고 더 화려한 삶을 살게 될 것이라 확신했으며, 그날이 오기만을 학수고대했다.

이제 나는 어른이 되었고 아주 화려하지도 비루하지도 않은, 적당한 인생을 살고 있다. 나는 결혼을 했다. 그리고 가끔씩 나는 엄마와 엄마가 만든 상급 피클과 저장 음식을 피해 숨는다. 그리고 나는 지금보다 더 많이, 더 자주 엄마를 피하고만 싶다. 엄마는 이제 겨우 예순 살이다. 그리고 나는 고작 서른일곱 살이다. 엄마와 나한테는 아직도 함께 보내야 할 시간이 무척 많이 남아 있다.

나는 엄마와 더욱 친밀해지고 싶다. 그렇게 되면 내가 꿈꿔 왔던 엄마와 딸로서의 깊은 관계를 맺는 것이 가능할지도 모른다. 나이를 먹어 가면서 나는 엄마와 내가 성격 면에서 생각했던 것보다 더 비슷하다는 것을 알 수 있었다. 가구를 고르는 문제부터 서식을 채우는 것까지 우리는 같은 문제에 대해 스트레스를 받았고 무서우리만치 완벽주의자적인 구석이 있다는 점도 같았다. 엄마는 피클에 대해 그랬고 나는 내 일에 대해 그랬다. 나는 엄마와 같이 있는 것을 즐기며 우리가 함께 보내는 시간은 편안하고 풍요롭다. 엄마도 마찬가지일 것이라고 나는 생각한다.

그렇다 하더라도 나는 엄마와 완벽하게 진정한 관계를 맺지 못했다. 숨지 않고서도 엄마를 집에 들이지 않는 때도 있다. 엄마는 나와 토니의 관계에 대해 더 많은 것을 알고 싶어 하고 나의 일과 관련된 문제에 대해 듣는 것을 좋아한다. 그렇지만 나는 엄마에게 이야기하고 싶지 않다. 왜냐하면 이야기를 듣고 나면 엄마는 지나치게 걱정을 하기 때문이다.

나는 엄마와의 더 깊은 유대와 친밀함이 필요했고 엄마를 위해 더 많은 시간을 내고 싶었으며, 엄마와 관계를 개선하고 싶어 하는 다른 딸들도 만나 보고 싶었다. 이것이 '좋은 딸 되기 클럽'에 갑자기 동의를 한 이유다. '낯선 사람들이야.' 머릿속에서 엄마 목소리가 들렸다. 또 다른 여성의 목소리도 들렸다. '대체 뭘 하고 싶은 거니?' 엄마의 말이 종종 그렇듯이 내 머릿속에 있는 그 여성의 말에도 일리가 있었다.

그렇지만 나는 첫 번째 모임에 나갔다. 빗줄기가 휘몰아치고 있었고 2월 밤치고는 얼어붙을 정도로 날이 추웠다. 불길한 징조를 암시하는 날씨였지만, 초가 켜져 있고 좋은 음식 냄새가 나는 나타샤의 집에 들어서서 미소를 지으며 긴장한 표정을 하고 있는 다른 딸들의 얼굴을 보자마자 나는 괜찮을 것 같다는 느낌이 들었다. 굉장했다. '좋은 딸 되기 클럽'에 모인 사람들 모두 같은 생각이었고 우리 모두는 이런 느낌에 대해 약간 놀라워했다. 나 역시 긴장했음에도 불구하고 첫날 자신을 솔직하게 드러내는 시간을 가졌다. 저마다 매우 다른 이야기를 가지고 있지만 같은 것을 바라며 함께 앉아 있다는 느낌이 들었다. 몇 차례 모임을 가진 뒤에 누군가 첫 번째 모임에 대해 '동지회' 운운하며 진부한 농담을 했지만, 분명히 그런 분위기였다고 나도 생각한다.

그날 밤 나는 전보다 더 오랫동안 엄마에 관해 이야기를 했다. 내 생각에 우리 모두 그랬다. 우리는 먹고, 몇몇은 술을 마시고 담배를 피웠다. 우리는 나타샤가 준비한 목록에서 '할 일'에 동그라미를 쳤다. 나는 모든 항목에 동그라미를 친 것 같다. 그렇지만 그중 한 가지가 유독 내 눈을 사로잡았다. 엄마와 여행하기. 엄마와의 여행은 언제나 재앙으로 끝이 났다. 엄마가 나를 짜증 나게 하는 경우는 흔히 있는 일이지만, 여행 중에는 그 짜증이 배로 늘어나고야 만다. 나는 엄마와 함께 여행을 가고 싶었고 그 여행이 지옥에서 보낸 휴가가 아니길 바랐다. 우리는 저마다 털어놓는 이야기를 듣느라 모두 녹초가 되어서야 집으로 돌아갔다. 비에 푹 젖어 여전히 얼어붙을 것처럼 추운 밤 속으로 비틀비틀 발을 내딛으며 나는 목록 맨 위에 여행을 올려놓았다. 다른 사람들이 무슨 생각을 하고 있었는지 모르지만 당시의 내 생각은 이랬다.

'그저 우리들 엄마에 대해 수다를 떠는 것이 훌륭한 밤 외출이 될 수 있다고 누가 생각이나 했을까?'

그렇지만 그런 일이 벌어졌다. 다른 것들을 다 떠나서 정말이지 훌륭한 밤 외출이었다. 나는 나타샤가 말한 대로 지금 해야 할 일 — 나와 엄마의 관계에 초점을 맞추고 엄마와 함께 궂은일을 하기 — 에 대해 생각하는 것을 그렇게 좋아하는 편이 아니었다. 그렇지만 나는 '좋은 딸 되기 클럽'에 가입을 했고 동시에 내게 '지금 해야 할 일'이 생긴 것이다.

바쁜 딸에 대한 고찰

엄마가 내(나타샤)게 전화를 걸면 내 휴대전화 액정에 모페드(모터가 달린 자전거 ─ 옮긴이)를 타고 있는 엄마 사진이 뜬다. 이 사진은 포르투갈에서 가족 휴가를 보낼 때 찍은 것이다. 우리는 이 작은 모페드를 대여했는데, 사실 제대로 된 모페드가 아니라 멀리까지 걸을 수 없을 때 사용하는 이동 수단 중 하나였다. 우리는 엄마를 위해 그 모페드를 대여했고 덕분에 엄마는 우리와 수영을 하러 언덕 길 아래로 내려가 바닷가까지 갈 수 있었다. "네 휴대전화에 그 사진을 올려놓다니 믿을 수가 없구나." 내가 엄마에게 그 사진을 보여 주자 엄마가 말했다. "머리가 손질을 하나도 안 한 것처럼 보이는 데다가 내가 너무 늙어 보이잖아!" 그렇지만 나는 신경 쓰지 않았다. 나는 그 사진이 너무 좋았다.

그 작은 모페드는 휴가 기간 내내 엄마의 구세주였다. 엄마는 그 당시에 무척 몸이 약해진 상태였지만 매일 수영을 하러 가기로 했고 모페드는 엄마가 수영할 수 있는 힘을 비축하도록 도와 주었던 것이다. 바람에 따라 파도가 사납게 이는 경우가 있었다. 그럴 때면 나는 한쪽 팔로 엄마 팔짱을 끼고, 다른 한 팔로는 여든 살 먹은 엄마의 언니, 마가릿 이모 팔짱을 낀 채 바다로 향했다. 마가릿 이모도 엄마처럼 수영을 아주 잘했지만 이렇게 센 파도에는 나가떨어질 수도 있었다. 나는 엄마와 이모의 팔을 한쪽씩 끼고 균형을 잡으면서 바다 속에 서 있었다. 거센 파도가 우리를 향해 밀려오자 우리는 어린아이처럼 깔깔대며 비명을 질렀다. 수영을 마친 다음 엄마는 모페드를 타고 다시 언덕 위로 서둘러 떠났다.

엄마(메리 트로이 여사)가 전화를 하면 모페드를 타고 있는 엄마 사진이 내 휴대전화 액정에 뜨고, 나는 그때를 추억하는 것이다. "얘야, 일하는데 전화해서 미안해. 네가 아주 바쁜 걸 알지만 물어보고 싶은 게 있어서……." 나는 엄마 전화를 놓치는 법이 거의 없었고 엄마가 아픈 뒤로는 특히 그랬다. 나는 교육 중이거나 정말로 중요한 회의 중이 아니라면 전화를 받는다. 엄마는 단순히 통화만 하려고 전화를 하지는 않는다. 엄마가 전화를 할 때는 보통 특별한 이유가 있다. 우리는 매일 통화를 하는데 대개 아침나절 11시쯤, 어떤 때에는 저녁에도 통화를 한다. 가끔씩 마감에 쫓기며 일하고 있을 때 엄마가 전화를 하면 나는 엄마가 전화를 끊도록 엄마를 압박한다. "엄마, 미안한데 지금은 통화를 할 수가 없어요. 별일 없는 거죠?" "그래. 그냥 너한테 물어볼 게 있어서……." 그리고 엄마가 말을 끝맺기도 전에 나는 시속 100킬로미터의 속도로 엄마의 말을 끊어 버린다. "되도록 빨리 다시 전화할게요!" 엄마한테는 기회가 없다. 나중에 나는 엄마에게 전화를 건다. "엄마 미안해요. 그때는 너무 바빠서 엄마랑 통화할 수가 없었어요." 그리고 우리는 평상시처럼 통화를 계속하는 것이다. 가장 최근에는 북극 지방 여행에 쓸 휴대용 산소발생기를 주문해야만 했는데, 나는 짜증이 났다. 그것과 관련된 일 ― 휴대용 산소발생기의 모델 번호를 알려 주기 위해 ― 을 처리하느라 대여업체와 엄마의 주치의, 심장 전문의, 건강보험사, 배송업체, 항공사 등에 전화를 5백만 번쯤 한 것 같았다. 일이 계속 진행될수록 나는 갖가지 모든 서식과 다양한 일을 관리하기 위해 스프레드시트가 필요했고, 그렇게 하고 나서야 일주일 동안 그 기계를 빌릴 수 있었다. 엄마는 몇 번인지 헤아릴 수 없을 정도로 내게 전화를 했다. "그리고 잊지 말고 어디어디에 전화를 해야 해." 나는 결국 불만을 터뜨렸다. "완전히 머리가 터질 것 같아." 나는 전화기를 내려놓으며 불쑥 말을 내뱉었다. "그냥 기계일 뿐이고, 딱 일주일만 필요한 거라고." 나는 완전히 화가 나 있었다.

"그렇지만 엄마는 내 생활에 전혀 협조적이지 않아. 특히 일에 있어서는 말이야." 한 친구가 최근에 내게 말했다. "엄마는 가장 곤란한 시간에 전화를 한다니까. 내가 바쁘다는 걸 엄마도 알아. 그런데 내가 바빠서 통화를 할 수 없다고 하니까 엄마는 뭘 하느라 그렇게 바쁘냐고 묻는 거야. 정말 짜증 나."

엄마는 바쁜 딸들과 함께할 기회가 없다. 매달 있는 '좋은 딸 되기 클럽'에서 회원들과 이야기를 나누다 보면 그것은 더욱 명백해졌다. 엄마가 정신 질환이나 치매를 앓고 있는 경우를 제외하면, 딸들보다는 엄마가 관계 유지를 위해 투자하는 시간이 훨씬 많다. 이 사실 하나만으로도 딸들은 공통적으로 긴장과 심각한 압박감을 느낀다. 내 친구 재니스는 엄마가 자신과 손녀딸의 인생에 대해 작은 것 하나에서부터 열까지 지나치게 궁금해하고 걱정한다며, 그럴 때마다 전화로 엄마와 사소한 언쟁을 벌인다.

"그래서 내일은 점심 먹으러 어디로 갈 거니?" 또는 "애들이 음악 수업을 하는 동안 서류를 돌려보내는 게 낫지 않겠니?" 악의 없는 이런 언급은 재니스의 신경을 터무니없이 곤두서게 한다. 엄마의 이런 말은 칠판에 손톱을 긁을 때 나는 소리와 맞먹는다. "나는 엄마가 나를 계속 주시하고 있어서 짜증이 나면서도 엄마가 나를 귀찮게 굴 수 있음에 감사하는 쪽으로 계속 마음이 바뀌어. 엄마가 아니면 어느 누가 나를 정말로 돌봐 주겠어?" 제니스가 내게 이런 고백을 했다.

뉴스 속보: 엄마들은 엄마로서의 삶을 살려고 하는 경향이 있다. 엄마들도 어쩔 수가 없다. 우리의 신경을 곤두서게 하는 모든 일들이 엄마들에게는 아침에 마시는 차 한잔만큼이나 자연스러운 것이다.

인사를 하려고 전화를 하거나 현관문을 두드리는 순간에도 엄마들은 매번 시간과 다툰다. 우리가 끼어들기 전에 재빨리 말을 쏟아내는 엄마들의 기술은 그 자체로 예술이다. 엄마들은 시간과 맞서 경주를 하는 중이며 상황은 더 악화되어 대화는 사과로 시작하기 일쑤다.

"얘야, 미안하다. 내가 전화해도 괜찮은 거지?" "얘야, 잘 있었니? 잠깐 들러도 괜찮지? 오래 있지는 않을 거야." 기타 등등. 솔직히 말해서 우리의 삶은 늘 바쁘고, 그렇기 때문에 엄마들이 우리 삶에 침입하는 것을 우리는 종종 두려워한다. 친구들과 있을 때 전화가 울리면 친구들은 종종 전화를 받지 않는다. 그러면 나는 이렇게 말한다. "받아야 하는 전화면 받아.", "아니야. 괜찮아. 그냥 엄마 전화야." 이것이 일반적인 답변이다. "나중에 전화하면 돼.", "그냥 엄마야." 나는 가끔 그렇게 많은 엄마들이 어떻게 '그냥'이라는 위치에 이르게 되었는지 궁금하다. 젊은 시절 엄마가 해 주는 밥과 빨래, 우리는 그것들이 필요해서 집에 오는 사람들이었다. 그에 따른 여러 가지 도움을 청하며 엄마한테 전화를 한 사람도 바로 우리였다. 세월이 흘러감에 따라 우리는 이세상에서 자신만의 공간을 만들게 되었고 점점 전화를 덜 하고 집에도 덜 찾아가게 되었다. 그러다가 마침내 엄마들은 '그냥 엄마야.'까지

된 것이다. 엄마들은 정말로 우리를 너무 짜증 나게 만든다. 그렇다고 이런 우리의 반응은 정당한 것일까? 우리는 정말로 너무 바빠서 엄마 전화를 받을 수 없었던 것일까?

물론 딸들을 미친 듯이 화나게 만들고 적절하지 않은 때에 전화를 하거나 찾아오는 엄마들도 있으며, 점심시간이나 주말 또는 애들이 잠 자리에 들었을 때가 전화를 하거나 들르기에 가장 좋은 때라고 아무 리 말해도 귀담아듣지 않는 엄마들도 많이 있다. 그렇지만 우리들 대 부분은 엄마에게 그런 말을 해 주지 않는다. 우리는 그런 말이 엄마의 기분을 상하게 할까 봐 두렵기 때문이다. 그 두려움 때문에 조언이나 힌트조차 주지 않는 것이다. 차라리 우리는 화를 내거나 엄마 말을 가 로막는 대신에 엄마들이 같은 행동을 반복하도록 내버려 두는 쪽을 택한다. 쳇바퀴 돌듯이 계속 같은 일이 반복된다. 딸들과 이야기를 나 누면서 나는 딸과 엄마 사이에 허용 가능한 행동의 범위를 설정하려 는 욕망이 지속적으로 좌절되었다는 점을 알게 되었다.

그렇지만 우리가 단순히 너무 피곤해서 엄마 전화를 받지 못했을 때 어떻게 해야 죄책감을 느끼지 않을 수 있을까? 아이들을 학교에 등 하교시키고, 낮에는 사무실에서 일을 하며, 음식을 준비하고, 아이들 을 다양한 방과 후 활동에 데려다주며, 마감을 맞이한다. 내가 가장 마지막에 하는 싶은 것은 엄마의 전화를 받는 일이다.

엄마의 기분을 상하게 만드는 상황의 반복을 바꾸기 위해서는 해결 책이 필요하다. 나는 전략을 신봉하는 사람이다. 전략은 분명한 목표 를 설정하고 결과를 이루게 만든다. 그리고 그러한 결과를 성취하기 위 해서는 실행에 옮기는 단계들이 있기 마련이다. 그렇다. 이 말이 극단적으로 들린다는 것을 알지만 엄마와의 관계에 전략을 적용하지 못할 이유는 없다.

전략적인 목표는 엄마가 전화를 하거나 방문하기에 가장 적당한 때를 당신과 엄마에게 명확히 하는 것이다. 그리고 당신은 스스로 죄책감을 느끼는 일 없이, 엄마가 잊혀졌다거나 무시당했다는 느낌을 받지 않게 하면서 이 목표를 성취하고 싶을 것이다. 이것을 어떻게 실행할 것인가? 엄마에게 이야기를 하라. 그냥 엄마에게 말을 하고 당신과 엄마 모두에게 효과적인 해결책에 합의를 하라. 대화를 나누라.

엄마에게 상황을 설명하라. "엄마, 엄마가 근무 시간에 전화를 하거나 갑자기 집에 오시면……." 엄마의 행동이 당신에게 준 영향은 무엇인가? "압박감을 느끼고……." 그 결과 어떻게 됐는가? "업무에서 뒤처지게 됐고……." 또는 "그날 남은 시간 동안 집에서 했어야 할 일들을 나중에 할 수밖에 없었어요." 해결책은 무엇인가? "전화를 하기에 적당한 시간을 정하고 집에 들르기 전에 전화를 미리 주시면 어때요?" 이 제안이 가혹하거나 사업상 업무처럼 사무적으로 들리기도 하겠지만 사실 엄마를 보호하는 것이다. 서로 합의한 대로 엄마가 전화를 하거나 방문을 하게 되면 당신은 엄마와 함께할 시간을 충분히 확보할 수 있고 엄마도 시간에 쫓기거나 무시당한다고 느끼지 않게 된다.

나는 이 기법을 내 일과 엄마와의 관계 양쪽에 모두 활용해 봤다. 엄마가 루푸스에 걸린 지 이삼 주 후에 엄마한테서 일상적인 전화가 점점 더 많이 걸려 오게 되자 엄마가 전화를 하면 내가 엄마한테 쏘아 붙이고 있다는 사실을 깨달았다. 내 휴대전화에 뜨는, 내가 정말로 좋아하던, 엄마가 모페드 위에 앉아 있는 사진이 불안감의 원천이 되었다. 우리의 바쁜 일상과 많은 업무, 집과 친구들, 헌신, 자녀들과 사랑하는 동반자 가운데에서 왜 그런지 엄마를 위한 공간은 점점 줄어들어 엄마를 위해 시간을 내려고 의식적으로 결심해야만 하는 지경에까지 이르렀다. 엄마가 상처를 받았다는 느낌을 받지 않도록, 그리고 나 자신의 스트레스를 관리하기 위해 나는 우리가 매일 받는 전화와 관련해 최선은 무엇일지에 대해 앉아서 이야기를 나누고 싶었다. 그리고 엄마와 나, 우리 둘 다 최선을 찾는 일에 관심이 있다는 점을 깨달았다.

이 까다로운 대화를 부드럽고 연민 어린 방식을 통해 성공적으로 끝낸 바쁜 딸들은, 기본 규칙들을 정하면 종종 엄마가 즉흥적으로 방문하거나 전화하는 횟수를 줄일 수 있으며 양쪽의 압박감을 완화시킨다고 말한다. 딸들만 바쁘게 사는 것이 아니라 엄마들도 바쁜 사람이라는 점을 기억하는 것 역시 가치 있는 일이다.

소피

정신 질환을 앓고 있는 엄마의 딸

나는 원래 신문사에 편지를 보내는 사람이 아니다. 나는 대부분의 시간을 혼자 지내는 사람이다. 그래서 나는 나 자신을 혼자 있는 것을 즐기는 사람이라고 표현한다. 나는 친구도 많지 않으며 친구들과 밤새 앉아 이야기를 나누며 내 영혼까지 드러내 보이지도 않는다. 나는 친구들을 만나 점심을 먹거나 더블린 산에 하이킹을 간다. 내 친구들은 잘 살아 보려고 노력하는 사람들이다. 친구들은 금욕주의자고, 나도 금욕주의자다. 아니면 적어도 나는 금욕주의자가 되려고 노력한다.

나는 친구들과 엄마 이야기를 하지 않는다. 가장 친한 여자 친구가 둘 있는데 한 친구는 엄마가 오래전에 돌아가셨고 또 다른 친구는 믿기 힘들 정도로 엄마와 잘 지낸다. 그래서 우리는 만나면 엄마 이야기를 하지 않는다. 내가 엄마에 대해 계속 말하면 사람들이 지루해할 것이다. 내 절친들까지도 말이다. 사람들은 내가 엄마에 대해서 이야기를 하면 어떻게 반응해야 할지 몰라 한다. 나는 수년간 조심스럽게 준비뚠 모호한 대답을 하는 법을 배웠다. 그래서 나는 그냥 엄마에 관해 이야기하지 않는다. 나는 긍정적인 것들에 대해서 친구들과 이야기하기를 좋아한다. 우리가 세우고 있는 계획들, 이미 일어났던 행복한 일들, 엄마는 완전히 기분을 망치는 데 선수라는 등의 말. 십대인 딸 조가 내게 그 '완전히 기분을 망치는'이라는 표현을 가르쳐 줬다. 그렇지만 그것이야말로 정확히 기분을 망치는 말이다.

나는 왜 엄마에 대해 편지를 썼는지 모른다. 그건 가끔 아무 생각 없이 하는 행동 중 하나였다. 내가 생각을 깊이 했다면 이메일을 쓰다가 스스로 멈췄을 것이다. 나는 이메일을 단숨에 써서 보내 놓고는 답장이 오리라 기대를 하지 않았다. 지금 생각해 보니 나는 모래에 일종의 흔적을 남기려고 이메일을 썼다. "나는 여기에 있어."라고 말하기 위해 세상에 작은 깃발 하나를 꽂은 것이다. 내 엄마의 이야기는 나와 내 인생 전체를 슬프게 만들어 왔으며 언제나 그럴 것이다.

다음은 내가 보낸 이메일이다.

✉ 로이진에게

당신의 공지를 흥미롭게 읽었어요. 나는 엄마와 가까웠던 적이 한 번도 없어요. 나는 삼십대 초반인데 딸아이가 열다섯 살이에요. 엄마는 칠십대 중반이고 우울증을 앓고 있어요. 엄마와의 문제는 어린 시절부터 내내 있었어요. 엄마는 힘든 인생을 살았어요. 엄마와의 관계에서 느낀 결핍은 나의 정체성에 깊은 영향을 미쳤고 때때로 나를 몹시 슬프게 했어요.

나는 이미 일어난 일은 바꿀 수 없다는 점을 받아들이는 법을 배웠어요. 그 경지에 이르기까지 오랜 시간이 걸렸어요. 그렇지만 너무 늦기 전에 나는 엄마와 내가 어떤 면에서 서로에게 지난 시간에 대해 보상을 할 수 있을지 알고 싶어요.

이 일이 엄마와 나 두 사람 모두에게 도움을 줄 것 같아요. 그래서 나는 간절히 이 조사 연구에 참여하고 싶어요. 나는 혼자서 아이를 키우고 있고 클론타프에서 작은 건축설계 사무소를 운영하고 있어요. 딸이 내 슬픔을 닮아 가고 있기 때문에 내가 이 일에 참여하면 딸에게도 도움이 될 것 같아요. 나는 엄마와 내가 조금이라도 치유를 받았으면 좋겠어요. 보여 줄 수 없을 것만 같던 것을, 마음속 가장 깊은 곳에서는 서로 사랑하고 있음을 서로에게 보여 주는 데 도움이 될 만한 것은 뭐든지 기꺼이 시도할 거예요.

점점 나이가 들어 가면서 내 인생을 더 많이 되돌아보게 돼요. 그리고 어쩔 수 없이 나와 내 딸의 건강하고 애정 어린 관계와 나와 엄마의 관계를 비교하게 돼요. 나와 엄마 사이도 크게 다를 바가 없었다는 사실에 나 자신이 정말 부끄럽다는 생각이 절로 들어요.

소피가.

나는 모래밭 위에 깃발을 꽂아 내 흔적을 남기고 난 뒤 그 일에 관해 잊어버렸다. 나는 마음의 짐을 벗었다는 느낌을 받았다고 할 수조차 없었다. 이메일을 보낸 것은 그냥 뭔가 한 일이었고 오히려 약간 당황스럽기까지 한 일이었다. 나는 그저 내 인생을 계속 살아가고 있었다.

나는 왜 내가 이 일에 동의했는지 모른다. 나는 친절해 보이는 낯선 사람들과 함께 탁자에 둘러앉아 있었다. 칠리 콘 카르네와 룰라드(잘게 썬 고기를 쇠고기의 얇은 조각으로 만 요리 — 옮긴이), 그리고 와인이 여러 병 있었다. 마늘빵 냄새가 났던 것 같다. 아마도 집에서 직접 만들었을 것이다. 나는 이 모임이 일종의 학술 논문을 위한 것이라고 생각했었다. 그렇지만 그게 아니었다. 책 집필을 위한 조사 연구였다. 내 인생은 책의 재료가 될 것이었다. 아니면 적어도 내 인생이 극화되어 책으로 쓰일 예정이었다. 어느 누군가의 인생을 어떻게 말로 다 할 수 있을까?

나는 이 모임에 대해 일어나는 마음속의 모든 저항을 멈출 작정이었다. 엄마를 피해 숨었다는 매브의 이야기에 크게 웃었지만, 몇몇 딸들이 엄마와 맺고 있는 행복하고 편안한 유대감에 관한 이야기는 내 마음속에 원치 않는 동경심을 불러일으켰다. 클럽 회원들의 이야기에 귀를 기울이기가 힘들었다. 그들 이야기는 내가 인생에서 놓친 모든 것들을 상기시켰다. 나는 소화 불량이나 속쓰림 같은 느낌을 떨쳐 버리려고 와인을 한 모금 벌컥 들이켰다. 와인은 효과가 없었다. 나는 고립되어 혼자 있는 것 같았고 그 자리에 속하지 않는 사람처럼 느껴졌다. 그렇지만 그때 또 다른 여성이 애정이 전혀 없는 목소리로 자신의 엄마에 대하여 이야기하기 시작했다. 그녀는 자신을 키워 준 엄마에 대해서 차갑게 이야기하는 것에 거리낌이 없었다. 나는 그녀의 엄마가 어떤 사람인지 알 것 같았고, 비로소 긴장을 풀 수 있었으며, 그 후로 그곳은 내 세상이었다.

내 차례가 됐을 때 나는 내 이야기를 시작하려고 했지만 말을 할 수가 없었다. 충격이었다. 여성들은 참을성이 많았다. 나는 그들의 눈을 보고 이것이 고통스러운 경험임을 그들도 이해하고 있다는 사실을 알 수 있었다. 나는 속삭이듯 낮은 소리로 이야기를 시작했는데, 이것은 입을 여는 데 효과가 있었다. 나는 오랫동안 가족이 처한 상황에 대해 부끄러워했었다. 조울증을 앓고 있는 엄마로 인해 수반되는 반복되는 곤란한 상황이 수치스러웠다. 사람들로부터 엄마가 큰길에서 배회하고 있으니 와서 데려갈 수 없느냐는 전화가 오는가 하면, 병원에서는 엄마가 방금 전에 입원했으니 필요한 물품을 가져다줄 수 있냐는 전화가 왔다. 나는 자꾸만 기어들어 가려고 하는 내 목소리와 싸워 이기며 어색함이라는 장벽을 통과했고, 이야기를 이어가기 시작했다. 내가 이 낯선 여성들에게 한 첫마디는 엄마가 나쁜 사람은 아니라는 말이었다. 나는 이 여성들이 처음부터 그 사실을 알고 내 이야기를 들어 주기를 원했다. 엄마는 친절하고 선한 사람이며 내가 이 자리에 있는 이유는 엄마가 끔찍하고 나쁜 사람이어서가 아니라 엄마가 엄마 역할을 하기에는 역량이 부족한 사람이기 때문이었다. 어린 시절 나는 다른 사람들 집에 가서 지극히 평범하고 특별날 것 없는 보통 엄마가 자식들을 보살피고 돌보는 모습을 보고 깜짝 놀랐다. 나는 학교 친구들이 엄마의 관심을 받고 엄마에게 야단을 맞는 것을 보았고, 엄마가 친구들을 향해 미소 짓는 모습을 보았다. 다정하게 머리를 헝클어트리고 숙제를 도와주는 엄마를 보았고, 채소를 먹느냐 마느냐를 두고 벌이는 고전적인 말다툼과 포근한 품으로 스르륵 안기기 전에 부러 저항하는 척하는 아이를 슬쩍 안아 주는 엄마의 모습을 목격하기도 했다.

나는 이 모든 것을 보면서 왜 나한테는 저런 엄마가 없는 걸까 궁금해하며 집으로 돌아가곤 했다. 앞치마 주머니에 사탕을 넣어 두고 아이들에게 재미있는 애완동물 이름을 붙이는 엄마가 왜 내게는 없는 것일까? 나는 왜 포옹(그건 고도의 지능이 필요한 일이 아니었다. 나는 다른 집에서 수백 번도 더 포옹 장면을 목격했다.)만큼 겉으로 보기에 간단한 뭔가가 내가 살고 있는 집에서는 왜 공급 부족 상태인지 의아해했다. 나는 많은 것들을 이상하게 여기며 어린 시절을 보냈다. 내가 그 까닭이 무엇인지 알아낸 지는 불과 몇 년밖에 되지 않는다.

나는 엄마가 외할머니와 좋은 관계를 맺지 못했다는 걸 안다. 사람들 말에 따르면 외할머니는 카리스마로 가득 찬 분이며 성질이 고약하고 강압적인 성격의 소유자였다. 가끔씩 엄마가 외할머니에 대한 이야기를 해 주고는 했는데, 엄마는 서로 다정했던 적은 한 번도 없었다고 말하곤 했다. 엄마는 모든 사람들이 카리스마로 가득 차 있다고 말하는 남자와 결혼을 했고, 그 사람 역시 성질이 고약하고 강압적이었다. 엄마 인생은 불행의 반복으로 가득 차 있었다. 아빠는 한 번의 투자로 부자가 된 사업가였는데 이후에 다른 데에 투자했다가 돈을 몽땅 잃었다. 수년 동안 성공과 실패가 계속 반복되었고 우리 자매들은(내게는 언니 둘이 있다.) 롤러코스터 같은 인생을 경험해야만 했다. 우리는 이사를 무척 많이 다녔다. 엄마와 아빠는 많이 싸웠다. 이제야 알게 된 사실이지만 엄마와 아빠는 독약과도 같은 관계를 맺고 있었다. 엄마는 참고 또 참아야만 했다.

내가 열한 살이 되었을 때 아빠는 갑자기 잉글랜드로 떠났다. 아빠는 아직도 잉글랜드와 아일랜드 사이를 오가며 살고 있다. 언니들은 기숙 학교에 들어갔고 나는 엄마 노릇을 하지 못하는 엄마와 함께 집에 남겨졌다. 엄마가 포옹하는 방법을 몰랐다는 사실을 나는 최근에야 깨달았다. 엄마는 실제로 팔로 누군가를 안는 모양을 만들지 못했다. 엄마는 포옹을 하지 않은 것이 아니라 그저 포옹을 할 수 없었을 뿐이었다. 지금은 그 이야기를 하면서 서로 웃기도 한다. 엄마는 수영복을 입고 집 안을 돌아다니며 이렇게 중얼거렸다. "얘야, 행복하니? 아, 행복하다니 정말 멋지구나." 엄마는 이렇게 말하면서 눈물을 펑펑 흘렸다. 엄마는 갑자기 의식을 잃는 경우가 있었고, 그런 일이 벌어지면 나는 전화를 걸어 구급차를 불러야만 했다. 나는 엄마 의식이 언제 돌아올지 몰랐지만 의식이 돌아온다고 해도 엄마가 어떤 상태일지는 하나님만이 아는 일이었다. 그 당시 나는 십대였고 이상하고, 어쩌면 정상이 아닌, 그런 상황에 혼자 남겨졌다는 사실을 도저히 받아들일 수 없었다.

어느 날 밤의 일이 내 기억 속에 특별하게 남아 있다. 나는 열네 살이었다. 엄마는 침대에 긴장증적(정신분열증 증상으로 몸을 오래 움직이지 못함—옮긴이)인 상태로 누워 있었다. 엄마는 계속 죽고 싶다고 말했다. 엄마에게 인생은 더 이상 살 가치가 없었다. 나는 어떻게 해야 할지 몰랐다. 내가 할 수 있는 일은 엄마에게 하소연하는 것 말고는 아무것도 없었다.

"엄마, 괜찮아질 거예요. 모든 것이 엄마가 살아야 할 이유예요. 우리한테는 엄마가 필요해요. 우리는 엄마를 사랑해요. 우리는 어떻게 하라고요?" 아침에 일어났을 때 엄마가 죽어 있을까 봐, 나는 두려워 잠들지 못하고 엄마 옆에 누워 밤을 보냈다.

물론 전화를 걸 만한 사람들은 있었다. 하지만 나는 어느 누구에게도 이 일을 알리지 않고 우리끼리의 비밀로 간직해야 한다는 암시를 받았다. 그다음 날 예고도 없이 친척 몇 명이 찾아와 엄마를 보러 이층으로 올라가겠다고 고집을 부렸다.

엄마는 울고 있었다. 엄마는 침대에서 용변을 봤던 것이다. 친척들은 문 앞에 서서 마치 방 안에 엄마가 없는 것처럼 방 안 광경에 대해 이야기하기 시작했다. 그것은 엄마와 나에 대한 모욕이었다. 나는 모욕적이었던 그 느낌을 아직도 기억한다. 그 친척들은 엄마가 좋아하지도 않는 사람들이었다. 그들로부터 엄마를 보호하지 못한 나에게 딸로서 무슨 자격이 있었겠는가?

"얘야, 행복하니?"

나는 행복하지 않았다.

정말로 알고 싶어 하는 사람이 있을지 모르겠지만 그 당시 나는 열네 살이었고 어찌할 바를 몰랐으며 전혀 행복하지 않았다.

나중에, 시간이 많이 흐른 뒤에야 나는 엄마가 우울증을 앓고 있었다는 사실을 알게 되었다. 그렇지만 수년 동안 나는 해결책을 찾지 못했다. 그 후에 엄마의 우울증은 조울증으로까지 발전했다. 엄마는 정신 질환자 보호 시설을 들락거리고 약물 치료를 끊임없이 되풀이하며 세월을 보내야만 했다. 내게는 사랑스러운 딸이 하나 있다. 딸을 기르면서 나는 엄마에게 모성애가 부족하다는 것을 이해할 수 없었다.

내가 어린 시절 꿈꿔 왔던 엄마의 모습이 지금의 내 모습이라는 사실에 감사할 따름이다.

아이를 기르면서 나는 나 자신에게 물었다. "저 나이 때 나는 무엇을 하고 싶어 했었지?" "뭐가 필요했었지?" 언제나 답은 하나였다. 나를 소중하게 보살펴 주고 안전하게 보호해 주는 엄마가 필요했다는 것이다. 어린아이로서 내가 열망했던 것은 나를 간절히 원하는 엄마였다. 나는 엄마로부터 안도감에 가까운 어떤 감정도 느껴 본 적이 없었다. 나는 보호를 받고 지지를 받는다는 것이 어떤 것인지 결코 알지 못한다. 나는 내 딸에게만큼은 그런 엄마가 되고 싶지 않았다. 내 딸 조는 내가 한 번도 느껴 본 적이 없는 종류의 안전함을 즐기며, 종종 이를 당연한 듯이 받아들인다. 그리고 당연히 그래야만 하는 것이다.

지금 내가 만나는 상담사는 차를 몰고 가다가 백미러를 통해 지나치는 풍경과 순간의 이미지를 지켜보는 것처럼, 인생을 바라보는 연습을 하라고 말한다. 이 연습의 목적은 고통과 혼란, 기능 장애 등 모든 것이 담긴 인생을 담담히 되돌아보고 앞으로 나아가는 데 있다. 나는 과거에 일어났던 일에 대해 말을 번지르르하게 하거나 축소하기를 바란 적이 없다. 그렇지만 나는 과거를 인정한 다음에 가속 페달 위에 발을 얹고 싶다. 앞으로 나아가야 할 때다.

엄마에 대해 고백할 때 — 그러면 안 된다는 것을 잘 알고 있지만 미친 사람의 딸이라는 것은 여전히 수치스럽다. — 나는 '이보다 더 좋을 수는 없는' 순간에 대해 말했다. 몇 주 전에도 나는 이런 순간을 겪었다. 엄마의 생일은 내 딸의 생일과 같다. 내 딸은 이제 막 열다섯 살이 되었다. 나는 가족 나들이를 가기로 결정했다. 아빠는 올 수 없었고 나는 굳이 오라고 강요하지도 않았다. 그래서 우리 여자 셋이서 고급 레스토랑에 가서 음식을 먹으며 떠들고 웃고 즐겼다. 뭔가 평범한 가족 행사를 치루고 있는 것 같은 느낌이었다. '이보다 더 좋을 수는 없는' 순간이었다. 나는 내 딸이 엄마의 이야기를 듣고 웃는 것을 보고 생각했다. '그래, 엄마는 꽤나 재미있는 사람이야. 내가 바라거나 필요로 했던 엄마는 아니지만 지금 여기에 앉아서 엄마와 내 딸이 서로 미소 짓고 있는 모습을 바라보고 있으니 좋은 거잖아.' 나는 이렇게 '이보다 더 좋을 수는 없는' 순간에 매달렸다. 나는 그런 순간을 더 많이 만들어 보고 싶다. 나는 내 딸을 위해 슬픔과 상처뿐만이 아닌 다른 좋은 것들도 들어가 있는 기억 은행을 만들어 주고 싶다. 왜냐하면 나는 내가 결코 경험해 보지 못한 것을 내 딸이 경험할 수 있게 해 주려고 열심히 노력했지만 조가 수년간 내 고통과 불안을 눈치채고 있었다는 사실을 알고 있기 때문이다.

최근에 나는 한 걸음 물러나 엄마를 좀 더 확실히 볼 수 있게 되었다. 나는 학대당한 사람은 결코 평안을 찾을 수 없다는 사실을 알았다. 엄마는 불안과 죄책감에 괴로워하는 여성이었다. 포옹을 할 수 없는 여성이었다. 우리 사이가 좀 더 안정적이고 평화로워지면 나는 가끔씩 엄마를 끌어안을 것이다. 비록 엄마는 언제나 그랬듯이 팔을 옆으로 축 늘어뜨리고 있겠지만. 그리고 나는 농담도 해 볼 작정이다. "엄마, 포옹이 뭔지 알아요? 다른 사람 몸을 엄마 팔로 감싸는 거예요. 곰은 이걸 많이 해요. 그리고 걸음마를 시작한 아기들도요." 그리고 기분이 좋은 날이면 엄마는 어쩌면 내게 미소를 지어 줄지도 모른다. 그러면 나는 그 미소를 엄마가 입으로 나를 껴안아 주는 것이라고 생각할 것이다.

최근에 엄마의 상태가 악화되었다. 가장 최근에 엄마를 봤을 때 나는 뭔가 정상이 아니라는 것을 알 수 있었다. 나는 엄마에게 물었다. "엄마, 무슨 일이에요?" 엄마는 약간 둔해 보였다. 엄마는 기운이 없었다. 엄마는 잠을 자지 못했다고 했다. 수면제가 다 떨어졌다고 말했지만 약사가 수면제를 주지 않는다고도 했다. 엄마는 혼란스러워했다.

그러고 나서 엄마는 신경 쇠약에 시달렸다. 신경 쇠약은 우울증의 정신적 징후였지만 엄마는 고령인 탓에 육체적으로도 그 징후가 나타났다. 치료를 위해 엄마를 입원시키기까지 5일이 걸렸다. 그 5일 동안 엄마는 긴장증에 시달렸다. 엄마는 잠옷을 입고 계단에 앉아 있곤 했다. 엄마는 그렇게 몇 시간이고 앉아 있었다. 집이 추운데도 엄마는 옷을 제대로 입지 않은 채 돌아다녔다. 나는 더 이상 화가 나거나 눈물도 나오지 않았다. 그런 상태에 있는 누군가를 보는 것은 고통스럽다. 그런데 그 사람이 엄마가 될 때는 더 견딜 수가 없다. 엄마가 듣고 있지 않더라도, 또는 들을 수 없다 하더라도 나는 엄마에게 말했다. "자, 엄마, 옷을 입어 볼까요?" 엄마는 생리 현상을 조절하지 못하고 갑자기 계단 위에서 용변을 보려고도 했다.

아빠는 다시 잉글랜드에서 집으로 돌아왔고 마지못해 엄마를 돌봤지만 견뎌 내지 못했다. 어느 날 밤, 아빠는 몹시 좌절한 채 엄마를 차에 태우고 우리 집으로 왔다. "네 엄마는 차 안에 있어." 아빠가 말했다. 나는 아빠에게 지금 내 딸이 저기 집 안 소파에 웅크리고 앉아서 차를 마시며 『프렌즈』를 보고 있다고 말했다. "내가 어떻게 하길 바라세요? 내 딸이 외할머니를 이런 식으로 보게 하고 싶지는 않아요. 어린 시절 내내 내가 보아 왔던 것을 내 딸에게 보여 주고 싶지는 않다고요."

나는 내 딸에게 2층으로 올라가라고 말해야만 했다. 그러고 나서 엄마를 집 안으로 모시고 들어왔는데 엄마는 거의 걷지를 못했다. 그래서 나는 이렇게 말했다. "엄마, 몸이 좋지 않은가 봐요. 그렇죠?"

나는 내가 달래서 집 안으로 데리고 들어오는 사람이 엄마라는 느낌이 들지 않았다. 한 번도 엄마와 딸의 따뜻한 유대 관계를 가져 본 적이 없는 사람만이 느낄 수 있는 슬픔이었다. 나는 엄마를 바라보면서 생각했다. '엄마는 참 불쌍한 사람이에요. 엄마는 불쌍한 낯선 사람이에요.'

나는 이 말이 차갑게 들릴 것이라는 점을 알지만, 엄마와 나 사이에 어떠한 관계가 형성되어 있다는 느낌이 들지 않는다. 오해하지는 마시라. 나도 노력한다. 그렇지만 나는 연약하고 아픈 사람이니까 돌본다는 생각이 들 뿐 엄마니까 돌본다는 생각이 들지는 않는다. 언니들이 오스트레일리아와 런던에서 왔고 나는 엄마를 위해서 언니들이 할 수 있는 만큼 하도록 놔뒀다. 언니들은 대단했다. 덕분에 나는 책임감에서 잠시 벗어날 수 있었다. 집에서 언니들은 가족회의를 열었다. 일종의 중재였다. 언니들이 있어서 안심이었다. 상담사는 엄마 옆에 앉아서 일이 어떻게 진행되고 있는지 설명했다. "당신 가족이 여기에 모였어요." 상담사가 엄마에게 말했다. "그리고 당신 가족들은 당신을 정말로 사랑해요." 그리고 상담사의 말이 끝날 때쯤 엄마가 말했다. "나를 사랑한다고요? 나는 그 점에 대해서는 정말로 모르겠어요." 나는 언니들과 그 자리에 앉아 있다가 말했다. "어머나 세상에, 도대체 무슨 말이에요?" 그러자 상담사가 말했다. "마음에 담아 두지 말아요." 상담사들은 이런 일에 대해 깊이 이야기하려 하지 않는다. 그들은 단지 약을 늘려서 엄마를 다시 세상 속으로 돌려보내기로 했다.

그 일이 있고 나서 나는 어느 초라한 카페에서 엄마와 커피를 마셨다. "어머나 세상에." 내가 말했다. "엄마, 그때 왜 그런 말을 했어요?"

그러자 엄마는 그냥 미소를 지으며 말했다. "아, 잘 모르겠어……." 나는 엄마에게 그 말이 얼마나 가슴 아픈 말이었는지 설명해 주었다. 우리가 엄마에게 관심이 없다고 생각했다니. 나는 엄마가 왜 그런 말을 했는지, 그리고 왜 엄마에 대한 딸들의 사랑을 느낄 수 없었는지 생각해 봤다. 그러자 엄마가 포옹을 할 수 없다는 데까지 생각이 거슬러 올라갔다. 엄마는 애당초 내면에 사랑이 없었던 것이다.

'좋은 딸 되기 클럽'에서 누군가 내게 엄마의 죽음에 관해 물었다. 나타샤였던 것 같다. "엄마가 한 달 있다가 돌아가신다면 당신은 스스로에게 물을 거예요. '엄마가 돌아가시기 전에 뭘 해야 하지?'라고요. 당신은 뭘 할 건가요?"

나는 뭐라고 대답했던가? 나는 그냥 엄마를 받아들이려 노력할 것 같다. 이 여성은 멋진 여성이지만 훌륭한 부모는 아니었다는 것을 받아들일 것이다. 엄마는 친절한 사람이며 엄마 나름대로 언제나 최선을 다했다는 점을 받아들일 것이다. 나는 엄마와 더 자주 연락할 것이다. 아마도 매일 엄마에게 전화를 하지 않을까?

나는 엄마와 어떤 마지막 끝맺음을 할 거라고 생각하지 않는다. 엄마와 나 사이에는 깔끔하게 리본으로 묶어서 포장할 것들도 없다. 나는 엄마가 늘 나를 의심스러워한다는 느낌이 들었다. 엄마는 나의 동기를 의심스러워했다. 나는 그런 느낌을 받았고 몹시 마음이 아팠다. 그런 대접을 받아도 좋을 만큼 내가 무슨 잘못을 했을까? 내가 무엇을 했을까?

나는 엄마에게 말을 걸려고 했다. 나는 말했다. "엄마, 그때 엄마가 할 수 있는 최선을 다했다는 걸 알아요." 나는 엄마를 위해서라기보다 나 자신을 위해서 말했다. 7년 전에 내가 처음으로 상담을 받으러 갔을 때 배운, 두려움 극복을 위한 방법이었다. 나는 내가 딸에게 제대로 된 부모가 될 수 없을 거라는 두려움이 있었다. 내가 엄마의 보살핌을 받지 못했기 때문에 딸에게 엄마 노릇을 잘하지 못할 것이라는 두려움이었다. 나는 내가 겪었던 일상이 반복될까 봐 무서웠다. 어린아이가 마땅히 사랑받아야 하는 만큼 내가 딸아이를 충분히 사랑할 수 없을까 봐 무서웠다. 그렇지만 나는 어떻게든 엄마가 되는 법을 알아냈다. 나는 그 악순환의 고리를 끊었다. 나는 지금 낯선 이들과 함께 엄마의 배신자로서가 아니라 인정과 용서로 가는 길에 한 걸음 더 내딛는 사람으로서 이 식탁에 둘러앉아 있다. 그리고 이 모든 것 어딘가에 사랑이 있다.

정신 질환을 앓고 있는 엄마의 딸에 대한 고찰

내(로이진)가 엄마와의 관계를 개선하고 싶어 하는 딸들을 찾는다는 공지를 냈을 때 모든 유형의 딜레마에 대한 이야기를 들을 수 있을 거라고 기대했다. 그렇지만 나타샤와 내가 답장을 보며 알게 된 가장 충격적인 사실은 수십 년 동안 정신 질환을 앓고 있는 엄마를 둔 여성들이 무척 많다는 것이었다. 딸들은 절망과 분노, 좌절감을 가득 담아 길고 상세하게 이메일을 썼다.

"엄마는 내게 상처를 주며 일생을 사셨어요. 내가 이를 극복하기 위해 노력하는 동안에도 엄마는 여전히 나에게 지독한 상처를 줬지요.

엄마가 돌아가신 다음에야 모든 게 끝날 거예요." 한 여성이 이렇게 썼다.

이메일에는 정신 질환을 앓고 있는 엄마와 산다는 것은 가족에게 분노를 퍼붓는 감정적 대학살이라고 적혀 있었다. "나는 정신 질환이 온가족에게 미치는 영향이 얼마나 큰지 미처 깨닫지 못했어요. 아빠의 가족들과 심지어 엄마의 친자매들도 엄마의 행동 때문에 엄마에게 말을 걸지 않았어요." 다른 여성은 이렇게 썼다.

"나는 자라면서 엄마와 어떤 유대 관계도 맺지 못했어요. 아빠가 돌아가셨을 때 나는 엄마가 줄곧 조울증을 앓아 왔다는 사실을 알게 되었어요. 그제야 나는 내 어린 시절로부터 지금까지 이어지는 '엄마의 부재'를 이해할 수 있게 되었죠." 또 다른 여성은 이런 이메일을 보내왔다.

어떤 여성은 모임에 참석하고자 하는 이유를 이렇게 설명했다. "나는 한 번도 엄마가 있다고 느꼈던 적이 없기 때문에 엄마를 위해 슬퍼할 기회를 얻지 못할 거예요."

그들이 공통적으로 느끼는 감정은 '정상적이며 평범한 엄마다운 모성애를' 보여 준 '정상적인 보통 엄마'들 아래서 자란 친구들에 비해자신들이 사람들과 잘 어울리지 못한다는 점이었다. 그들은 사람들이 흔히 보이던 부정적 반응 때문에, 자신들의 엄마에 대해 솔직하게 얘기하는 것이 내키지 않게 된 점에 대해서도 말했다. 심리 치료사 수전 나티엘(Susan Nathiel) 박사는 『정신 질환자의 딸들: 정신 질환을 앓는 엄마 아래서 자라고 나이 든다는 것 Daughters of Madness: Growing Up and Older with a Mentally Ill Mother』(2007)에서 "가족 가운데 정신 질환을 앓고 있는 사람이 있다고 누군가에게 말하고 그 반응을 지켜보는 일은 배짱으로 해결되는 일이 아니다." 또한 "정신 질환이 있는 사람은 바로 당신 엄마라고 말하는 것은 대가를 치러야 하는 일임에 틀림없다."라고 쓰고 있다.

정신분열증을 앓던 아빠의 딸로서 나는 어느 정도 이 부분을 이해한다. 물론 내가 여덟 살 때 아빠가 돌아가셨기 때문에 아빠의 정신 질환에 내가 노출된 정도는 아주 적었다. 수년 동안 나는 아빠의 질병을 나를 남들과 다르게 보이게 만드는 방법으로 사용했다. 그것은 누구든지 아빠의 정신적 불안정을 알아내고, 그것을 내게 불리하게 이용하기 전에 내가 먼저 대화에 던지는 무기였다. 나는 오랫동안 아빠가 어떻게 돌아가셨는지, 또는 아빠가 어떤 정신 상태였는지에 대해 신경을 쓰지 않는 척했다. 가족으로서 우리가 진정으로 아빠를 애도하지 않았다는 사실은 분명히 미성숙한 태도였다. 그렇지만 우리는 그렇게라도 상황을 헤쳐 나가야만 했다.

내가 어른이 된 후에 아빠의 병 — 전기 충격 치료와 정신 질환자 보호 시설 내 장기 입원, 그리고 자살 시도 등 — 에 대해 자세히 털어놓으면 이런 질문을 자주 받았다. "유전되나요?" 유전의 불안감으로부터 벗어나기 위해서 사람들은 알코올 중독이나 폭식 등 자기 파괴적인 행동에 이르기도 한다. 그리고 그러한 자기 파괴적인 행동은 스스로의 정신 상태를 의심하는 결과를 낳기도 한다. 딸들이 보낸 이메일 속에는 그런 어두운 그림자들까지 들어 있었다.

나타샤와 나는 우리의 프로젝트를 통해, 정확히 말하면 우리의 이야기와, 딸 자신들의 이야기를 통해 딸들이 엄마와의 관계를 개선하는 것을 돕고 싶었다. 우리 둘 다 정신 건강 분야에서 전문가는 아니다. 그래서 이 분야의 전문가이자 정신 질환을 앓고 있던 엄마 밑에서 자란 과거를 가진 심리 치료사 수전 나티엘 박사의 이야기는 인용할 만한 가치가 있다.

수전 나티엘 박사는 인터뷰 진행자에게 이렇게 말한 적이 있었다. "분명히 완벽한 엄마는 없다. 그렇지만 한 어린아이의 세상에 대한 인식과 그 세상 속에서의 자신의 위치, 그리고 자기 정체성은 매시간마다, 날마다, 그리고 해마다 엄마와의 상호 작용망 안에서 형성된다."

"어린아이에게 '엄마는 어떤 사람'이며 '여성은 어떤 사람'인가는 같은 질문일 수 있다. 그래서 엄마가 변덕스럽고 성질이 고약하며 우울하거나 무관심하다면 딸들은 혼란을 느낀다. 딸들은 '여성'에게 적대감을 갖게 될 수도 있다. 자신의 엄마처럼 되지 않으려고 딸들이 최선을 다하는 이유가 거기에 있다. 내가 인터뷰한 많은 여성들은 '여성'이 되는 법을 제대로 알지 못했다고 말했다. 그들은 자신의 엄마를 존경하지도, 엄마 같은 사람이 되고 싶어 하지도 않았다. 그들로서는 엄마에게서 어디까지가 질병이고, 어디까지가 한 인간이며, 어디까지가 여성인지 따로 구분하기가 매우 어려웠다. 그런데 엄마처럼 되고 싶어 하지 않는다면 그녀는 어디에서 역할 모델을 찾아야 하는가? '여성이 되는 것'은 우리가 모방하고 싶은 여성과 동일시함으로써 가장 쉽게 배우는 것이지 저절로 그 방법을 알게 되는 것이 아니다."

정신 건강에 대해 요즘은 이전보다 더 많은 논의가 이루어지고 있으며 기사로도 더 많이 다루어지고 있고, 더 많은 유명인들이 자신의 힘겨운 싸움을 솔직하게 털어놓는다. 그럼에도 불구하고 그들의 정신 상태 때문에 제대로 엄마 노릇을 할 수 없는, 보통 엄마들과는 다른 엄마를 둔 여성들에 대한 사회적 낙인은 여전히 만연해 있다.

딸은 자기 엄마에게서 역할 모델을, 자신과 세상을 이해하는 방법을 찾는다. 그런데 그것이 없다면 소피와 같은 딸들에게 남은 것은 풀리지 않는 수많은 질문들뿐이다. 수전 나티엘 박사는 자신의 저서에서 정신 질환을 앓고 있는 엄마를 둔 여성이 성장할 때 그들을 괴롭히는 질문의 유형을 다음과 같이 서술하고 있다.

내 잘못일까?

언젠가는 엄마가 나를 사랑할 수 있을까?

나한테도 이런 일이 생길까?

사오십 대의 여성들은 사회적 낙인이 지금보다 훨씬 더 심각한 시절에 자랐다. 정신 질환을 라디오 프로그램과 신문 기사에서 공공연하게 논의하는 것조차 꺼려지던 시대였다. 이런 질문에 대한 해답을 찾고 다른 엄마와 매우 다른 자신의 엄마에 대한 퍼즐을 풀려고 할 때마다 이들은 소피처럼 혼자일 수밖에 없었던 것이다.

릴리
자기애에 빠진 엄마의 딸

나는 매일 신문을 사지는 않지만 토요일에는 신문을 산다. 약간의 호사를 누리는 것 같은 기분이 든다. 나는 『아이리시 타임스』와 『가디언』(영국의 유력 일간지)을 사서 일주일 내내 획획 넘겨 가며 신문을 읽는다. 그 토요일 아침, 나는 신문을 들고 거실에 앉아 있었다. 정리 정돈을 할 필요가 있었지만 그럴 기분이 아니었다. 아이를 키우고 있는 내 친구들은 언제나 앉아서 신문을 처음부터 끝까지 읽을 시간이 없다고 말한다. 나는 내가 그럴 수 있다는 사실에 정말로 감사한다. 자녀가 없는 사람이 누리는 특권 중 하나다. 나는 '무자식'이란 단어를 몹시 싫어한다. 왠지 부족한 것처럼 들리기 때문이다. 그럼에도 불구하고 나는 내 삶이 만족스럽다.

내 남편 롭은 골프를 치러 나갔고 검은 고양이 빌리는 초록색 소파 반대편 끝에서 웅크리고 앉아 있었다. 화창한 날이었다. 방금 전에 빨랫줄에 빨래를 널었고 신문을 읽을 때 머리카락이 눈을 가리지 않도록 나는 분홍색 빨래집게를 머리핀처럼 사용하고 있었다.

지난 3년 동안 나는 엄마와 관련해서 상담을 받았다. 그래서 '엄마와의 관계 개선'에 관한 내용을 읽었을 때 마음에 동요가 일었다. 나는 개선이라는 말과는 별 인연이 없는 사람이다. 나와 엄마의 관계는 개선되지 않을 것이었다. 내가 받은 상담은 모두 그 사실을 입증해 줄 뿐이었다. 나는 당시 자기애에 관한 책을 두 권 읽고 있었다. 나는 엄마의 문제가 무엇인지 정확히 알고 있었고, 엄마의 삶이 행복한 결말을 맺지 않을 것임을 알았다.

아일랜드에서뿐만 아니라 전 세계적으로 엄마는 공경의 대상이다. 그리고 나는 그것이 옳은 일이라고 생각한다. 정말로 그렇게 생각한다. 그렇지만 공경은 고사하고, 그 근처에도 갈 수 없는 사람이 엄마라면 당신은 결국 무척 외롭다는 느낌을 갖게 될지도 모른다. 모든 엄마들이 자애로운 것은 아니다. 수년 동안 나는 그 사실을 외로이 감내해 왔다. 내가 문제가 많은 엄마의 딸이라는 것이 아니라, 엄마가 늘 나로 하여금 문제가 있는 딸이라고 느끼게 한다는 것이 문제의 핵심이었다.

나는 나한테 무슨 문제가 있는지 의아해하면서 몇십 년을 보냈다. 왜 내가 한 일 중에 잘한 것은 하나도 없는지 궁금해했다. 머릿속에 울리는 엄마의 부정적인 목소리를 들으며 나는 자책했다. "너는 너무 뚱뚱해. 너는 멍청해. 너는 결혼할 남자를 절대로 만나지 못할 거야. 너는 나쁜 딸이야."

상담은 효과적이었다. 상담사의 도움으로 나는 엄마가 건강하지 않은 사람이었고 자기애에 빠진 사람이었으며 평생 동안 그 문제로 고통받았음을 깨달았다. 그리고 나는 엄마의 그 고통 때문에 고통을 받아야 했다. 아빠도 마찬가지였다. 나는 내 잘못이 아님을 깨달았고 그 사실을 깨달은 후에 내 인생은 변했다. 그렇다고 내가 엄마를 용서할 수 있다는 것은 아니다.

엄마가 자신의 병 때문에 모든 것을 잃었다는 점을 알면서도 나로서는 엄마에 대한 연민의 감정을 불러일으키는 것이 어려웠다. 엄마는 하나뿐인 자식인 나를 잃었다. 엄마는 딸과의 애정 어린 관계에서 얻을 수 있는 기쁨을 놓치는 대신에 아빠와 강압적인 관계를 맺었다. 엄마는 이런 사실을 전혀 모를 것이다. 엄마의 무지는 일종의 축복일지도 모른다.

나는 도움을 받았으니 행운이라고 생각했지만 분명히 이전의 나와 같은 처지에 놓여 외로움을 느끼는 사람들이 더 있을 것이라고 늘 생각했다. 그래서 엄마와 딸 사이의 관계를 탐험하고 싶어 하는 딸들을 찾는 공지를 봤을 때 나는 나 자신을 떠올리지 않았다. 나는 다른 외로운 딸들을 생각하고 있었고 그 딸들이 외로움을 덜 느끼는 데 내 이야기가 어떻게 도움을 줄 수 있을까 하고 생각했다.

내 친구들은 내가 횡설수설하는 사람이라 아마도 나타샤와 로이진에게 보낸 이메일에서도 횡설수설했을 것이라고 말했지만 그 이메일은 내 안에 있는 것을 솔직히 쏟아 낸 글이었다. 다음은 내가 쓴 이메일이다.

✉ 로이진에게

평생 동안 나는 엄마와의 관계에서 극심한 고통에 시달렸어요. 엄마는 자기애 인격 장애를 앓고 있었고, 나는 3년 동안 상담을 받고 나서야 그 사실을 깨닫게 되었어요. 상담을 통해 나는 엄마를 대하는 데 필요한 기술을 배웠어요. 엄마와 나는 2년 전 아빠가 돌아가신 뒤로 제대로 연락한 적이 없었어요. 지금은 이따금씩 엄마한테 연락을 해요.

오랫동안 나는 이 모든 것 때문에 무척 외로워했어요. 엄마의 부당한 처사는 어쩌면 당연하다고 생각했어요. 나는 나쁜 딸인 것 같았으니까요. 부모님을 실망시켰다고 생각했죠. 상담은 내가 처한 상황을 이해하는 데 도움을 줬고, 내가 읽은 다른 이야기(비록 미국 이야기이기는 하지만)는 이런 상황에 처한 사람이 나만이 아니라는 점을 깨닫는 데 도움을 줬어요. 나는 누군가 내 이야기를 읽고 혼자가 아님을 알게 되길 바라며 이 이메일을 쓰고 있어요.

오랫동안 나는 나 자신이 엄마가 되는 것을 생각하는 것만으로도 무서웠어요. 내가 엄마처럼 될까 봐 겁이 났거든요. 모든 엄마가 엄마다운 엄마가 되도록 만들어지는 것은 아니기 때문이죠. 나는 쓰라린 경험을 통해 그 사실을 깨달았어요.

나는 엄마와의 관계를 다시 맺어 보려고 애쓰고 있어요. 당신이 어떤 제안을 하더라도 나는 시도해 볼 생각이에요. 엄마와 내가 친구가 될 수 있을까요? 우리가 참된 엄마와 딸 사이가 되어 모녀지간이면 당연히 그래야 하듯 서로를 사랑할 수 있을까요? 나는 그렇게 믿지 않아요. 지금까지 살면서 엄마와 나는 서로에 대한 사랑과 존경, 그리고 신뢰를 훼손하는 일들을 정말 많이 겪었어요. 나는 우리가 실패했다고 말하고 있는 것이 아니에요. 그렇다면 당신 프로젝트에 나는 적합하지 않겠죠. 다만 현실이 그렇다는 거예요.

이런 프로젝트를 진행해 줘서 고마워요. 엄마를 완벽하지 않은 존재로 생각하는 것은 금기에 해당해요. 우리는 이와 관련해 우스갯소리를 해요. '그 누구도 아이리시 엄마보다 더 많은 죄를 지을 수는 없다.' 그런데 농담하는 것은 괜찮지만 때로는 괜찮지가 않아요. 어떤 딸들은 육체적 학대에 시달리고 있고 또 어떤 딸들은 나처럼 정신적으로, 감정적으로 학대당하고 있어요. 양쪽 모두 치유를 받고 다시 행복한 사람이 되기는 무척 힘들어요. 나는 여기까지 아주 먼 길을 왔어요. 그렇지만 신화는 깨져야만 해요.

릴리가.

나타샤의 집에 갈 때마다 나는 뭐든 털어놓아야 할 것만 같은 느낌이 든다. 첫 모임이 열리던 날 밤에 나는 아주 신경질적이었다. 나는 일찍 도착해서 다른 사람들이 오기 전에 그곳에 익숙해지고 싶었다. 나타샤와 로이진은 이미 와 있었다. 나는 비를 피해 안으로 들어가며 따뜻한 환영을 받았다. 그렇지만 불편한 느낌도 들었다. 다들 이해할 것이다. 내가 칼럼을 통해 로이진을 안다고 느꼈지만 실제로는 그녀를 몰랐다. 그리고 나타샤와는 전화 통화를 했을 뿐이었다. 다른 사람들도 도착하기 시작했다. 매브와 소피, 캐시, 그리고 그레이스가 왔다. 누군가 AA나 웨이트워처(체중 감량 프로그램─옮긴이) 모임 같다고 농담을 했다. 나는 기분이 상할 수도 있었지만 그렇지는 않았다. 내 몸무게는 항상 나와 엄마의 논쟁거리였다.

그들은 모임 이름을 '좋은 딸 되기 클럽'으로 부르고 있었다. 그리고 그날 밤 나는 정말로 AA 모임에 있는 것 같은 기분이 약간 들었다. 나는 자리에서 일어나 평생 동안 씨름해 온 뭔가에 대해 이야기할 수 있었다. "안녕하세요? 릴리라고 해요. 내 엄마는 엄마 노릇을 잘 못했어요."

'좋은 딸 되기 클럽!' 그것은 일종의 비밀 결사 같았다. 나는 그 이름이 맘에 들었다. 나는 인생 대부분을 이상한 비밀과 함께 살았다. 나는 엄마를 사랑하지 않는다. 나는 엄마를 좋아하지도 않는다. 나는 이 클럽에서 그 이유를 설명하려고 했다. 나는 이 여성들 모두 무슨 생각을 하는지 궁금했다. 나는 술을 마시고 싶었지만 차를 가지고 온 터라 물을 조금씩 마시며 이야기에 귀를 기울였다. 그러다가 내 차례가 되었다. "그냥 당신의 이야기를 들려줘요." 나타샤가 말했다. 나는 '그냥' 내 이야기를 했다.

나는 일요일 저녁마다 정찬이 차려진 긴 식탁 앞에 앉아 소고기를 썹으며 창으로 정원을 내다보았다. 불행한 어린 시절이었다고 말하려는 것이 아니다. 그렇지만 뭔가가 비어 있는 어린 시절이었다. 뭔가 중요한 것이 빠져 있었지만 나는 그때나 지금이나 아직도 그것이 무엇인지 모른다.

내게도 좋은 기억이 하나 있다. 내가 딸처럼 느껴지고, 엄마가 엄마처럼 느껴진 적이 딱 한 번 있었다. 진짜 엄마와 딸 사이가 무엇인지 흘긋 보고 나자, 나는 내 친구들이 가진 것들이 보이기 시작했다. 내 친구들은 엄마와 웃고 있었고 서로 친밀했다. 나는 엄마와 친밀했던 기억이 딱 한 번 있을 뿐이었다. 때때로 나는 그럴 리가 없다고 생각하면서도 기억이 떠오르면 눈을 감고 엄마와 함께 세월을 가로질러 그때로 거슬러 올라가곤 했다.

우리는 바닷가에 소풍을 갔다. 삶은 달걀이 있었고 양상추는 차갑고 아삭거렸다. 엄마는 갈색 소다빵을 구웠고 작은 단지에 마요네즈를 담아 왔다. 우리는 보온병에 든 차를 마셨다. 아빠는 아빠가 운영하는 레스토랑 주방에서 일을 하고 있었고 바닷가에는 엄마와 나 둘뿐이었다. 내가 열한 살이나 열두 살쯤이었다. 나는 외동딸이다. 엄마는 나중에 내가 결혼하고 싶어 할지도 모를 남자의 유형에 대해서 이야기하기 시작했다. 엄마의 집착이었다. 엄마에게는 내가 남자를 만나 정착하는 것이 가장 중요한, 집착에 가까운 관심사였다. 나는 엄마가 내 엉덩이와 배 주위의 살에 대해서 다시 이야기를 시작할까봐 움찔하며 걱정했던 기억이 난다. 잡지에서는 젖살이라고 부르지만, 엄마는 젖살을 믿지 않았다. "너는 몸이 집채만 해지고 있구나. 그런데 이렇게 덩치 큰 여자를 쳐다보고 싶어 하는 남자는 아무도 없어." 엄마는 늘 이렇게 말했다. 그렇지만 이번에는 거기까지 나가지는 않았다. "너는 어떤 남자랑 결혼하고 싶니?" 엄마가 묻고 있었다. 엄마 눈에 약간 반짝이는, 뭔가 새로운 것이 있었다. "날 웃게 해 주는 남자요." 나는 엄마에게 대답했다. 그러자 엄마는 크게 웃었다. 우리는 앉아서 언젠가 내 인생에 들어올 이 재미있는 남자에 대해 생각하며 미소를 지었다. 반짝이고 있던 햇살이 아직도 기억에 생생하다. 그 순간은 가볍고 신선하며 좋은 일이 있을 것만 같은 느낌이 가득했다. 새로운 시작인 것만 같았다. 그렇지만 지금 나는 그 순간이 처음이자 마지막이었음을 안다. 내가 엄마와 친밀하다고 느낀 유일한 순간이었다.

부모님은 레스토랑을 운영했다. 엄마와 아빠는 나를 비교적 늦은 나이에 낳았다. 엄마는 마흔넷이었고 아빠는 마흔여덟이었다. 나는 나중에야 이 사실을 알았다. 그리고 그 후에 감춰진 더 많은 사실을 알게되었다.

내가 태어났을 때 아빠는 마치 『라이언 킹』의 한 장면처럼, 나를 트로피처럼 머리 위로 들어 올린 채 의기양양하게 레스토랑으로 들어와 점심 식사 중인 모든 손님들을 놀라게 했다고 한다. 아빠와는 늘 좋은 관계를 유지했다. 몇 해 전 아빠가 병원에서 돌아가시기 직전, 엄마는 내게 최악의 모습을 보였다. 아빠는 마치 내게 이야기하듯 큼지막한 윙크를 보냈다. "나와 너는 엄마가 하는 말이 사실이 아니란 것을 알잖아. 마음에 담아 두지 마라. 사랑한다." 내가 어릴 때도 아빠가 내게 해줄 수 있는 것은 그것이 전부였지만 내게는 무척 소중했다. 아빠가 나를 사랑한다는 것을 나는 알고 있었다.

나는 내가 엄마 아빠가 간절히 바랐던 아기였다는 것도 안다. 그렇지만 나는 부모님이 얼마나 나를 간절히 원했는지에 대해 엄마와 솔직하게 이야기를 나눈 적이 한 번도 없었다. 나는 그 간절함에 대해 짐작할 뿐이었다. 체면을 차리는 일은 엄마에게 매우 중요했다. 엄마는 늘 엄마와 아빠가 지역 사회의 기둥이자 명망가라고 생각했다. 결혼을 했지만 아이를 갖지 못했고 그것은 일종의 실패로 여겨졌다. 엄마는 언제나 "사람들이 이러쿵저러쿵할 거야."라고 입버릇처럼 말했는데, 나는 엄마의 입버릇이 엄마가 아이를 낳지 못한다는 사실에 대해 사람들이 '이러쿵저러쿵' 했던 그 시절의 트라우마에서 비롯된 것이라고 생각한다. 평생 엄마가 나를 대한 방식을 돌이켜 보면 엄마는 모성이 있는 사람이 아니었다. 단지 아이를 가져야 한다는 사회적 압력을 느꼈던 사람이었다. 나는 채워져야 하는 하나의 빈칸이었다. 어쨌든 지금 나의 생각은 그렇다.

자라면서 나는 늘 내가 뭔가 다르다고 느꼈다. 그러던 어느 날, 내가 일곱 살쯤 됐을 때, 학교에서 지금은 이름도 잘 기억이 나지 않는 한 여자아이가 내게 말했다. "너는 입양됐대." 그 아이는 종종 여자아이들이 하는 식으로 툭 하고 말을 던졌고 그 말은 내게 비난처럼 들렸다. 그렇지만 나는 그 말이 무슨 뜻인지 알지도 못했다. 차라리 "너는 토마토야."라고 말하는 편이 더 나을 뻔했다.

나는 집에 가서 엄마에게 내가 들은 이야기를 전해 주었다. 엄마의 반응은 나를 데리고 런던으로 여행을 가는 것이었다. 런던 여행은 정말 설레었다! 우리 마을에서 런던에 가 본 사람이 아무도 없다는 것을 우리는 알고 있었다. 물론 그 여행은 나의 관심을 딴 데로 돌리기 위한 엄마의 꼼수였다. 그리고 꼼수는 효과가 있었다. 그러나 불과 몇 년 후, 생물 수업 시간에 나는 왜 내 눈은 파랗고 부모님의 눈은 둘 다 갈색인지 궁금해졌다. 말이 되지 않았다. 나는 엄마에게 이 이야기를 꺼내 보려고 했지만 엄마는 말도 꺼내지 못하게 했다.

나는 어린 시절 내내 알 수 없는 어두운 느낌이 가슴 깊은 곳에 흐르고 있음을 느껴야만 했다. 내가 아는 것은 '사람들이 이러쿵저러쿵' 하는 일이 없도록 착하게 굴어야 하고, 우리는 '명망 있는 사람들'이며, 내가 하는 행동은 작은 것 하나까지도 엄마의 체면과 직결된다는 것이었다. 나는 착한 여자아이였고 한 번도 엄마에게 반기를 든 적이 없었다. 내가 기숙 학교로 가게 되었을 때, 그것은 내게 일종의 구원이었다. 늘 엄마의 기대에 부응해야 하는 딸로 사는 대신에 기숙사의 이름 없는 존재로 살 수 있다는 사실에 얼마나 안도했는지 모른다.

학교를 졸업한 후에 나는 더블린으로 이사했고 광고 회사에 취직했다. 나는 자유를 느꼈다. 나는 엄마가 바라는 여성이 되어야 한다는 압박감 없이 나라는 사람이 누구인지를 알아 가고 있었다. 그렇지만 나는 주말마다 집에 가서 레스토랑 일을 도와야 했다. 그것은 또 다른 내 일이었다. 나는 착한 딸이었으니까.

그러다가 아빠가 아프기 시작했고, 아빠는 무릎 수술을 받았다. 엄마는 나에게 3개월간 휴직하고 가족과 함께 지낼 것을 요구했다. 3개월이라니! 엄마가 나에 대해 갖고 있던 영향력을 단적으로 보여 주는 사건이었다. 나는 정말로 3개월 휴직을 요청했다. 직장 상사가 나를 보고 크게 웃으며 안 된다고 했을 때, 나는 얼마나 안도했는지 모른다. 내가 그렇게 탈출하고 싶었던 집으로 돌아가는 일은 상상하기도 싫었던 것이다.

나는 정기적으로 집에 가는 것을 그만두었다. 나는 연애도 두어 번 했는데 한 남자와는 동거까지 했다. 엄마는 나 몰래 그 남자와 연락을 해서 내게 청혼을 하든지 관계를 청산할 것을 요구했다. 나는 수치스러웠다. 스물일곱 살 먹은 여자의 엄마가 딸의 인생을 조종하려 하고 있었던 것이다. 지금은 그 일을 생각하며 웃을 수 있지만 말이다. 어쨌든 그 남자와는 잘되지 않았고, 엄마 때문은 아니었다. 그러고 나서 나는 롭을 만났다. 그는 내가 엄마에게 말했던 이상형의 남자, 나를 웃게 해줄 수 있는 남자였다. 그는 나와 결혼하고 싶어 했다. 나는 엄마의 허락을 받고 싶지도, 구하고 싶지도 않았다. 그 당시 나는 더욱 강한 사람이 되어 있었다. 롭은 내가 얼마나 좋은 사람인지를 알게 해 주었고, 내가 결함이 있는 상품이 아니라 온전한 사람임을 느끼게 해 주었다.

10년 전, 결혼 관련 서류를 정리하다가 나는 나 자신에 대한 진실 하나를 발견했다. 출생증명서 발급을 신청했는데 내가 예상했던 것보다 시간이 더 오래 걸린 탓에 제때 서류를 받지 못했고, 호적 담당자가 전화를 걸어 입양 여부에 대해 물었다. 나는 학창 시절 한 여자아이가 했던 말과 생물 시간의 내 파란 눈에 대한 미스터리, 그리고 예기치 않은 선물이었던 런던 여행을 기억해 냈다. 그래서 나는 대답했다. "그럴 수도 있어요."

며칠 후 나는 평범한 우편물로 보이는 편지를 받았다. 내 입양 기록이었다. 나는 그날 뭔가 불안함을 느꼈다. 몸에서 영혼이 빠져나가는 것 같은 경험이었다. 그렇지만 곧 안도감이 나를 압도했다. 나는 가슴 깊은 곳에 흐르고 있던 뭔지 모를 느낌이 그저 내 상상이 아니었음을 깨달았던 것이다. 나에 대한 엄마의 부당한 대우가 나의 부족함 때문이 아니라 입양 때문이라는 생각은 오히려 나를 안도감에 젖어 들게 했던 것이다.

엄마가 나를 낳은 것이 아니라 사람들의 눈을 피해 어느 수녀원 방에서 서류에 서명을 하고 나를 데려왔다는 것을 알게 되자 나는 변하기 시작했다. 엄마는 아무 아기나 데려올 수 있었고, 하필 그 아이가 나였으며, 그것은 돌발적인 사고였고 나는 그 희생자였다. 나는 엄마에게 왜 내가 입양됐다는 사실을 한 번도 말하지 않았느냐고 물었다. 엄마는 이미 내가 알고 있는 줄 알았다고 대답했다. 엄마가 말했다. "나는 네가 무슨 일로 이 난리 법석을 부리는지 모르겠구나." 나는 엄마의 그 말에 너무 깜짝 놀라서 아무런 대꾸도 하지 못했다.

나는 될 수 있는 대로 빨리 생모를 찾아 나섰다. 그리 오래 걸리지는 않았다. 내 생모는 가정을 꾸리고 있었고 아이가 셋이나 있었지만 그래도 나를 만나면 기쁠 거라고 말했다. 그렇지만 나는 결혼 준비로 바빴고 결혼을 새로운 인생의 시작처럼 생각하고 있었다. 몇 통의 편지를 주고받은 것을 끝으로 생모와의 연락은 흐지부지되고 말았다.

그러는 사이 나는 시어머니와 점점 더 가까워지고 있었다. 지금은 훨씬 더 친밀한 사이가 됐다. 시어머니는 내가 밥을 먹은 다음에 곧바로 차를 마시는 것을 좋아한다는 것과 내가 어느 비스킷을 좋아하는지 알고 계신다.(나는 무화과 롤을 좋아한다.) 시어머니는 내 기분이 처져 있다는 것을 쉽게 알아채고, 간섭받는다는 느낌이 들지 않게 적당히 지원을 해 준다. 평범한 엄마와 딸의 관계가 이렇지 않을까 하고 나는 상상해 본다. 시어머니가 실은 진짜 내 엄마이고 없어진 서류가 더 있을 거라는 꿈을 꾼 적도 있었다.

엄마는 내가 자라는 동안 나에게 잔인했다. 언제나 내 몸무게와 외모를 비판했다. 나는 영화 「헬프(The Help)」를 보고 영화의 주인공인 아이빌린이 "엄마가 예뻐하지 않는 아이의 인생이 평탄할 리가 없어."라고 한 말이 이해가 됐다. 어린 시절, 나는 결코 엄마의 규칙을 어긴 적이 없었다. 나는 엄마의 허락을 받기 위해 뭘 해야 하는지 알았다. 내가 규칙을 어기면 엄마는 며칠 동안 내 앞에 모습을 드러내지 않았다. 나는 두려움 속에 자랐고 간절히 엄마의 사랑을 바랐다.

나는 자라면서 체중이 더 늘었고 *그것은* 엄마와 나 사이의 지속적인 논쟁거리가 되었다. 나는 내 몸매가 망가지든 말든 신경 쓰지 않는 방식으로 엄마에게 반항을 했다. 그렇게 해서라도 나를 통제하는 것은 엄마가 아니라 다름 아닌 나 자신임을 확인하고 싶었던 것이다. 상담을 받은 지 2년이 됐을 때 나는 엄마가 엄마 노릇에 적합하지 않은 존재라는 사실을 더 분명히 이해할 수 있었다. 그러면서 엄마에게 연락하는 일이 더욱 뜸해졌다. 아빠가 돌아가신 후 나는 거의 엄마를 만나지 않았다. 지금은 엄마가 어디에 있는지도 모른다. 엄마는 내게 한마디 상의도 없이 고향 집을 팔고 모든 짐을 싸서 밴에 싣고는 떠나 버렸다. 이웃 사람이 그 사실을 내게 알려 주었을 때 나는 그 말을 믿을 수 없었다. 급기야 롭과 함께 고향 집을 찾아갔을 때, 창문으로 들여다본 집 안 내부는 텅 비어 있었다. 어린 시절 내가 가지고 놀던 장난감 더미는 벽난로 옆에 버려져 있었다. 도티라고 불렀던 낡은 누더기 인형, 그리고 낡은 나무 아기 침대도 하나 보였다.

나는 엄마가 어디로 갔는지 모른다. 아빠의 오랜 친구만이 엄마의 행방을 알 뿐이다. 엄마와 나 사이의 관계가 매우 위태롭다는 것을 알았던 아빠는 임종을 앞두고 나 대신 당신의 친구에게 엄마를 지켜 달라는 부탁을 남겼다. 아빠는 결혼과 함께 나를 지켜 줄 누군가가 생겼다는 사실에 크게 안도했지만, 성격상 아주 많은 사람들을 지쳐 떨어져 나가게 만드는 엄마는 홀로 남겨질 것이라 걱정했다. 아빠는 여전히 엄마를 돌보고 있었던 것이다.

아빠의 부탁을 받은 피터 아저씨는 나와 계속 연락을 주고받고 있었다. 아저씨는 엄마에게 절대 엄마의 행방을 밝히지 않겠다는 맹세를 수없이 반복해야만 했다. 아저씨는 엄마가 어디에 있는지 알려 줄 수는 없다고 말했다. 하지만 엄마가 어딘가의 보호 시설에서 지내고 있다는 사실, 엄마가 치매 검사를 받고 있다는 사실을 알려주었다. 그리고 보호 시설 직원으로부터 엄마가 꾼다는 악몽에 대해 전해 들었다.

"오, 릴리! 릴리! 날 내보내 줘. 제발 날 내보내 줘. 날 해치지 마." 엄마가 잠꼬대로 외치는 소리란다. 어디에 있는지도 모르고, 연락도 닿지 않는 엄마가 여전히 나에 대한 험담을 퍼뜨리고 있었던 것이다. 이모는 최근에 자포자기하는 심정으로 엄마에게 엄마로서 나를 대해 보라고 간청했다고 말했다. "릴리는 네 하나뿐인 딸이야. 아름다운 아이지! 그 아이를 사랑해야 한다는 걸 너도 알잖니. 멋지다고 매일매일 릴리한테 말해 줘야지." 그러자 엄마는 이모에게 이렇게 말했다고 한다. "아, 릴리? 걔는 나한테 아주 커다란 실망을 안겨준 아이일 뿐이야."

'좋은 딸 되기 클럽'에 모인 여성들은 내 이야기에 귀를 기울였다. 그들은 망설이며 내가 엄마와의 관계를 끊을 가능성에 대해 물었다. 지금은 아무래도 상관없다. 그런 생각은 딸로서는 해서는 안 될 사악한 생각일까? 그렇지만 나는 그보다 더 사악한 생각을 했었다. 엄마가 죽었으면 좋겠다고! 그렇게 되면 엄마한테서 영원히 자유로워질 수 있을 것 같았다.

내 친구들과 남편, 그리고 시어머니 등 나를 정말로 사랑해 주는 사람들이 있음을 나는 안다. 그렇지만 나는 사람들 머릿속에 엄마의 사랑이라는 칩이 들어 있다고 생각한다. 그것은 얼마나 많은 사람들이 그에게 사랑한다고 말하는지와는 상관이 없다. 엄마가 사랑해 주지 않는 사람은 그 누구로부터도 사랑받지 못한다고 느끼는 것이다.

그럼에도 불구하고 엄마를 외면하고 떠나 버리는 것은 패배처럼 느껴진다. 그것은 실제로 내게 엄마가 없다는 것을 내가 받아들이는 것과 같으니까. 하지만 나는 그것을 받아들이고 싶지 않다. 나는 엄마에게 인정을 받고 싶다. 나는 입양아이다. 그래서 인정받고 싶은 욕구가 더 강렬한지도 모르겠다. 이것이 내가 계속해서 엄마에게 돌아갈 수밖에 없는 이유이고, 이러한 관계는 나에게 가학적일 수밖에 없다.

자기애에 빠진 엄마의 딸에 대한 고찰

나(나타샤)는 엄마가 처음부터 나를 있는 그대로 받아들여 주지 않았다면 지금 내가 어디에 있을지 상상조차 할 수 없다. 고인이 된 마야 안젤루(Maya Angelou)는 수년에 걸쳐 자신의 엄마에 관해, 그리고 엄마가 자신의 삶에 제공한 밸러스트(배나 열기구의 중심을 잡기 위해 바닥에 놓는 무거운 물건―옮긴이)에 관해 많은 글을 썼다. "엄마는 내 뒤에서 나를 뒷받침해 주었다. 이것은 엄마의 역할이며…… 엄마는 정말로 중요한 사람이다. 단지 엄마가 어린아이를 먹여 주고, 또한 사랑해 주며 안아 주고 응석을 다 받아 주기 때문만이 아니라, 독특하며 어쩌면 괴상하고 이치에 맞지 않아 보일지도 모르는 방식으로 이미 알고 있는 것과 미지의 것 사이를 이어 주기 때문이다."

엄마는 항상 나와 세상 사이에 있었다. 나는 도전 정신이 넘치는 아이였다. 나는 내 형제자매들과 많이 달랐다.(내 이야기를 할 차례가 오면 그때 다시 설명할 것이다.) 엄마는 나의 직업과 관련된 선택, 내 애정 생활과 내가 인생을 사는 방법을 인정해 줬다. 나는 엄마가 대부분 나를 지지해 주고, 내가 무언가를 의심하고 혹은 중요한 것을 놓치고 있을 때 나에게 힌트를 줄 것이라고 확신한다.

우리는 엄마에게 인정받고 사랑받고 있다는 것을 느낄 수 있다. 그런 느낌에 가장 영향을 미치는 것은 때때로 사소한 것들이다. 왜 엄마가 그렇게 말해야 했을까? 엄마가 정말로 뜻하는 것은 뭘까? 이러한 질문들은 늘 우리에게 껌 딱지처럼 들러붙어 다니는 질문들이다. 『가슴으로 말하는 엄마 머리로 듣는 딸 — 대화를 통해 본 엄마와 딸의 이해(You're Wearing What? Understanding Mothers and Daughters in Conversation)』의 저자 데버러 태넌(Deborah Tannen)에 따르면 우리가 인정과 이해를 구하면서 동시에 서로에게 가장 비판적인 중요한 세 가지는 머리, 옷, 몸무게다.

우리가 엄마에게 "나 어때요?"라고 물으면 엄마는 "괜찮아. 멋진데."라고 말한다. 말과는 달리 엄마가 무언가 석연치 않아 한다는 것을 우리는 안다. 그래서 엄마는 멋지다는 말을 하고 나서 이렇게 토를 달기도 한다. "윗옷이 야하지 않니?" 또는 "머리를 뒤로 넘기면 더 좋을 것 같아." 그리고 엄마의 말이 옳다. 우리는 엄마의 의견을 묻고 엄마의 솔직한 대답을 듣고 싶어 한다. 우리가 항상 엄마의 의견을 좋아하는 것도 조언을 받아들이는 것도 아니지만, 우리는 그래도 엄마의 의견이나 조언보다는 엄마의 칭찬으로부터 훨씬 더 행복함을 느낀다.

나는 최근에 우피 골드버그의 인터뷰를 봤다. 그녀는 자신의 엄마에 대해 이야기하고 있었다. 엄마가 돌아가신 뒤에 그녀는 다른 어떤 사람이 와서 자신을 안아 준다고 해도 엄마만큼 자신을 사랑해 주는 사람은 결코 만날 수 없을 것이라는 사실을 깨달았다고 했다. 엄마의 포옹은 포옹 중의 여왕인 것이다. 조건 없는 사랑과는 그 무엇도 경쟁할 수 없다. 엄마의 사랑은 관대한 사랑인 것이다. 엄마의 사랑은 내가 '엄마를 좋아하지 않아!'라고 외쳤던 사실조차도 잊어버리게 만든다. 가장 순수한 사랑이며, 한계가 없으며 만기나 첨부 조건도 없는 사랑이다. 엄마의 사랑은 당연히 이래야 하는 것 아닐까?

그렇지만 인생이 그렇게 간단하기만 하다면 얼마나 좋겠는가. 모든 엄마들이 자애롭고 조건 없는 사랑에 대한 본능을 가질 수 있다면 얼마나 좋을까. 나는 '좋은 딸 되기 클럽'을 통해 점점 더 많은 것을 알게 되면서 어떤 엄마들은 엄마 역할에 맞지 않는다는 사실 또한 깨닫게 되었다. 우리에게 편지를 보낸 여성들 중에 많은 이들은 우리 사회가 상식적으로 기대하는 엄마의 역할과는 아주 거리가 먼, 그들을 잔인하게 대했던 '자기애에 빠진' 엄마들에 대해 이야기했다. 자기애에 빠진 엄마들은 「백설 공주」에서부터 「헨젤과 그레텔」까지 가장 친숙한 동화에서 찾을 수 있는 캐릭터이다. 그렇지만 이 동화 속에서 등장하는 엄마들이 대개 계모라는 점은, 당시에는 생모가 자신의 자식에게 행하는 정신적 학대는 금기에 가까운 주제였음을 시사한다. 그런 종류의 학대와 방치는 친엄마가 아니라 계모나 하는 짓이다. 안데르센 이래로 그 사실은 크게 바뀌지 않았음을 나는 릴리의 이야기를 들으며 알 수 있었다.

릴리는 '좋은 딸 되기 클럽' 첫 모임에서 그녀가 생명줄처럼 여기는 책에 대해 말했다. 바로 캐릴 맥브라이드(Karyl McBride) 교수의 저서 『과연 제가 엄마 마음에 들 날이 올까요 ― 엄마보다 더 아픈 상처받은 딸들을 위한 심리 치유서(Will I Ever Be Good Enough? Healing the Daughters of Narcissistic Mothers)』이다. 저자는 다음과 같이 설명한다. "자기애적인 엄마들은 사랑은 무조건적인 것이 아니라고 딸들에게 말한다. 사랑은 어떤 조건을 충족시켰을 때에만 주어지는 것이라고 말한다. 그래서 성인이 된 이 딸들은 무능함과 실망감, 정서적 공허함과 슬픔의 감정을 극복하는 데 어려움을 겪는다." 이는 우리에게 편지를 쓴 많은 여성들이 겪어야만 했던 엄마들의 교묘한 정서적 태만이다.

로이진은 『아이리시 타임스』의 일간 특집 편집자이며 심리학자인 트리시 머피(Trish Murphy)가 기고하는 상담 칼럼 편집에 관여하고 있다. 우리가 이 책을 쓰는 동안, 머피는 한 여성으로부터 '좋은 딸 되기 클럽'을 떠올리게 만드는 편지 한 통을 받았다.

질문

나는 얼마 전에 자기애에 빠진 엄마에 대한 기록물을 알게 됐는데 거기서 묘사하는 사람이 정확히 내 엄마였어요. 나는 오십 세인데 왜 내가 나 자신에 대해 아주 부정적으로 생각했는지, 어떻게 내가 자기 체벌을 계속해 왔는지 알아내는 데 이만큼의 세월이 걸렸어요. 오래전에 누군가가 내게 이 점을 언급해 줬었더라면 고마워했을 텐데요.

첫 번째 결혼이 실패로 돌아간 후에 아주 가까운 친구 하나가 내게 이 점을 언급하려고 했었지만 그 당시에 나는 엄마의 비정상적인 행동에 너무 혼란스러웠기 때문에 그 말을 제대로 이해할 수 없었어요. 게다가 나는 엄마가 나에게 그처럼 행동할 수 있었다는 것을 믿을 수 없었던 것 같아요.

엄마는 계속해서 나를 깎아내렸어요. 엄마는 나만 빼고 가족 모두를 사랑했어요. 내가 잘한 일도 결국 다른 가족의 공으로 가로채 가고 칭찬하는 법이 없었어요. 내가 그에 대해 불만을 토로하면, 엄마는 내가 불안정하고 지나치게 민감하며 멍청하다고 넌지시 말하곤 했어요. 엄마는 나를 질투하고 언제나 내 모습을 비난했으며 내 모든 인간관계에 개입하려 했지요. 엄마는 나의 말과 행동을 왜곡하고 폄하하기도 했어요. 엄마는 내가 주인공인 파티나 행사는 뭐든지 망쳐 놓고 엄마가 주인공이 되고 나서야 직성이 풀릴 만큼 이기적이고 자기 자신에게만 관심이 있었어요.

내가 엄마에 대해 이런 얘기를 하면 엄마는 버럭 화를 내거나 속상해하고, 또는 아픈 척을 해요. 그런 식으로 나를 잔인한 사람으로 만들죠.

나는 엄마가 내 인생을 망치려고 했던 일들을 끝도 없이 읊을 수 있어요. 이 주제를 다룬 기사가 인격 장애를 가진 사람에 의해 인생을 지배당한 이들에게 도움을 줄지도 모르겠어요.

트리시 머피의 답변

당연하게도 누구나 자신의 인생이 가장 중요합니다. 그러나 자신의 인생을 아이보다 우선시하는 엄마의 존재는 비극입니다. 그만큼 엄마와 자녀의 관계는 본질적으로 중요한 관계 중 하나입니다. 엄마의 사랑은 무조건적이며, 언제나 돌아와 쉴 수 있는 안전망이기도 합니다. 엄마의 사랑은 우리가 아무리 힘든 일을 겪는다 할지라도 세상과 맞설 수 있게 해 주는 의지의 원천입니다. 인생에서 이 근본적인 안정감을 갖지 못하면 평생 동안 고통을 받을 수 있습니다. 그렇지만 치유를 위한 시작점은 관계의 실상을 완전히 인지하고 받아들이는 것에 있습니다.

우리는 어떤 방어기제도 갖추지 못하고 태어나며, 따라서 우리는 우리를 길러 주는 사람이 어떤 사람인지를 가리지 않고 사랑하게 됩니다.

그리고 우리의 사랑은 종종 비극으로 끝납니다. 우리가 무조건 사랑했던 양육자가 우리의 사랑을 무가치하게 여길 수도 있으며, 또는 우리의 사랑을 받아들이는 데 너무 오랜 시간이 걸리기도 합니다. 우리는 그동안 상처를 받고, 우리의 젊은 시절 대부분을 양육자에게 인정을 받을 만한 뭔가에 우리 자신을 맞추려고 애를 쓰면서 보내기도 하지요. 그 결과 우리의 꾸밈없는 표현과 자연적 발달을 가로막는 신중함과 조심성, 그리고 자발성 결핍이 나타날 수 있습니다.

이외에도 우리는 대개 다른 사람들에게 엄마와 사이가 나쁘다는 사실을 숨깁니다. 우리가 사랑스럽지 않은 것은 바로 우리 자신의 잘못이라고 여기면서 당황스러워하고 스스로를 끔찍하게 여깁니다. 그 결과 우리는 고립되고 외로워지며, 도움을 받을 수 있다는 희망은 꿈도 꾸지 못하게 됩니다.

엄마 때문에 우리의 사랑에 대한 일차적 경험이 크게 훼손됐을 때 신뢰와 의존을 바탕으로 한 이후의 관계를 형성하기란 매우 어렵습니다. 우리는 사랑하는 사람과 거리가 생길지도 모른다는 공포 때문에 자기방어 기제를 발달시켜 나갑니다. 그러다 보면, 우리가 혐오하는 부모의 행동 양식을 우리 자신이 반복하고 있음을 깨닫게 될 거예요.

비극이지요. 우리는 뻔한 결과를 따를 필요는 없습니다. 우리가 우리 문제를 알게 되는 순간, 비극을 멈추게 할 힘이 생깁니다. 물론 상당한 용기와 도움이 필요할 거예요.

당신은 당신 어머니가 어떤 사람인지를 인정하고 알 필요가 있습니다. 당신 어머니는 당신이 허용하지 않는 한 더 이상 당신을 해칠 힘이 전혀 없는 무척 슬픈 사람이에요. 당신 어머니는 인생이 주는 최고의 선물인 자식에 대한 사랑을 스스로 거부한 사람이기도 합니다.

어머니를 교정하는 것이 당신의 목표는 아닙니다. 당신의 에너지는 당신을 위해서 비축해 두세요. 당신의 도전은 당신 자신을 가치 있고 사랑받을 만한 존재로 보고 타인에게 진정으로 의지하는 법을 배우는 모험이 될 거예요. 위험을 감수하는 사람은 당신이지 당신의 엄마가 아닙니다. 어떠한 정서적 장벽도 넘어서야 합니다. 그럴 수 있는 충분한 지적 능력을 당신이 갖고 있다는 사실을 믿으세요.

독자들과 평단의 갈채를 받는 아일랜드 작가 콜럼 토이빈(Colm Tóibín)은 지난해에 자신의 신작 소설에 관한 인터뷰에서 자신과 어머니의 쉽지 않은 관계에 대해서 말했다. 토이빈은 과거의 어려움과 충격적인 경험을 화제로 꺼내는 것을 자제해 왔다. "나는 부모님에게 상당히 예의를 갖춰야 할 의무가 있다고 생각해요. 특히 부모님이 연로해지시고 우리 자신도 점점 나이를 먹어 갈 때는요. 부모님은 영원히 우리 곁에 계시지 않아요." 그는 이렇게 말했다. '좋은 딸 되기 클럽'의 명예 종신회원 자격을 얻을 수 있을 만큼의 감성이다. 그렇지만 릴리와 자기애에 빠진 엄마를 둔 다른 딸들은 예의의 문제를 넘어선다. 트리시 머피가 말한 대로 그들의 에너지는 그들 자신의 필요를 위해 반드시 비축되어야만 한다.

캐시

엄마처럼 된 딸

나는 냉소적인 사람이다. 나는 거리낌 없이 그 사실을 인정한다. 나는 서점의 자기 계발서 구역을 지나갈 때마다 진열된 책들의 제목을 보면 절로 웃음이 나왔으며, 저 저자들 중 어느 누구의 은행 잔고도 불려 주지 않고 인생에서 성공을 거둔 나에 대해 자부심이 느껴졌다. 나는 상담을 받아 본 적이 한 번도 없다. 나는 나 자신의 능력을 열렬히 믿는 사람이다. 나는 직접 모든 일을 처리한다. 나는 도움을 구하지 않는다.

어려움이 없었다는 것이 아니다. 지난 몇 년은 일종의 진부한 중년의 삶에 대한 도전의 시간이었다. 결혼 생활은 때때로 힘겨운 것이다. 극적인 일은 전혀 없는데 신경을 거스르는 일은 늘 있었고 오랫동안 지속된 전형적인 관계에서 오는 불만이 있었다. 우리 부부는 서로에게 싫증이 났지만 너무나도 예의가 바른 사람들인지라 그런 말을 할 수는 없을 듯하다. 나는 여전히 그레이엄을 사랑하며 결혼 생활도 아주 안락한 편이지만, 때때로 그를 바라보면서 내가 예전에 사랑에 빠졌던 그를 기억하려고 애쓰고 있음을 깨닫는다. 가끔은 같은 시선으로 나를 바라보고 있는 그레이엄이 보인다. 물론 서로 이를 언급한 적은 없다. 아름다운 집과 좋은 직장이 있으며 일 년에 두 번씩 휴가를 가는 등 부족함이 없기 때문이다. 그 문제를 언급하는 것은 무례한 일로 보일 것이다. 나는 이런 일들이 반복된다고 믿는다. 나는 어느 날 그레이엄과 다시 미친 듯이 사랑에 빠질 것이라고는 기대하지 않는다. 아이들이 독립하면 가능할지도 모르겠지만.

이따금 부부간의 문제가 생기기도 한다. 그러나 별로 심각할 것도 없는 수준의 문제일 뿐이다. 그리고 투덜거리지 않고는 대화가 되지 않고, 자기 방에 틀어박혀서 갖가지 전자 장치에 들러붙어서 대부분의 시간을 보내는 골칫거리 십대 아들 녀석이 하나 있다. 그리고 그 밑으로 아들과 딸이 하나씩 더 있다. 지금 이 순간 나는 할 일은 너무 많고 마음엔 사랑이 넘치지 않는다. 짐작하겠지만, 내 마음은 반쯤 비어 있다.

요즘 엄마 곁에 있다 보면 이런 삶에 대한 불안감이 많이 생기는 것 같다. 잘 되지 않는 일이지만, 그래도 엄마를 많이 떠올려 보기 시작했다. 로이진의 칼럼 끝부분을 읽은 후에 거의 삼투압이 일어난 듯 얼마나 많이 내가 엄마의 모습을 흡수했는지에 대해 생각하기 시작했다. 아이들은 별것 아니지만, 내 말버릇을 가지고 놀렸다. 곰곰이 생각해 보니 내 말버릇은 내가 만든 기벽이 아니라, 내가 자랄 때 보았던 엄마의 말버릇이었다. 나는 말버릇과 마찬가지로 내가 아이들에게 심어 주고 있는 많은 가치관과 삶의 도전을 대하는 나의 방식은 나 혼자 생각해 낸 것이 아니라는 점을 깨달았다.

나는 아무런 간섭도 하지 않는 엄마는 아니다. 내 엄마도 그런 엄마가 아니었다. 엄마는 원조 헬리콥터 엄마였다. 엄마는 내 머리 색깔부터 내가 결혼한 남자에 이르기까지 내가 하는 모든 결정에 개입했다. 내가 아들 잭에게 학교에서 어떤 과목을 선택해야 할 것인지에 대해 말할 때 나는 내 목소리 속에서 엄마의 목소리를 듣는다. 때때로 나는 잭이 실제로 필요로 하는 것에는 귀를 기울이지 않는다. 나는 잭이 원하는 것보다, 내가 잭에게 원하는 것을 더 많이 생각한다. 그리고 내가 보기에는, 내가 원하는 것이 잭에게도 최선이다. 엄마는 상당히 많은 면에서 훌륭한 분이었지만 모든 것에 간섭을 했다. 그리고 지금 나도 엄마를 똑같이 따라 하고 있다.

나는 지난해 집에 앉아서 『섹스 앤 더 시티』에 나오는 여배우처럼(맨해튼 하늘 대신에 코크의 스카이라인을 바라보고 있었다는 점을 제외하면) 골똘히 뭔가를 생각한 적이 있었다. '정말로 궁금해서 견딜 수가 없어서 그러는데, 어떻게 내가 외모 말고 다른 면에서 엄마를 닮을 수 있지? 내가 엄마를 그대로 따라 하고 있다면 그건 뭔가 잘못된 걸까? 아니면 좋은 걸까?' 신문에서 로이진의 엄마와 딸 프로젝트 공지를 읽으면서 나는 내 질문의 답을 찾아보고 싶은 열망이 생겼다.

내게 가장 큰 동기 부여가 된 것은 내 딸 제니와 내 아들들과 나의 관계의 미래에 대해 탐험하고 싶은 마음이었다. 내가 엄마의 최악의 면면을 닮아 가는 것을 막을 수 있을까? 엄마의 좋은 부분, 내 아이들에게 유익할 부분만 택하고 나머지는 버리도록 나 자신을 단련시킬 수 있을까?

그래서 내가 보낸 이메일은 전혀 나답지 않았다. 그렇지만 내용은 무척 나다웠다. 짧게 요점만 간단히.

✉ 로이진에게

나는 엄마처럼 되어 가고 있는 것 같아요. 좋은 일일까요? 확신이 없어요. 확인해 보고 싶어요.

캐시가.

'좋은 딸 되기 클럽'에 대한 이야기와 나타샤가 로이진과 함께 하고 있는 일에 대한 설명을 듣고 처음에는 뒷걸음질을 쳤다. 그 클럽은 일종의 추종자들 모임 같았다. 그리고 그런 모임에서 비밀스러운 방식으로 악수를 나누거나 주문을 외우기 위해 자리에 앉으며 망토를 획 휘날리고 있을 여성들이 있는지 궁금했다. "스피리텀, 생크텀, 마더럼." 그렇지만 로렌 언니가 병에 걸린 뒤, 엄마가 무척 마음에 걸렸던 나는 모임을 알게 된 것이 시의적절하다고 느꼈다. 중요한 것은 지금 엄마에게는 내가 필요하다는 사실이지 엄마와 내가 어떻게 지내 왔는가는 아니라고 생각했다. 로렌 언니의 병색이 완연한 얼굴을 바라보던 엄마의 연약한 모습을 나는 그때까지 한 번도 본 적이 없었다. 어쩌면 내가 엄마를 그토록 자세히 지켜본 적이 없었는지도 모르겠다.

중년에 접어들면서 나는 내가 점점 더 용감해지고 있다는 생각이 든다. 더 많은 자신감이 생겼고 걱정은 줄었다. 10년 전의 나라면 그런 이메일을 보내는 것을 바보 같은 짓이라고 생각했겠지만 지금의 나는 잃을 것이 하나도 없다고 생각했다. 무슨 해가 되겠는가? 최악이란 한

들 무슨 일이 벌어질 수 있을까? 이메일을 보낸 것은 현실적이고 실용적인 결정이었다. 이가 아프면 치과에 가는 것이 옳다.

모임을 시작한 뒤 이야기가 쏟아져 나오기 시작했을 때 여러 사람이 모인 자리에서 할 수 있는 가장 어려운 일 중의 하나가 자신의 엄마에 대해 이야기를 하는 것일지 모른다는 생각이 들었다.

어떤 면에서 엄마에 대한 이야기는 여느 부부 관계에 대한 이야기보다 더 폭로적이었다. 그것은 내가 손댈 수 없는, 지극히 개인적인 이야기였다. 엄마에 대해 말한다는 것은 우리가 여자라는 사실의 핵심에 다가가는 일이기도 했다. 처음에 한발 물러나 있었던 것은 수줍어서가 아니라, 만약 이 탁자에 언니와 오빠가 있었더라면 무슨 이야기를 했을까 하는 생각 때문이었다. 또한 이 자리에 있는 사람들이 내 이야기를 자기들 멋대로 이해할지도 모른다는 생각도 들었다. 나는 엄마에 대한 내 이야기가 잘못 전달되어 사람들이 내 엄마에 대해 부정적인 이미지를 갖고 돌아갈까 봐 걱정이 됐다. 어느새 나는 엄마가 위대한 사람이라고 계속해서 강조하고 있었다. 그들은 아마도 내가 지나치게 항변하고 있다고 생각했을 것이다.

나는 내 아이들, 특히 딸에 대해서 생각했다. 만약 내 딸이 이런 모임에 참석하고 있다는 사실을 내가 안다면 나는 어떤 느낌일까? 기분이 좋을까? 아마도 그렇지 않을 것이다. 나는 마음이 불편했다. 왠지 엄마를 배신하는 것 같았다.

릴리가 자신의 엄마에 대해 이야기를 하기 시작했을 때 나는 좀 우쭐해졌다. 적어도 나는 그 정도는 아니었기 때문이다. 릴리에게는 엄마와의 관계를 회복할 가능성이 없어 보였다. 나는 릴리가 자신의 이야기를 할 수 있다는 사실에 감탄했다. 그리고 릴리와 소피를 비롯하여 뭔가를 할 수 있는 기회조차 없는 여성들에 비해 나는 할 수 있는 일이 무척 많다는 사실을 확실히 깨달았다. 나는 그들의 이야기를 들으면서 슬펐고, 나 자신에 대해서는 기대감이 생겼다. 그리고 내 차례가 됐을 때 나는 그냥 있는 그대로 내 이야기를 했다.

나는 아일랜드 서쪽의 클레어 주 한 작은 마을에서 자랐다. 엄마는 '집 만한 곳은 없다'는 속담이 거짓이 아님을 입증하는 것을 평생의 과제로 삼았다. 스토브 위에는 언제나 뭔가 맛있는 음식이 담긴 냄비가 있었고 난로에는 활활 불길이 타오르고, 여러 가지 보드게임이 펼쳐져 있었으며 이 모든 것의 중심에는 엄마가 있었다. 최고의 가정주부였다. 날씨가 좋지 않아서 바람에 기와가 덜거덕거리기라도 하는 날이면, 우리 가운데 누군가 나서서 안전한 친구 집으로 가는 게 좋겠다고 말하고는 했다. 그럴 때마다 엄마는 터무니없는 얘기라며 그 제안을 묵살해 버렸다. "간다고? 여기를 떠난다고? 바로 이 순간 가족들과 함께 있는 것보다 더 좋은 곳이 어디 있어?" 엄마의 한마디로 그 생각은 유야무야되었고 잠깐 엉덩이를 들썩였던 정신 나간 사람들은 다시 자리에 앉을 수밖에 없었으며, 그렇게 평화와 낯익은 조화가 다시 찾아왔다.

필요한 모든 것은 집에 다 있었다. 다른 사람의 집에 방문할 필요가 없었으며, 엄마는 늘 그런 식으로 모든 것을 준비를 해 두었다. 친구들이 떼를 지어 우리 집에 놀러 오곤 했는데 엄마의 티브랙(전통 아일랜드식 과일 케이크—옮긴이)은 클레어 주 전체에서 유명했다. 엄마는 전형적인 아이리시 엄마였다. 이 말은 엄마를 얕잡아서 흉보는 말이 아니다. 엄마는 늘 가장 이상적인 엄마라는 찬사를 들었고 찬사에 어긋나지 않도록 최선을 다해 살았다.

우리는 친밀한 가족이었는데, 때로는 너무 친밀했다. 우리는 언제나 옷이나 연애, 재정 상태에 관해 서로에게 조언을 아끼지 않았다. 가족 간의 '순수한 간섭'이라고 부르든 아니면 뭐라고 부르든 그것은 결국 참견이요, 쓸데없는 간섭이고, 남의 일에 쓸데없이 감 놔라 배 놔라 하는 일이었다. 오빠는 자진해서 내 남자 친구 문제에 말도 안 되는 조언을 내뱉고는 했었는데 나는 가족들이 내 문제에 관심을 갖기 전에 자기들 문제부터 처리하면 얼마나 좋을까 하고 생각했던 기억이 난다. 물론 나도 그 부분에 있어서는 떳떳하지 못하다.

그러나 그 생각을 말로 표현하는 것, 즉 관심과 조언을 간섭이라고 불평하는 것은 우리 집에서는 거의 신성 모독에 가까운 것이었다. 우리 가족은 서로에게 수시로 조언하는 것을 당연한 생활 방식으로 여겼고 그런 분위기는 여전히 내 안에 남아 있다. 아들이 친구들과 밖에 나가려고 하면 티셔츠 대신에 말쑥한 셔츠를 입고 나가라고 말하고 있는 나 자신을 발견했을 때가 그렇다. 가끔 나는 내 아이들에게 말하고 있는 내 목소리를 들으면서 엄마의 모습을 떠 올린다. 서랍에 양말을 정리하는 가장 좋은 방법을 보여 주기 위해 어린 시절 내 침실 문간에 서 있던 엄마의 모습을. 내 기억 속에서 나는 그런 엄마를 외면하고 눈을 들어 위를 쳐다보고 있었다. 내가 친구들 앞에서 멋져 보이는 것이 얼마나 중요한지에 대해서 설명하고 있을 때 내 아들이 하던 행동 그대로 말이다. 나는 내 엄마처럼 되어 가고 있었던 것이다.

어린아이였을 때 오빠와 언니는 모든 일을 엄마와 상의했다. 비록 아빠는 자주 집을 비웠지만, 내가 찾아간 사람은 대개 아빠였다. 나는 파파걸이었던 것이다. 나는 언제나 아빠에게 의지했다. 그리고 나는 오빠와 언니에 비하면 엄마로부터 더 독립적이었다. 엄마는 내가 반항적이라고 했다. 언니 오빠는 나보다 엄마와 훨씬 더 가까웠고 모두 그것을 즐기는 것 같았다. 지금도 나는 언니나 오빠보다 엄마와 더 멀리 떨어져서 지낸다. 전에는 이런 생각을 해 본 적이 한 번도 없었지만, 뭔가 이유가 있다는 생각이 들었다.

그럼에도 불구하고 나는 늘 엄마 집에 가는 것을 정말로 좋아했다. 힘든 일이 있을 때는 특히 더 그랬다. 어느 여름, 대학에 다니던 내가 유명한 스페인 축제를 구경하기 위해 바르셀로나로 떠났을 때였다. 두 주 동안 머물렀던 아파트 숙소에 도둑이 들어 내 모든 돈을 훔쳐 가는 일이 생겼다. 나는 흐느끼며 집에 전화를 걸었고, 그 다음 날 엄마는 내게 돈을 송금했으며 나는 곧바로 비행기를 타고 집으로 돌아왔다. 내 스페인 축제는 갑자기 끝이 났다. 내가 집에 돌아왔을 때 내 침대에는 새 시트가 깔려 있었고 따뜻한 목욕물이 준비되어 있었다. 그리고 당연히 오븐에 티브랙이 들어가 있었다. 그래서 엄마를 떠올리면 따뜻한 보살핌과 안전한 항구가 떠오른다. 나에게는 그와 같은 추억이 많다.

그러나 나이를 점점 먹어 갈수록 나는 엄마에게 최고의 딸이 될 수 없을지도 모른다는 걱정이 들기 시작했다. 엄마는 몇 년 전에 무릎 수술을 받았지만 우리가 집에 설치해 준 계단 승강기 사용을 완강히 거부했다. 우리는 그 승강기를 설치하는 데 엄청난 비용을 부담했다! 나는 엄마가 당신이 늙고 병들었다는 사실을 인정하지 않으려 한다는 점을 이해했어야만 했다. 아니 오히려 감사해야 했다. 그러나 나는 그렇게 하지 않았다. 나는 그런 엄마에게 기분이 상했다. 나는 짜증이 났고 감정을 숨기지 않았다. 나는 의무감에 엄마에게 전화를 했지만 엄마가 하는 말을 전혀 귀담아듣지는 않았다. 나는 말을 가로막고, 앞으로 엄마가 인생을 어떻게 살아야 하는지에 대해 강한 어조로 말하곤 했다.

첫 날 밤, 내가 나타샤의 집에 갔을 때 분위기가 부자연스럽고 어색하다고 생각했다. 분명히 자연스러운 상황은 아니었다. 그렇지만 소피와 릴리의 이야기를 듣고 나서 나는 내 엄마에 대한 감사로 충만해 있었다. 나는 심지어 릴리와 소피와 같은 딸들에게 빚을 진 심정이었다. 나는 그들에 비해 내가 할 수 있는 작은 일들이 무척 많다는 것을 깨달았다. 나는 그들의 이야기에서 슬픔을 느꼈지만 속에서는 희망과 감사가 솟구쳤다.

인생은 정말 예상할 수 없는 것이다. 심오하거나 독창적인 생각은 거의 없었지만 그 모든 여성들과 함께 그 방에 앉아 있으면서 정말로 나는 깜짝 놀랐다. 우리는 영광스럽게도 서로의 삶과 엄마와의 관계에 대한 증인이 되어 줄 수 있었다.

나는 내가 엄마처럼 변하고 있음을 눈치챘기 때문에 여기에 왔으며, 내가 더 착한 딸이 될 수 있고 내가 어찌할 수 없는 엄마의 여러 측면들을 좀 더 잘 받아들일 수 있는 방법이 있다는 것을 알게 되었다. 계속 이야기를 나누면서 나는 내가 해야 할 것에 대해 너 명확히 알게 되었다. 그리고 내가 엄마 이야기를 귀담아듣지 않는다는 점을 깨달았다.

나는 어린 시절 식구들처럼 '참견쟁이 오류'에 빠져 있었지만, 그렇다고 치료 방법이 없는 것은 아닐 것이다. 내 십대 아들 — 열여덟 살이고 많은 일들을 스스로 해결할 만큼 나이를 먹었다. — 녀석 역시 나의 말에 귀를 기울이지 않는다. 아들은 내 참견에 면역이 생겼다. 나는 쓸데없이 간섭하고, 참견하는 엄마로 남고 싶지는 않다. 무엇보다 가장 중요한 것은 엄마와 같은 사람이 되고 싶지는 않다는 것이다. 나는 더 많이 듣고 덜 간섭하고 싶다. 그리고 나는 더 잘 참고 덜 편협한 사람이 되는 법을 배우고 싶다. 다른 여성들의 말에 귀를 기울이며 나는 용기를 얻었고 내 인생에서 가장 중요한 여성, 즉 엄마와 함께 보낼 남겨진 시간에 감사하는 마음이 들었다. 그리고 나는 다시 캐리 브래드쇼우(Carrie Bradshaw: 『섹스 앤 더 시티(Sex and the city)』의 등장인물 — 옮긴이) 분위기로 돌아가 궁금해했다. '내가 엄마처럼 되면 최악의 상황이 되는 걸까?'

엄마처럼 된 딸에 대한 고찰

나(로이진)는 엄마를 내 영웅이라고 생각한다. 엄마는 내 날개 밑에 부는 바람이고, 나의 달이고 별이며, 내 북쪽이고 남쪽이다. 열네 살짜리 조카 해나는 할머니는 '내 전부'라고 말하곤 한다. 해나의 '내 전부'에 해당하는 대상은 할머니 말고도 많다. 그렇지만 나는 엄마에 대해 진실로 '내 전부'라고 느낀다. 비록 그것은 진부하고 상투적인 표현이지만 진실이다. 더블린 태생의 위대한 작가 오스카 와일드가 이렇게 말한 적이 있었다. "여성들 대부분은 그들 엄마로 변해요. 그게 그들의 비극입니다. 남자들은 그렇지 않아요. 그냥 그들 자신이죠." 아, 오스카 와일드! 나는 엄마처럼 될까 봐 두려운 게 아니고, 엄마처럼 되지 않을까 봐 두렵다.

최근에 나는 동시에 엄마도 되고 딸도 되는 경험은 상당히 영광스러운 것이라는 글을 읽었다. 나는 딸과 엄마, 이 두 역할 모두를 동시에 경험하는 것이 소중하다고 생각해 본 적이 한 번도 없었다. 나는 약간 겁이 난다. 나는 내 엄마가 내게 전부였던 것처럼 내 딸들에게 전부가 되지 못할까 봐 걱정하는 나 자신을 발견한다. 물론 어리석은 걱정이라는 것을 안다. 그러나 내가 최선을 다하고 있음에도 걱정이 사라지지 않는다. 훌륭한 엄마를 가진 딸이 받아야 하는 저주인 것이다.

때때로 나는 내가 엄마와 닮은 점을 적어 보면서 기운을 얻는다. 많은 것들 가운데 상위 다섯 가지만 적어 본다. 그중 몇 가지는 다른 항목에 비해 아주 사소한 것들이다.

1. 우리는 긍정적적인 사람들이다. 나는 엄마보다 훨씬 더 자주 짜증을 부리는 편이지만 우리 앞에 잔이 하나 있다면 잔이 반쯤 차 있을 것이라고 생각한다. 바라건대 화이트와인으로.

2. 우리는 웃을 때 아무것도 하지 못한다. 엄마와 나의 약점이다. 두 해 전 크리스마스 때의 일이다. 온 가족이 모인 그날 아침, 엄마는 밝고 명랑한 색조의 꽃무늬로 숫자가 새겨진 옷을 입고 오셨다. 엄마는 그해 크리스마스 의상을 매우 만족해했다. 엄마는 내가 전에 한 번도 본 적이 없는 그 옷을 입고 춤추듯 부엌을 지나갔다.

"엄마 옷이 징말 맘에 들어요." 나는 말했다. 그런데 내가 정말로 하고 싶었던 말은 이랬다. '엄마 어떻게 해서 그 옷을 입게 된 거예요?'

"정말로 편안해." 엄마가 대답했다. 그 옷은 마이클 오빠와 룩사나 올케의 크리스마스 선물이었다. 엄마는 오빠와 올케에게 옷 입은 모습을 보여 주고 싶었던 것이다. 오빠네 식구가 돌아가고 엄마는 우리 가족과 함께 머물며 만찬을 즐겼다. 칠면조 고기를 먹는 내내 나는 엄마가 입은 그 옷 때문에 정신이 없었다. 결국 나는 엄마에게 하루 종일 궁금해했던 것을 물어봐야 했다. "엄마 혹시 그 옷 잠옷 아닐까?" 엄마가 대답했다. "나도 너와 같은 생각을 해 봤는데 아마 아닐 거야. 네 올케가 '어머님 피부색과 너무 잘 어울릴 것 같아서 샀어요.'라고 했거든. 침대 시트색이 아니라!"

그 말 한마디에 엄마는 잠옷의 가능성을 일축해 버렸던 것이다. 나는 상표를 확인해 봤다. 그런 다음 그 상표를 검색해서 같은 색상과 꽃무늬의 파자마 바지를 찾아냈다. 엄마가 크리스마스 내내 자랑스러워했던 크리스마스 의상은 잠옷이었던 것이다. 나는 아무 말도 못하고 바닥을 구르며 웃었다. 충격에서 벗어난 엄마도 나와 같이 깔깔대며 웃었다. 얼마나 숨이 넘어갈 정도로 심하게 웃었는지 우리 때문에 크리스마스 저녁에 수고스럽게도 구급대원이 출동해야할지도 모른다는 생각이 들 정도였다. 긍정적인 면은 엄마가 그날 밤에 잠옷을 갈아입을 필요가 없었다는 것이다.

3. 우리는 음식을 무척 좋아한다. '좋은 딸 되기 클럽' 첫 모임을 마치고 나서 나는 '말을 적게 하고 엄마 말을 더 많이 듣는다'는 항목에 체크했다. 결심한 대로, 나는 최근에 엄마 말을 열심히 들으려고 엄마를 모시고 점심을 먹으러 갔다. 우리는 '클리버 이스트(Cleaver East)'라는 레스토랑에 자리를 잡고 앉았다. 이 레스토랑은 타파스(여러 가지 요

리를 조금씩 담아내는 스페인식 음식 — 옮긴이)로 유명한 집이다. 오로지 타파스를 전문으로 하는 집이고 전채나 주요리가 없다는 것, 주방에서 음식을 만드는 순서대로 무작위로 음식이 나온다는 것, 그리고 모든 음식은 아주 작은 그릇에 담겨 나온다는 것이 특징이다. 우리는 그저 '타파스!'라고 외치고 운에 맡긴 채 앉아 있으면 되는 것이다.

과장이 아니라 엄마와 나는 그 집에서 먹을 것인지 아니면 다른 곳으로 가서 먹을 것인지를 결정하느라 20분 동안 레스토랑에서 망설이며 앉아 있었다. 우리의 딜레마는 딱 한 가지였다. '다 먹고도 배가 고프면 어쩌지?' 예를 들어 주방에서 "라비올리!"라고 외쳤을 때, '저 작은 그릇에 과연 라비올리가 몇 개나 들어 있는 걸까?' '주방장이 생각하는 적당한 헤이크(대구류 생선 — 옮긴이) 한 조각의 크기는 어느 정도일까?'와 같은 고민이 끊이지 않았다. 모든 것이 딜레마였다. 종업원은 우리 때문에 미칠 지경이었다. 결과적으로 우리는 그 레스토랑에서 아주 배불리 먹었다. 모두에게 강력하게 추천하는 바이다.

4. 우리는 배리 매닐로(Barry Manilow)를 무척 좋아한다. 길버트 오설리번(Gilbert O'Sullivan)도 아주 좋아한다. (요점이 뭐냐고? 전설이다. 둘 다 전설이다. 이야기 끝.) 내가 십대였을 때, 한번은 엄마와 함께 길버트 오설리번이 출연하는 뮤지컬 공연을 보러 간 적이 있었다. 공연히 끝난 후, 엄마는 내게 그의 악보와 가장 유명한 그의 노래 가사가 함께 들어 있는 책을 사 줬고 우리는 책에 그의 사인을 받기 위해 무대 뒤편으로 통하는 좁은 통로를 따라 줄을 지어 내려갔다. 그를 만났을 때, 나는 덜덜 떨고 있었다. 길버트는 내게 다정했다. 나는 집으로 돌아오는 내내 그의 노래를 불렀다. 그로부터 여러 해가 지난 후에 길버트 오설리

번은 『더 베리 베스트(The Berry Vest)』라는 앨범을 발표했고, 나는 그에 대한 칼럼을 썼다. 나는 그의 고향인 워터퍼드에 그를 기념하는 조각 상이 있어야 하며 모든 사람들이 '라디오헤드(Radiohead: 실험적인 록 밴드—옮긴이)' 같은 가수를 좋아하는 척하며 멋져 보이고 싶어 하는 가식을 멈추고 당장 밖으로 나가 그의 앨범을 사야 한다고 말하는 내용의 칼럼이었다.

엄마는 그 칼럼을 동봉해서 길버트 오설리번에게 편지를 썼다. 엄마는 그의 주소를 몰랐다. 엄마는 어린아이들이 산타에게 보내는 편지의 주소란에 그냥 산타, 북극이라고 쓰듯이 그냥 길버트 오설리번, 저지 아일랜드라고 썼다. 몇 주 후에 나는 내 칼럼에 대한 답으로 길버트로부터 아름다운 편지를 받았다. 내가 책을 썼을 때 그는 출간을 기념하는 꽃을 보내기도 했다. 그리고 아일랜드에 공연하러 올 때마다 그는 내게 초대권을 보낸다. 모두 엄마 덕분이다.

5. 나는 머리에 염색을 하고 싶지 않지만, 엄마와 나는 둘 다 머리에 염색을 한다. 어린 시절 계속 떠오르는 기억이 하나 있는데 엄마가 투명 비닐 모자를 쓰고 집 안을 돌아다니는 모습이었다. 머리 위에 샌드위치를 얹은 것 같았다. 투명 비닐 모자 속 엄마 머리에는 부자연스러워 보이는 갈색의 끈적끈적한 것이 덕지덕지 발라져 있었고 때로는 뺨에 얼룩이 묻어 있기도 했는데 엄마는 미친 과학자처럼 보였다. 클레롤의 '나이스 앤 이지' 염색약이었는데 엄마는 30대 초반부터 흰머리로 골치를 앓았다. 엄마는 동네 약국에서 염색약을 샀다. 나는 어린 시절 머리 염색약 상자 위에 있는 여자들은 어떻게 늘 아주 행복해 보일까 하고 의아해했던 기억이 난다. 이제는 그 행복한 표정의 실체를 안

다. 바로 안도감이다. 나는 최근에 내가 어디까지 참을 수 있나 보려고 한동안 흰머리 뿌리 부분을 마음대로 자라게 놔두었다. 흰머리가 좋아지기 시작했다. 말도 안 되는 일이었지만 나는 용감하게도 흰머리와 사랑에 빠진 것이다. 나는 흰머리의 뿌리를 가졌고 여러분은 그 뿌리가 포효하는 소리를 들을 것이다! 그러던 어느 날, 앞서 언급한 조카가 내 이마 바로 윗부분을 빤히 쳐다보고 있다는 것을 알아챘다. "내 흰머리 뿌리를 보고 있니?" 나는 물었다. "아마도요." 해나가 말했다. 다행히 나는 그날 오후에 밀려오는 흰머리 물결을 막기 위해 약속을 오후로 미뤘다.

"언제 머리 염색을 그만뒀어요?" 나는 지난번에 엄마한테 물었다. 엄마의 답변은 놀랍게도 구체적이었다. 엄마는 쉰네 살에 클레놀을 바르는 것을 그만두었다. 엄마가 만난 한 여성이 '옅은 보랏빛'에 감탄하며 엄마의 머리를 칭찬했기 때문이었다. 그때부터 엄마는 전담 미용사 크리스천이 염색을 관리하게 했다. 예순다섯 살쯤 됐을 때 엄마는 크리스천에게 앞머리에 일종의 과도기로 흰머리 몇 가닥을 남겨 달라고 했다. 엄마는 그 당시에는 멋져 보인다고 생각했지만, 지금 그때 사진을 보면서는 과연 그런지 의구심을 갖는다. 그러다가 일흔 살이 되어 엄마는 염색 놀이는 완전히 그만두기로 결심했다. 엄마는 말했다. "그 단계쯤 되니 가식은 아무 소용이 없다고 생각을 했어. 어쨌든 모두들 내가 늙었다는 것을 알아." 엄마는 이제는 흰머리를 자랑스러워하며 여전히 멋지다.

엄마와의 공통점 목록을 적으면서 나는 힘을 얻었다. 나는 더 많은 측면에서 엄마를 닮고 싶다. 나는 더 사려 깊고, 더 너그럽고, 더 배려

하며, 더 자연스럽게 행복을 느끼고, 짜증을 덜 내는 현명한 사람이 되고 싶다. 언젠가는 그런 날이 내게도 올 것이다. 어떤 사람들에게는 '우리 엄마처럼 되기'가 정말이지 매우 좋은 일인 것이다.

그레이스

살아 계신 엄마를 애도하는 딸

'좋은 딸 되기 클럽' 첫 모임에서 탁자에 둘러앉아 약간 수줍음을 느끼며 나는 자동차에 대한 이야기로 말문을 열었다. 요즘 엄마와 많은 시간을 보내는 곳이 바로 자동차다. 우리는 장거리 드라이브를 하는데 내가 운전석에 앉고 엄마는 조수석에 앉는다. 그리고 엄마는 외동딸인 나의 운전 솜씨를 침이 마르도록 칭찬한다.

"그레이스! 너는 킬데어 주에 있는 도로를 모두 알고 있구나!" 엄마가 이렇게 말하면 나는 웃으며 대답한다. "정말 고마워요. 맞아요. 길을 다 알아요." 몇 분 뒤에 엄마는 다시 내 운전 솜씨를 칭찬한다. "모든 길을 다 아는 게 틀림없어. 운전을 아주 잘해." 그러면 나는 미소를 지으며 엄마에게 다시 감사 인사를 한다. 드라이브 중에 열 번 혹은 열다섯 번 우리는 이런 대화를 주고받는다.

내가 엄마를 집까지 안전하게 모셔다드리고 난 후, 너블린에 있는 나의 집까지 혼자 차를 몰고 돌아온다. 나는 차에 앉아서 소리 내어 운다. 온몸을 들썩이며 흐느낀다. 차는 울기에 좋은 곳이다. 차는 작은 슬픔의 관문이다. 창이 있어서 밖을 내다볼 수도 있고, 밖에서도 안을 훤히 들여다볼 수도 있다. 그럼에도 불구하고 차 안은 나만의 작은 세상이다. 나는 차 안에서 많이 운다.

『아이리시 타임스』의 공지에 대해서 내게 말해 준 사람은 친구 루비였다. 내가 답변을 보냈을 때 나는 기분이 가라앉은 상태였다.

✉ 로이진에게

나는 엄마를 애도하고 있어요. 그렇다고 엄마가 돌아가신 것은 아니에요. 나는 한 번도 엄마와의 관계에서 어려움을 겪어 본 적이 없어요. 저에게는 관계 개선이 필요한 것은 아니에요. 그렇지만 이제 그 멋졌던 엄마와 딸의 우정은 사라져 버렸어요. 다시는 돌아오지 않을 거예요. 나는 그 상실에 대처하는 방법을 배우고 싶어요. 그리고 아빠를 위해 그 모임에 참석하고 싶어요. 내가 모임에 어울릴지는 잘 모르겠지만 프로젝트에 참여하고 싶어요.

그레이스가.

자라면서 나는 엄마에게 어떤 이야기도 할 수 있는 그런 딸이었다. 엄마는 그런 엄마들 중 하나였다. 엄마의 엄마, 외할머니 놀런 여사도 그런 엄마였다. 외할머니는 마을의 모든 소녀들의 고민을 들어주고 조언을 해 주는 거리의 상담사였다. 자기 엄마에게 이해받지 못한 모든 소녀들은 외할머니를 찾아왔고, 이해를 받고 돌아갔다. 당시는 '곤경에 빠진' 소녀들이 영원히 거리에서 자취를 감추고 잉글랜드나 더 열악한 곳으로 보내지던 시절이었다. 그런 이유로, 내가 자라면서 엄마에게 수시로 들은 이야기는 "있잖아, 뭐든지 나한테는 말해도 돼."였다. 아마도 엄마가 외할머니에게 자주 들은 말이기도 했을 것이다. 나는 엄마 말대로 모든 것을 엄마에게 털어놓았고, 엄마는 때때로 더 많은 것을 알고 싶어 했다. 나는 분명히 행운아였던 것이다. 나는 엄마에게 어떤 말도 할 수 없고 자기 생활을 철저히 비밀에 부치는 친구들을 알고 있다. 엄마는 엄마와 외할머니가 맺었던 관계처럼, 나와도 그런 관계를 맺기를 바랐다. 엄마는 나와 친밀감 그리고 신뢰를 형성하기 위해 의식적으로 노력했다. 나는 내가 얼마나 행운아였는지 안다.

물론 십대 시절 내가 엄마에게 말하지 않았던 것들이 있었고 엄마가 그것에 관해 알게 되어 역정을 낸 일도 있었다. 그러나 나는 문제가 생기면 그 문제가 무엇이든지 엄마를 찾아갔다. 엄마는 어떤 이야기든 내 이야기를 다 들어 주었고, 그러면서도 심판관처럼 군 적이 단 한 번도 없었다.

20대 초반, 나는 한 남자 친구와 만났다 헤어졌다를 반복했다. 그러다 완전히 관계가 끝났을 때, 나는 가슴이 찢어질 듯했고 세상이 끝난 것 같은 기분이었다.

나는 내가 자란 곳으로, 엄마가 내가 떠날 때 모습 그대로 정리해 놓은 내 방이 있는 집으로 돌아가기로 결심했고, 버스를 타고 돌아오는 길 내내 기분이 좋지 않았다. 게다가 케이티 테일러(Katie Taylor: 2012년 런던 올림픽 경량급에서 금메달을 딴 아일랜드 여자 복싱 선수 — 옮긴이)와 10회전을 뛴 것처럼 심신이 지쳐 있었다. 나는 엄마 곁에 있으면 기분이 좋아질 거라는 사실을 알았다. 나는 아빠를 닮아 실용적이며 논리적이고 약간 거칠었지만, 엄마는 부드럽고 낭만적이며 따뜻했다. 나는 집으로, 불꽃으로 향하는 길 잃은 작은 나방처럼, 엄마의 따뜻한 품으로 이끌려 들어가고 있었다.

집에 도착하자 엄마가 차를 끓여 줬다. 우리는 부엌 식탁 앞에 앉았다. 나는 담배 한 갑을 꺼냈다. 솔직한 성격임에도 불구하고 엄마한테 감췄던 한 가지는 하루에 담배를 스무 개비나 피우는 습관이었다. 그날은 굳이 그것을 감추고 싶지 않았고 내가 재떨이로 쓰려고 찬장에서 잔 받침을 꺼낼 때 엄마는 아무 말도 하지 않았다.

나는 첫 번째 담배에 불을 붙이고 나서 최근에 일어난 유혈 사태에 대해 자세히 묘사했다. 몇몇 장면에서 나는 충격에 휩싸이기도 했지만, 흑백의 리놀륨과 창턱 위에 갓 꺾은 작약이 있는 이곳에서는 내가 안전하다는 것을 알고 있었다. 내가 엄마에게 모든 것을 얘기하자 엄마는 이미 이 모든 이야기를 들어 본 적이 있는 것 같은 표정을 지었다. 그럴 리가 없는데도 말이다. 엄마의 인생은 비교적 풍파가 없는 편이었다.

엄마는 내가 이야기를 다 할 때까지 가만히 듣고만 있었다. 엄마는 귀를 기울여 주었고 적당히 맞장구도 쳐 주었으며 내 손을 꼭 잡아 주었다. 그러다가 어느 순간에 이렇게 말했다. "얘야, 담배 한 대 더 피우렴." 이상하게 들릴지도 모르겠지만, 그 순간이 엄마에 대한 내 사랑과 나에 대한 엄마의 사랑을 압축적으로 보여 주는 순간이었다. 나는 그 순간 오랜 정서적 우울에서 빠져나왔다. 엄마가 진심으로 나를 위로하고 있다는 것을 느낄 수 있었다. 그것은 사랑이었다. 그것도 조건 없는 사랑이었다.

나는 엄마 집에서 회복기를 보내고 있었다. 나는 엄마의 관심과 보살핌 속에 심신의 건강과 안정을 되찾아 갔다. 엄마는 나를 데리고 쇼핑을 갔고, 내가 그리워하던 음식을 만들어 주었다. 특별할 것도 없는, 엄마가 딸들을 위로하는 전통적인 방식이다. 중요한 것은 엄마는 내 평생 늘 그렇게 했다는 점이다. 엄마는 언제나 나를 이해해 주고, 절대로 판단을 하지 않았다. 내가 실수를 했을 때 엄마는 절대로 다음과 같은 질문을 하지 않았다. "너 앞으로 어떻게 살려고 이러는 거야?" 내 친구들이 엄마한테서 늘 받는 그런 질문 말이다. 나는 뭘 해야 한다는 말을 들어 본 적이 없었다. 나는 많이 부족했지만, 엄마는 그대로의 나를 인정해 주었다. 부모님 두 분 모두 매우 다정했고 지원을 아끼지 않는 분들이었다. 엄마는 타고난 엄마였다. 엄마는 엄마 노릇을 어떻게 해야 하는지를 저절로 알고 태어난 사람 같았고, 엄마 역할을 평생의 업으로 삼았다. 나는 행운아다. 나는 안다. 나는 정말 운이 좋은 사람이다.

나는 6년 전쯤에 뭔가 잘못됐다는 것을 눈치 채기 시작했다. 나는 그때 은행에서 일을 하고 있었는데 직장의 가까운 친구에게 이런 말을 했던 기억이 난다. "엄마한테 뭔가 문제가 생긴 것 같아." 정확히 설명하기는 어려웠으나, 엄마는 우스꽝스러운 말을 하거나 앞뒤가 맞지 않는 엉뚱한 이야기를 하곤 했다. 엄마 집에 들를 때마다, 내가 괜찮다는데도 엄마는 자리에 앉아라, 소파에 누워라 재촉하는가 하면, 싫다는데도 계속해서 샌드위치를 만들고 차를 끓였다. 내 인생 처음으로 엄마의 친절과 배려가 지나친 과장으로 느껴졌고 내 신경을 건드리기 시작했다.

엄마가 당신의 어린 시절에 대해 똑같은 이야기를 반복하는 모습을 보면서 오빠와 나는 정말로 엄마가 걱정되기 시작했다

내가 사정을 털어놓자 친구는 이렇게 말했다. "엄마와 함께 하고 싶었던 일들을 하루에 다 해치울 셈이야? 지금부터 시작해." 친구의 말대로 나는 엄마를 모시고 뉴욕으로 여행을 떠났다. 우리는 플라자 호텔에서 묵으며 센트럴 파크에 가서 스케이트를 타고, 길거리 모퉁이에서 물이 질질 흐르는 핫도그를 먹고, 미술관과 박물관을 샅샅이 훑었다. 우리는 많은 이야기를 나눴다. 어느 날, 철길이었던 맨해튼 하이라인 공원의 길고 좁다란 길을 산책하다가 엄마에게 취미 활동을 해 볼 것을 제안했다. 나는 엄마의 취미 활동이 엄마의 이상한 행동을 억제할 수 있을지도 모른다고 생각했다. 굉장한 여행이었다. 그리고 내 동료 말이 맞았다. 결과적으로 나는 엄마와 하고 싶었던 일들을 그날 하루에 다 한 셈이 되고 말았다. 우리는 이제 서로를 알아볼 수 없는 지경이 되었지만 언제나 뉴욕에서의 추억만큼은 영원히 간직할 것이다.

집에 돌아와서 우리는 나란히 미술 클럽에 등록했다. 그렇지만 엄마는 그림 그리는 것을 좋아하기는 했지만 선생님의 설명을 따라 하기가 어려웠다. 나는 다른 학생들의 호기심 어린 시선과 수군거림에 엄마의 마음이 상할까 봐 걱정이 되었다. 우리는 몇 주 후에 수업을 그만두었다.

엄마는 병원에 가는 것을 완강히 거부했으나 결국 진찰을 받았고, 엄마의 병명은 알츠하이머였다. 우리는 엄마의 병명을 알고 나서야 엄

마가 어린 시절부터 가장 두려워한 병이 알츠하이머였다는 사실도 알게 됐다. 엄마의 병명을 알고 나서 나는 가장 깜깜한 우울의 구렁텅이 속으로 들어갔다. 나는 나 자신도 알츠하이머에 걸렸다고 확신했다. 나는 미쳐 가고 있었다. 나는 엄마에게 일어날 수 있는 끔찍한 일들을 하나하나 목록으로 적어 보곤 했다. 언제나 알츠하이머가 맨 위에 있었다. 고통스러운 오랜 암 투병 끝에 엄마의 친구가 돌아가셨을 때, 나는 차라리 그 편이 더 나을지도 모른다는 생각이 들 정도였다. 나는 대부분 멍한 상태로 있었다. 나는 완전히 방전되어 버린 것만 같았다.

그 이후, 나는 엄마에게 더 이상 많은 이야기를 하지 않았다. 내 이야기에 대한 엄마의 반응은 너무나도 어색했다. 마치 예전에 엄마가 대화를 제대로 할 수 있던 시절에 하던 말을 이제야 끄집어낸 것처럼 부자연스러웠고 연습한 대사 같았다. 알츠하이머와 아무 상관이 없는, 엄마와 딸이 주고받는 일상적인 대화이기를 바라는 부질없는 시도였다. 나는 착한 딸이 되고 싶은 마음과 헌신적인 남편이자 엄마의 간병인 노릇까지 해야 하는 아빠를 위해 엄마 곁에 머물렀다. 나는 내 인생에서 아주 행복해야 할 시기에 이런 일이 일어나고 있다는 것에 화가 났다. 나는 결혼을 앞두고 있었던 것이다. 엄마가 아프기 전이라면, 나는 인생에서 가장 행복하고 기쁜 시기를 열광적으로 보냈을 것이다. 그러나 나는 웨딩드레스를 비롯하여 그 모든 것에 무관심했다. 내 안에 호기심 많은 예비 신부는 없었다. 나보다는 오히려 엄마가 들뜨고 호기심 많은 신부 같았다. 나의 결혼준비는 내가 어릴 때부터 엄마가 꿈꾸어 왔던 일이었다. 엄마는 드레스와 꽃꽂이 준비에 몹시 흥분했다.

나는 죄책감을 느꼈다. 나는 매주 엄마를 보려고 했지만 쉽지 않은 일이었고, 그렇게 엄마를 보지 못한 채 몇 주가 흘러가곤 했다. 그러고 나면 두 배가 된 죄책감의 소용돌이가 나를 덮쳤다. 나는 좋은 딸이 되고 싶었지만 쉬운 일이 아니었다. 솔직히 말하자면 시간이 없었던 것은 아니었다. 나는 엄마를 보러 갈 자신이 없었다. 엄마의 증세는 날로 더 심해지고 있었다. 그리고 나는 알고 있었다. 내가 좀 더 괜찮은 딸이 되어야 한다는 것, 엄마를 자주 찾아뵈야 한다는 것, 그렇지 못하면 나중에 엄마가 돌아가신 후 후회할 것이라는 것을.

끊임없는 슬픔이 나를 엄습한다. 카페에 앉아 있으면, 옆 테이블에서 모녀지간으로 보이는 두 사람이 서로 웃으며 이야기 나누는 모습을 상상하게 된다. 서로에게 새롭게 생긴 일들을 이야기하고 싶어 안달이 나 있는 사람들, 서로의 이야기를 하나라도 놓치면 못 견디는 모습들을 상상하다가 나는 머리를 한 대 얻어맞은 사람처럼 멍해진다. 엄마와 다시는 저렇게 지낼 수 없는 나의 현실로 돌아오는 것이다. 나는 결코 다시는 엄마와 함께 저런 밀접함과 우정, 아름다운 친밀감을 나눌 수 없을 것이다.

얼마 전 나는 엄마를 모시고 세인트 스티븐 그린 공원에 오리를 그리러 갔다. 꼭 해 보고 싶은 일이었다. 우리는 서로 웃고 즐기면서 정신없이 스케치를 했다. 그 모습이 사람들에게는 이상한 괴짜들처럼 보였겠지만 최근의 추억 중 가장 소중한 것 가운데 하나이다. 내가 엄마와 얼마나 더 많은 추억을 만들 수 있을지 모른다.

나는 언제나 차로 돌아온다. 차는 울기에 완벽한 곳이다. 또한 우리가 잃어버린 것에 대한 슬픔과 내가 충분히 착하지도, 친절하지도, 인내심이 많지도 않은 딸이라는 사실에 대한 끊임없는 죄책감을 표현하기에 완벽한 곳이다. 나는 모든 면에 결코 '충분한' 사람이 아니다. 나는 받아들이고 싶다. 나에게 일어난 상황을, 엄마의 병을, 그리고 얼마나 내가 최선을 다하고 있는가를.

엄마는 아직 살아 계시지만, 나는 엄마를 위해 애도한다. 엄마를 바라보면 내가 어린아이였을 때, 매사 삐딱한 십대였을 때, 그리고 어른이 되어 마음이 무너져 내리는 경험을 했을 때 엄마에 대해 느꼈던 똑같은 사랑의 감정을 느꼈다. 엄마는 알아볼 수 없을 만큼 달라졌다. 그렇지만 사랑은 똑같다.

살아 계신 엄마를 애도하는 딸에 대한 고찰

병원 밖 벤치에 앉아 있었을 때, 나는(나타샤) 엄마가 돌아가실 거라는 상상도 할 수 없는 현실에 직면하고 있었다. 우리는 모두 언젠가는 어쩔 수 없이 엄마의 죽음에 직면하게 된다. (그렇지만 아직은 아니다. 제발, 아직은 아니다.)

엄마의 예후는 절망적이었고 시간은 엄마 편이 아니었다. 루푸스와 폐동맥 고혈압은 합병증을 불러왔고, 의사들은 상황에 맞는 정확하고도 균형 잡힌 치료와 약물 처방에 세심한 주의를 기울이고 있었다. 엄마의 죽음이 코앞에 닥친 일은 아니었다. 엄마의 심신은 여전히 매우 건강한 편이었다. 그래서였을까? 나는 벤치에 앉아 생각에 잠기기 전까지 엄마의 죽음에 대해 그렇게 많이 생각해 본 적이 없었다.

몸이 마비되는 두려움이 시작된 후, 일상과 아픈 엄마를 돌봐야 하는 일이 매일매일 이어졌다. 병원에 입퇴원하는 일이 반복되었고, 엄마의 상태가 요동을 쳤고, 얼마나 엄마 혼자 힘으로 견딜 수 있는가에 따라서 엄마와 가족으로서의 우리 삶의 변화에 적응해야 했다. 엄마가 더블린에 있는 동생 소카네 집에서 어떻게 시간을 보낼지, 내 집에는 어떻게 올 것인지도 계획해야 했다.

이 모든 것의 여주인공은 엄마였다. 우리는 엄마를 '기적의 메리'라고 불렀다. 처음에는 매우 비관적인 예후와 증상의 악화에도 불구하고 엄마는 내내 의지와 절제심을 잃지 않았다. 나는 엄마가 현실을 받아들이려 몸부림치는 모습을 지켜봤다. 엄마가 말했다. "내가 아프다는 걸 자꾸 잊어버리네. 그러다가 내가 약을 한 움큼 먹어야 할 때면 그 사실이 생각나." 엄마는 약물 처방과 주치의의 세심한 돌봄 덕에 루푸스 증상을 늦추고 폐동맥 고혈압을 관리할 수 있었다.

시간이 흐르면서 엄마는 천천히 운명을 받아들이고, 또 받아들였다. 엄마는 매우 사색적이며 영적인 사람이어서 당신이 아픈 것은 운명이며 모든 것은 순리대로 흘러갈 것이라고 믿었다. 그랬다. 이것은 엄마의 운명이며 운명은 훨씬 더 악화될 수도 있었다! 엄마는 때때로 깊은 절망감에 빠졌다. 무슨 일을 하거나 잠깐 외출을 하고 나면 그날 나머지 시간은 침대에 누워 있어야만 했다. 매우 활동적인 인생을 살았던 엄마로서는 달라진 현실을 받아들이기가 무척 힘들었다.

엄마는 당신의 운명을 받아들였을지 몰라도, 솔직히 나는 그럴 수 없었다. 엄마가 돌아가실지도 모른다는 두려움은 시간이 지나도 줄어들지 않는다. 그것은 부드럽게 끊임없이 흐르는 내면의 암류와도 같다. 때때로 나는 두려움을 감추지 않고 드러낸다. 그것은 엄마가 실제로 돌아가셨을 때의 상황으로 나를 내모는 실험과도 같은 것이다. 그리고 그 실험이 나를 어디로 데려가는지 지켜본다.

처음에는 순식간에 눈물이 솟구쳐 올랐지만, 지금은 넓고 탁 트인 공간이 떠오르고 그 속에서 두려움에 떨고 있는 나를 본다. 나는 그런 식으로 엄마의 부재를 내가 얼마나 잘 준비하고 있는지 점검하곤 한다. 그럴 때마다 나는 내가 얼마나 운이 좋은지를 다시 깨닫는다. 그리고 엄마가 아픈 이후로 나에게 주어진 시간에 무척 감사한다.

나만 그런 실험을 하는 것은 아니었다. 친구 베로니카도 나와 비슷한 처지였다. 베로니카는 몇 달 전에 뇌종양 진단을 받고 병원에 입원해 있는 엄마를 만나러 가는 길에 나와 비슷한 실험을 해 봤다고 했다. "나는 고속 도로를 질주하며 엄마가 돌아가시면 마음이 어떨까 하고 억지로 상상해 봤어. 그리고 세상이 어떻게 보일까도 상상해 봤지." 베로니카는 사고가 날까 봐 걱정이 되어 길가에 차를 세워야만 했고 경고등을 켠 채 엉엉 울었다고 했다. (이 실험은 운전 중이거나 중장비를 사용하는 동안에는 시도해서는 안 된다.) 다행히 베로니카의 엄마는 많이 좋아진 상태다. "엄마가 돌아가시면 사람들은 나보고 빨리 잊고 고통에서 벗어나라고 하겠지? 그렇지만 그럴 수는 없을 거야. 시간이 오래 걸리겠지. 엄마는 엄마니까." 베로니카가 말했다.

알츠하이머와 치매와 같은 병을 앓고 있는 엄마를 둔 딸들은, 엄마를 잃은 비통함을 엄마가 살아 계시는 동안 느껴야만 한다. 그들은 엄마가 없는 삶을 상상하거나 실험해 볼 필요가 없다. 매일매일 딸들은 엄마를 잃는다. 그들이 알고 있던 엄마는 사라지고 있거나 이미 사라져 버렸다. 그 질병은 가장 잔인한 방법으로 딸들에게서 그들의 엄마를 빼앗아 가버린다. 그들의 엄마는 거기에 있지만 없다. 여전히 살아

있지만, 더 이상 예전의 엄마는 아니다. 그리고 그레이스처럼 엄마가
돌아가시기 전부터 엄마를 위해 애도하며 살아가야 하는 것이다.

로이진
의존적인 딸

엄마는 내가 이 지구 상에서 함께 시간을 보내고 싶은 사람 가운데 네 손가락 안에 든다. 그 나머지는 내 딸들과 남편 조니다. 엄마와 함께 있을 때 나는 더 행복하다. 나는 우리 가족 모임에 으레 엄마를 모신다. 엄마를 배려해서가 아니라 내가 엄마와 함께 있고 싶어서다. 엄마는 모든 사교 모임에서 분위기를 고조하는 역할을 한다. 엄마는 바삭바삭한 과자와 치즈 같다.

업무의 일환으로 나는 흥미로운 파티에 자주 초대를 받는다. 대부분의 경우 나는 엄마와 함께 간다. 내가 아일랜드 문학계의 거장이자 전설인 에드나 오브라이언(Edna O'Brien)과 벨파스트에서 공개 인터뷰를 해야 했을 때 나는 엄마에게 나와 같이 가 줄 수 있는지 물었다. 비록 엄마는 에드나 오브라이언의 지혜와 지적 능력에 푹 빠져 넋을 잃고 있었지만, 나는 엄마가 청중석에 있다는 사실만으로도 자신감이 차올랐다. 우리는 밸리핀 호텔에 묵었다. 아마도 아일랜드에서 가장 호화로운 호텔일 것이다. 우리는 그 호텔의 아름다움 속에서 뒹굴었다.

엄마가 나를 사랑하기 때문에 나는 될 수 있으면 언제나 엄마와 같이 다닌다. 내가 사람들에게 많은 웃음거리가 된 샐리 필드(Sally Field)의 오스카상 수상 소감 투로 울먹이며 말하는 걸 이해해 주기 바란다. "엄마는 나를 사랑해요. 엄마는 정말로 나를 사랑한다고요." 기본적으로 그런 사랑과 가까이하면 기분이 좋아진다. 그래서 나는 될 수 있는 대로 어디든지 엄마와 함께 다닌다.

나는 조건 없는 엄마 사랑에 늘 감사한다. 그 사랑은 나를 '딸'로서가 아니라 하나의 '인간'으로서 바라보는 엄마의 시각에서 나온다. 엄마는 나라는 '사람'에 대해 해박한 지식을 가지고 있다. 엄마는 나를 사랑한다는 것, 엄마는 나를 이해한다는 것, 엄마는 나를 있는 그대로 인정해 준다는 것, 이 세 가지가 뒤섞인 칵테일은 매우 강력한 중독성을 띤다. 나는 오랜 세월 동안 이 칵테일에 중독되었고, 그것은 건강한 중독이다. 그렇지만 나는 내가 아주 많은 부분을 엄마에게 의존하는, 의존적인 딸임을 잘 알고 있다.

첫 모임에서 나는 사람들에게 이 모든 것에 대해 이야기했다. 또한 엄마와 이야기를 나눌 때 내 이야기만 하는 경향에 대해서도 언급했다. 물론 나도 엄마에게 질문을 하고 엄마의 이야기를 듣는다. 그러나 나는 엄마가 나의 아주 사소한 일까지 세세히 알게 만들고 나서야 비로소 엄마를 독차지하고 있다는 기쁨을 느낀다. 가끔은 엄마가 끼어들 기회가 없다.

나는 우리 가족 모임에 대해서도 털어놓았다. 우리 일곱 형제자매가 모인 자리에서 내가 여동생과 논쟁을 벌인 탓에 몇 사람이 기분이 상한 일이 있었다. 오빠가 두 해 전에 인도에서 돌아왔을 때 엄마의 집에서 환영 만찬이 있었다. 만찬이 준비된 식탁에 둘러앉았을 때 나와 여동생은 대폭발하고 말았다. 누적되어 왔던 불만들이 큰 싸움의 도화선이 되었다. 식기가 날아다니고 잔이 깨졌다. 나는 십대 소녀처럼 비를 맞으며 바로 코앞에 있는 내 집으로 발을 쿵쿵 구르면서 돌아와 버렸다. 가족이 모이면 옛날이야기가 나오는 것은 당연한 일이다. 내가 너무 민감하게 받아들인 것이 문제였다. 엄마는 화가 났고, 그날은 완전히 엉망이 되어 버렸다. 그나마 온순한 다른 형제자매들에 의해 회복되기는 하였지만 말이다.

평화로운 가족 모임에 수류탄을 던지는 내 성향뿐 아니라 간담이 서늘해질 정도의 내 의존성에 대한 자세한 이야기를 여기에 펼쳐놓는다. 나는 엄마에게 의존적이다. 내가 현금인출카드를 잃어버리거나(자주 있는 일이다) 너무 많은 청구서가 한꺼번에 밀려들어 곤란을 겪을 때, 늘 엄마가 있었다. 물론 돈을 갚기는 하지만, 나는 이런 식으로 엄마에게 의존하지 않아야 한다는 것을 안다. 몇 년 전에 나는 심각한 재정난에 빠진 적이 있었는데 엄마가 내게 빌려준 자금은 엄마의 즐거운 삶을 위해, 또는 열일곱이나 되는 손주들을 위해, 내 다른 형제자매들을 돕는 데 쓸 수 있는 돈이기도 했다. 나는 엄마에게 경제적으로 너무 많이 의지한다.

나는 엄마에게 감정적으로도 의존한다. 전날 밤의 일을 예로 들어 보자. 나는 직장에서 긴 하루를 보내고 와서 많이 지쳐 있었다. 나는 시간을 내서 운동을 하는 것이 좋겠다고 선의로 부드럽게 권하는 친구의 전화를 받았다. 친구 말이 틀린 말은 아니었다. 나는 정말로 운동이 필요했다. 그렇지만 나는 그때 시간을 내기가 어려웠다. 그래서 나는 선의가 담긴 친구의 조언에 짜증이 났다. 전화를 끊은 후에 더 날씬해지고 건강해지기 위해 애썼던 온갖 노력이 하나씩 떠올랐다. 나는 아이들을 더 잘 쫓아다니고 싶었고, 수영장에 가지 않으려고 수영복이 없는 척하고 싶지 않았다.

나는 남편 조니에게 내 감정을 이야기 했다. 늘 그렇듯 조니는 착하고 친절했지만 내 기분을 이해할 수 있는 단 한 사람은 엄마라는 것을 나는 알고 있었다. 나는 어른답게 내 상처와 혼란을 혼자의 힘으로 처리하는 대신에 엄마에게 전화해서 모든 것을 쏟아 냈다.

나는 고통에 울부짖으며 흐느꼈다. 나는 20분 동안 거의 숨도 쉬지 않고 이야기를 했다. 엄마는 내내 같은 말만 반복했다. "나도 알아, 잘 알지." 엄마의 말은 그저 하는 말이 아니다. 엄마는 정말로 아는 것이다. 엄마의 "나도 알아."라는 말은 내 마음에 바르는 연고이자 내 영혼의 구원과도 같다. 한바탕 쏟아 내고 나서야 나는 안정을 되찾을 수 있었다. 누군가 내 이야기를 들어 주고 내 마음을 이해해 준 것이다. 이 세상에서 그것을 할 수 있는 단 한 사람에 의해 평정상태로 돌아간 것이다. 그리고 그 단 한 사람은 바로 내 엄마였다. 그렇지만 엄마가 유일한 사람일까? 아니다. 나는 나를 이성적 상태로 되돌릴 수 있는 사랑을 지닌 다른 누군가에게(엄마가 아니라) 의지하는 법을 배워야 한다는 것을 잘 알고 있다. 그리고 그 사람은 바로 나 자신이다.

내가 여섯 살 혹은 일곱 살이었을 때 엄마는 내 세상의 중심이었다. 아빠는 늘 낯선 사람이었다. 아빠는 안락의자에 앉아서 경마 방송을

146

보면서 말들을 향해 소리를 지르거나, 사탕이 가득 든 갈색 봉지를 손에 든 채 턱수염이 난 낯선 사람처럼 문간에 서 있었다. 나는 아빠를 아빠로 인식하지 못했다. 기억을 더듬어 보지만 아빠의 손길이나 냄새를 떠올릴 수 없다. 그렇지만 나는 아빠의 파란 눈에서 무언가 반짝이는 걸 볼 수 있었다. 그리고 나는 아빠가 「투라 루라 루라」(Tura lura lura: 아일랜드의 자장가―옮긴이)를 아름답고 따뜻하며 풍성한 목소리로 부르는 소리를 들을 수 있었다. 내게 남아 있는 기억은 그게 전부다.

아빠는 아픈 사람이었다. 아빠는 정신 분열증을 앓고 있었고 예닐곱 살 무렵의 나로서는 그게 무엇을 의미하는지 알 수 없었다. 나는 그냥 다른 아빠들처럼 아빠도 우리와 함께할 시간이 없다고 생각할 따름이었다. 아빠는 늘 거기에 있었지만 거기에 없었다. 아빠는 유령 같은 존재였다. 자식이 여덟 명인 엄마는 길거리에서 장사를 시작해야만 했다. 택시 운전사였던 아빠가 더 이상 일을 할 수가 없었기 때문이다. 우리는 돈이 없었고, 서랍에 고작 버터 상품권 몇 장이 들어 있을 뿐이었다. 상품권으로 다른 물건을 살 수도 있었다. 그 상품권으로 빵과 우유, 우리가 필요한 것은 뭐든지 살 수 있었다. 그리고 길 아래쪽에 있는 수녀회와 자선 단체에서는 옷이 든 검은 봉지를 가져다주었다. 옷들을 자세히 살펴보는 일은 우리에게 큰 즐거움이었다. 크리스마스에는 봉지에 장난감이 가득 들어 있었다.

아그네스 수녀가 우리를 도와주었다. 아그네스 수녀는 우리가 집안을 들락거리면서 뒷마당에서 진흙 파이를 만들고 정교한 장애물 코스를 만드는 동안 몇 시간씩이고 엄마와 부엌에 앉아서 이야기를 했다. 아그네스 수녀는 이야기를 마치고 돌아가기 전에 엄마에게 봉투를 하나 건네곤 했는데, 그 안에는 돈이 들어 있었다. 지폐가 한 장, 가끔은 두 장이 단정하게 접혀 들어 있었다. 나는 버터 상품권과 검은 봉지, 그리고 자선 단체의 의미를 알고 있었지만 한 번도 스스로를 불쌍하다고 생각한 적이 없었다. 아빠가 만든 벽난로 옆 소파 위에서 엄마한테 꼭 안겨 있으면 조개탄 타는 냄새가 났다. 그럴 때마다 나는 이 세상에서 가장 운이 좋은 소녀라고 생각했다. 그것은 내게 준 엄마의 선물이었다.

내가 여덟 살이던 어느 날, 아빠는 결국 자살로 생을 마감했다. 아빠는 파란색 밧줄을 가지고 밖으로 나가 뒷마당에서 목에 밧줄을 걸었다. 우리 집에는 전화가 없었다. 아침에 아빠를 발견한 엄마는 옆집인 스미스 부인 댁으로 달려가서 그 집 식구들이 깰 때까지 문을 두드렸다.

"전화 좀 쓸게요!" 전화는 현관문 바로 옆에 특별하게 지은 좁은 방안에 있었다. 엄마는 무거운 검은색 수화기를 들고 999번으로 다이얼을 돌렸다. 금세 구급차가 왔지만 이미 너무 늦은 상태였다. 아침에 우리가 일어났을 때 큰언니가 말했다. "밖을 내다보지 마." 그래서 나는 밖을 보지 않았다. 다른 형제들도 그러기를 바라면서.

굵은 파란색 밧줄이 뒷문 근처에 있는 작업대 위에 놓여 있었다. 집은 사람들로 북적였다. 아빠가 돌아가셨다. 나는 그 광경 위를 떠다니고 있었다. 나는 사실상 그 자리에 없었다. 나는 학교에 가려고 집에서 나왔다. 나는 집에서 무슨 일이 벌어지고 있는지 알았다. 집은 이제 내게 혼란스러웠다. 나는 여러 날 동안 주위를 떠다녔다. 나는 공중에 붕 뜬 상태로 시체 안치소 안으로 들어갔다. 아빠는 관 속에 있었고, 엄마는 아빠가 눈을 기증했다고 말해 주었다. 그 말을 듣고 나는 다른 사람이 아빠 눈을 하고 주위를 돌아다니고 있을 것이라는 생각이 들었다. 그리고 나는 그 눈에 여전히 반짝거리는 그 무엇이 있는지 궁금했다. 나는 마이클 오빠로부터 아빠가 어떻게 돌아가셨는지에 대해 들었다. 자전거를 타고 있던 한 소년이 길 반대편에 있는 마이클 오빠한테 소리를 쳤다. "네 아빠가 나무에 목을 매달았대." 오빠가 자신이 들은 말을 내게 해 주었을 때, 나는 오빠가 거짓말을 하고 있는 것이 틀림없다고 확신을 하며 오빠한테 짜증을 냈다. 그러나 엄마는 그 말이 사실임을 확인해 줬다.

우리는 어리다는 이유로 장례식장에 가지 않았다. 우리는 세 집 건너에 있는 보르자 가게 뒷방에 앉아 있었다. 나는 보르자 가게를 무척 좋아했다. 우리는 그날 우리가 원하는 건 무엇이든 먹을 수 있었다. 우리는 아빠가 죽은 집 자식들이었으니까. 나는 아빠의 죽음을 떠올리며 뜨겁고 통통한 감자튀김과 바삭바삭한 반죽으로 만들어진 햄버거를 먹었다. 내가 읽고 있던 『피터와 제인(Peter and Jane)』위에 아빠가 마지막으로 쓴 인사가 적혀 있었다. 아빠는 비뚤비뚤하고 불안정한 손글씨로 우리들 이름 모두를 적어 놓고 떠났다. 나는 아빠가 나를 만나러 오는 꿈을 꿨다. 그렇지만 그 꿈은 악몽이었다. 아빠는 이제 정말로 유령이었다.

엄마는 내 영웅이다. 아빠가 돌아가셨을 때 막내는 한 살이었고 맏언니는 열여섯 살이었다. 엄마는 잉글랜드 출신이었는데 아빠를 만나 결혼한 후 1960년대에 아일랜드로 왔다. 엄마는 우리 말고는 아일랜드에 가족이 아무도 없었다. 나는 엄마가 관심을 가지고 있는 책과 문화, 사람들에 관한 호기심 같은 것들에 내가 관심을 가지도록 키웠다는 사실에 늘 감사할 것이다. 엄마가 무너지지 않았다는 것에 대해서도, 그리고 엄마가 미망인 연금과 사회 복지 기금을 잘 관리해서 성공적인 인생에 필요한 것들을 우리에게 준 것에 대해서도 언제나 감사할 것이다. 아빠가 돌아가시기 전에 엄마는 우리의 공부를 위해 『브리태니커 백과사전』— 그 당시 구글 — 한 질을 샀다. 비록 사치품을 살 돈은 없었지만 엄마는 우리를 위해 그 백과사전을 방문 판매원에게서 할부로 샀던 것이다. 아빠가 돌아가셨을 때 벌어진 일 한 가지는 무슨 보험 조항 때문에 그 백과사전 값이 변제되었다는 것이다. 아빠가 그런 일이 벌어질 줄 미리 알았다고 생각하지는 않았지만, 그것은 아빠가 우리에게 남긴 선물이었다.

살면서 겪는 사건들을 연결해 보려고 해도 할 수 없을 때가 있다. 아빠가 자살했다. 그 때문에 나는 음식으로 위안을 삼기 시작했을까? 그 때문에 나는 어른이 되어서도 엄마에게 그토록 의존적인 것일까? 알 수 없는 일이다. 그저 내가 아는 것은 내가 드디어 혼란스러운 삶을 정리하고 스스로 일어서게 되었다는 것을 엄마가 알면 정말 행복해하리라는 것뿐이다. 엄마는 자녀들이 자기를 필요로 하는 것을 좋아한다. 하지만 나의 경우에는 엄마가 나에게 덜 필요해지기를 원하는 것을 알고 있다. 나는 그렇게 되도록 노력할 것이다.

나는 내가 왜 이렇게 의존적인가에 대해서 생각을 많이 해 봤다. 내가 도달한 결론은 결코 밝지 않았다. 딸이 성장하여 엄마에게서 독립하게 되는 순간부터 엄마와 딸의 역학 관계는 변하기 시작한다. 딸은 어른이 되어 세상으로 나와야 하며 딸과 엄마의 관계는 자연스럽게 동등해져야 한다. 내게는 아직 일어나지 않은 일이다.

눈을 감고 엄마를 떠올리면 나는 엄마가 한 여성으로서 욕구와 희망, 꿈을 가진 존재로 느껴지지 않는다. 엄마는 나를 보살피기 위해, 나를 안전하게 지키기 위해 존재하는 사람이다. 엄마는 늑대가 문 안으로 들어오지 못하게, 괴물이 침대 밑에서 나오지 못하게 하려고 존재하는 사람이다. 엄마는 용에게서 나를 구하기 위해, 나 자신에게서 나를 구하기 위해 백마를 타고 오는 사람이다. 엄마와 나의 관계를 관찰하기 시작하면서 나는 그 사실을 깨달았다. 다른 가족들은 벌써부터 그 사실을 알고 있었다. 나는 가족들로부터 결국에는 엄마가 나를 망치고 말 것이라는 소리를 듣는다. 억울하고, 억울한 감정이 드는 것은 당연하다. 그러나 나는 또한 내가 이전에 느끼지 못했던 감정을 당연하게 받아들인다. 엄마에 대한 나의 생각을 더 이상 당연하게 받아들이지 않아야 한다는 사실도 이제 당연히 받아들이려 한다. 이 과제는 가족들의 말을 듣고 생기는 억울한 감정보다 더 중요한 일이다. 나는 성장해야만 한다.

나는 의존적인 딸이지만 자격증을 여러 개 가지고 있는 믿을 만한 딸이기도 하다. 예들 들어, 병원에 대해서라면 나는 내가 아는 한 가장 비위가 약한 사람이다. 나는 병원 냄새를 아주 싫어한다. 예상치 못한 광경도 싫어한다. 피가 튄 외과 의사의 신발이나 서랍에 들어가 있어야 할 기저귀가 노인 환자 침대 옆에 가지런히 쌓여 있는 광경을 견딜 수가 없다. 나는 병원에서 실제로 무슨 일이 벌어지는지를 알게 되는 것에 분개한다. 그리고 나는 이 분개를 감출 수가 없다. 나는 병원에 갈 때 함께 가고 싶은 친절하고 다정한 사람이 결코 아니다. 지난 몇 년간 엄마가 병원 신세를 질 때마다 엄마와 동행한 사람은 어떤 이유에서인지 병원 공포증이 있으며 남을 돌보는 성향이 전혀 없는 딸이었던 것이다. 엄마의 정기 검진을 위해 엄마와 함께 병원에 갔을 때, 심장 단층 촬영이 필요하다는 소견이 나왔다. 나는 극도의 공포를 느끼며 성 빈센트 병원에 앉아서 오후 내내 엄마를 진정시킬 말을 생각해 보려고 했다. 떠오르는 말은 대부분 이랬다. '엄마는 괜찮을 거야.' 그렇지만 솔직히 말하자면 나는 확신이 없었다. 결국 엄마는 아무 이상이 없었지만, 오히려 나는 감정이 회복되는 시간이 이틀 정도 필요했다.

그 후 얼마 지나지 않아 엄마는 벨파스트에 있는 나를 만나러 왔다. 나는 직장 때문에 벨파스트로 이사를 했고, 늘 이곳에서 엄마와 함께 시간을 보낼 기회를 찾고 있었다. '한 장소에서 가장 많은 사람들이 키스하기' 세계 신기록에 도전하는 행사가 열리는 곳에도 가 보았지만, 엄마와 딸의 데이트 코스로는 영 아니라는 생각이 들었고, 우리는 대신에 「뷰티풀 마인드(A Beautiful Mind)」를 보러 극장에 갔다. 상영관 안으로 들어가는 어두컴컴한 계단을 올라가면서 엄마에게 어떤 줄에 앉고 싶은지 물어보려고 돌아봤을 때 엄마가 사라지고 없었다. 바닥에서 낮은 신음 소리가 들렸다. 신음 소리를 따라가자 엄마가 쓰러져 있었다. 나는 나머지 관객들이 예고편을 감상하는 데 방해가 될까 봐 최대한 조용한 목소리로 속삭였다. "엄마 괜찮아요?", "아니. 팔이 부러진 것 같아." 엄마가 낮은 소리로 대답했다.

당황한 나는 간신히 엄마를 일으켜 세워 극장 밖으로 나오며 구급차를 불러야 하지 않느냐고 말했다. 우리는 구급차 대신 택시를 탔다. 엄마가 아무도 신경 쓰게 하고 싶지 않다고 말했지만, 나는 병원에 도착하자마자 제일 먼저 동생한테 전화를 했다. "레이철, 엄마랑 병원에 있어. 네가 오는 게 더 좋을 것 같아." 동생이 나보다는 훨씬 간호사 역할에 적당하다고 생각했다. 나는 엄마가 모르핀을 맞고 진통 효과가 나타날 때까지 마음을 놓을 수 없었고 옆에는 동생이 있어야 했다. 우리는 몇 달 뒤에 비디오로 「뷰티풀 마인드」를 봤다. 엄마는 울었다.

두세 달 뒤 어느 날 아침 9시쯤 전화가 울렸다. 엄마였다. "로이진. 일하다가 계단에서 넘어졌는데……." 이번에는 다른 쪽 팔이 부러졌다.

넉 달 뒤에도 엄마의 오른쪽 팔은 낫지 않았다. 엄마는 수술이 필요했다. 성 빈센트 병원에서 엄마는 골반에서 뼈를 떼어 내서 부러진 팔에 붙이는 수술을 받았다. 다른 형제들은 모두 직장 일 때문에 정신이 없었고, 나는 마감이 다가오고 있었지만 마취에서 깬 다음 혼란스럽고 무서울 엄마 생각에 저절로 몸이 병원으로 향했다.

뼛속부터 병원을 끔찍스럽게 싫어함에도 불구하고, 나는 엄마가 산소마스크를 얼굴에 쓰고 팔에 링거를 꽂은 채 악몽에서 방금 깨어난 어린아이처럼 어리둥절한 표정을 지으며 수술실에서 나오는 모습을 울렁거리는 속을 참으며 지켜봐야 했다.

"나 괜찮은 거니?" 엄마가 물었다. 나는 그렇다고 대답했다. 그러자 엄마는 내게 입을 맞춰 달라고 부탁했고, 나는 엄마 이마 위에 입을 맞췄다. 어린 시절 내 기억 속 엄마가 그랬던 것처럼 나는 엄마 머리를 쓰다듬었다. 병동 간호사들이 약한 뼈를 가진 늙은 여자와 그의 딸의 아픈 마음을 공감해 주며 나누는 이야기에 귀를 기울였다. 간호사들은 환자용 변기를 비우고 고통스러워하는 신음에 귀를 기울여 주며 피를 닦아 주면서도 미소를 짓고 농담을 하며 환자를 다독였다. 그들은 지금까지 내가 봐 온 사람들 가운데 가장 믿기지 않는 사람들에 속했다. 그리고 나는 가장 비겁한 사람 중 하나라는 생각이 들었다.

그렇지만 나는 지금 여기에 있지 않느냐고 스스로를 위로했다. 엄마는 병원 침대에 누워서 미소를 지으며 나를 칭찬해 주었다. "애 많이 썼다." 물론 그 말을 그대로 믿지는 않았다.

나는 지난 몇 년 동안 엄마 마음을 많이 아프게 했다. 그럼에도 불구하고 엄마는 그 대가로 아무것도 요구하지 않았다. 대부분의 평범한 엄마들은 다 그럴 것이다. 그렇지만 실제로 평범한 엄마들은 없다. 당연히 우리 엄마도 평범하지 않다. 나는 어머니날 며칠 전에 이 글을 쓰고 있었다. 엄마는 어머니날에는 관심이 없다. 카드도, 초콜릿도 바라지 않았다. 급하게 죄책감을 느끼며 편의점에 갈 일도 없었다. 편의점 스티커가 붙어 있는 너무 비싼 카네이션 다발을 살 필요도 없었다. 엄마를 어느 레스토랑에 모시고 갈 것인지를 두고 소란을 피울 일도 없었다. 행복한 어머니날이라고? 결코 그렇지 않다.

의존적인 딸은 어쨌든 엄마에게 무언가 주고 싶다. 다음은 어느 엄마와 딸의 이야기다. 옛날 옛적에 늘 엄마에게 다정하지는 않은 딸이 있었다. 딸은 부엌 서랍에서 동전을 훔쳤고, 찍찍이로 지갑에서 지폐를 훔쳤다. 엄마는 집에 들어오지 않는 딸을 찾아 미친 듯이 이웃집을 뒤지고 다니다가 늦은 밤 술집에 있는 딸을 끌어내기도 했다. 딸은 그런 엄마를 무척 원망했다.

어느 날 그 딸은 도망치기로 결심했다. 어쨌든 딸은 수학 숙제가 너무 많았고, 록 밴드 「더 큐어(The Cure)」의 로버트 스미스와 똑같이 생긴 얼굴에 하얗게 화장을 한 소년을 좋아했다. 그 소년은 위클로에 살았다. 딸은 기차를 타고 종착역까지 간 다음에 버스를 타고, 우여곡절 끝에 캄캄한 시골길에 있는 소년의 집을 찾아갔다.

전화로 잔뜩 바람을 넣던 소년은 막상 소녀가 찾아오자 무척 난처해하는 표정을 지었다. 마지못해 소년은 자기 집 정원 창고에 소녀의 임시 거처를 마련해 주기로 했다. 둘은 몸을 잔뜩 구부린 채, 소년의 부모님이 계시는 거실 창을 지나 잔디밭을 가로질러 창고까지 힘들게 뛰어갔다. 아주 화려하고 우아한 창고였다. 창문이 있고 안에는 작게 자른 통나무가 한 더미 쌓여 있었는데 크리스마스트리와 비슷한 냄새가 났다. 딸은 곧 다가올 진한 입맞춤을 상상하며 나무 더미 위에 누워 있었다. 그러나 그 순간 소년은 자기 부모님에게 딸의 엄마에게 전화를 해 달라고 부탁을 하고 있었다. 엄마는 주중에, 그것도 비 오는 늦은 밤에 소년의 집까지 30킬로미터를 차로 데려다줄 친구를 찾아야 했다.

다방면으로 함께 살기 어려운 딸이었다. 그 딸은 분노로 가득 차 모든 사람을 비난하면서 나머지 식구들의 인생을 고통으로 만들었다. 딸은 갓난쟁이 같았다. 착할 때는 아주 착했지만, 나쁠 땐 아주 끔찍했다. 상담도 소용이 없었다. 다른 형제자매들이 그 끔찍한 딸이 어떻게 자신들의 삶을 고통으로 몰고 가는지를 이해심 많은 표정의 상담사에게 진술하는 동안, 그 딸은 시무룩한 표정으로 말없이 앉아 있었다. 딸은 경첩이 떨어져 나가라 문을 꽝 닫았고 남동생들에게 겁을 주기 위해 자기가 마녀인 척했다.

딸은 언제나 자신은 엄마가 정성스럽게 해 주는 음식을 먹을 자격이 없다고 여겼다. 엄마는 미트로프(곱게 다진 고기, 양파 등을 함께 섞어 빵 모양으로 만든 뒤 오븐에 구운 것—옮긴이)와 으깬 감자요리, 치킨파이와 콩, 그리고 토요일 아침에 먹는 프라이 업(베이컨과 달걀구이 등 기름에 지진 음식으로 된 식사—옮긴이)과 완벽한 일요일 만찬에서 남은 음식으로 만든 감자와 양배추 볶음, 때로는 여기에 곁들여 먹을 커다랗고 폭신폭신하게 잘 부풀어 오른 요크셔푸딩(밀가루에 우유, 달걀을 넣어 반죽한 것을 부풀어 오를 때까지 오븐에서 찐 영국 음식. 전통적으로 로스트비프와 함께 먹음.—옮긴이)까지 만들었다. 이따금씩 딸은 이 모든 음식들을 거부하며 대신에 과자를 사먹었다. 엄마의 딸이 될 자격이 없다는 자각은 때때로 상황을 더 악화시켰다. 딸은 착한 딸이 되고 싶었지만 결코 쉬운 일이 아니었다.

딸은 언제나 이렇게 말했다. "미안해." 학교 수업을 빼먹은 것에 대해, 엄마가 없을 때 남자아이들을 집에 들인 것에 대해, 그때 그 남자아이들이 집을 망가뜨리고 특별한 마티니 잔을 훔치고 맏언니의 스페인제 기타를 부순 일에 대해, 토요일마다 일하던 가게에서 선반에서 구강청결제 한 꾸러미를 훔치고 해고당한 것에 대해(물론 딸은 돈을 낼 생각이었다. 유감스럽게도 깜박했을 뿐!), 벽에다 스파게티 접시를 집어 던진 일에 대해 언제나 "미안해!".

엄마는 늘 이렇게 말했다. "용서해 줄게." 나는 죽을 만큼 걱정을 시킨 너를, 도망간 너를, 그리고 이기적인 너를 용서할게. 이것도 용서하고, 저것도 용서할게. 엄마와 딸, 둘 다 사과와 용서가 끊임없이 반복될 것처럼 보였다.

그러나 그 악순환은 끝이 났다. 결국 딸은 자기가 가장 솔직하게 이야기를 할 수 있고 가장 맘껏 웃을 수 있는 사람들 가운데에 엄마를 포함시켰다. 다른 사람들은 지루해할지도 모르는 일이지만 엄마와 딸은 자신들이 살아가면서 만난 작은 일에 대해 자세하게 이야기를 나누었다. 엄마는 딸의 직장 이야기를 듣는 것을 무척 좋아했다. 아주 작은 승리였다. 드라마와 정치다. 밖에 비가 퍼붓는 동안 그들은 커피를 마시고 크림 케이크를 먹으면서 완벽한 오후를 보내게 될 것이다. 쾅하고 문을 닫는 일은 없을 것이다. 엎지른 스파게티 소스를 두고 한탄하는 일도 없을 것이다.

이 엄마는 평범하지 않기 때문이다. 이 엄마는 초인적인 힘을 가지고 있다. 언제나 준비되어 있으며 기꺼이 주려고 하는 마음을 지녔다. 당신의 아름다움과 추함까지 속속들이 꿰뚫어 보는 눈을 가지고 있다. 그리고 여전히 이 엄마는 내면에서 괴물이 발견된다고 하더라도 당신을 사랑한다.

딸은 여전히 미안하다고 말하고 용서를 받는다. 그래서 어머니날 꽃을 보내지 않아도 엄마는 여자들 사이의 우정만으로 매일 '한 여성'으로서 행복한 날을 보낸다. 의존적인 딸에서부터 엄마에 이르기까지 나는 조금 덜 의존하기 시작할 필요가 있다. 나는 엄마를 내가 의지할 수 있는 가장 진화된 지원 시스템이 아니라 자신만의 권리를 가진 사람으로 보기 시작할 필요가 있다.

나는 어떻게 해야 의존적인 딸에서 뭐든지 정반대인 딸로 바뀌는지 모른다. 내 안에 그런 딸이 있는지 없는지도 모른다. 그렇지만 그것이 바로 내가 이 클럽에 가입해서 하려고 한 일이다.

의존적인 딸에 대한 고찰

로이진이 처음 내 사무실로 들어왔을 때 나는 그녀에게 '엄마가 돌아가시기 전에 엄마와 해야 할 열 가지'에 대해서 얘기했었다. 아주 잠깐 로이진의 눈이 밖으로 튀어나올 것처럼 휘둥그레졌다. 그녀의 반응을 좋은 의미로 생각해야 할지, 아니면 나쁜 의미로 생각해야 할지 나는 약간 혼란스러웠다. 나의 제안이 그녀의 심금을 울리고 흥분시켰다는 사실은 나중에 알았다. 로이진의 칼럼을 읽으면 그녀가 얼마나 엄마를 사랑하는지를 쉽게 알 수 있다. 그녀가 자기 엄마를 사랑하는 것은 명확했다. 나는 로이진이 딸로서 자신의 단점을 고백하게 됐을 때 믿을 수 없을 정도로 솔직한 모습에 감명을 받았다. 로이진은 엄마에게 지나치게 의존하는 자신의 모습을 스스로 솔직하게 드러냈다. 그렇지만 함께 일을 시작한 처음 몇 달 동안 로이진은 전혀 의존적인 모습을 드러내지 않았다. 가끔씩 나는 로이진이 자신의 의존성을 숨기고 있는 것은 아닌지 궁금해했었다. 그렇지만 곧 커튼이 열렸다. 어느 날 밤 우리 집에서 함께 책 작업을 하고 있었는데 내 프린터가 고장이 났다. 로이진은 입력된 매뉴얼대로 움직이듯 거의 지체 없이 자기 엄마에게 전화를 걸더니 우리에게 필요한 인쇄물 30장을 출력해 달라고 부탁했다. 그리고 눈 깜짝할 사이에 인쇄물을 받으러 엄마 집으로 출발했다. 순식간에 일어난 일이었고, 나는 현관문 앞에 서서 떠나는 택시를 지켜보면서 이런 생각을 했다. '일이 이렇게 되도록 난 뭘 한 거지?' 어떻게 마흔 몇 살씩이나 먹은 어른 둘이 결국에는 밤 9시 35분에 일흔

다섯 난 할머니에게 인쇄를 해 달라고 부탁을 할 수 있는가? 로이진은 어린 시절부터 자신이 늘 해 오던 대로 하고 있었다. 주저하지 않고 엄마에게 의지했던 것이다.

마침내 내가 로이진과 그녀의 엄마를 함께 만났을 때 나는 얼마나 그 두 사람이 잘 지내고 있는지, 그리고 얼마나 마음이 잘 맞는지 알 수 있었다. 그리고 그들의 관계가 얼마나 편안한지도 알 수 있었다. 그런데 로이진은 왜 엄마에게 의지하는 것일까? 로이진의 엄마는 그녀를 완전히 '꽉 잡고' 있었다. 로이진은 의존적인 딸에서 벗어나고 싶어 했고, 그렇게 함으로써 엄마를 엄마가 아닌 한 여성으로 보고 싶어 했다. 우리는 로이진의 바람에 대해 많은 이야기를 나누었다.

로이진은 '좋은 딸 되기 클럽'에서 그냥 참관인이 아니었다. 그녀는 클럽의 일원이었고 모임을 통해 엄마와의 관계를 개선하고자 하는 의지가 분명했다. 나는 어느 날 로이진의 전화를 받았을 때 '좋은 딸 되기 클럽'이 그녀에게 영향을 미치고 있음을 깨달았다.

"있잖아요, 오늘 엄마랑 점심 먹으러 갔었어요." 로이진이 말했다.

"아, 그래요! 어디 좋은 데 갔어요?" 내가 물었다.

"어디든지 상관없었어요. 한 번도 내 얘기는 하지 않고 점심을 끝까지 먹었어요." 로이진은 성취감이 어린 목소리로 대답했다.

내가 내기를 하는 사람이라면 로이진이 '좋은 딸 되기 클럽'에서 우등상을 받는 데 돈을 걸었을 것이다. '좋은 딸 되기 클럽'은 매 순간 로이진과 함께할 것이다.

나타샤
헌신적인 딸

우리 집 화장실에는 말하는 저울이 있다. 내가 저울에 올라서면 미국식 억양으로 몸무게를 알려 주는 전자저울이다. 가끔은 그 소리가 듣기 싫다. 레스토랑에서 친구들은 내가 최신식 돋보기를 꺼내는 걸 보는 데 익숙하다. 나는 극장에 가면 언제나 맨 앞줄 자리를 예매한다. 나는 차를 몰 수 없다. 컴퓨터로 보는 모든 문서는 엄청나게 큰 내 모니터에 28포인트로 뜬다. 나는 법률상 맹인이다.

엄마가 오빠를 임신했을 때 톡소플라스마증(톡소플라스마 원충에 의한 사람과 동물의 공통 전염병. 임산부가 감염될 경우 사산이나 심각한 태아 기형이 초래될 수 있음—옮긴이)에 걸렸는데 이 질환은 보균자의 태어나지 않은 아이의 시력과 뇌에까지 문제를 일으킬 수 있었다. 엄마는 본능적으로 뭔가 잘못됐다는 것을 알았다. 내가 태어난 지 몇 주 만에 엄마는 나를 데리고 병원에 데리고 갔고, 거기에서 나는 공식적으로 진단을 받았다.

그 당시 의사는 엄마에게 내가 맹인이 되는 것이 거의 확실하며 뇌 손상의 가능성도 있다고 말했다. 엄마는 의사의 진단을 쉽게 받아들이려 하지 않았는데 결국 엄마가 옳았다. 내 뇌에는 아무 이상이 없었다.

나는 십대 때 일시적으로 시력을 잃었었지만 30퍼센트 정도 시력을 되찾았고 여전히 지금도 그 정도의 시력을 유지하고 있다. 다행히 뇌는 한 번도 영향을 받은 적이 없다. 대신에 엄마와 나의 관계에 영향을 미쳤다.

엄마의 질환과 나의 남다른 처지는 우리 둘 사이에 몹시 강한 유대 관계를 만들어 낸 것 같다. 엄마는 내가 아주 어린 아기일 때부터 헌신적일 수밖에 없었고, 그것은 내가 헌신적인 딸로 자란 이유이기도 하다.

나 같은 딸을 기른다는 것은 기존의 모든 육아 지침을 깡그리 파괴하는 것과 같았다. 정식 명칭은 아니지만 굳이 이름 붙이자면 '애착 육아'쯤 될 것이다. 엄마가 아닌 다른 사람이 나를 오래 쳐다보면, 나를 어디로 데려가려는 듯싶어 내가 그 자리에서 매우 크게 비명을 질렀다는 얘기가 가족들에게 전해 내려온다. 나는 두 살 때까지 아빠도 근처에 오지 못하게 했다. 나는 엄마랑 같이 있고 싶어 했고, 오직 엄마하고만 있으려고 했다.

내가 태어난 뒤 몇 해 동안 엄마와 나는 한적한 바닷가에서부터 붐비는 슈퍼마켓까지 우리가 가는 곳은 어디든지 붙어 다녀야만 했다. 엄마는 세수를 하거나 토스트에 버터를 한 조각 놓을 때조차 나를 내려놓을 수가 없었다. 시간이 지날수록 우리의 관계는 더욱 깊어졌고 지금도 여전히 그렇다.

톡소플라스마증이 완치가 어렵고 내 시력이 심각하게 제한적이라는 것은 명백한 사실이었다. 엄마는 절대로 그 질환 때문에 내 한계가 정해지도록 하지는 않겠다고 굳게 마음을 먹었다. 나를 과잉보호하는 대신에 엄마는 나를 격려했다. 엄마는 절대로 내가 스스로를 부족하다고 생각하게 만들지 않았다. 나는 엄마로부터 시력 때문에 무엇을 할 수 없을 것이라는 말을 들어 본 적이 한 번도 없었다. 엄마는 나를 오빠나 여동생들과 똑같이 대했고, 내가 나 자신의 능력과 수준을 알아낼 수 있게 만들었다. 아무도 내 약한 시력 때문에 나를 특별 대우해 주는 법은 없었다. 정반대였다. 내가 숨바꼭질 술래를 하는 동안에 나한테 들킨 사람은 아무도 없었다. 그리고 나는 늘 부활절 달걀(달걀 모양의 초콜릿—옮긴이)을 가장 적게 찾아내는 아이였다. 다른 형제자매들에게는 정말 기쁜 일이었을 것이다. 엄마는 사람들이 내 약한 시력을 고려하여 나를 판단하려는 것을 결코 허용하지 않았다. 엄마는 내가 갖지 못한 70퍼센트가 아니라 내가 가진 30퍼센트에 집중하도록 나를 가르쳤다.

나는 헐링(배트와 공을 가지고 하는 하키나 라크로스와 비슷한 아일랜드 구기 종목—옮긴이)부터 사이클링과 드라마, 음악, 토론에 이르기까지 모든 학교 활동에 참여했다. 학생 교류 프로그램으로 프랑스에도 갈 수 있었다. 나는 맹렬한 속도로 책을 읽었고, 나무를 타는 것보다 책 읽는 것을 더 좋아했다. 나 스스로에 대한 자신감은 어린 시절부터 다져진 것임을 의심치 않는다.

나는 딸이라서 정말 좋다. 나는 적극적으로 딸 역할을 한다. 나는 엄마를 사랑하고 엄마와 함께, 그리고 엄마를 위해 딸로서 할 수 있는 일을 하고 싶다. 나는 자식이 없기 때문에 다른 사람들보다 시간에 여유가 있는 편이다. 그렇지만 나 역시 딸 노릇이 마냥 좋은 것만은 아니다. 나 또한 엄마에 대한 의무감이 앞서기도 한다.

우리 역할은 현재 완전히 반대로 뒤집혀 있다. 이제는 내가 엄마에게 사랑을 되돌려 주고, 엄마의 욕구를 고려해 주며, 내게 엄마가 중요한 사람임을 알려 줄 차례다. 나는 엄마와 가능한 한 일상을 공유하려 노력해 왔다. 우리는 정기적으로 함께 여행을 다녔고, 파티를 열어 엄마를 집으로 초대했다. 이런저런 계획을 미리 세워 놓고 가급적 오랫동안 엄마를 보지 못하는 일이 절대 없도록 했다. 터무니없이 비싼 커피 캡슐을 살 때도 늘 엄마 것을 같이 샀다. 엄마가 좋아할 것 같은 물건에 할인 딱지가 붙어 있으면 엄마에게 전화를 걸었다. 엄마 세면도구와 잠옷을 내 집에 항상 준비해 뒀다.

온 가족이 엄마를 위해 저마다 역할을 해 준 것이 큰 도움이 되었다. 엄마와 일상을 공유하려고 애쓴 것은 나만이 아니었다. 다른 한편으로 우리는 월튼네 사람들(대가족이 함께 사는 미국 드라마의 주인공 ─ 옮긴이)과는 거리가 멀지만 항상 우리 형제들은 무엇인가 결정하기 위해 의논을 할 때마다 엄마에 대한 배려를 잊은 적이 없다.

소카와 제부 론이 일 년 전에 세 아이들을 데리고 모잠비크에서 돌아왔을 때 동생네 가족과 오이신 오빠는 엄마가 오랜 기간 지낼 수 있게 동생네 집 아래층에 침실과 화장실을 만들었다. 나는 커튼을, 킬리언 오빠는 엄마를 위해 텔레비전을 장만했다.

엄마가 더블린에서 장기간 지낸다는 것은, 우리가 엄마를 더 자주 볼 수 있음을 의미했고, 엄마가 우리의 일상생활에 편입된다는 뜻이었으며, 주말에 엄마 집이 있는 골웨이까지 가는 데 걸리는 두 시간 반을 절약할 수 있음을 의미했다. 봄과 여름에 날씨가 좋아지면 엄마는 바다 옆 아름다운 정원이 있는 골웨이의 집으로 돌아갔다. 그곳은 엄마가 가장 행복해하는 곳이다. 우리는 여름이면 주말 대부분을 엄마 집 정원에 앉아서 느긋하게 음식을 먹고 바다에서 수영을 하면서 시간을 보냈다.

엄마는 투병 중임에도 불구하고 내가 딸 노릇을 편안하게 할 수 있도록 배려해 줬다. 엄마는 엄마가 앓고 있는 병이 우리들에게 더 많은 책임을 지울 것이며 그 결과 더 의존적이 될 것이라는 점을 아주 잘 알고 있었다. 엄마는 틈만 나면 우리에게 짐이 되고 싶지 않다고 말한다. 엄마는 그렇게 말하면서 우리가 해 주는 일이라면 무엇이든 고맙게 받아들인다. 결국 나는 엄마가 사랑받고 있고 안전하다고 느낀다는 것을 안다.

엄마, 메리 트로이 여사는 1940년대와 1950년대에 작가인 프랭크 매코트의 고향인 리머릭의 중심지에서 자랐다. 외할아버지, 외할머니는 두 분 다 의사였는데 엄마는 다섯 형제 중 막내였다. 외할아버지는 엄마가 열 살밖에 안 됐을 때 돌아가셨고 그 후에 외할머니 혼자서 병원을 운영하셨다.

학교를 졸업한 후 엄마는 외할아버지, 외할머니의 길을 따라 의학 공부를 시작했지만 의대 예과 과정 6개월 만에 그만두었다. 다른 대안이 있었던 것은 아니었지만, 외할머니와 같은 생활을 하고 싶지 않다는 것을 깨달았던 것이다. 언제 환자가 들이닥칠지 몰라서 늘 대기 중이던 외할머니의 모습은 엄마에게 정말로 힘들게 보였다.

엄마는 늘 모험심과 인생에 대해 어마어마한 욕구가 있었고 지금도 그렇다. 열아홉 살에 엄마는 가방을 챙겨서 예루살렘과 팔레스타인으로 자원봉사를 떠났다. 그 당시 아일랜드 사람이 아랍 국가로 여행을 한다는 것은 전례가 없었는데 더욱이 여성은 말할 것도 없었다. 엄마는 중동 지역에서의 경험을 통해 아랍 어와 히브리 어를 공부하고 싶다는 결심을 굳혔다. 엄마는 9개월 뒤에 집으로 돌아와서 마음먹은 공부를 하기 위해 트리니티 칼리지에 등록했다. 엄마는 그 학위 과정에 등록한 단 두 명의 여학생 가운데 하나였을 뿐만 아니라 그 학위 과정 최초의 가톨릭 신자였다. "그때가 1962년이었는데 여학생들은 밤 10시까지 캠퍼스 밖으로 나가야 했어. 그렇지만 우리를 막을 수는 없었지. 우리는 자주 담을 넘어 다녔어. 우리는 그게 무척 재미있었어."

어학 학위를 가지고 있어도 베들레헴으로 돌아가 직업을 구하는 일은 결코 만만치 않다는 것을 엄마는 잘 알고 있었다. 그래서 엄마는 유니버시티 칼리지 더블린(University College Dublin), 또는 UCD라고 알려진 대학교에서 야간 과정으로 사회학 학위 과정에 등록했다. 나는 아직도 엄마가 동시에 학위를 두 개나 취득하려 했다는 점이 무척 놀랍다. 낮에는 트리니티 칼리지를, 그리고 밤에는 UCD를 다녔다. 엄마는 어렸을 때 자신감이 부족했었다고 나에게 말하곤 했다. 그런 엄마가 이렇게 자신의 인생을 위해 발휘한 끈기와 투지에 나는 놀라지 않을 수 없었다.

엄마가 아빠 데즈먼드 페넬을 처음 만난 것은 트리니티 칼리지에 다니던 시절이었다. 아빠는 엄마보다 열한 살이 더 많은, 더블린 출신의 무척 잘생기고 지적인 남자였다. 아빠는 UCD에서 공부를 했고, 그 이후에 본 유니버시티(Bonn University)에서 공부를 계속했다. 엄마가 아빠를 만났을 때 아빠는 일본이나 홍콩 등 멀리 떨어진 동남아시아 나라들을 여행하고 있었고, 이미 런던에서 첫 번째 여행 서적인 『놀라움이 가득한(Mainly in Wonder)』을 출간한 상태였다. 엄마와 아빠는 무척 멋진 한 쌍이었다. 엄마는 긴 머리에 광대뼈가 도드라져 보이고 아름다운 도톰한 입술을 가진, 감각적 스타일의 매우 아름다운 여성이었다.

오이신 오빠는 엄마가 트리니티 칼리지에서 2학년을 마쳤을 때 태어났다. 엄마는 스물세 살이었다. 뒤를 이어 킬리언 오빠, 나, 그리고 두 여동생 소카와 케이트가 태어났다.

엄마는 그 이후로 34년 동안 중동으로 돌아가지 않았다. 그 사이에 우리는 아일랜드 서쪽, 마오이니스라는 아주 작은 섬으로 이사했다. 그 섬은 육지와 부서질 것 같은 다리로 연결되어 있었다. 1969년, 내가 태어난 바로 다음 해였다. 엄마는 아일랜드와 연결된 노란색 다리를 건넌 첫 번째 날 마오이니스 섬과 사랑에 빠졌다. 1960년대 아일랜드에서는 많은 사람들이 도시의 생활 스타일을 뒤로 하고 더 단순하며, 덜 복잡한 곳인 서쪽으로 향했다. 아빠는 전업 작가가 되어 글을 쓸 수 있는 어딘가 외진 곳을 원했다. 마오이니스는 내가 알기로 가장 아름다운 곳 중 하나였고 지금도 역시 그렇다. 우리가 그곳에서 살았을 당시에는 인구가 약 300명이었고 대부분의 사람들은 물고기를 잡거나 토탄을 자르고 소를 키워서 먹고 살았다.

우리는 식수를 비에 의존했다. 섬에는 전화가 없었고 차를 가진 사람은 극히 소수였다. 또한 아일랜드 어가 제1언어이고 학교에서 모든 과목을 아일랜드 어로 가르치는 아일랜드 어 보호 지역이었다. 학생이 모두 합해서 40명이 있는 길 아래 학교에는 선생님이 두 분, 교실이 두 개였다. 아일랜드 어는 우리 모국어였다. 우리 모두 엄마를 '마하미'라고 불렀다. 마오이니스로 이주한 것은 부모님 두 분에게 중대한 문화적 환경적 변화였고 11년 동안 우리는 그 변화에 푹 빠져 살았다.

마오이니스로 이주했을 때 엄마 나이는 겨우 스물아홉이었고 아이가 셋이었다. 엄마는 4킬로미터 정도 떨어진 지역 중학교에서 교사 자리를 구했고 아빠와 마찬가지로 엄마도 지역의 중요 사안에 적극 개입하고 활동했다. 엄마가 개입한 가장 중요한 사안은 그 주에서 아일랜드 어 사용자들을 위한 자치권을 얻기 위한 운동이었으며, 그 결과, 아직까지 유지되고 있는 국영 아일랜드 어 라디오 방송국 설립을 이루어 냈다. 엄마는 또한 1979년에 마오이니스로 수도를 끌어오는 일에 중심 역할을 했다. 아이러니하게도 우리는 그해 마오이니스를 떠났다.

1970년대 여름은 아주 뜨거웠고 우리는 낮에 집에서 2분 거리에 있는 바닷가에 가서 큰 바위 위에서 모래로 뛰어내리는 놀이를 하며 시간을 보냈다. 엄마는 수영 실력이 대단해서 많은 지역 아이들에게 수영하는 법을 가르쳐 줬다. 엄마는 많은 옷을 직접 만들어 입었고, 우리를 데리고 매일 소풍을 가서 저녁이 될 때까지 바닷가에서 뛰어놀게 해 주었다.

열한 살 때 우리는 항구 도시인 골웨이로 이사했다. 마오이니스와 한 시간 거리일 뿐인데도 완전히 다른 세계였다. 몇 년 후에 부모님은 헤어지기로 결정했고 엄마는 골웨이에 있는 예수회 학교에서 교사 자리를 구했다. 엄마는 젊은 시절 예루살렘을 방문한 이후 그 많은 세월이 지나는 동안 그곳에 다시 가고 싶다는 바람을 한 번도 잊은 적이 없었다.

쉰여섯 나이에 엄마는 마침내 예루살렘으로 돌아갔다. 엄마가 그 소식을 알리려고 내게 전화했을 때 나는 더블린에서 대학교에 다니고 있었다. "나는 트리니티 칼리지에 복학하기로 했어. 1년 동안 히브리 어와 유대교를 공부한 다음 2년 차에는 예루살렘으로 돌아갈 거야. 마침내 돌아가게 된 거야." 엄마가 말했다. 엄마 메리 트로이 여사가 그냥 내 엄마로가 아니라 자신의 권리를 가진 한 여성으로 보인 첫 순간이었다. 엄마는 엄마의 정체성을 되찾았다.

그것은 엄마와 나의 관계에 있어서 새로운 장의 시작이었다. 우리는 똑같이 각자의 길을 개척하고 있었다. 나는 이십대, 그리고 엄마는 오십대에. 왠지 그것은 우리를 좀 더 대등한 관계에 서게 했고 우리는 단순한 엄마와 딸의 관계에서 벗어나 각자 자신의 꿈을 실현하기 위해 노력하고 있는 두 여성이 되어 있었다.

내가 헌신적인 딸이 되려면 구체적인 시간 계획이 필요하다. '좋은 딸 되기 클럽'은 내가 엄마와 하고 싶은 것을 하기 위한 체계와 시간 계획을 마련해 주었다. 나는 이 모임을 내가 엄마와의 계획을 잘 진행하고 있는지 확인하기 위해 시간을 따로 떼어 둔 일종의 월별 '엄마 정기 점검일'로 여겼다. 이 모임은 내가 마음만 먹고 뒤로 미루어 두었던 엄마와의 대화를 할 수 있도록 해 주었다. 어떤 사람들은 상상도 할 수 없는 일이라고 생각할지도 모르지만 내가 엄마와 진지하게 나눈 대화 가운데에는 엄마가 원하는 장례식에 대한 것도 있었다.

그렇지만 다른 무엇보다도 이 모임이 나에게 준 것은 일종의 감동이었다. 나는 사람들이 엄마와의 관계 개선을 위해 할 수 있는 것을 찾아 노력하는 의지에 끊임없이 감동을 받았다. 릴리와 소피는 엄마와의 관계가 명확하게 금이 가 있는 상태임에도 불구하고 두 사람 모두 모임에서 모든 것을 이해하려고 노력하고 있었다. 나는 정말로 그들이 이 모임을 통해 무언가를 얻을 수 있기를 바랐다. 그들은 우리 가운데 그 어느 누구보다 '좋은 딸 되기 클럽'이 필요했다.

헌신적인 딸에 대한 고찰

나타샤를 알게 되면서 나(로이진)는 내가 엄마를 향해서 피어나는 이 우정을 더디게 배우는 사람이라는 것을 깨달았다. 나타샤를 만난 지 얼마되지 않은 어느 날, 최근에 진단을 받은 엄마의 AMD (Age-related Macular Degeneration), 즉 '황반변성'의 진행 상황에 대하여 이야기를 하려고 나타샤에게 전화를 걸었던 것을 기억한다.

습성 황반변성은 치료가 가능하지만 건성 황반변성은 그렇지 않다. 엄마에게는 데임(Dame: 영국에서 국왕으로부터 공로를 인정받아 남성의 기사에 해당하는 작위를 수여받은 여성에 대한 존칭 —옮긴이) 주디 덴치(Judi Dench)처럼 습성 황반변성이 진행되었다. 나는 엄마가 주디 덴치와 뭔가 공통점이 있는 것이 좋다. 이미 두 사람에게는 공통점이 있었다. 두 사람 모두 아름답고, 재능이 있으며, 강인한 여성이다. 엄마는 아마추어 연극에 잠깐 발을 들여놓은 적이 있었는데 흰머리를 짧게 살랐었다. 점진적인 중심시 상실에 이르는 병을 따질 필요도 없이 공통점이 엄청나게 많은 것이다. 주디 덴치는 더 이상 대본을 읽을 수 없다. 엄마는 전자책을 볼 때 킨들에서 글자 크기를 훨씬 더 크게 해 놓아야 한다. 엄마가 데임 주디 덴치를 만난다면 무슨 이야기를 해야 할지 걱정할 필요가 없을 것이다.

엄마가 진단을 받은 뒤 몇 달 후 어느 날 아침, 엄마는 아침에 일어나 눈을 떴을 때 다소 어질어질한 느낌을 경험했다. 의사는 황반변성이 상당히 진행되었기에 병원에 가서 눈에 주사를 맞아야만 한다고 말했다. 병원에서는 엄마의 눈동자에 진짜 바늘을 꽂을 것이었다. 의사가 이야기를 하는 동안 나는 귀를 손가락으로 막았고 큰 소리로 노래를 불렀다. 나는 알고 싶지 않았다. 엄마는 환자가 아니었다. 엄마는 약하지 않았다. 엄마는 눈이나 다른 어떤 곳에도 주사를 맞을 필요가 없는 사람이었다. 세무 공무원을 피할 수 없듯 그저 한 인간에 지나지 않은 다른 엄마들에게 찾아오는 점진적인 쇠락과 노령에도 엄마는 굴복하지 않을 것이다. 아니면 엄마도 보통 엄마였을까? 나는 그곳에 가고 싶지 않았다.

아주 솔직히 (그리고 비겁하게도) 나는 의사로부터 눈에 주사를 맞아야 하는 엄마에 대한 이야기를 듣고 싶지 않았다. 나는 주사와는 아무런 상관이 없는 엄마가 좋다. 내가 월요일에 뭘 했는지 물었을 때 혼자 영화 두 편(그중 한 편은 자막이 있는 영화)을 보러 갔었고, 그다음에는 내가 아직 가 보지 못한 새로 생긴 초밥 집에 가서 저녁을 맛있게 먹었다고 말하는 사람이 내 엄마여서 나는 고맙다. 금요일 오전에는 창작 글쓰기 교실에, 수요일에는 회고록 쓰기 교실에 참여하고, 화요일에는 아프리카의 생식 건강 문제 해결을 위한 캠페인을 하는 휠체어를 타는 친구를 돕는 엄마가 나는 좋다. 내가 원하는 엄마는 SNS에 능숙해서 나보다 먼저 트위터(@anningle — 엄마는 팔로워가 더 필요하다)와 페이스북, 인스타그램 활동에 적극적인 엄마다.

내가 시간을 함께 보내고, 자랑을 하고, 밥을 사 달라고 조르고 싶은 엄마는 지난해에 여행을 네 번 다녀왔다. 나와 함께 아름다운 마요주에, 에디 오빠를 만나러 북 캘리포니아에, 레이철 언니와 포르투갈에 갔다 왔고, 피터 오빠를 보러 런던에도 다녀왔다.

내가 알게 되고, 사랑하게 되고, 의지하게 된 엄마는 비영리 지역사회 신문사 이사회의 의장이다. 엄마가 회의에 활기를 불어넣고, 회의록을 작성하며, 의제를 하나하나 읽어 나가는 동안, 나는(엄마가 나도 끌어들였다.) 에너지를 조절하느라 고심하고, 지루함을 달래느라 샌드위치를 너무 많이 먹는다.

"그래서 엄마는 어떠세요?" 나타샤가 묻는 말에 나는 엄마 생각에서 빠져나왔다.

나는 대화를 끝내려고 하면서 대답했다. "엄마는 괜찮아요. 엄마는 아주 좋아요. 엄마는 주사를 맞을 거고 그러면 괜찮아지실 거예요. 엄마 눈은 정상으로 돌아올 거예요. 엄마는 괜찮아요." 그러고 나서 나는 말을 멈추고 나타샤의 관심을 다른 데로 돌리기 위해 주제를 바꿀 방법을 생각하면서 '괜찮다'는 의미의 다른 말을 생각해 내려고 애썼다.

이것이 바로 내가 더디게 배우는 사람이라고 말한 부분이다. 그렇지만 나는 '좋은 딸 되기 클럽'에서 전문가 강의를 할 수 있는 이 여성에게 배우고 있었다. 나타샤는 귀 기울여 들었다. 그런 다음에 인내심을 가지고 조심스럽게 엄마가 주사에 대해 어떻게 생각하고 있는지 엄마에게 물어보는 게 어떻겠느냐고 넌지시 제안했다. 나타샤가 내 목소리에서 날카로움과 약간의 두려움을 감지할 수 있었기 때문이었다. 아마도 나는 엄마에게 뭐라도 도울 것이 없는지 물어봐야 했다. 어쩌면 대기실에서 엄마와 함께 있거나 엄마가 주사치료를 마치면 엄마를 모시고 갈 계획까지 세워야 했다. 하지만 늘 그랬듯이 나는 그 가운데 아무것도 하지 않았다. 나타샤가 그 주사에 대한 이야기를 시작했을 때 내 전략은 주제를 바꾸어서 나타샤가 더 이상 주사에 대해 이야기를 하지 않기를 바라는 것이었다. 우리는 이제 시작 단계였고 나는 어떻게 엄마와의 관계에 접근해야 하는지에 대해 실제로 생각할 필요가 있다는 사실을 아직 충분히 인식하지 못했었다. 또는 어쩌면 나는 알고 있었지만 그것에 관해 어떤 구체적인 실천을 하기에는 시간이 좀 걸렸던 것일지도 모른다.

결국 엄마가 눈에 주사를 맞는 일화는 나만의 작은 '벤치에서 머문 순간'이 되었다. 나는 엄마를 신체가 제 기능을 하지 않거나 적어도 점점 약해지는 존재로 보기 시작했다. 그렇지만 나는 아직 나타샤처럼 그 상황을 인정하며 받아들이고 있지는 않았다. 나타샤는 엄마에게 새롭게 드러난 약한 부분을 받아들이고 그에 맞춰 계획을 세웠지만 여전히 자신의 권리를 가진 독립적인 여성으로 엄마를 바라봤다. 나타샤는 내가 엄마에 대해 겪고 있는 혼란을 알아차렸다. 나는 어쩔 줄 몰라 하며 저항하고 있는 나 자신을 감추려 하고 있었다. 나타샤는 정말로 적절한 시기에 엄마와 내가 지금 어떤 상황에 놓여 있는지에 대해 돌아보게 하는 제안을 했다. 나는 뭔가 순수하고 건전한 일을 시작할 때 언제나 우쭐한 기분이 들었었다. 나는 첫 반중력 요가 수업이나 웨이트워처 모임, 명상 코스에서 그런 기분을 느꼈었다. 그렇지만 이번 에는 나 자신만을 위한 과제가 아니었다. 모임이 계속될수록 내가 딸 로서 부족한 점이 무엇인지에 대해 더 분명히 알게 됐다. 나는 내게 모든 것을 준 여성, 바로 엄마에게 뭔가 의미 있는 것을 돌려 드리기 시 작해야겠다고 생각했다. 조금 덜 의존하고, 조금 더 헌신하는 딸이 될 계획이었다.

6장
딸 둘을
더 만나보기

처음에 나(로이진)는 '좋은 딸 되기 클럽'의 회원들이 모임에 대해 친구들에게 이야기를 할지, 안 할지가 매우 궁금했다. 솔직히 '좋은 딸 되기 클럽'이 지붕 위에 올라가서 큰 소리로 광고하고 싶은 성질의 모임은 아니었다. 그러나 나타샤와 나는 사람들에게 우리의 새로운 클럽에 대해서 이야기하는 것을 멈출 수가 없었다. 호텔 로비에서 전혀 모르는 사람에게 '좋은 딸 되기 클럽'에 대해서 이야기한 적도 있다. 두 번째 모임이 있은 후, 나타샤는 잉글랜드 출신의 애나를 새로 데려왔다. 그리고 우리 모임의 '마지막 딸'인 데비도 거의 같은 시기에 클럽에 들어왔다. 다음은 애나와 데비가 들려주는 자신들의 이야기다.

애나

마지못해 억지로 하는 딸

나는 쉰네 살이고 인생이 가을로 접어든 지금, 언제 끝날지 모르는 인생의 겨울에 있는 엄마를 돌보게 될 것이라고는 한 번도 생각해 본 적이 없었다. 그것은 아무도 우리 세대에게 경고해 주지 않았던 책임감이다.

내가 아이를 갖지 않았던 많은 이유 중 하나는 내게는 타고난 모성 본능이 없고 누군가를 돌보는 역할을 맡으면 어색한 기분이 들기 때문이다. 나는 간호사나 초등학교 선생님이 결코 될 수 없는 사람이다. 그렇지만 나를 전쟁 지역이나 폭풍이 이는 바다에 데려다 놓으면 사정이 달라질 것이다. 나는 놀이방이나 보호 시설이 아니라 사나운 바다에 더 어울리는 사람이다.

나의 가장 큰 두려움은 엄마가 돌아가시는 것이 아니다. 엄마가 나보다 더 오래 사는 것, 그래서 내가 엄마로부터 자유로운 삶이 무엇인지를 모르고 죽는 것이다. 냉정하게 들릴지 모르겠지만 솔직한 내 심정이다. 엄마는 이제 여든여덟 살이다. 지독한 다리 궤양을 제외하면 엄마의 건강 나이는 육십 세에 가깝다. 알츠하이머 초기 증상을 보이고 있지만, 곧 쓰러질 정도는 아니다.

지금까지 나는 엄마에 대해 아무한테도 말하지 않았다. 지난 6개월 동안 나는 엄마를 돌보기 위해 휴직을 했다. 나는 마음이 편치 않다. 나는 사랑보다는 의무감으로 엄마를 돌보고 있다는 생각, 내가 '나쁜 딸'처럼 느껴지지는 않지만 뭔가 사기꾼 같다는 느낌 때문이다. 우리에게는 보통 딸과 엄마 사이에 당연하다고 여겨지는 깊은 유대 관계가 없다. 나는 매우 양면적인 딸이다. 엄마를 정성껏 돌보면서도 사실상 나는 엄마가 돌아가시기를 기다리고 있다.

내가 나타샤를 처음 만났을 때 나는 이 모임에 대해 의구심이 들었다. 나타샤는 더블린 외곽에 있는 한 호텔에서 열린 학회에서 발표를 하고 있었고, 나는 회사 일로 학회에 참석하고 있었다. 나는 여행업에서 일하는데 사람들이 혼자서 보내는 휴가 일정을 처리해 주는 일이 주 업무다. 나는 미혼이며 여행을 정말 좋아한다. 그렇지만 무난한 지중해 패키지여행은 정말로 내 취향이 아니다. 내게는 좀 더 거칠고 낯선 오지로 떠나는 배낭여행이 제격이다.

내 일을 처리하며 로비에 앉아 있을 때, 나타샤가 내게 물었다. "엄마가 살아 계세요? 엄마가 돌아가시면 기분이 어떨 것 같나요?" 나는 솔직히 대답했고, 내 대답을 듣고 그녀가 깜짝 놀랐을 거라고 생각했다. 나는 보통 낯선 사람에게 말을 불쑥 건네지 않는다. 그렇지만 그것은 익명의 대화였고 나에 대한 평판에 아무 영향도 없을 거라는 점을 알고 있었다. 나타샤는 자신이 쓰고 있는 책과 아주 많은 딸들이 자신의 엄마 문제와 씨름하고 있다는 사실을 알고 얼마나 깜짝 놀랐는지에 대해 이야기를 했다. 난관은 인생을 지배하기도 한다. 그렇지만 나는 지배당하고 싶지 않았다. 나타샤와 나는 전화번호를 주고받았다. 사실 나는 나타샤에게서 전화가 오리라 기대하지 않았다.

나타샤는 바로 그다음 날 전화를 했다. 런던에 도착하여 비행기에서 내리기도 전이었다. 나타샤는 모임에 참여할 것을 생각해 보라고 내게 말했다. 내 첫 반응은 싫다고 대답하는 것이었다. 다시 그 모임에 대해 듣고 싶지 않았다. 그렇지만 나는 호기심이 일었다. 엄마와 관련해서 내가 정말로 할 수 있는 것이 조금이라도 있을까? 아니면 아무 대처도 없이 참아 내야만 하는 시험일까?

나는 업무차 더블린에 갔을 때 '좋은 딸 되기 클럽' 모임에 딱 한 번 참가했을 뿐이다. 이메일이 오고 갔고, 그 뒤로 나는 일종의 방송 대학의 '좋은 딸 되기 학위 과정' 참가자가 되었다. 그즈음 나는 나타샤의 집에서 다른 딸들을 만났다. 다른 딸들은 손발이 잘 맞는 것처럼 보였다. 매브는 그날 밤 오지 않았다. 매브는 엄마와 휴가를 보내고 있었다. 그렇지만 릴리, 로이진, 캐시, 소피, 그레이스, 나타샤는 편안하게 소파에 자리를 잡았다. 친밀한 소규모 클럽이었다. 그들 사이에 유대 관계가 있음을 누구나 알 수 있었다. 그들은 '신선한 고기'(바로 나 말이다!)의 맛을 궁금해하며 행복하게 입맛을 다셨다. 그들처럼 나도 엄마에 대한 고해 성사로 이야기를 시작해야만 했다.

엄마 말에 따르면 나는 태어나자마자 엄마를 거부했다고 한다. 나는 엄마 젖도 먹지 않았고 엄마가 내 가까이에 오기만 하면 크게 울었다고 한다. 어린 시절부터 엄마는 이 말을 녹음기를 틀어 놓은 것처럼 계속해서 내게 반복했다. 엄마는 내가 자라는 동안 자신은 결혼을 하고 싶지 않았었고, 임신도 하고 싶지 않았으며, 자식을 낳아 키우는 것도 하고 싶지 않았다고 자주 내게 말했다. 엄마는 나를 낳은 후 아이가 생기지 않도록 조심하고 또 조심했다. 나는 힘들고 단조로운 집안일과 엄마로서의, 그리고 아내로서의 생활은 엄마의 계획에 없었던 일이라는 사실을 자각하면서 자랐다. 엄마는 다른 세상에서 살고 있는 사람 같았다. 어쩌면 엄마는 엄마가 되지 않았다면 오페라 가수나 모델이 되었을지도 모른다. 엄마는 전형적인 지중해 연안의 미인이었다. 새까만 곱슬머리에 검은 피부, 큰 키와 날씬한 몸매. 완벽한 결혼 상대로 탐나는 인물이었다. 허리둘레 22인치의 소피아 로렌처럼 말이다. 그렇지만 사실 엄마는 바깥세상에 대해서는 아는 게 없는 런던의 아주 가난한 집안 출신이었다. 엄마는 자기 자신에 대한 개념이 없었고 잠재력을 실현할 능력도 없었다. 그럼에도 불구하고 엄마는 늘 자신의 꿈을 가로막은 것은 남편과 딸이라고 생각했다.

아빠도 엄마처럼 노동자 계층 출신이었다. 아빠는 집시들 사이에서 태어났다. 아빠는 출생증명서조차 없었다.

내가 태어났을 때 아빠는 마흔여섯 살이었고 엄마는 아빠보다 열 살 이상 어렸다. 그 당시치고는 결혼도, 출산도 매우 늦은 편에 속했다. 특히 첫아이를 서른다섯 살에 가진 것은 매우 이례적이었다. 엄마에게 혼전 출산이란 생각조차 할 수 없는 일이었다. 여러 해 뒤에 나는 애너벨 카빗(Annabelle Charbit)이 쓴 글을 읽었다. 애너벨 카빗의 엄마는 지능 지수가 낮은 탓에 모든 것을 두려워하며 가장 효과적인 대화의 형태는 목소리를 높이는 것이라고 믿는 사람이었다. 엄마가 항상 그랬다.

엄마는 지능 지수가 낮은 것이 아니었다. 세상과 다른 사람들에 대한 궁금한 점이 없었을 뿐이었다.

나는 세 살 때 병원에 입원했던 기억이 전혀 없다. 사람들은 내가 조랑말을 타다가 떨어졌다고 말했다. 내가 말에서 떨어졌고 팔이 여러 군데 부러졌다고 한다. 내가 아는 것은 내가 병원에 있는 동안 육체적으로 학대를 당했다는 것이었다. 간호사한테 맞아서 다리에 감각이 없어지거나 살이 비틀린 것을 제외하고는 병원에 대한 기억은 흐릿하다. 반면에 엄마에게 버려졌다는 느낌은 남아 있다. 원하지 않은 임신과 출산, 그렇게 태어난 나는 벌을 받는 것 같은 느낌이 들었다. 과장하려는 것이 아니다. 아주 어릴 적부터 내가 엄마의 골치 아픈 짐이었음을 확실히 깨달을 수 있었다는 사실을 말하고 싶은 것이다.

나는 우리 가족이 다른 가족들과 다르다는 것을 알았다. 다른 집은 부모 아이 할 것 없이 친한 친구들이 있었고, 서로의 집을 오가며 밥을 먹고 술을 마시거나, 음악을 함께 들으며 어울리기 마련이었다. 그러나 우리 집은 달랐다. 엄마는 쉴 새 없이 불평했다. 엄마는 결코 행복하지 않았다. 엄마는 작은 일을 크게 부풀렸고 한 번도 편안했던 적이 없었다. 단 한 번도 엄마와 아빠가 서로 사랑한다는 느낌을 받은 적도 없었다. 엄마와 아빠 사이에는 친밀함이 전혀 없었다. 나는 아빠와 엄마가 딱 한 번 사랑을 나눴을 때 내가 생긴 거라고 굳게 믿었다. 부모님은 입도 맞추지 않았고 서로 포옹을 하지도 않았다. 다정함도 전혀 없었다. 엄마, 아빠는 내가 아기였을 때부터 싱글 침대에서 각자 따로 잤다. 임신에 대한 엄마의 두려움 때문이었을 것이다.

우리는 엄마가 숭배하는 외할머니와 같이 살았다. 그 두 사람의 관계는 불편할 정도로 친밀하다고 설명해야 할 것 같다. 외할머니는 엄마에게 세상의 빛이었다. 엄마는 외동딸이었고 외할머니와 어디든지 같이 갔다. 외할머니는 활동적이며 혈기 왕성했고, 웃기를 좋아하며 불평 한마디 없이 내게 관심을 가져 주었다.

그렇지만 엄마와 외할머니는 계속해서 아빠에게 잔소리를 하며 괴롭혔는데, 잠시도 수그러드는 법이 없었다. 나는 이 모습을 보고 무척 이상한 느낌을 받았다. 심지어 외할머니는 아빠와 엄마의 신혼여행까지 따라갔다. 내가 불편할 정도로 친밀하다고 말한 부분이 바로 이것이다.

나는 아빠가 안쓰럽게 느껴졌다. 나는 엄마와 같이 있는 것보다 아빠와 같이 있는 것을 더 좋아했지만 아빠는 동떨어진 채 멀리 있는 존재였다. 대개 아빠는 사색에 잠겨 있었고, 나는 결코 아빠에게 가까이 다가갈 수 없었다. 아빠는 엄마와 결혼하기 전에 여기저기 돌아다니는 집시의 삶을 살았다. 어디든지 모자를 벗고 머리를 누이는 곳이 집이 되었다. 아빠는 모든 의미에서 여행자 그 자체였다. 아빠는 안정적인 가정생활에 어울려 보이지 않았다. 아빠는 틀에 박힌 일상에 꼼짝 못하고 붙잡힌 방랑자였다. 엄마는 당해 낼 수 없을 정도로 계속해서 아빠를 헐뜯었고 결국 아빠는 술집으로 향하곤 했다. 엄마는 화가 치밀어 오르면 자신의 잃어버린 인생에 대한 불만으로 부글부글 끓어올랐다. 그럼에도 불구하고 엄마와 아빠는 함께 지냈다. 엄마는 음식을 만들고 청소를 하며 불평을 했고, 아빠는 그냥 견디다가 한계에 이르면 좀 더 편안한 곳을 찾아 몸을 피했다. "절대로 결혼하지 마." 아빠가 술집 '백마'로 도망갔음을 알리는, 문이 꽝 닫히는 소리가 나면 엄마는 내게 소리를 질렀다. "함정에 빠지지 마. 아기는 가지면 안 돼." 그래서 나는 절대로 결혼도 하지 않았고 아이도 갖지 않았다. 웃기지 않은가!

　나는 일곱 살 무렵부터 될 수 있는 대로 일찍 집을 떠나야겠다고 생각했다. 처음으로 외국에 나가 본 것은 수학여행으로 벨기에와 네덜란드를 갔을 때였는데 식당에서 수녀님들과 앉아 있었고 — 수녀원 부속 학교였다. — 처음으로 병에 든 생수를 봤던 기억이 난다. 그리고 식사로 말고기가 나왔었다. 나는 정말 놀랍다고 생각했었는데 반 친구들은 구역질을 하는 흉내를 냈던 기억도 난다. 그때가 1968년이었다. 나는 수학여행 도중에 여기저기 돌아다니다가 자유롭게 참여할 수 있는 축제를 발견했다. 모두 환각 상태에 빠져 있었고(물론 나는 일곱 살이라 그것이 뭔지 몰랐다.) 나는 히피들과 친구가 되었다.

　히피들이 내게 슈퍼볼(굉장히 통통 잘 튀는 공) 자판기에 넣을 동전을 주었다. 히피들이 이 슈퍼볼 주위에 쓰러지며 웃었고 나는 그들과 함께 있으며 행복했다. 수녀님들이 나를 찾아내는 것으로, 히피들과의 짧은 행복은 끝이 났다. 나는 그때 되도록 빨리 집을 떠나 남은 인생 동안 여행을 하며 살아야겠다고 생각했다. 완전히 다른 세상이 집 밖에 펼쳐져 있으며 그곳은 어른들이 어린아이들만큼 무척 재미있게 지낼 수 있는 곳처럼 보였다.

　1970년대 초반, 런던의 백인 노동자 계층에서 태어난 십대 소녀가 갈 길은 둘 중 하나였다. 베이 시티 롤러스(Bay City Rollers; 1970년대 스코틀랜드 출신 팝 밴드 — 옮긴이)를 숭상하거나 『재키 잡지』(1964년부터 1993년까지 발행된 소녀들을 위한 주간 잡지 — 옮긴이)를 매주 처음부터 끝까지 읽고, 결혼을 꿈꾸는 티니 바퍼(팝 음악, 패션 등에 관심이 아주 많은 어린 십대)가 되는 것이 하나였다. 다른 하나는 '대안 문화'를 탐험하는 것이었다. 나는 카를 마르크스(Karl Marx)와 『리틀 레드 스쿨북(The Little Red Schoolbook)』(덴마크의 교육학자가 1969년에 발간한 청소년들을 위한 교육과 성, 약물, 술 등에 대한 변혁적 사고를 다룬 책으로 사회적으로 많은 비난을 받음. ─옮긴이)을 읽고 학교 파업에 참가하고, 프랑스 실존주의와 급진적인 영화 문화, 그리고 펑크(1970년대 말에서 1980년대 초에 유행한, 과격하고 정열적인 사운드의 록 음악 ─옮긴이)에 심취했다. 나는 재키류의 십대가 아니었다.

나는 나보다 불과 몇 살 위인 선생님과 무척 가깝게 지냈다. 그는 노동혁명당 당원이었다. 우리는 좌파 사상을 가진 다른 선생님들과 함께 파티에 갔고 둘러앉아 대마초를 피우며 실존주의에 대해 이야기를 했다. 1970년대식의, 급진적이며 세련되고 상투적인 최악의 표현처럼 들린다 해도 할 수 없다. 그때는 그랬으니까. 나는 베레모를 쓰고 파이프 담배를 피웠다. 선생님은 내 눈을 뜨게 해 주고 나를 배움의 세계, 변혁적 사고, 그리고 마르크시즘으로 이끌어 주었다. 그렇지만 선생님과 나의 우정은 분명히 오늘날의 기준으로 보면 아주 의심스러운 것이었다.

선생님은 대학에 가서 학위 과정 공부를 하라고 내게 최초로 제안한 사람이었다. 선생님은 내가 A레벨 시험(만 18세에 치르는 영국의 대학 입학시험으로 대학에서 공부할 전공과 관련된 과목을 3~5개 선택한다. ─옮긴이)을 치르고 나서 미술사를 공부하도록 격려했다. 나는 부모님으로부터 학교나 공부에 대해서 어떤 안내도 받은 적이 없었다. 부모님은 결코 내게 높은 기대를 한 적이 없었다. 실제로 나는 노부부와 함께 사는 것처럼 느꼈다. 집에만 오면 내 삶은 초라해졌다.

나는 부모님과 공통점이 하나도 없었다. 부모님을 이해하는 것은 거의 불가능해 보였다. 부모님은 쓰레기 같은 신문을 읽었고 싸구려 게임쇼를 봤다. 부모님은 알베르 카뮈나 레프트 뱅크(파리 센 강의 왼쪽 강둑으로 예술가들이 많이 사는 곳)나 프랑스 지식인을 몰랐다! 나는 초현실주의와 모더니즘, 급진적인 생활 방식에 대해 부모님과 이야기를 할 수 없었다. 그래서 나는 십대에 어울리는 맹렬한 방식으로 부모님의 삶을 가치 없는 실패한 인생으로 몰아붙였다.

나는 모든 것을 집 밖에서 배우고 흡수했다. 나는 그렇게 내가 꿈꾸어 왔던 사람이 되어 가고 있었다. 엄마의 삶이 그 자체로 내게 가르쳐 준 것이 하나 있다면, 인생은 스스로 창조해 나가는 것이라는 점이었다. 엄마는 스스로 그렇게 해 본 적이 없었으며 소망을 이루지 못했고 삶은 비참했다. 엄마는 외국으로 휴가를 가 본 적도 없었다. 엄마는 수영이나 자전거 타기, 또는 운전을 배운 적이 전혀 없었다. 엄마는 자유와 모험을 위해 필요한 어떤 준비도 스스로 해 본 적이 없었다. 엄마는 인생을 회피했고 엄마의 이런 모습은 내게는 일종의 위험 신호였다. 나는 엄마의 실수를 반복하지 않을 생각이었다. 나는 집을 떠났고 뒤돌아보지 않았다.

그렇지만 나는 평생 동안 엄마의 상황이 좀 더 나아지도록, 엄마가 좋은 결정을 내리도록, 아주 열심히 도우려 노력했다. 1984년에 나는 휴가를 이용하여 엄마와 아빠를 모시고 두 주 동안 터키에 다녀왔다. 그게 엄마의 첫 외국 여행이었다. 엄마가 행복해 보이는 단 한 장의 사진은 바로 이 휴가에서 찍은 것이었다. 사진 속에는 한 번도 시대에 적응하지 못하고 심지어 성인으로서의 삶에도 적용하지 못한 사람의 슬폼이 들어 있었다.

엄마의 삶의 밑바닥에 도사리고 있던 불길함의 정체를 나는 도저히 알 수 없었다. 내가 기억하는 것은 엄마의 격렬하고 난폭한 고함소리뿐이다. 무시무시한 분노는 늘 아빠와 나를 겨냥했다. 아빠가 술집에서 자유롭게 술을 마시는 것(1960년대 노동자 계층 남자들처럼)이 엄마를 화나게 만들었다. 나의 부주의함과 소란스러움과 지저분함이 엄마를 화나게 했다. 노동자 계층이 기분이 상했을 때 흔히 볼 수 있는 행동이었다. 음식이 벽에 던져지고 험악한 분위기가 연출되다가 꽝 소리가 나며 문이 닫힌다. 산후우울증이었을까? 의심할 여지가 없다. 그러나 그 당시에는 산후우울증이란 단어도 없었다. 언급조차 하지 않는 많은 것들 가운데 하나였다. 엄마는 당시에 외할머니, 외할아버지와 함께 살았고, 외할머니와 지나칠 정도로 친밀한 관계에 있는 데다가 갓난아기까지 있어서 갈등은 피할 수 없는 일이었다.

분노는 가난 위에 차곡차곡 쌓였다. 여기서 가난은 문자 그대로 재정적 가난을 의미하는 것이지만, 정서적 빈곤을 말하는 것이기도 하다. 각자 자신의 구석으로 허둥지둥 처박혀서 분노를 곱씹거나 뛰쳐나가 술집으로 향했다. 내가 태어난 뒤 처음 2년 동안 술집으로 아빠를 내몰고 엄마는 혼자 무엇을 했을까? 1961년, 당시 우리 집에는 텔레비전이 없었다. 책도 없었다. 라디오가 정적을 깨는 부엌만이 있었을 뿐이다. 그런 환경에서는 사람이 작은 아기 하나만으로도 미칠 수 있다. 그런 환경은 「거짓말쟁이 빌리(Billy Liar)」나 「토요일 밤과 일요일 아침(Saturday Night, Sunday Morning)」과 같은 영국 영화와 『죽음이 우리를 갈라놓을 때까지(Till Death Us Do Part)』와 같은 시트콤에서까지 아주 정확하게 드러난다. 끔찍하고 답답한 실내 장식과 어둡고 무거운 나무로 만든 가구, 도일리(가구 위에 덮는 작은 장식용 덮개 — 옮긴이)와 리넨, 그 모든 것들에는 히틀러의 전쟁 무기보다 더 생경한 힘에 의해 한 시대가 해체될 것이라는 구세대의 불길한 예감이 들어 있었다. 그 속에서 1960년대와 1970년대의 젊은이의 반란을 위한 길이 열리고 있었다.

내 이름을 쓸 수 있을 만한 나이가 된 이후로 나는 내 부모님과는 매우 다른 족속의 일원이라는 느낌을 줄곧 받았다. 나는 내가 큰 변화의 시대에 태어났음을 인식했다. 일곱 살 즈음에 나는 『탑 오브 더 팝스(Top of the Pops)』에서 눈을 떼지 못했고, 도끼가 등장하는 공포 영화를 보며 전율했다. 엄마는 끔찍이 싫어하는 것들이었다. 40대 초반의 엄마에게는 비틀스(The Beatles)마저도 세상 종말의 징조였다. 새로운 것에 대한 두려움의 반작용이 오른쪽으로부터 왼쪽으로, 위에서부터 아래로 치달았다. 1950년대 후반과 1960년대 초반의 부모 세대만큼 소스라치게 놀라야 했던 세대는 결코 없을 것이다. 생계를 위해서 광산에 들어가거나 사설 은행에서 고객을 돌보는 대신, 젊은이들은 아슬아슬하고 무서웠으며 급진적인 제안을 들고 거리로 나섰다. 그들은 혁명을 이야기하고 하이드파크에서 나체로 활보했다. 그들은 부모님이 전쟁 때문에 결코 가질 수 없었던 온갖 기회를 누렸다. 보수파들은 분노가 끓어올랐지만 그 변화의 물결을 막을 수 없었다.

엄마, 아빠도 나를 막을 수 없었다. 열네 살에 나는 전통적인 이스트엔드 가정, 노동자 계층의 자식으로는 전혀 어울리지 않게 예술계에 지대한 관심을 갖고 으스대는 돌연변이, 둥지 속 뻐꾸기가 되었다. 나는 엄마의 바람대로 조리 학교에 가는 데에는 전혀 관심이 없었다. 나는 카프카를 읽고 사진과 유럽 영화를 공부했다. 부모님과 나 사이에는 확실히 아무 공통점도 없었다. 그 간극은 점점 더 벌어졌고 결국 내가 열다섯 살이었을 때, 나는 집을 나왔다. 실질적인 내 인생의 시작은 바로 그때였다고 나는 생각한다. 나는 학교를 그만두었다. 그 당시에 나는 O 레벨을 받은 과목이 겨우 하나였지만 학교에 계속 다녀야 하는 이유가 될 수는 없었다. 혁명은 다가오고 있었고 나는 준비가 필요했다.

아빠는 레몬 씹은 얼굴을 하고 앉아 있었다. 아빠 마음에는 들지 않았지만 나를 막을 수는 없었다. 엄마는 어떻게 먹고살 것인지를 물었다. 그리고 내가 결국 '설설 기며 돌아오게' 될 것이라는 지독한 악담을 퍼부었다. 그러나 나는 아무런 문제도 없을 것이며 다시는 엄마 집에서 살지 않을 것이라고 확신했다. 현관 앞에서 포옹도 없었고 다툼도 없었다. 그것은 부모님이 나의 가출을 어느 정도 예상하고 있었고, 나를 막으려는 실질적인 시도도 하지 않았음을 의미하는 것이었다.

나는 배낭을 싸서 가장 친한 친구와 그 친구의 오빠와 함께 차를 얻어 타고 데번으로 갔다. 내 친구의 나이 많은 형제들이 웨스트 컨트리(영국 잉글랜드의 남서부 지역—옮긴이)에 있는 어떤 공동체에서 생활하고 있었다. 다 무너질 것 같은 시골에 있는 히피 피난처였다. 거기에서 나는 형이상학과 창의성, 하나님과 예술, 페미니즘에 관한 대화를 나눌 수 있었다. 나는 일 년 전 여름에 이곳을 방문했던 적이 있었고 그때 그들은 내게 많은 것을 가르쳐 주었었다. 그들은 나와 같은 부류의 사람들이었다. 채식주의자였고 요가를 하고 자급자족하며 살았다. 이 모든 일들이 가치 있는 일이었지만 가끔은 재미있게 옷 입는 날, 노래 만들기, 기타 연주, 큰 웃음, 사랑과 나눔, 그리고 기쁨으로 생활에 활기를 불어넣었다. 아, 나는 즐거움에 둘러싸여 있었다!

나는 폭발적인 펑크 록을 즐기며 데번과 런던에 있는 다양한 불법 거주지 사이를 옮겨 다니면서 살았다. 나는 부모님과 연락을 주고받기는 했지만 극히 드문 일이었다. 내가 엄마를 찾아가면 엄마는 이렇게 말하곤 했다. "제대로 된 직장은 언제 가질 거니? 언제쯤이면 열심히 일을 할 거니?" 아빠가 은밀히 용돈을 주셨지만 나는 그때 경제적으로 독립을 한 상태였다. 카페나 가게에서 일을 하고, 교육도 받았다. 나는 음악하는 사람들과 함께 유럽을 여행하면서 아빠와 엄마에게 안부 편지를 써서 항공 우편으로 보냈다. 내가 마약에 중독되지도, 임신을 하지도, 또 어디에선가 밑바닥 삶을 살고 있지 않다는 것을 알려 드리고 싶었고 안심하기를 바랐다.

나는 한동안 그리스에서 동굴에 살면서 온갖 종류의 직업을 전전했다. 양치기를 한 적도 있었다. 나는 '아웃사이더 시인들'과 레너드 코언(Leonard Cohen)과 시드 배럿(Syd Barrett)과 같은 음악가들에게 푹 빠져 있었다. 나는 어렸고 거칠었으며 베레모를 쓸 만큼 낭만적이었고 골루아즈(프랑스 궐련 담배 상표 중 하나―옮긴이)를 피웠다. 엄마와 아빠는 내게 차와 담배 소포를 보내 주곤 했다. 내가 집에 전화를 하면 엄마는 내가 보낸 편지가 무척 좋았다고 말했다. 부모님은 그 편지를 읽고, 또 읽었다. 결국 내 독특한 삶에 대해 약간 인정을 해 준 것이었다.

1980년대에 나는 다시 런던으로 돌아왔다. 나는 학위를 받았고 공공 부문에서 일자리를 구해 부모님과 좀 더 정상적인 관계를 맺기 시작했다. 나는 한 달에 한 번, 특히 일요일에 집에 들렀다. 관계는 무난했다. 우리는 일요일에 같이 밥을 먹으며 내가 하고 있는 일에 대해 이야기를 나눴다. 나와 부모님 사이에는 여전히 정치적 논쟁이 있었다. 나는 부모님이 『데일리 메일』을 읽는다는 사실을 계속 비판했다. 나는 '대처주의'를 극렬하게 비난했다. 나는 폭동에 관해, 체제의 붕괴에 대해 이야기했다. 나는 정치적 이야기에만 열을 올리는 따분한 사람이었다. 디스코를 추면서 신나는 시간을 보냈어야 할 이십대를 나는 사회주의 노동당 회의에 참석하거나 거리에서 바리케이드를 치면서 보냈던 것이다.

내게 제니라는 친구가 있는데 그녀는 엄마와의 관계를 위해 열심히 노력하는 사람이다. 제니는 내가 엄마에게 좀 더 연민을 갖게 만드는 데 큰 영향을 미쳤다. 엄마는 내 도움이 더 필요했고 나는 일주일에 나흘을 일하기 시작했다. 금요일은 엄마와 함께 시간을 보냈다. 엄마가 일주일 동안 먹을 음식을 만들고 먹을 약을 정리하고 병원에 가서 진찰을 받았다. 5년 전부터 나는 엄마에게 요양 시설로 옮기는 문제에 대해 말하기 시작했다. 엄마가 사는 집은 하나뿐인 화장실이 위층에 있었다. 여러모로 병든 엄마가 지내기에는 적절하지 않았다. 그렇지만 엄마는 막무가내였다. 엄마는 대화 자체를 거부했다. "나를 '그 망할 놈의 시설'에다 보내지 마." 엄마는 나뿐만 아니라 시설 이야기를 꺼내는 모든 사람에게 소리를 질렀다. 엄마는 웬만해서는 집을 떠나려 하지 않았다.

나는 엄마에게 도움을 주려고 노력하고 있다. 솔직히 다른 무엇보다도 딸로서의 의무감에서 하는 일들이다. 나는 엄마가 편안하기를 바란다. 나는 엄마가 행복하기를 바란다. 진심이다. 그렇지만 늘 그래 왔듯이 누가 무슨 일을 하거나 무슨 말을 하든지 간에 엄마는 결코 행복해지지 않을 것이다. 엄마는 행복해지는 법을 모른다.

엄마는 12월 이후로 집 밖을 나가지 못했다. 도움이 없이는 걸을 수 없기 때문이다. 나는 4월에 엄마에게 특별히 쿠션을 덧댄 휠체어를 사 드렸다. 나는 약 3킬로미터 떨어진 중심가까지 휠체어를 밀고 갔다. 나는 엄마를 모시고 술집에 가서 엄마가 좋아하는 위스키 진저를 사 드리고 동네 연못 위에 비치는 햇살을 보여 드렸다. 고맙다는 인사 한마디가 없었다. "날씨가 정말 좋구나. 굉장해." 같은 감탄사도 없었다. "굉장히 추워." 이 말만 반복할 뿐이었다.

"굉장히 추워." 엄마는 30분 동안 스무 번도 넘게 그 말을 반복했다.

엄마가 내일 돌아가신다면 물론 나는 마음이 아플 것이다. 엄마가 자립할 수 있도록 돕지 못했고 더 많은 것들을 누리게 할 수 없었기 때문이다. 엄마는 머리에서 떠나지 않는 부정적 생각과 우울의 멍에를 짊어지고 인생을 허비했다. 어린 시절부터 나는 그것을 느낄 수 있었다. 그래서 나는 가능한 한 엄마로부터 멀리 도망치고 싶었고 가능한 한 긍정적이고 개척적인 인생을 살려고 노력했다. 나는 엄마로부터 벗어났고 성공적으로 삶을 개척해 왔다. 그리고 후회하지 않는다. 솔직히 말하자면 후회스러운 일을 떠올리며 어떤 시간도 허비하고 싶지 않다. 그런데 나는 얼마 전에 내가 실패했음을 깨달았다.

나는 이름만 딸이라는 것을 느꼈다. 내게는 보통 딸들에게 있는 엄마에 대한 감성적인 느낌이나 사랑이 전혀 없었다. 엄마는 나를 미치게 만드는 미스터리일 뿐이다. 나는 엄마의 문제가 무엇인지 알고 싶다. 나는 왜 엄마가 살려고 노력하지 않는지 알고 싶다. 내가 엄마에게 하고 싶은 질문이 하나 있다면 이런 것이다. "왜 한 번도 믿지 않았어요? 왜 한 번도 '행운은 용감한 사람의 편이다'라는 생각을 해 본 적이 없어요?" 엄마는 외할머니의 품에서 벗어나지 못했다. 엄마는 어린 아이처럼 부모에게서 멀리 떠나 여행을 해 본 적이 없었다. 엄마는 결코 반항하지 않았다.

나는 사람들이 자기들의 부모 세대에게 반항하기 시작한 1950년대 말에 무척 건전한 움직임이 일어났다고 생각한다. 그들은 영향력을 가진 세대가 되어 세계를 위해 실질적인 변화를 일으켰다. 그러나 엄마는 융이 말하는 '개체화'를 결코 성취하지 못했다. 나는 엄마가 왜 그렇게 되었는지 이해하지 못한다. 나는 이해하고 싶다. 그렇지만 나는 이젠 너무 늦었다고 생각한다.

내가 엄마와 같이 할 일이 있다면 엄마가 자신이 언젠가는 죽는다는 사실을 받아들이게 하는 것이리라. 엄마는 자신의 기동성과 나이, 다가오는 치매에 대해서 부정한다. 그래도 나는 엄마를 좋게 보내 드리고 싶다. 환경 문제가 나오면 우리는 생각이 비슷하다. 우리가 지구를 훼손하고 있다는 내 생각과 똑같은 생각을 엄마도 한다. 나는 엄마가 자연 분해가 되는 관을 쓰고 싶어 한다는 것을 안다. 언젠가 엄마는 내게 블루벨 숲으로 운구되고 있는 대나무 관이 실린 광고 책자를 보여 준 적이 있다. "아름답지 않니?" 엄마가 말했다. 엄마와 내가 할 수 있는 이야기, 그리고 내가 엄마를 위해 할 수 있는 일은 그게 전부다.

지금 내 뇌리에서 떠나지 않는 주요한 생각은 엄마가 100세, 혹은 103세, 또는 106세가 되어 대소변을 못 가리는 모습을 잔인하게 지켜보고 싶지는 않다는 것이다. 나는 남은 내 인생 동안 모든 일을 다 중단하고 엄마만 보살피며 살 수는 없다.

놀랍고 끔찍한 이야기로 들리겠지만, 런던에 있는 엄마 집은 꽤 값이 나간다. 엄마가 돌아가시면 나는 그 집을 팔아서 내 꿈을 좇으며 살 수 있다. 나는 이제 사람들을 독신자들의 휴가에 보내는 일을 그만두고 싶다. 내가 직접 세상을 더 많이 보고 싶다! 내게는 아직도 살아야 할 인생이 많이 남아 있다. '마지못해 억지로' 돌보는 딸이라고? '마지못해 억지로'라는 말은 내 느낌을 표현하기에 알맞은 말이다. 하지만 좀 더 정확한 표현을 찾는다면 '좌절감을 느끼는'이 적당하다.

마지못해 억지로 하는 딸에 대한 고찰

내(나타샤)가 '마지못해 억지로' 딸 노릇을 했던 때는 십대 때가 유일하다. 우리는 매우 활동적인 가족이었고, 할 일이 너무 많은 집이었다. 현관 복도는 큰 가방과 더러운 운동화들, 럭비 신발과 헐링 스틱으로 꽉 차 있었다. 집은 저절로 굴러가지 않는다. 우리 모두 해야 할 집안일이 있었다. 나는 주중에 화장실을 깨끗하게 청소해야 했고, 소카는 최고의 요리사였기 때문에 일주일에 두 번 음식을 준비했다. 내 막내 여동생 케이트는 진공청소기로 청소를 했고 오이신 오빠는 잔디를 깎고 고장난 것은 무엇이나 다 고쳤다. 또한 사선서와 오래된 페인트 통, 퇴짜 맞은 가구, 그리고 집에서 한 자리 차지하지 못하고 밀려난 이름

없는 물건들로 터질 것 같은 정원 창고를 정리했다. 킬리언 오빠는 난로 재를 청소해야만 했고 토탄 바구니와 석탄 통을 가득 채워야 했다. 킬리언 오빠가 가장 게을렀다. 킬리언 오빠는 자기 일을 우리 중 한 명에게 자주 떠넘기고 돈을 주려고 했다.

수백만 명의 다른 엄마들처럼 엄마는 집안일에 화를 내며 힘겨워했다. 맏딸로서 많은 일이 내게 떨어졌다. 나는 맏딸의 임무를 다 해야 하며 엄마를 도와야 한다는 것을 알았지만 마지못해 억지로 하던 2년이었다. 방과 후에 집안일을 도우러 집으로 곧장 돌아가는 대신, 나는 친구 집에서 커피를 마시고 CD를 들으며 우리 인생과 다른 사람들의 인생에 대해 이야기하며 시간을 보냈다. 나는 소란스럽고 혼란한 우리 집에 비해 보호 구역과도 같은 남자 친구 집으로 가능한 한 자주 피신하기도 했다. 나는 전 세계적으로 유명한 드루이드 극장에서 객석 담당 직원으로 아르바이트를 하며 톰 머피(Tom Murphy)의 「귀향에 관한 대화(Conversations on a Homecoming)」(1985년 드루이드 극장에서 올린 연극. 영국 술집 펍을 무대 배경으로 한 작품으로 이후의 연극 작품에 많은 영향을 미쳤음.─옮긴이)나 브라이언 프리엘(Brian Friel)의 「번역(Translations)」(1980년에 쓰인 3막짜리 희곡으로 언어에 관한 작품임.─옮긴이)의 세계에 밤마다 몰두했다. 나는 엄마의 딸이 되고 싶지 않았고 장녀가 되고 싶지도 않았다.

엄마는 지혜롭게도 가급적 모른 척했다. 덕분에 나는 마지못해 억지로 무엇인가를 해야 하는, 그냥 그렇고 그런 시기를 신속히 벗어날 수 있었다. 그 후로 인생을 통틀어 딸로서 마지못해 억지로 해야 하는 일은 나에게 일어나지 않았다.

애나는 노모를 돌보는 짐을 나눠 질 형제가 아무도 없는, 마지못해 억지로 할 수 밖에 없는 외동딸이었다. 그녀에게는 선택의 여지가 없다. 이런 상황에서 그녀에게 무엇이 더 최악일까? 자신의 삶을 위해 노모를 버리는 것과, 선택의 여지가 없는 상황에서 엄마를 돌보는 '옳은 일'을 하는 것 중에서 무엇이 더 그녀에게 최악일까? 나에게는 둘 다 지옥처럼 느껴진다. 엄마를 돌보지 않음으로써 수반되는 죄책감에 시달리거나 견디기 힘든 엄마를 보살펴야만 하는 자신의 비참함을 견디는 일 모두 최악인 것이다.

『뉴욕 타임스』의 저널리스트 케이티 해프너(Katie Hafner)는 자신의 뛰어난 회고록『엄마 딸 나(Mother Daughter Me)』에서 가장 중요하고 결정적인 질문을 한다. 이상적인 부모와는 아주 거리가 먼, 비참한 어린 시절을 선사한 부모의 노년에 대해 우리는 어떤 의무가 있는가? 애나와 같은 딸들은 사는 내내 이 어려운 질문의 답을 찾기 위해 몸부림쳐야만 한다.

데비

기대에 미치지 못하는 딸

나는 뒤늦게 '좋은 딸 되기 클럽' 모임에 합류했다. 최근까지 나는 더블린 시내 중심지 지하 사무실에서 일했다. 나는 그곳을 '벙커'라고 불렀다. 형광등 두 개가 고장이 난 벙커에서 나는 매일 아침 7시부터 오후 4시까지 헤드폰을 쓴 채 사람들 이야기에 귀를 기울이며 창백한 노란색 불빛 아래 앉아 일했다.

최근에 나는 고양이 먹이 제품에 대한 포커스 그룹 인터뷰(시장 조사나 여론 조사를 위해 특정 제품에 대한 소비자들의 자유로운 토론을 유도하고 그 결과를 분석하는 일)를 진행했다. "우리 집 고양이는 타비타예요. 줄여서 타비라고 부르죠. 남편은 티(T)라고 불러요. 타비는 연어 향에 별 반응이 없어요. 조금 맛을 봤는데 그럴 만하더군요. 너무 짜더라고요. 타비는 오리고기 향을 아주 좋아해요. 보통 좋아 하는 게 아니죠. 그것도 맛을 봤는데요…… 약간 거위 간 같은 향이 났어요. "

나는 벙커를 좋아하지 않았지만 내 일은 좋아했다. 모든 것에 호기

196

심이 있다면 정말로 완벽한 직업이다. 그런데 나는 호기심이 정말 많다.(5학년 때 내 별명이 참견쟁이 데비였다. 나는 늘 질문을 달고 살았다.) 내가 하는 일은 소비자들의 이야기를 듣고 입력해서 조사를 의뢰한 회사 측에 전달하는 것이다. 나는 나중에 고객(회사)들이 이 자료를 가지고 무엇을 하는지 모르지만 — 내 일은 입력한 자료를 전송하면 끝난다. — 사람들이 말한 모든 단어를 입력하는 것이 내가 고객들을 위해 하는 일이다. 물론 '망할', '음', '…… 같은', '이야' 이런 단어는 적지 않는다. 사람들은 여러분이 생각하는 것보다 훨씬 더 많이 그런 단어를 쓴다. 나는 그것들을 기록에서 뺀다. 나는 사람들의 말을 매끈하게 다듬는다. 나의 입력 속도는 매우 빠르다. 내 상사는 나를 '키보드계의 모 패라(Mo Farah: 2012년 런던 올림픽에서 2관왕에 오른 영국의 장거리 육상 선수―옮긴이)'라고 불렀다. 줄여서 '모'라고도 했다.

여러분은 '벙커'나 내 직업, 상상력이 부족한 상사가 붙여 준 내 우스운 별명에 대한 이야기를 읽고 싶지는 않을 것이다. 여러분은 딸과 엄마에 대해서, 그리고 그들이 어떻게 잘 지내고 있는지에 대한 이야기를 읽고 싶을 것이다. 나와는 상관없는 이야기지만. 때때로 나는 내가 '엄마와 딸의 사랑'이라는 이름을 가진 행성에 착륙한 외계인처럼 느껴진다. 나는 주위를 둘러보다가 엄마와 함께 옷을 사려고 나온 딸들의 모습을 본다. 그들은 레스토랑에서 다정하게 식사를 하고 옷가게 탈의실에서 함께 웃는다. 친구들은 '어머니날'에 무엇을 했는지 내게 이야기를 해 준다. 친구들은 엄마와 함께 갈 스파와 레스토랑을 심사숙고해서 고른다. 그러면서 친구들은 설레며 행복해한다. 나는 그런 일들과는 아무런 상관이 없다. 친구들과 나눌 이야기도, 공통된 관심사도 없다. 그렇지만 나는 친구들에게 그런 내색을 하지 않는다. 나는 고개를 끄덕이며 웃는다. 나는 적당히 그리고 적절히 맞장구를 쳐 준다. "아, 엄마가 분명히 아주 좋아하셨을 거야." 그리고 친구들이 떠나고 나면, 엄마를 생각하며 혼자 운다.

엄마와 잘 지내지 못하는 외로운 외계인으로서 나만의 생존 기술은 모든 것을 감추는 것이다. 내가 항상 해 오던 일이다. 나는 수년째 그렇게 지냈고 그 생활에 익숙해졌다. 완전히 똑같아지려 애쓴다. 스며들어 갈 방법을 찾는다. 아무도 모르게 한다. 계속해서 전력을 다한다. "자기 엄마랑 잘 지내지 않는다니 도대체 어떤 괴물이야?" 누가 이린 소리를 듣기 원하겠는가? 이런 이야기를 하고 싶어 할 사람이 누가 있겠는가!

마침내 누군가 그런 이야기를 하는 것 같다. 그래서 나는 그들의 이야기를 기록하려고 이 자리에 있는 것이다.

당신 발톱에 들어 있는 니코틴 양으로 당신의 폐암 발병 위험도를 예측할 수 있다는 사실을 알고 있는가? 어제까지만 해도 나는 그 사실을 몰랐다. 나는 국제 발 치료사 컨퍼런스 기조연설을 입력하고 있었다. 굉장히 흥미로운 작업이었다. 연구원들이 지난 12년 간 폐암에 걸린 남성 흡연자의 발톱 조각과 남성 비흡연자의 발톱 조각을 비교 연구해 왔다. 가장 높은 니코틴 수치를 보인 발톱 조각의 주인공들은 다른 사람들에 비해 폐암이 발병할 가능성이 3.57배 더 높았다.

내 직장 상사는 담배를 피운다. 그의 손톱은 겨자색이고 그는 벤슨 앤 헤지스 담배 냄새를 풍긴다. 사무실 뒤편에 냅킨만 한 마당이 있는

데 그는 거기에서 담배를 피우며 직원들 별명을 생각한다. 엄마는 담배를 피우지 않는다. 아빠는 담배를 피웠다. 나는 언제나 아빠의 금연을 위해 노력했지만 결국 아빠의 발목을 잡은 것은 담배가 아니었다. 전문의의 말에 따르면, 아빠의 머릿속에서는 약 20년 동안 종양이 자라고 있었다.

종양이 자라는 것을 막을 수 없었고, 우리가 할 수 있는 것은 아무것도 없었다. 20년 동안이라니! 믿어지는가? 우리는 일이 터진 후에 '만약에 그때 그랬더라면!'하고 후회한다. 나도 그랬다. 만약 일찍 아빠의 증세를 눈치챘더라면, 아빠가 전혀 아빠답지 않은 모습을 보여줄 때, 예를 들어 아빠가 문간에 열쇠를 아무렇게나 던져둘 때 그것을 뭔가 불길한 질병의 징후로 받아들였다면 하고 나는 쓰디쓴 죄책감에 시달려야만 했다. 딸들이 보내온 죄책감이 뚝뚝 묻어나는 많은 이메일에 대해서 나타샤가 이야기했을 때, 나는 속으로 환호성을 질렀다. 나는 나타샤와 로이진이 하고 있는 작업이 대단하다고 생각했지만 거리감이 좁혀지지는 않았다. 그들은 엄마와 달콤한 초콜릿 박스 같은 관계였고 그것은 내가 늘 꿈꾸던 관계였다. 그들은 나와 너무 달랐다. 그렇지만 이메일을 쓴 다른 여성들은 나와 너무나 비슷한 처지였고, 그 사실에 나는 안심이 되었다. '나만 그런 것이 아니구나!' 그들이 지난 세월 불러 왔던 노래는 무엇이었던가? 그들이 노래를 부르며 연주하는 것은 다름 아닌 나의 고통이었다.

나는 엄마와 친밀해지기를 갈망하는 매브의 마음을 이해할 수 있었다. 그리고 매브의 이야기를 들으며 나는 웃음이 나왔다. 한편으로 나는 딸에게 외면당하는 매브의 엄마에게 안타까움을 느꼈다. 한편으로 혼자 힘으로 일어설 수 있었던 매브에게 존경심이 들었다. 그리고 릴리의 입양과 자기애에 빠져 딸을 거부하는 그녀의 엄마 이야기에 나는 소름이 돋았다. 우리는 우리 자신이 겪는 불행보다 더한 불행을 겪는 타인의 삶을 통해 남모르게 안도감을 얻는다. 나는 그녀들의 다음 이야기가 궁금해서 견딜 수가 없었다. 나는 귀를 기울이며 계속 생각에 잠겼다. '나만 그런 게 아니야. 나는 혼자가 아니야.'

내가 처음으로 직장 동료 매기에게 '좋은 딸 되기 클럽'에 대해 이야기 했을 때 그녀는 불신이 깃든 목소리로 이렇게 물었다. "그러니까 이 클럽은 여자들이 모여서 자기 엄마 험담하는 모임이라는 거죠?" 나는 매달 열리는 그들의 모임에 점점 매료되었다. 꼭 연속극 같았다. 나는 다음 모임이 궁금해서 죽을 것 같았다.

"그 여자들은 험담을 하는 게 아니야." 내가 말했다.

"음, 그 여자들은 흉을 보는 거예요. 제가 장담한다니까요." 매기는 확신에 차 있었다.

"나는 그 여성들이 자기들 엄마에 대해서 욕을 한다고 말하고 싶지 않아. 좀 더 사색적인 이야기를 나눈다고 생각해." 나는 방어적으로 대답했다. "그들은 자신들의 이야기를 나누고 서로를 지지해 주고 이야기를 들어 주는 거야. 그들이 엄마 이야기를 하지만 딸로서 자신들에 대해서도 이야기를 해. 그들은 속이 후련해지는 걸 느낀다고 말해."

"속이 후련해진다고요? 웃기지 말라고 해요. 만약에 엄마가 내가 한 떼의 여자들과 둘러앉아서 음식을 먹으면서 엄마에 대해서 험담을 하는 모임에 있다는 걸 알면, — 그런데 첫날 그들이 먹은 음식이 뭐라고 했죠?"

"현미밥과 칠리, 그리고 일종의 야채 룰라드(잘게 썬 고기를 쇠고기의 얇은 조각으로 만 요리 — 옮긴이)와 직접 만든 마늘빵."

"현미밥과 칠리, 그리고 룰라드를 먹었다고요? 뭐든 상관없지만, 아무튼 엄마는 소스라치게 놀랄 거예요. 그 사람들은 모여서 무슨 짓을 하는지 엄마한테 이야기했대요?"

"아니. 중요한 건 그게 아니야. 중요한 점은 그 여성들이 더 나은 딸이 되는 방법을 알아 가고 있다는 것이야. 그리고…….."

"글쎄요, 제 개인적인 생각으로는 그건 배신이에요." 매기가 말했다. "엄마 없이 그들이 어떻게 존재할 수 있겠어요? 턱도 없지요! 배은망덕도 유분수지! 탁자에 둘러앉아서 자기들 엄마가 얼마나 끔찍한지 서로 이야기한다구요? 은혜를 그런 식으로 갚나요? 그건 옳지 않아요!"

"네 엄마는 어떠셔?" 그때 끊임없이 말을 쏟아 내는 매기의 입을 다물게 하기 위해서 던져 본 질문은 효과적이었다. 매기는 스스로 자기가 쏟아 낸 말들을 뒤집어 가며 남은 점심시간 내내 자기 엄마를 험담을 했다. 사랑스러운 매기!

때때로 나는 벙커의 에어컨에서 나는 웅웅 소리가 너무 시끄러워서 어떤 생각도 할 수 없다. 나는 자리에 앉아서 그 웅웅 소리를 무시하려고 애써 가면서 나타샤가 엄마에 대해서 묻는다면 뭐라고 대답할지에 대해 생각했다. "엄마는 어떠세요?" 나타샤가 내게 묻는다면 나는 아무런 대답도 하지 못할 것이다. 지금 나는 엄마에 대해서 아무것도 알 수 없다. 엄마는 도망치듯 내 동생이 있는 오스트레일리아로 떠났다. 엄마는 내 전화를 받으려 하지 않는다. 엄마는 아빠를 잃은 슬픔을 누구하고도 나누고 싶어 하지 않았다. 특히 나하고! 그것은 엄마만의 사적이고 비밀스러운 슬픔이어야 했다.

아빠는 영리하고 직관이 뛰어난 분이었다.

암이었다. 의사가 할 수 있는 일은 아무것도 없었다. 아빠는 진단을 받고 나서 3개월 뒤에 돌아가셨다. 암은 언제나 다른 사람들의 이야기였다. 지금은 우리가 그 다른 사람들이다. 나는 아빠가 그립다.

아빠는 돌아가시기 몇 주 전에, 내게 말했다. "내가 죽거든 네 엄마를 잘 돌봐 드려라." 아빠는 엄마에게 무슨 일이 생길지 예측하고 있었다. 아빠는 엄마가 슬픔과 상실감과 직면하는 대신에 멀리 도망갈 것이라고 말했다. 아빠는 오스트레일리아를 언급하기까지 했었다. 모든 것이 아빠가 말했던 대로 됐다. 엄마는 아빠가 돌아가시고 나서 오스트레일리아에 두 번 갔다. 한 달 예정이었던 이번 여행은 두 달을 넘어섰다.

동생은 법률 회사에서 일한다. 동생은 종종 야근을 한다. 동생의 남편은 투자 정보 서비스 회사에서 일한다. 엄마는 하루 종일 유모와 어린 외손주 둘과 집 안에서 지낸다. 엄마는 하루 종일 앉아서 아이패드만 본다. 전자책이라도 읽냐고? 그럴 리가! 엄마는 게임에 빠져 지낸다. 앵그리버드(Angry Bird: 모바일 게임의 일종—옮긴이)라니! 엄마는 일흔넷이다.

내 동생 집은 꽤 외진 곳에 있다. 고급스럽고 문이 있는 주택 단지에 있는 똑같이 생긴 단독 주택 여덟 채 중에서 막다른 골목에 있는 집이다. 엄마는 운전을 하지 않기 때문에 아무 데도 갈 수 없다. 집 뒤에는 '뱀이 우글거리는' 아주 커다란 숲이 있다고 엄마가 말했지만 나는 엄마가 과장해서 말했다고 생각한다. 그래서 어떤 면에서 엄마는 갇혀 있는 셈인데 엄마는 그렇게 보이는 점 때문에 집에 돌아오려 하지 않는다. 어떤 시점이 되면 엄마는 돌아오겠지만 그랬다가 다시 도망갈 것이다. 슬픔에서 도망가는 것이다.

나는 내 엄마에 대해서 뭐라고 말을 해야 할지 모른다. 아빠가 돌아가신 뒤로 나는 엄마를 잃어버린 것 같은 느낌이 들었다. 엄마는 의도적으로 길을 잃고 헤매고 있다. 나는 어떤 것에 대해서도 엄마에게 말을 걸 수가 없었다. '엄마는 어떤 기분일까?', '엄마는 아빠를 그리워할까?', '엄마는 언제 집으로 돌아올까?' 내가 엄마에게 다가가려고 하면 엄마는 입을 꾹 다물고 도망친다. 엄마의 내면 속으로, 게임 속으로 달아났다. 제기랄, 이런 세상에, 빌어먹을 앵그리버드 같으니라고.

아빠가 돌아가신 뒤, 나는 슬픔에 빠져 있었고 상담소를 찾아가 도움을 받아야만 했다. 엄마에게 여러 차례 상담을 권했지만 엄마는 상담 받기를 거부했다. "모든 것을 다 말로 할 필요는 없어. 더 악화될 뿐이야." 엄마가 말했다.

엄마는 어떻게 지내시냐고? 좋은 질문이다. 엄마는 행방불명이다. 내가 하고 싶은 말은 엄마는 내 인생의 전부였다는 것이다.

나는 다섯 살이었다. 나는 큰할아버지의 크고 빨간 의자에 앉아 있었다. 큰할아버지(톰)가 내 옆에 앉아서 큰할아버지의 봉지에서 사탕을 꺼내 먹고 있었다. 사탕에서 엄마가 크리스마스 내내 오렌지에 꽂아 두고 빨간 리본을 달아 문 위에 걸어 놓았던 정향 같은 냄새가 났다. 나는 빨갛고 하얀 그 사탕을 좋아하지 않았다. 나는 내 사탕을 좋아했다. 내 봉지 안에 든 사탕이 더 마음에 들었다. 새틴 쿠션이라는 사탕이었다. 모두 색깔이 다르고 어떤 것들은 줄무늬가 있었다. 내 사탕 속에는 선물이 들어 있었다. 사탕을 빨다 보면 속에서 초콜릿이 흘러나왔다. 정말로 쿠션 안에 가득 차 있던 초콜릿이 밖으로 삐져나오는 것 같았다. 맛은 아주 황홀했다. 큰할아버지는 사탕을 먹을 때 쩝쩝, 딱딱 소리를 냈다. 그러면 나는 사탕을 으드득 소리를 내며 깨물어 먹었다. 쩝쩝, 딱딱, 으드득, 쓰읍. 그것은 일종의 음악이었다. 악기 대신에 우리는 사탕을 입으로 연주했다. 나는 『블루 피터(1958년부터 BBC에서 방송된 전 세계 최장수 어린이 프로그램. ─옮긴이)』에서 봤던 오케스트라의 소리를 떠올렸다.

부모님은 쇼핑을 하러 가는 동안 나를 큰할아버지에게 맡기곤 했다. 자주 있는 일이었다. 큰할아버지는 마거릿 숙모가 돌아가신 뒤에, 그러니까 내가 태어나기 전부터 혼자 살았다. 부모님은 쇼핑을 가기 전에 큰할아버지에게 무척 많은 질문을 했다. "데비랑 있어도 괜찮으시겠어요?", "데비가 사탕을 먹지 못하게 하셔야 돼요. 그러실 거죠?", "데비가 화장실에 가고 싶은지 확실히 물어봐 주실 수 있어요?"

나는 왜 부모님이 큰할아버지에게 그렇게 많은 질문을 하는지 이해할 수 없었다. 나는 큰할아버지를 무척 좋아했다. 큰할아버지는 친절했다. 부모님이 가자마자 큰할아버지는 높은 선반 위에 있는 성경책 뒤에서 내가 좋아하는 사탕 봉지를 꺼내 내게 주면서 크게 윙크를 했다. "우리끼리 작은 비밀이야, 데비. 그치?" 큰할아버지가 말했다. "우리끼리 비밀이야. 큰할아버지." 나는 큰할아버지 말을 그대로 따라 하며 윙크를 하려고 했지만 내 얼굴 전체가 일그러지기만 할 뿐이었다. 그 모습을 보고 큰할아버지는 큰 소리로 웃었다.

내가 가장 좋아하는 프로그램을 보며 큰할아버지와 나는 무척 많이 웃었다. 큰할아버지의 웃음소리는 씩씩거리는 것과 비슷했다. 하아 하하흐흐흐. 이렇게 말이다. 때로는 그렁그렁하는 소리가 큰할아버지 가슴에서 나왔다. 나는 무척 행복했다. "작은 불을 피울 거야. 데비, 그렇게 할까?"라고 말하며 큰할아버지는 성냥을 그어 벽난로에 불을 붙였다. 나는 성냥이 내는 타닥 소리와 신문지가 오그라드는 모습을 보며 신이 나서 쇠살대 앞에서 춤을 췄다.

나는 다섯 살이었고 큰할아버지 옆에서 사탕을 먹고 큰할아버지 가슴에서 나는 그렁그렁하는 소리에 귀를 기울였다. 큰할아버지가 내게 몸을 기울이며 했던 이야기를 지금도 기억한다. "불에 장작을 하나 더 넣을 거야. 데비, 그렇게 할까?"

나는 정기적으로 '좋은 딸 되기 클럽' 모임에서 나온 이야기가 녹음된 파일을 받는다. 그리고 녹음을 듣고 모든 내용을 받아 적는다. 녹음 기록을 듣다 보면 사람들은 내게 이렇게 말한다. "기록자님, '와인을 돌려요' 같은 말은 기록하지 말아 주세요. 우리가 알코올 중독자 같으니까요.", "기록자님, 나이프와 포크에서 딸가닥 소리가 나서 유감이에요." 나는 그들의 이야기를 귀 기울여 들으며 내 이야기에 대해 생각했다. 엄마와 나 사이에 있는 거리에 대해서 생각했다. 며칠 전에 나타샤 사무실에서 누군가가 전화를 걸어 최근 모임 녹음 기록을 받아 적은 파일을 좀 더 빨리 받을 수 없냐고 물어 왔다.

그러고 나서 그녀는 내게 모임에 대한 소감을 물었다. 어떻게 생각하느냐고? 나는 그것을 꼭 들어야 하는 중요한 녹음이라고 생각했다. 그 녹음을 들으며 나는 덜 외롭다고 느꼈고 내가 그리 특이한 사람이 아니라는 생각이 들었다. 나는 이 책을 읽고 싶다고 생각했고, 자식들이 더 나이가 들면 이 책을 읽게 하고 싶었다. "나는 실제로 엄마와 잘 지내고 있지 않아요." 내가 그녀에게 말했다. 그러자 그녀는 말했다. "당신 혼자 그런 것은 아니에요." 그녀의 말을 듣자 나는 웃음이 났고, 그리고 내가 얼마나 '좋은 딸 되기 클럽'에서 보내온 녹음을 듣는 일을 즐기고 있는지 그녀에게 말했다. 뭐랄까 그냥 그렇게 돼 버렸다. 그때 그녀가 나도 모임에 참석하고 싶은지 물었다. "내 이야기는 별로 흥미롭지 않아요" 라고 대답하면서, 나는 나 자신에게 화가 났다. 사실 내 이야기는 다른 사람들의 이야기만큼 중요하고 흥미로웠다. 게다가 나는 아주 많은 시간을 엄마 생각을 하며 보내고 있었다. 어쩌면 다 털어놓는 것이 내게 좋은 일일지도 몰랐다. 그래서 나는 좋다고 대답했다. 물어봐 줘서 고맙다고 인사도 했다. 그렇다. 나는 이해해 주고 판단하지 않을 사람들에게 내 엄마에 대해 이야기를 하고 싶었다. 나는 전화를 끊고 나서 내가 줄곧 그렇게 물어봐 주기를 기다리고 있었다는 사실을 깨달았다.

처음으로 '좋은 딸 되기 클럽' 모임에 나가기로 결심했을 때 나는 정말로 느낌이 이상했다. 나는 안절부절못했다. 직장 동료 매기는 나의 결심을 믿지 못했다. "그렇지만 그건……" 매기가 적당한 단어를 찾느라 애를 쓰면서 말했다. "그것은…… 전문가답지 않아요." 매기가 뜻하는 바가 무엇인지 나도 알지만 직업윤리에 대해 아주 큰 걱정을 하지 않아도 되는 방향으로 직장 일이 전개되었다.

나는 벙커에서 벗어나 집에서 내 사업을 하고 있었다. 나는 은행에서 대출을 받았고 기꺼이 나와 일을 같이 할 고객도 있었다. '좋은 딸 되기 클럽'도 고객 가운데 하나였다. 나는 매기의 말에 신경 쓰지 않았다. 나는 오랫동안 회피하며 보냈던 내 인생의 문제에 직면하고 싶었다. 나는 내 엄마의 문제에 직면할 결심을 굳혔다.

모임에 처음 참석하던 날, 내 인생 최고의 순간에도 나는 바보 같았다. 이번 모임은 로이진의 집에서 있었는데, 공교롭게도 내가 사는 곳과 그리 멀지 않았다. 나는 로이진의 집 보라색 문 밖에 차를 세워 놓고 30분 동안 차 안에 앉아 있었다. 나는 걱정이 됐다. 나는 엄마를 배신하고 있다고 생각했다. 나는 아빠가 떠올랐고 초조했다. 아빠는 이런 나를 어떻게 생각하실까? 다른 사람들은 나에 대해 어떻게 생각할까? 내가 할 수 있을까? 내가 할 수 있을까? 내가 할 수 있을까? 정말로 나는 바보 같았다. 나는 어디를 가든 그곳에는 늘 누구나 메릴린 먼로 처럼 완벽한 사람들이 있을 것이고, 나는 그 곳에 어울리지 않는 부적절한 사람이 될 것이라는 상상을 한다. 그렇지만 그날 그곳에는 메릴 린 먼로가 없었다. (그들은 결코 메릴린 먼로가 아니었다.) 그들은 모두 평범하고 따뜻했으며 친절했다. 그리고 모든 것이 자연스러웠다. 나는 과자 한 그릇을 야금야금 먹으며 녹음을 들으며 상상했던 목소리의 주인공들을 확인하며 재미있어했다. 클럽 회원들이 모두 도착했다. 릴리, 매브, 캐시, 그레이스, 소피까지. 애나는 런던에 있었지만 환영 메시지를 보내 왔다. 책 속 등장인물들을 현실에서 만나는 것 같았다.

나는 그들에게 딸가닥 소리가 나지 않도록 나이프와 포크를 살살 다뤄 달라고 부탁하는 것으로 입을 열었다. 나중에 딸가닥 소리까지 모두 기록할 것이라는 내 이야기에 모두 한바탕 크게 웃었다. 대부분의 사람들처럼 나는 내 목소리를 아주 싫어한다. 내 목소리에 어떤 기대도 없다. 엄마와 나는 그 점에서 비슷하다. 우리는 꽤나 타인을 의식하는 예민한 사람들이다. 엄마는 전화가 울리면 겁에 질려 어쩔 줄을 몰라한다.

그렇지만 그 모임은 내가 처음으로 참석한 모임이었고 나는 주요 인물이었다. 나는 이야기를 하기 시작했다. 있는 그대로, 생각나는 대로 엄마에 대해서 이야기하면서 나는 자유로움을 느꼈다. 말을 멈출 수가 없었다.

제일 먼저 나는 그들의 녹음 대화를 들었을 때 나를 사로잡았던 것에 대해 말했다. 나는 나타샤가 첫 모임에서 사람들이 엄마와 잘 지내지 못한다는 사실에 깜짝 놀랐던 일을 기억한다. "어떻게 엄마와 잘 지내지 못할 수 있죠?" 나타샤가 물었었다. 정말 놀라웠던 것은 그들이 엄마와의 관계가 나쁘다는 것이 아니라, 그 이야기를 식탁에 둘러앉아 이야기할 수 있다는 점이었다. 나는 엄마로부터 숨으려하는 매브와 비슷한 점이 많다고 말했다. 왜냐하면 나도 숨기 때문이다. '나는 일을 해야 해. 엄마는 해야 할 말이 있겠지만 나는 일을 끝내야만 해. 그러니 엄마가 아무 말도 하지 못하게 해야만 해.' 내가 이런 생각을 했던 것이 기억났다. '나는 혼자가 아니야. 이 세상에서 나만 이렇게 하는 게 아니야.'

녹음된 이야기를 들었을 때 비록 아무도 만나 본 적은 없었지만 나와 공통점이 아주 많은 친구들의 얘기를 엿듣고 있는 것 같았다. 나는 내 시어머니와 시누이가 떠올랐다. 둘 사이는 매우 친밀하여 어디든 함께 다니고 심지어 옆집에 산다. 그러면서 나는 뭐가 잘못된 것인가 하는 생각이 들었다. 내가 이상한 사람일까? 엄마 옆에 있고 싶어 하지 않는 사람은 이 세상에 나밖에 없는 걸까?

내가 이렇게 말하자 로이진이 웃으며 말했다. "음, 큰 소리로 그런 말을 할 수 있는 적절한 곳에 있는 거죠." 나는 내가 있어야 할 곳에 와 있다는 느낌이 들었다.

나는 아빠가 돌아가신 이야기를 했다. 그리고 아빠가 돌아가신 이후로 사람들이 줄곧 묻는 질문에 대해서 말했다. "엄마는 어떠세요? 엄마는 어떻게 지내세요?" 그리고 내가 어떻게 대답하는지도 이야기했다. "잘 모르겠어요. 저는 잘 모르겠어요." 이번 주에도 똑같은 대답을 할 수밖에 없었다. 아빠의 1주기임에도 불구하고 엄마가 다시 오스트레일리아로 떠났기 때문이다. 나는 화가 났다. 아빠의 일주기임을 기억하는 사람들은 우리가 무엇을 할 건지, 엄마는 어떻게 지내시는지 묻는다.

나는 두 주 동안 엄마에게 말조차 건네 보지 못했다. 엄마는 일반 전화를 쓰려고 하지 않았다. 엄마는 스카이프 통화만 하려고 하고 나는 스카이프를 몹시 싫어한다. 나는 나 자신을 보는 것을 좋아하지 않는다. 그리고 나는 통화를 하면서 청구서를 작성하든가 감자를 깎는 다든가 뭔가 다른 일을 하고 싶다. 그리고 나는 엄마에게 그런 모습을 보이고 싶지 않다. 내가 시대에 뒤떨어져 있다는 것은 알지만 나는 스카이프가 제대로 된 전화 통화처럼 느껴지지 않는다. 엄마는 통화료 때문에 일반 전화를 사용하지 않으려고 한다. 엄마는 돈을 절약하는 데 강박적이다.

나는 아빠가 돌아가신 후 힘들게 지냈던 지난 일 년에 대해 이야기를 했다. 그리고 아빠가 돌아가시기 전에 내게 어떤 말을 했는지도 말했다. "엄마를 돌봐 드려라." 아빠가 무슨 일이 벌어질지 얼마나 정확하게 예측하고 있었는지, 그리고 모든 것 하나하나가 어떻게 현실로 나타났는지 이야기했다. 사람들은 좀 더 오래된 과거의 이야기를 듣고 싶어 했다. 엄마와의 관계가 뒤틀리기 시작한 출발점에 대한 이야기를. 나는 그곳에서 편안함을 느꼈다. 괴상하게 들리겠지만 그곳은 안전한 공간이었다. 나는 나를 속일 필요가 없었다. 나는 오랫동안 나를 속여 왔다.

나는 내 남동생 빌리 이야기를 했다. 빌리는 태어났을 때부터 다운 증후군과 심장병을 앓았다. 빌리는 여러 차례 수술을 받아야 했는데 나는 무슨 일이 생기면 내가 빌리와 쌍둥이인 여동생 에드위나에 대해 많은 책임을 져야 한다고 생각했다. 엄마는 항상 빌리 걱정뿐이었다. 엄마는 빌리를 데리고 이 수술, 저 수술을 받게 하느라 여기저기 뛰어다녔다. 나와 엄마 사이에 거리가 생기기 시작한 것이 바로 그때였다고 나는 생각한다.

그리고 나는 내가 다섯 살 때, 큰할아버지(톰)에게 나를 맡겨 두고 부모님이 쇼핑을 하러 간 38년 전 그날에 대해 이야기를 했다.

나는 그 방의 카펫이 얼마나 빨갰는지, 코르덴 소재의 소파가 얼마나 빨갰는지를 묘사했다. 나는 그 소파 위에 앉아서 소파를 문지르며 울퉁불퉁한 코르덴 소재의 질감을 느끼고는 했었다. 큰할아버지가 의식을 잃고 바닥에 쓰러져 있는 동안 나는 그 소파 위에 앉아서 안정을 찾기 위해 울퉁불퉁한 소파 위를 문지르고 있었다. 그 시간이 평생처럼 길게 느껴졌다. 큰할아버지가 문을 가로막고 쓰러지는 바람에, 나는 문을 열고 나가 다른 사람들에게 도움을 청할 수 없었다. 나는 그냥 소파를 문지르면서 텔레비전을 봤다. 그런데 그때 큰할아버지가 키우던 개가 울부짖기 시작했고 나는 개 울음소리를 멈출 수가 없었다.

"큰할아버지, 일어나요. 일어나요." 나는 할아버지를 깨워 보려고 노력했다. 그렇지만 사실 나는 큰할아버지는 일어나지 못할 것이라는 것을 알았고, 엄마와 아빠가 돌아올 때까지 그냥 소파에 앉아서 『돌아다니는 마차(Wanderly Wagon)』나 보는 것 말고는 할 일이 없다고 생각했다. 무척 긴 시간이 흐른 것 같았고, 그리고 큰할아버지는 다시는 일어날 수 없었다.

부모님이 쇼핑에서 돌아오자마자 집은 순식간에 아수라장으로 변했다. 구급차가 도착했다. "심각한 심장 마비군." 나는 사람들이 하는 소리를 들었다. 몇 주 후에 엄마는 나를 의사에게 데리고 갔다. 내가 약간 내성적으로 변했기 때문이었다. "데비는 다섯 살이니까 이 일은 기억하지 못할 거예요." 의사가 말했다. 그렇지만 나는 기억할 수 있었다. 나는 정말로 모든 것을 기억했다. 나는 그 빨간색 카펫과 소파, 벽지에 있는 금색 소용돌이 무늬와 아주 커다란 벽난로 시계의 똑딱거리는 소리, 탁탁 소리를 내면서 타올랐다가 사그라지던 불과 큰할아버지의 개가 울부짖는 소리, 그리고 내 입속에 든 사탕에서 나는 으드득 소리까지 모두 기억할 수 있었다.

우스운 것은 나는 그 사건이 내게 미친 영향에 대해서 별로 생각해보지 않았다는 점이다. 그러나 그 사건은 내게 영향을 미쳤다. 약 30년 후에 나는 우울증에 시달리다가 상담사를 찾아갔다. 모든 것이 밀려왔다가 쓸려 나가고 댐이 무너지는 기분이었다. 첫날 상담사는 엄마에게 그 일에 대해 이야기하는 것이 좋겠다고 말했다. 그러나 엄마는 대화를 거부했다. "나는 그 일에 대해 이야기하고 싶지 않아. 지나간 일이야." 그런 다음 엄마가 이어서 말했다. "너도 그 일에 대해 이야기할 필요가 없어. 말도 안 되는 일이야. 그냥 내버려 둬." 그리고 엄마는 덧붙였다. "너는 괜찮아. 너는 괜찮다고. 그건 너무 지나친 분석이야."

엄마와 나의 관계는 그때부터 악화되었지만, 그 시작은 내가 다섯 살 때부터라고 생각한다. 당시 엄마는 의사의 조언에 따라 내게 그 일에 대해 함구하는 것이 옳다고 생각했다. 그렇지만 그것은 잘못된 일이었고 거기에서부터 우리는 사이가 벌어지기 시작했다. 그때 빌리가 태어났고 나는 에드위나를 돌봐야 했다. 점점 해가 지날수록 엄마와 나 사이에는 냉랭함이 흘렀다. 파티에 초대받는 나이가 되었을 때, 나와 함께 파티 드레스를 고르러 다닌 사람은 엄마가 아니라 아빠였다. 엄마와 함께 해야 할 일들을 아빠와 하고 있었다고 상상해 보라. 지금도 그 생각을 하면 슬프다.

내 이야기는 꽤 오랜 시간 이어졌다. 나만 그렇게 느꼈는지도 모른다. 사람들의 표정에서는 지루한 느낌을 전혀 찾아볼 수 없었다. 나는 엄마와 아빠의 관계에 어려움이 많았다고 말했다. 부모님은 언제나 가까웠고 모든 일을 함께 했지만 결코 긴밀한 사이는 아니었다. 아빠가 돌아가셨을 때 엄마는 매우 슬퍼했지만 지금 다시 생각해 보면 엄마와 아빠는 그냥 함께할 운명이 아니었다는 생각이 든다.

아빠는 사교성이 심하게 떨어지는 사람이었다. 밖에 나가는 것을 좋아하지 않았다. 그렇지만 엄마는 사람들을 만나 수다를 떨고 와인을 마시고 싶어 했다. 아빠는 이렇게 말하고는 했다. "왜 그렇게 많은 돈을 낭비하는 거요?" 아빠의 완벽한 일요일은 아홉 명의 손주들에게 둘러싸여서 구이 요리를 먹는 것이었다. 아빠와 엄마는 다른 부류의 사람들이었지만 뾰족한 수가 없어서 함께 살았던 것뿐이었다.

나는 엄마를 용서할 수 있다. 다섯 살짜리 딸에게, 그리고 혼자 남겨진 마흔세 살짜리 딸에게 베풀 연민이 부족했던 엄마를 잊을 수도 있다. 그렇지만 엄마도 나를 용서할 수 있을까? 나는 엄마를 실망시켰다는 느낌을 받으며 자랐다. 평범한 십대들처럼 나도 사고를 치며 자랐다. 그렇지만 엄마는 결코 그것을 용납하지 않았고 극복하지도 못했다. 나는 끊임없이 엄마를 실망시키는 딸이었다.

어느 날 내가 집에 돌아왔을 때 엄마가 내 남편 스티븐의 속옷 서랍을 정리하고 있었다. 우습게 들리겠지만, 엄마는 의식적으로 몹시 화가 난 사람처럼 행동했다. 그것은 엄마 특유의 메시지 전달 방식이었다. "너는 쓸모없어! 집안일조차 제대로 못하잖아!"

이런 일도 있었다. 내가 맏아들(열다섯 살 난 멋진 아이다!) 라이언과 엄마 집에 놀러 갔을 때의 일이다. 라이언은 아이팟에 정신이 팔려서 신발도 신지 않은 채 차에 탔다. 엄마 집에 도착했을 때, 나는 라이언이 엉뚱한 가방을 챙겨 왔다는 사실을 깨달았다. 아이는 신발도 갈아

입을 옷도 없는 신세였다. 라이언과 나는 이 우스꽝스러운 사태에 웃음보가 터지고 말았다. 나는 엄마에게 인근 가게에서 싼 신발과 옷을 좀 사다 달라고 부탁했다. 엄마는 나한테 불같이 화를 냈다. 화내는 정도가 아니라 그것은 히스테리에 가까웠다. 그것도 라이언 앞에서!

"네가 점검을 했었어야지. 너는 라이언의 엄마잖니. 너는 어쩜 그렇게 바보 같니? 너는 멍청해!" 나는 엄마한테 항상 이런 말을 들어왔다.

나는 엄마 곁에 있으면 실패자가 된 듯한 느낌에 사로잡힌다. 나는 매사에, 특히 나에게 부정적인 엄마의 성향을 견디기 힘들다. 엄마 곁에 있으면 결코 기분이 좋아질 수 없다. 엄마에게 나는 집이 엉망이 되도록 치우지 않고, 자식들에게 부족한 엄마였다. 나는 실패자 같은 기분이 들었다. 내가 부엌을 꾸민다면 엄마는 이렇게 말할 것이다. "그 페인트 색깔이 이 부엌에는 좀 어둡구나." 견디기 가장 힘든 것은 부정적 성향이었다.

그렇지만 얼마 전부터 나는 엄마를 기분 좋게 해 드리기 위해서 내가 무엇을 했는지 나 자신에게 묻고 있다. 엄마는 내 옆에 있으면 기분이 좋을까? 내가 원하는 것은 단 하나다. 내가 엄마를 더 이상 실망시키지 않는 것, 그리고 엄마도 나를 그만 실망시키는 것!

기대에 미치지 못하는 딸에 대한 고찰

엄마와 딸에 대한 책 중에 기대에 미치지 못하는 딸을 다루지 않은 책은 없다. 아마도 당신은 이미 데비를 알아봤을 것이다. 나(로이진)는 그녀를 알아봤다. 심각할 정도는 아니지만, 나도 어떤 면에서는 여전히 엄마를 실망시키는 딸이다.

1. 나는 돈 관리를 제대로 못한다. 나는 마흔두 살인데 아직도 엄마를 내 주거래 은행처럼 대한다. 요전 날 나는 내 은행 카드를 잃어버렸고 엄마한테 돈을 빌리러 갔다. "이번이 마지막이야." 엄마가 말했다. 나는 웃었다. 나는 그 소리를 전에도 들었다. 정말로 이번이 마지막일까? 그럴 리가!

2. 나는 아직도 너무 많이 먹고 운동은 너무 적게 한다. 나에게는 심각하고 오래된 문제다. 엄마는 그 문제의 원인을 알기 때문에 그 어느 누구보다도 이 문제에 대해 매우 이해심이 많다. 그렇지만 나는 엄마가 나이가 들어 가면서 나에 대한 걱정을 할 필요가 없도록 이 문제를 해결하고 싶다.

3. 나는 엄마에게 지나치게 의존한다. 모든 일을 엄마와 상의하고, 호의를 구하며, 가장 내밀한 나의 고충을 털어놓는 등 나는 엄마에게 끊임없이 의존한다. 나는 엄마가 당신이 돌아가시고 나면 내가 길을 잃고 헤맬까 봐 걱정한다는 것을 안다. 아마도 그럴 것이다. 엄마가 돌아가시고 나면 나는 길을 잃고 헤맬 것이다. 나는 성인이지만, 엄마 없이 지낼 자신이 없다. 지금도 엄마에게 고통을 주지만, 십대 시절에 비하면 새 발의 피다. 그때 나는 이렇게 생각했었다. 십대니까!

엄마는 자식들에게 생명을 주고, 양육하고, 그들을 위해 최선을 다하며 그들과 사랑에 빠진다. 그러나 사춘기가 오면 아이는 분노하고(나는 분노의 십대였다.), 은발로 염색을 하며(나는 한동안 빌리 아이돌을 무척 좋아했었다.), 파자마를 일상복으로 입자고 공개적으로 주장하는 괴물로 탈바꿈한다.

자녀가 여덟 명인 집에서 나는 엄마 인생의 골칫거리였다. 나는 십대 시절에 학교에 가지 않고 샛길로 빠지려고 애를 쓰며 많은 시간을 보냈다. 나는 '복통'과 '쪼개질 것 같은 두통'의 고통을 오스카 여우주연상 수준으로 기막히게 연기하는 능력이 있었다. 나는 아침형 인간이 아니었다. 많은 것들이 내 눈에는 '불합리'해 보였다.

예를 들어 학교는 불합리했다. 나는 늘 낮 12시에 첫 수업을 시작하는 것이 합리적이라고 생각했다. 아침 8시 45분은 그야말로 터무니없는 시간이었다. 우리가 학교에 가는 것이지 회계 회사에 출근하는 것은 아니지 않는가!

그렇지만 아무도 나의 의견에 동의하지 않았다. 그래서 나는 가능한 한 자주 꾀병을 부렸다. 때때로 꾀병이 효과는 있었지만 대부분은 엄마를 속여 넘길 수가 없었다. 십대 시절을 생각하면 침대에서 쫓겨나 잔인하고 차가운 아침 햇살 속으로 내동댕이쳐졌던 수많은 날들이 기억난다. 나는 스트레이트 보드카를 마시고 아직도 가사를 완전히 외우고 있는 노래인 「웸 랩(Wham Rap)」을 들었다. 내가 아는 것은, 다른 십대들과 마찬가지로, 내가 '뭐든지 반대로 하는 메리'였다는 것이다.

"십대 때 난 어땠어요?" 최근에 나는 옛 기억을 떠올리며 엄마에게 물었다. "내 머릿속에 그런 것은 안 넣어 둬." 엄마가 대답했다. 엄마는 십중팔구 그 기억을 머릿속에서 지워 버렸을 거다. 그렇지만 나는 엄마를 붙잡고 늘어졌다. "내가 어땠는데요? 기억해 봐요 엄마. 십대 때 나는 어땠어요?" 엄마는 잠시 생각에 잠기더니 이렇게 말했다. "네가 집에서 도망쳐서 그 남자애네 집에 갔을 때 나는 그 녀석 엄마한테 전화가 오기 전까지는 네가 없어진 줄도 몰랐어." 엄마의 이야기가 이어졌다. "정말 자주 너한테 맛있는 요리를 만들어 줬는데도 너는 야채를 먹으려 하지 않았고 대신에 보르자 가게에서 사 온 걸로 배를 채우기도 했지." 엄마가 만들어 준 요리는 언제나 맛이 있었다. 그렇지만 나는 언제나 뭔가 다른 것을 갈망했다. 나는 그것이 무엇인지 궁금해 하며 세월을 보냈다. 나는 여전히 그것을 찾고 있다. "너는 이상한 옷을 입었어. 글래스고에 있는 네 언니한테 갔을 때 네 언니가 네 옷을 보고 굉장히 화를 냈지." 아, 잠깐만. 그 이상한 옷은 그해 여름에 매일 셔츠처럼 입고 다녔던 아주 멋진 파자마 윗도리였다.

나는 가족들에게 지나치게 쌀쌀맞게 굴었다. 그들은 나의 쌀쌀맞음, 그리고 나를 이해하지 못했다. 나는 매우 자주 문을 쾅 하고 닫곤 하였다. "아주 끔찍했던 기억은 없지만, 뭔가 나쁜 것이 있었던 건 분명해. 나는 어디든 도움이 될 만한 단체라면 가리지 않고 전화를 걸곤 했으니까. 대책이 없는 엄마들이 할 수 있는 일이라곤 그것밖에 없었으니까." 나는 정말로 온 가족이 동그랗게 둘러앉아 있던 가족 상담 시간이 기억난다. 내게 문제가 있었던 것 같았다. 그 모든 시간들이 십대라는 다리 밑으로 물처럼 흘러가 버렸다. 물과 같은 것이다.

"네가 어떤 이상한 사람들을 집으로 데리고 왔었어. 그렇지만 그때 나는 그런 일에 이골이 나 있었지." 엄마가 덧붙였다. 엄마가 상관없다면 나도 할 얘기가 있다. 엄마도 낯선 사람 두어 명을 데리고 왔었다. 특히 엄마가 인터넷으로 사귄 사람들과 데이트를 하던 시기에 말이다.

내가 스프레이로 내 옷장에 까만색 꽃을 그린, 어느 날 밤이 기억난다. 다음 날 아침, 엄마는 평소처럼 학교에 보내기 위해 나를 깨우려고 했다. 나는 말을 할 수가 없었고 팔과 다리도 움직일 수가 없었다. 밤

새 그 스프레이에서 나온 가스가 나를 꼼짝도 못하게 만들었던 것이다. 물론 엄마는 또 다른 나의 고전적인 속임수라고 생각했다. 나중에 내가 다시 움직일 수 있게 됐을 때 나는 '합법적으로' 얻은 쉬는 날을 텔레비전 앞에서 와플과 비니거 샌드위치를 먹으면서 자축하며 보냈다. 케이틀린 모런(Caitlin Moran)은 『소녀를 성장시키는 법(How to Build a Girl)』에서 십대 시절을 '자신이 핵폭발 같은 사고뭉치라는 생각과 자신이 세상을 구하러 온 존재라는 생각 사이를 격렬하게 왔다 갔다 하는 시기'라고 언급했다. 때때로 나는 여전히 그렇게 느낀다. 다른 사람들은 아니겠지만, 나는 많이 변하지 않았다. 사춘기 시절의 반항이 꼭 나쁜 것만은 아니다.

나는 그때 엄마를 실망시켰다고 생각했지만 엄마는 달랐다. 엄마는 늘 나를 용서해 주었다. 용서는 다시 시작할 수 있는 기회를 마련해 준다. 우리는 엄마로부터 용서받을 필요가 있다. 엄마는 묻지도 따지지도 않고 과거의 실수를 잊고 새 출발을 하자고 말할 수 있는 사람이어야 한다. 우리가 면죄부를 얻지 못한다면, 끝끝내 엄마에게 인정을 받지 못한다면, 그건 매우 치명적인 일이 될 수도 있다.

7장

엄마과제

나(로이진)는 학창 시절 숙제를 잘했던 적이 없었다. 그래서 '좋은 딸 되기 클럽'의 가장 중요한 과제 때문에 고심할 것이라는 사실을 이미 알고 있었다. 첫 모임에서 우리는 엄마와의 관계 개선을 위해 엄마와 함께 해야만 하는 일들을 '엄마과제'라고 이름 붙였다. 그보다 더 적절한 이름은 없었다. '엄마과제'는 엄마에 관한 것이라는 점을 제외하면 학교 숙제와 똑같았다. 과제에 이름을 짓자 우리는 해야만 하는 일들에 대해 고민하기 시작했다. 우리는 그저 엄마에 대해 이야기하기 위해 모인 사람들이었지 엄마와 무엇을 함께 하고자 모인 사람들은 아니었다. '엄마과제' 아이디어는 우리 모두에게 매우 커다란 관심사가 되었다.

맨 처음에 우리는 '엄마과제' 목록 가운데 할 수 있는 항목에 표시를 했다. 여행, 인내심을 가지고 운동하기, 점심 데이트 등등. 그러나 우리는 곧 '엄마과제'에 대해 잊어버렸다. 잘 알다시피 우리는 매우 바쁜 딸들이다. 그럼에도 몇 달 동안 나타샤와 나는, 사람들과 우리 자신이 '엄마과제'를 잊어버리지 않도록 꾸준히 노력했다. 우리는 매달 나타샤의 집이나 내 집에서 만나 저녁을 먹으며 '엄마과제'에 대한 최근 소식을 함께 나눴다. 모임 사이사이 이메일과 문자를 보내 부드럽게 서로를 격려하고 달래며 우리가 하려고 하는 바를 상기시켰다.

사실 처음에는 어떤 결과가 나올지 예측할 수 없었다. 우리는 악보도 없이 연주하는 신생 오케스트라 같았다. 누군가는 모임에서 이탈할 수도 있다고 예상했다. 지킬 수 없는 약속의 무게 때문에 무너질 수 있는 가능성이 짙었다. 또한 위험 요소도 있었다. 우리 가운데 몇몇은 엄마와의 관계에서 극한 상황에 처해 있었고 '엄마과제'는 약이 아니라 독이 될 수도 있었다.

우리 희망은 '좋은 딸 되기 클럽'이 잘 운영되어 힘겨운 딸들에게 다리 — 사이먼 앤 가펑클의 표현을 빌리자면 — 가 되어 주는 것이지만 그러나 이 클럽은 잠재적으로 폭발하기 쉬운 사회적 실험의 성격도 있었다. 무슨 일이든지 일어날 수 있었다. 다음은 실제로 우리가 했던 일이다.

바쁜 딸 매브의
엄마과제

매브의 엄마는 연락도 없이, 집에서 만든 피클을 가지고 점심을 먹으러 매브의 집을 방문한다. 매브는 그때마다 엄마를 피해 숨는다. 매브는 엄마와의 관계가 좀 더 깊고 친밀해지기를 바란다. 여기에 매브가 어떻게 지내고 있는지 소개하고자 한다.

내가 절대로 엄마와 여행을 가지 않으려는 이유가 있다. 탑승 수속을 기다리며 줄에 서 있는 동안 나는 갑자기 그 이유를 떠올렸다. 엄마는 무인 탑승 수속 기기를 싫어한다. "나는 기계를 믿지 않아. 나는 컴퓨터 화면이 아니라 사람하고 탑승 수속을 하고 싶어." 나는 시간을 절약해 주는 이점이 있다고 설명을 하려다 갑자기 그만두었다. '좋은 딸 되기 클럽'이 본격적으로 시작된 이후로 내가 마음먹은 일 중 이뤄진 것이 있다면 바로 엄마 앞에서 꾹 참고 말을 하지 않는 것이다. 처음에는 힘들었다. 습관대로 비난과 불평이 섞인 말들이 저절로 튀어

나왔다. "아, 엄마, 오이피클은 더 가져오지 마세요. 내가⋯⋯." 요즘은 어떻게 하냐고? "아, 엄마."까지만이다. 여기까지만 내뱉고 그다음 이어졌던 비난과 불평은 속으로 다시 집어넣는다.

내가 말할 수 있는 것은 처음으로 모임에 참석했던 그날 밤 이후로 엄마와 나의 관계에 대해 좀 더 의식적으로 지켜보게 되었다는 점이다. 엄마와 함께한 우리의 과거와 현재에 대해 정기적으로 모여 이야기하는 것만으로도 행동에 변화를 가져왔다. 내 경우에는 그랬다. 그렇지만 나는 다른 이유도 있다. 나는 임신 6개월 차다.

이 클럽을 시작할 때 임신 사실을 알았다. 이것이 와인을 매우 좋아함에도 모임에서 와인을 마시지 않은 이유다. 내가 임신했다고 말한 그날 밤, 모든 사람들이 나의 임신이 엄마와의 관계에 어떤 영향을 미쳤는지 무척 궁금해했다.

나는 그들의 궁금증을 대수롭지 않게 여겼다. 정확히 말하자면, 나의 임신이 엄마와의 관계에 어떤 영향을 주었는지 스스로 알지 못했던 것이다. 엄마는 나와 이야기하고 싶었던 것일까? 아니면 아기를 키우는 법과 아기한테 어떤 음식을 먹이는지에 대해 이야기하기 위해 나와 이야기를 하고 싶어 하는 것일까? 엄마가 얘기하고 싶은 대상은 나일까? 아니면 아기일까? 결국 다른 여자들이 말한 대로였다. 엄마와 나는 점점 가까워졌다. 그렇지만 엄마와의 친밀한 관계는 내가 매우 수다스럽고, 때로는 잔인한 말도 서슴지 않는 내 혀를 다스리는 법을 배웠기 때문이라고 생각한다.

나는 탑승 수속 데스크에 있었다. 엄마는 대략 일곱 번쯤 우리가 비행기 시간에 늦지는 않을지 내게 물었다. 그리고 엄마는 여행 가방이 너무 크지는 않은지, 휴대용 가방에 든 50밀리리터짜리 화장품 병이 실제로는 100밀리리터이거나 200밀리리터짜리는 아닌지 걱정했다. 나는 생각했다. '3일 낮과 밤……, 내가 감당할 수 있을지 정말 모르겠어.' 그러나 여행을 떠나기 전 나는 작은 결심을 하나 했다. 나는 엄마와 함께 가는 이 여행을 최대한 기분 좋게 만들 것이고, 이 기쁜 소식을 회원들에게 알릴 작정이었다. 평소 같았으면 엄마에게 벌써 천 번쯤은 입을 열었을 것이다. "엄마, 긴장하지 마세요. 그냥 마음을 편안히 해요. 다 괜찮아요." 그러다 보면 나는 짜증이 나기 시작했을 것이고, 엄마는 그런 나에게 아무런 말도 할 수 없었을 것이다. 나는 인내심을 발휘했고 그 순간부터 이미 이번 여행은 이전보다 더 즐거운 여행이 되고 있었다.

나는 지난번 어머니날에 함께 밥을 먹으면서 엄마를 모시고 여행을 가기로 마음을 먹었다. 마침 내게는 새로 문을 연 프랑스 레스토랑 쿠폰이 있었다. 언제나 엄마한테 투덜거리기만 했던 점이 미안했던 나는 엄마에게 특별한 노력을 기울이고 싶었다. 물론 '엄마과제'의 일환이기도 했다. 임신한 이후로 나는 엄마와 좀 더 친밀해지고 싶다는 욕구를 느낄 수 있었다. 우리는 또한 서로 더 편안해졌다. 엄마는 내가 일에만 몰두한 나머지 아기 가질 생각조차 없는 줄로 알고 있었다. 엄마가 전에 이 이야기를 꺼내려고 했을 때 나는 대화를 거부했었다. 이제 엄마는 긴장을 풀 수 있었고 숨을 제대로 쉬고 있었으며 그 결과 우리 관계는 더 편안해진 듯 느껴졌다.

우리는 그냥 레스토랑에 앉아서 후추소스를 곁들인 스테이크와 감자칩을 먹으며 두어 시간 동안 이야기를 나눴다. 엄마는 태어날 아기에게 완전히 사로잡혀 있다. 때때로 나는 엄마가 나보다 아기에게 훨씬 더 관심이 있다는 생각을 한다. 덕분에 나는 엄마의 과도한 관심으로부터 벗어날 수 있었다. 엄마는 아기 옷 중 실로 뜨고 싶은 것과 점찍어 둔 아기 침대에 대해서 쉴 새 없이 이야기했다. 나는 엄마가 아기와 나에게 쏟는 관심에 감동을 받았다. 내가 얼마나 운이 좋은 사람인지도 깨달았다.

어머니날 저녁 내내 우리는 매우 편안했다. 나는 선물로 엄마에게 얼굴에 바르는 크림을 사 드렸고 엄마는 아주 기뻐했다. (내가 임신 호르몬 때문에 평소보다 약간 더 감성적이기 때문에 그랬을지도 모르지만) 나는 엄마가 기뻐하는 모습에 깊은 감동을 받았다. 그날 밤 엄마는 내게 선물과 저녁 식사에 대해 고맙다는 문자를 보냈다. 나는 엄마에게 나와 포르투갈 여행을 같이 가고 싶은지 묻는 문자를 보냈다. '엄마와 함께 떠나는 여행.' 나는 그 항목이 내 엄마과제 목록 제일 위에 있었다는 사실을 잊지 않고 있었다.

우리는 어떤 언쟁도 없이 포르투갈에 도착했다. 그 자체만으로 성공적이었다. 우리가 예약한 곳은 완벽했다. 첫날 밤, 우리는 해변가 레스토랑에 가서 아름다운 해산물 요리를 먹고 와인을 마셨다. 나는 엄마에게 이번 여행이 필요했음을 알았다. 엄마는 내게 아주 심각하게 자신을 실망시킨 친구 이야기를 했다. 그리고 이 여행은 내가 정말로 엄마와 하고 싶었던 이야기를 꺼내는 데 아주 좋은 기회였다. 나는 언제나 엄마가 너무 퍼 주기만 한다고 느꼈다. 엄마는 엄마 자신이 행복해지는 데는 도통 관심이 없는 사람처럼 보였다. 나는 엄마가 행복한지, 정말로 알고 싶었다. 엄마가 행복하다면 그 행복의 원인은 무엇일까에 대해서도 궁금했다. 나는 신문을 읽거나 강좌를 듣거나 하는 일이 엄마를 행복하게 해 주는 일일 거라고 생각했는데, 그것이 나만의 생각인지 어떤지도 알고 싶었다. 엄마는 내게 행복하다고 말했다. 정말로 행복하다고 말했다. 그리고 엄마를 가장 행복하게 해 주는 것은 자식들의 행복이라고 말했다. 자식의 행복이 곧 엄마가 추구하는 행복이며 엄마는 그것을 바꾸고 싶지 않다고 말했다. 나는 엄마의 대답에 놀랐다. 엄마를 행복하게 해 줄 거라고 내가 예상했던 것과는 전혀 다른 대답이었다.

나는 엄마가 때때로 지나치게 염려하고, 지나치게 예민하며, 지나치게 부정적이라고 말했다. 그런 면에서 내가 엄마와 비슷한 성향을 지니고 있다고도 말했다. 이번에도 엄마의 대답은 나를 놀라게 만들었다. "나는 나 자신을 결코 그렇게 보지 않아." 엄마가 바다를 바라보며 내 말을 진지하게 생각하면서 말했다. "나는 나 자신에 대해 자신감이 있어. 내가 있는 곳, 지금의 내 모습에 자신이 있어. 그리고 나는 행복하기도 해. 정말 행복해."

우리는 아빠에 대해서도 이야기를 나눴다. 대화 중 아빠 이야기가 나오면 항상 어색해지고는 했었다. 그렇지만 이런 편안한 분위기에서는 아빠 이야기도 편안하게 주고받을 수 있었다. 엄마와 아빠의 상당한 나이 차, 그리고 일찌감치 싱글맘이 되어 버린 엄마, 모든 것을 고려해 볼 때 아빠를 선택한 것이 후회되지 않는지를 물었다. 엄마의 대답은 다시 한 번 나를 놀라게 만들었다. 엄마가 말했다 "나는 네 아빠를 선택한 일을 후회하지 않아. 나는 정말로 그 점에 대해서 분명히 하고 싶어. 나는 네가 그것을 이해해 줬으면 좋겠어." 엄마는 첫눈에 사랑에 빠졌던 아빠에 대해서, 아빠가 어떻게 엄마를 웃게 했는지, 아무도 눈치채지 못한 엄마에 대한 사소한 것들을 아빠는 어떻게 항상 기억했는지에 대해서 이야기했다. 엄마는 아빠가 일찍 돌아가시지 않았다면 내가 자라면서 아빠의 이모저모를 상당히 좋아했을 것이라고 말했다. 그러면서 아빠를 닮아 갔을 것이라고도 말했다. 전에는 엄마로부터 이런 이야기를 들어 본 적이 없었다.

아름다운 며칠 동안의 여행이었다. 약간 긴장되는 순간이 있기도 했다. 엄마는 계속해서 태어날 아기를 위해 쓰라고 돈을 주려 했지만 나는 엄마의 돈을 받고 싶지 않았다. 나는 엄마의 돈을 거절하면서 엄마의 마음이 상하지 않게 애를 써야 했다. 점심을 먹는 동안, 엄마는 내가 일광욕을 할 때 누워 있는 자세가 태아에게 해가 될 거라고 생각하지는 않는지 열두 번은 더 물었고, 우리는 그 이야기를 하면서 크게 웃었다. 나는 엄마에게 웃으면서 말할 수 있었다. "엄마, 이제 그 얘기는 그만 해도 되겠어요." 그리고 엄마는 그 말에 상처받지 않았다. 나는 휴가 기간 동안 경이로움을 가득 안고서 엄마를 바라봤다. 몇 달 후에는 누군가 나를 엄마라고 부르게 된다는 사실에 대한 경이로움 속에서. 나는 나 자신에게 발견할 수 있을지도 모를 엄마의 특징을 몇 가지 발견했다. 엄마는 다소 걱정이 많은 편이며 완벽주의자다운 구석이 있었다. 나는 나 자신의 미래를 보고 있었다. 그런데 그렇게 나쁜 것 같지는 않았다.

✉ 바쁜 딸이 엄마에게 쓰는 편지

엄마께

특별한 경우를 제외하면, 엄마와는 첨단 시대에 어울리지 않는 이런 방식으로는 대화를 해 본 적이 없는 것 같아요. 이렇게 편지를 쓰고 있으니까 매우 이상해요. 제가 여러 해 동안 외국에 있었을 때 엄마가 보냈던 철자가 틀린 이메일이 생각나기도 해요.

저는 최근에 엄마와의 관계에 대해 의식적으로 집중하는 이런 시간을 갖게 되어서 정말로 기뻐요. 엄마와의 관계가 제게 어떤 의미인지, 어떻게 하면 제가 그것을 좀 더 소중히 간직할 수 있을지에 대해 생각하고 있어요.

우리 사이는 언제나 친밀했어요. 우리는 정기적으로 서로 만나 이야기를 나눴어요. 저는 우리가 친밀하다는 것, 그리고 언제나 엄마가 제 옆에 있다는 사실을 당연하게 받아들였던 것 같아요. 그렇지만 엄마는 그렇지 않았을 거예요. 그 점에 대해 우리 생각은 무척 달라요.

저는 엄마와 함께 있는 것, 인생에 대한 엄마의 철학, 엄마의 쾌활한 성격을 아주 많이 좋아해요. 저는 엄마를 웃게 만드는 것이 즐거워요. 제가 엄마에게 상처 주는 말을 하는 것은 저 자신의 조급함과 편협한 성격 때문이라는 사실을 깨달았어요.

저는 이제 저의 조급함과 편협함을 다룰 줄 알게 되었어요. 때론 우리가 약해졌을 때 쏟아 내는 상처 주는 말들을 감내해야 하는 사람들은 우리가 가장 사랑하는 사람들이에요. 엄마와 저는 많은 면에서 굉장히 비슷해요. 우리는 여러모로 서로에 대해 잘 알아요. 그렇지만 또

한편으로 저는 제 머릿속을 스치는 생각이나 제 인생에 일어나는 일들을 전부 다 엄마에게 말하고 싶지는 않아요. 엄마도 마찬가지일 거예요. 어쩌면 어떤 부분은 모르는 채로 남겨 두는 것이 우리에게 좋다고 생각해요.

엄마는 굉장한 사람이에요. 모든 것을 주고 조건 없는 사랑으로 가득한 분이에요. 때로는 그런 엄마 모습에 제가 압도될 수도 있고, 엄마로부터 저를 방어하고 싶은 마음도 생겨요. 행복과 충만, 성취와 존경, 그리고 사랑이라는 면에서 엄마가 바라 왔던 모든 것들을 이루었으면 좋겠어요. 저에게 바라 왔던 모든 것들을 포함해서요.

여러 가지 고난과 상처에도 불구하고 엄마의 인생이 행복했으면 좋겠어요. 엄마가 사랑받는다고, 다 이루었다고, 엄마의 희생에 대한 보상을 받았다고 느꼈으면 좋겠어요. 저는 엄마가 지금 저의 모습을 자랑스러워했으면 해요. 그리고 제가 엄마가 되었을 때 엄마의 반만큼이라도 할 수 있으면 좋겠어요.

엄마 사랑해요.

당신의 딸 매브 올림.

정신 질환을 앓고 있는 엄마를 둔 딸의
엄마과제

소피는 우리에게 평생 정신 질환으로 고통받고 있는 엄마에 대해 편지를 썼다. 소피는 조금도 나아지지 않는 엄마와의 관계를 개선하고 싶어 했다. 여기에 소피가 어떻게 지내고 있는지 소개하고자 한다.

엄마가 살고 있는 곳 근처에는 구불구불 이어진 바위투성이 길이 있다. 수영을 할 수 있는 작은 만으로 가는 길이다. 엄마는 수영을 무척 좋아하지만 바다에서만 수영을 한다. 엄마는 언제나 바다 수영을 무척 좋아했다. 어린 시절, 엄마가 아직 깜깜한 새벽 5시에 일어나 수영복을 입고 내게 다가오던 일이 기억난다. 엄마는 어떤 날씨에도, 때로는 파도가 높은 날에도 바다에 가야 한다며 아직 잠에 취해 있는 나를 잡아끌었다. 나는 공포에 사로잡혀 바닷가에서 덜덜 떨면서 이건 미친 짓이라고 생각했다. 그렇지만 그때보다 좋은 시절도 없었다.

"수영을 하면 나는 잠이 깨." 엄마는 내가 어렸을 때 이렇게 말하고는 했다. "소금이 뼈에 좋은 거야." 엄마는 염분을 무척 좋아했다. 엄마는 염분의 독성을 좋아했다. 그래서 엄마는 다른 보통 엄마들처럼 나를 수영장으로 데려간 적이 없었다. 지금은 나도 바다 수영을 만병통치약으로 여긴다. 엄마 덕분이다. 적어도 이 점에 있어서는 엄마나 딸이나 똑같다.

내가 '좋은 딸 되기 클럽'에 가입한 후로 나는 엄마를 이해하려고 무척 노력했다. 나는 내가 한 번도 가져 본 적이 없는, 엄마가 결코 내게 줄 수 없었던 모든 것에 대한 절망감과 지나친 분노에서 벗어나고 싶었다. 그리고 엄마와 더 많은 순간을 함께하고 싶었다. 이런 내 욕망을 '좋은 딸 되기 클럽'에서 털어놓고 나면 나는 자극을 받는다. 모임에 참석하고 있던 어느 날, 엄마가 얼마나 바다 수영을 좋아했었는지 기억이 났다. 나는 금요일 오후에 엄마에게 전화를 했다.

엄마는 내 전화를 기다리고 있었다. 나는 엄마의 그런 모습에 가슴이 뭉클해졌다. "네가 나를 여기에서 꺼내 줄지도 모른다고 기대하고 있었어." 엄마가 말했다. 엄마는 마치 갇혀 있는 것처럼 말했지만 '여기'란 '엄마 집'을 말한다. 엄마는 아주 절실하게 벗어나고 싶어 했다. 그 절실함이 전화선을 타고 내게 흘러 들어오는 것 같았다. 엄마는 그렇게 인생을 살아왔다. 벗어나고 싶지만 벗어나기 위해 아무것도 할수 없었다. 지금까지 아주 오랫동안 엄마는 그런 길을 걸어왔다. 엄마는 우리 안에 갇혀 있는 작은 동물 같다. 우리의 문은 활짝 열려 있지만 자유를 향해 밖으로 나올 힘이 없다. 내가 엄마를 도울 수 있는 길은 없었다. 나는 그 사실이 슬프다.

"수영하러 갈까요?" 내가 물었다.

"수영이라고? 글쎄, 지금…… 내가…… 할 수 있을까? 수영. 바다에서. 모르겠어.…… 내 수영모가 어디에 있는지 아니? 하얀 모자 있잖아. ……잘 모르겠어."

예상대로 엄마는 혼란스러워했다. 나는 입술을 오므린 채 엄마 자신을, 나를, 내 의도를 의심하며 거실에 서 있는 엄마를 떠올릴 수 있었다. 나는 스멀스멀 올라오는 짜증을 밀어냈다. "그래요. 수영요. 제 가방은 이미 싸 놨어요." 나는 거짓말을 했다. "수영복은 수건에 싸 두었고요. 엄마, 우리가 수영복을 소시지처럼 돌돌 말던 것 기억하죠? 엄마 검은색 수영복은 어디에 있어요? 그리고 커다란 꽃무늬 수건은 어디다 뒀어요? 엄마가 모두 준비할 수 있겠어요?"

"할 수 있을 것 같아." 엄마가 대답했다. 나는 엄마가 핑곗거리를 생각해 내기 전에 전화를 끊었다. 나는 내 물건을 챙겨서 엄마가 실제로 나를 따라올지 궁금해하면서 엄마 집으로 향했다.

엄마 집에 가까워질수록 엄마나 아빠와 함께 있을 때 들곤 했던 불안감이 다시 나를 엄습했다. 부모님의 행동은 예측할 수가 없었다. 부모님은 늘 예측 불허였다. 나는 엄마나 아빠 누구에게도 의지할 수 없었다. 나는 언제나 방어적인 태도를 취해야만 했다. '좋은 딸 되기 클럽' 첫 모임 후에, 나는 자신의 엄마를 진정으로 사랑하는 몇몇 회원들의 모습에 압도됐다. 나타샤가 농담을 했을 수도 있지만 그녀는 엄마가 돌아가시고 나면 엄마의 재를 병에 담아 지니고 다닐 거라는 말까지 했다.

엄청난 죄책감과 수치심이 느껴지면서도 나는 엄마 생각에 화가 났다. 처음에는 다른 사람들 앞에서 내가 엄마를 배신하고 있다는 생각이 들었다. 이 사실을 알면 엄마가 죽을지도 모른다는 생각이 들었다. 그렇지만 달이 갈수록 그 생각은 변해 갔다. 나는 시간이 지나면서 엄마에 대한 존경심이 새롭게 피어오르고 있음을 깨닫기 시작했다. 그런 변화가 있었기에 모임에 계속 참석할 수 있었던 것이다. 나는 엄마를 있는 그대로 받아들이기 시작했다. 그렇게 엄마를 인정하자 악순환의 고리가 끊어지면서 과거로부터 자유로워질 수 있었다. 그리고 내 딸과의 관계에도 변화가 일었다.

나는 길을 따라 집까지 차를 몰고 간 다음, 잠시 차 안에 앉아서 요가 선생님이 가르쳐 준 대로 코로 숨을 들이마시고 입으로 내쉬면서 마음을 가라앉혔다. 내가 문을 향해 다가가고 있을 때 엄마는 반대편에서 나를 기다리며 서 있었다. 엄마의 그림자가 보였다. 엄마는 슈퍼마켓 비닐봉지를 꽉 움켜쥔 채 서 있었다. 비닐봉지에 뚫린 구멍과 엄마가 쓰고 있는 낡은 수영모가 눈에 들어왔다. 턱 밑으로 끈을 묶는 수영모였다. 끈과 끈 사이에 끼어 있는 엄마의 살을 보자 목이 메었다. 왜 이러지? 사랑 때문일까? 나는 엄마와 나 사이에 사랑이 있었다고 생각하지 않았다. 그럼에도 불구하고 엄마를 집 밖으로 모시고 나와 차에 태우면서 내게 아직도 엄마를 보호하려는 욕구가 있다는 것을 깨달았다. 그리고 내가 엄마를 돌보려고 충분히 노력했다는 사실이 때때로 내게 위로가 된다는 것도 깨달았다.

엄마가 지난번 신경 쇠약으로 입원했다가 퇴원한 이후로, 미국에서 살고 있는 언니가 잠시 동안 돌아와 엄마를 돌봤다. 엄마와 언니는 좀 더 편안한 관계였다. 엄마가 최악의 신경 쇠약을 앓던 당시의 모습을 언니는 본 적이 없었다. 덕분에 언니는 나와 달리 엄마 병에 대해 진절

머리가 날 만큼 나쁜 기억이 없었다. 스테이시 언니는 기쁜 마음으로 엄마를 돌보다가 다시 미국으로 돌아갔다. 언니는 형부와 가족 품으로, 언니의 삶이 있는 곳으로, 엄마에 대한 죄책감으로부터 멀리 떨어진 곳으로 돌아갔던 것이다.

엄마와 나는 풀밭 가장자리에 차를 세웠다. 엄마는 바로 차에서 내리고 싶어 하지 않았다. 엄마는 바다를 건너는 유람선을 응시하며 앉아 있었다. "사람들이 굴뚝을 부수고 싶어 해." 엄마가 아무 말이 없다가 불쑥 말했다. 엄마는 전력공사에서 낡은 전력 빌전소의 굴뚝을 부수려는 계획이 있고 이에 맞서 그것을 그대로 보존하자는 운동이 벌어지고 있다는 뉴스에 대해 말하고 있었다. 나는 엄마의 시선을 따라 어린 시절 이 지역 명물이었던 바닷가의 빨갛고 하얀 굴뚝을 쳐다봤다. 내가 런던에서 일하고 있을 때 집에 돌아오면서 봤던 그 굴뚝의 모습이 기억났다. 나는 비행기 창으로 그 굴뚝을 보고는 했는데 그럴 때면 속이 울렁거렸다. 그 굴뚝을 보면 나는 불안해졌다. 굴뚝은 내가 집으로 돌아가고 있다는 사실을 상기시켰다. 그렇지만 엄마는 굴뚝을 사랑했다. 나는 엄마에게 말했다 "엄마, 사람들이 굴뚝을 허물지는 않을 거예요. 부순다면 분쟁이 생길 거예요."

엄마는 마음이 평화롭지 않았다. 엄마 곁에 있으면 엄마가 표현하지 못하는 모든 것들이 엄마 마음속에서 소용돌이치며 뿜어내는 긴장감이 고스란히 느껴졌다. 나는 바다를 바라보면서 모든 교차로의 신호와 소음에서 벗어나 내가 점점 평안해지는 것을 깨달았다. 나는 '좋은 딸 되기 클럽' 모임에서 '용서하려면, 내가 바꿀 수 없고 앞으로도 결코 바꿀 수 없는 엄마와 관련된 것들을 인정하려면' 어떤 결정을 해야만 하는지에 관해 말했던 것을 기억한다. 그것은 평온함에 대해 노래했던 모든 시들이 이미 말하고자 했던 것들이었다.

나는 이제 엄마와 함께 여기에 있다. 엄마는 도움이 필요한 노부인이 며 연약한 여성이다. 그리고 나는 선택했다. 나는 마음의 짐을 버리기 로 결정했다. 나는 엄마가 엄마로서 얼마나 쓸모없는 사람이었는가를 생각할 때마다 일어나는 분노를 버렸다. 모든 것을 잊기로 했다. 나는 엄마로부터 독립하려고 내가 추었던 춤의 스텝을 이해하려고 노력하 며 많은 세월을 보냈고 이제는 생각하지 않고도 스텝을 밟을 수 있다. 이것은 다른 사람들에게 그리 대단해 보이지 않을지도 모르지만 내게 는 아주 굉장한 일이다. 진척이 있는 것이다. 나는 엄마 품에서 떠나고 있었다. 미움이 아니라 사랑으로 엄마 품을 떠나고 있었다.

엄마는 드디어 차에서 내렸다. 엄마는 훨씬 더 노쇠해졌고, 팔짱을 끼라는 내 제안을 거절할 수 없었다. 나는 내 왼쪽 손으로 엄마의 팔 꿈치를 잡았다. 나는 엄마 팔이 얼마나 가늘어졌는지 알 수 있었다. 축 처진 팔뚝 살과 그 속에 있는 가냘픈 뼈가 느껴졌다. 나는 엄마를 모 시고 바다로 내려가면서 기분이 그렇게 나쁘지만은 않았다. 우리는 옷 을 벗고 바닷물 속으로 들어갔다. 햇볕은 너무 약했고 바닷물은 얼음 장처럼 차가웠다. 나는 너무 헐렁해진 엄마의 수영복을 보면서 엄마가 수영복을 입어 본 지 얼마나 오래되었는지를 생각해 보았다.

지난번에 데버러 언니가 다니러 왔다가 내게 이런 이야기를 했다. "우리는 우리 가족이나 부모님에게 얻지 못한 것들을, 우리가 당연히 받아야만 했던 것들을 다른 어딘가에서 찾기 위해 집 밖으로 나가야 만 했어."

요즘 내가 만나고 있는 상담사가 있는데 그녀는 상담사 그 이상이다. 그녀는 나보다 스무 살 정도 많은 60대의 여성으로서 엄마처럼 느껴지기도 한다. 정말로 나는 그렇게 느낄 때가 있다. 그렇지만 우리의 만남 후에는 돈이 오고 간다. 전문적인 서비스인 것이다. 그럼에도 불구하고 나는 상담사로부터 엄마에게서 느끼지 못했던 '엄마의 감각'을 느낀다. 나는 상담사에게 나와 엄마의 관계에 대해서, 내 딸에 관해서, 혹은 직장에서의 도전에 대해 말하고 그녀는 훌륭한 조언을 잔뜩 해 준다. 엄마에게서 한 번도 받지 못했던 조언을! 엄마는 조언을 할 수가 없었다. 돌이켜 보면 나는 영화와 책, 그리고 자기 엄마와 가깝게 지내는 내 친구들을 통해 모성을 알았다. 데버러 언니 말이 맞다. 우리는 밖으로 나가 어딘가 다른 곳에서 우리에게 필요한 것을 찾아야만 했던 것이다.

'엄마과제' 중 하나는 엄마와 함께 보냈던 좋은 순간들을 떠올리고 그 순간에 집중하는 것이었다. 그러나 나는 아무것도 떠올릴 수 없었다. 엄마가 나를 낳았다는 사실 자체가 놀라운 일이 아니냐고? 엄마 말고 누가 당신에게 그 일을 해 줄 수 있었겠느냐고? 맞는 말이다. 그러나 배은망덕한 소리일지도 모르겠지만, 나는 아무리 노력해도 좋은 순간을 떠올릴 수 없었다. 결국 노력 끝에 나는 한 가지 기억을 떠올릴 수 있었다. 초등학교 때, 한 남자아이와 함께 학교를 빼먹었다가 들통이 난 적이 있었다. 그다음 날 사람들이 내게 손가락질을 하고 선생님들이 그 사실을 밝혔을 때 엄마가 내게 했던 말을 나는 기억한다. "저 사람들에 대해, 그리고 그들이 생각하는 것에 대해 걱정하지 마." 엄마는 내가 머리를 더 꼿꼿이 들고 있어야 한다고 말했다. 나는 또한 엄마가 우리에게 뭔가를 할 기회가 생기면 두 팔을 걷어붙이고 나섰다는 사실도 기억한다. 엄마는 내가 돈이 없을 때 집세를 몇 달간 내주기도 했다. 엄마는 자신이 할 수 있는 것이라면 모든 것을 했다. 내가 그 일들을 기억하고 있다는 사실이 기뻤다. 엄마의 다정함이 드러나는 중요한 행동들이었는데 나는 그것을 잊어버리고 있었던 것이다.

'좋은 딸 되기 클럽'에 가입한 이후로 나는 처박혀 있던 옛날 사진들을 꺼내 보기 시작했다. 실마리를 찾는 방법이었다. 나는 내가 놓쳤을지도 모르는 엄마와 함께한 순간들에 대한 실마리를 찾고 있었다. 어떤 사진은 완전히 놀라움으로 다가왔다. 내가 엄마 손을 잡고 있었다. 데님 미니 드레스를 입은 엄마는 아주 아름다워 보였다. 엄마는 늘 멋진 옷을 입었고 유행에 뒤떨어지는 법이 없었다. 사진 속에서 엄마는 내 손을 잡고 있었다. 나는 여섯 살쯤 되어 보였다. 엄마가 내 손을 잡고 있었고, 그 모습에 나는 눈물이 났다. 나는 생각했다. '아, 하나님. 우리에게도 틀림없이 좋은 때가 있었을 거예요. 엄마가 나를 사랑하려고 최선을 다했던 때가 분명히 있었을 거예요.'

나는 그 사진을 액자에 넣었다. 나는 그 액자를 거실 벽난로 위에 놓여 있는 나와 내 딸 사진 옆에 놓았다. 이 사진들은 내가 항상 가장 먼저 떠올리고 싶은 추억이 될 것이다. 나는 엄마와 어떤 새로운 추억을 만들어 낼 수 있을지 알고 싶었다. 나는 엄마와 시간을 더 보내고 싶고 할 수 있다면 엄마가 더 나이 들었을 때 엄마의 노년을 엄마와 함께하고 싶다.

엄마는 내가 예상했던 것보다 훨씬 더 멀리 헤엄쳐 갔다. 몹시 쇠약하고 지치고 고통스러워하는 사람치고 엄마는 힘차고 숙련된 솜씨로 팔을 젓고 작고 흰 수영모를 위아래로 움직이며 내게서 멀어져 갔다. 나는 엄마를 따라 수영을 하고 싶지 않았다. 엄마는 엄마만의 세상에 있는 것 같았다. 엄마가 돌아왔을 때 엄마가 미소를 짓고 있었다고 말할 수는 없지만, 엄마는 문자 그대로 평온해 보였다.

"바닷물이 나를 깨우는구나. 숍, 지금 돌아갈 거니?" 엄마가 수건으로 몸을 닦으며 부드럽게 물었다. 나는 충격을 받았다. 엄마는 좀처럼 내 이름을 부르지 않았다. 엄마는 한 번도 숍이라고 불러 본 적이 없었다. 친한 친구들만이 나를 그렇게 불렀다. 우리가 천천히 차로 돌아왔을 때 엄마는 돌아서서 나를 마주 보았다. "고맙구나." 엄마가 말했다. 나는 엄마 앞에서 아무 일도 없었던 것처럼, 엄마가 늘 내게 고마워했던 것처럼 행동하려 했다. 엄마는 수건으로 엄마의 뺨을 닦았다. "내가 아팠을 때 나를 아주 친절하게 대해 줘서 고마워. 너는 참 착한 아이야."

그런데 그 순간 정말로 바뀐 것이 하나도 없었다. 나는 우리가 비로소 서로를 가깝게 느끼거나 사랑한다고 선언하는 순간을 상상해 왔다. 그 순간은 인생이 뒤흔들리는, 영화 속의 한 장면이 될 것이라고 생각했다. 그런데 엄마는 그런 부류의 엄마가 아니었다. 하지만 누가 알았겠는가? 자라면서 엄마의 품에서 벗어난 후로 내가 엄마의 발작을 감싸 주고 있음을 알게 되었다. 내가 엄마에게 정말로 마음을 쓰고 있다는 뜻이다. 나에게는 연민이 있다. 나는 엄마가 정말로 행복해질 수 없다고 해도 엄마가 행복하기를 바란다. 엄마와 나는 제대로 된 모녀 관계를 맺어 본 적이 없기 때문에 나는 아주 오랫동안 나쁜 딸이라는 느낌이 들었다. 이젠 더 이상 내가 나쁜 딸이라는 느낌이 들지 않는다.

나는 이제 엄마와 나 모두에게 평화가 깃들기를 원한다.

나는 미래를 바라본다. 그날 그 바닷가에서처럼 더욱 평온하고 더욱 한가로운 때가 올 것이다. 그리고 우리는 아마도 그런 평온함 속에서 서로 화해할 수 있을 것이다. '좋은 딸 되기 클럽'에 가입한 후로 나는 이런 시간을 더 자주 만들고 있다. 클럽 회원들에게 무한한 감사를 드린다.

✉ 정신 질환을 앓고 있는 엄마를 둔 딸이 엄마에게 쓰는 편지

엄마께

이런 편지를 쓴다는 것이 제게는 아직 어려워요. 아직도 저는 엄마와 저의 관계를 어떻게 생각해야 할지, 또는 우리 관계의 의미는 무엇인지 고심하고 있으니까요. 여러 가지 이유로 우리가 한 번도 엄마와 딸의 관계를 제대로 맺지 못한 것은 슬픈 일이라고 생각해요. 우리는 친밀한 순간을 함께한 적이 한 번도 없어요. 솔직히 말해서 저는 일찍부터 엄마에게 위안을 찾거나 조언을 구하는 것이 무의미하다는 것을 깨달았어요. 엄마는 선하고 친절하며 사람들을 잘 배려하는 사람이었지만 결코 좋은 엄마는 아니었어요. 엄마의 광기는 불행했던 결혼과 엄마의 조울증이 빚어낸 결과일 거예요. 저는 제가 엄마에게서 받지 못한 것이 무엇이었는지를 내 딸을 키우면서 알게 되었어요. 그래서 그 부족함을 메꾸기 위해 저는 더 노력해요. 그래도 저는 엄마에 대해, 엄마가 겪고 있는 일에 대해 연민을 느껴요.

저는 아직도 상실감과 상처를 느끼고 엄마와 제가 갖지 못했던 엄마와 딸 사이의 유대감에 대해 안타까워하고 있어요.

제가 할 수 있는 일은 엄마와 저를 '사랑으로 분리하는 것'과 분노와 슬픔을 버리려고 노력하는 것이에요. 저는 엄마가 언제나 최선을 다했다는 것을 알아요, 하지만 충분하지 않았고, 저는 더 많은 안정감과 정서적 보살핌이 필요했어요.

이제 엄마는 여든 살이 가까워지고 있고 몸이 편치 않아요. 저는 엄마를 돕고 싶고 엄마를 위해 곁에 있고 싶어요. 저는 엄마가 아무런 의심 없이 제 제안을 받아들일 수 있었으면 좋겠어요. 엄마가 저의 진심을 받아들였으면 좋겠어요. 저는 엄마가 돌아가시기 전에 평화와 행복을 찾기를 진심으로 소망해요.

엄마 사랑해요.

소피 올림.

자기애에 빠진 엄마를 둔 딸의

엄마과제

릴리는 자신을 입양한 여성에게 거부당했다. 릴리는 자기 엄마는 엄마 역할을 감당할 만한 역량이나 이해심이 없는 자기애자라고 생각한다. 릴리는 인정과 용서를 찾고 있다. 여기에 릴리가 어떻게 지내고 있는지 소개하고자 한다.

나는 처음부터 클럽 회원들에게 내게는 해피엔딩이 없을 거라고 말했다. 그래도 어떻게 해서든 회원들의 기대에 부응할 필요는 있음을 느꼈다. 그리고 해피엔딩은 아닐지라도 회원들에게 내 이야기를 하고 나자 뭔가 내 내면에서 변화가 일어났다. 나는 인정을 받았다는 느낌이 들었다. 아주 오랫동안 나는 엄마에게 거부당한 것에 대해 나 자신을 탓했었다. 항상 나는 이렇게 생각했다. '나한테 무슨 문제가 있는 거지?', '나는 왜 그렇게 나쁜 딸일까?'

사실 '엄마과제'는 내 능력 밖의 일이다. 엄마가 어디 있는지도 모르는데 무슨 과제를 할 수 있겠는가. 나는 최근에 리머릭 주까지 범위를 좁혔다. 엄마를 돌봐 주는 엄마 친구가 이모한테 흘린 정보였다. 덕분에 이제 나는 리머릭 주 어딘가의 보호 시설에 있는 엄마의 모습을 그려 볼 수 있게 되었다. 조만간 모든 보호 시설 목록을 검토해 가면서 범위를 좁힐 예정이다. 물론 그렇게 하지 않을지도 모른다.

엄마는 두세 번 휴대전화로 내 전화를 받았다. 약속된 시각에 한 전화였다. 나는 이제 무슨 말을 할 것인지 계획을 세우고 대화에 임한다. 덕분에 나는 대화를 가벼운 분위기로 끌고 나가고 엄마가 무슨 대답을 하는가에 상관없이 미리 계획한 이야기를 끝마칠 수 있었다. 지금까지는 효과가 좋았다.

나는 실제로 엄마에 대해서 자주 생각하지는 않는다. 이 점 또한 환영할 만한 발전이다. 나는 엄마가 안전하게 충분히 돌봄을 받으면서 지내고 있다는 사실을 알고 있다. 나는 마치 엄마가 존재하지 않는 듯 내 인생을 다시 시작했다.

내 엄마과제는 내가 수년에 걸쳐 엄마로부터 받은 상처를 나 스스로 치유하는 일이다. 내가 좀 더 자신감 넘치는 사람이 되는 것과 나 자신에 대한 나의 태도를 바꾸는 것이며, 오랫동안 내 머릿속에서 얽혀 있는 엄마로부터 나 자신을 떼어 내는 일이다. 내 엄마과제는 엄마로부터 나를 영원히 분리하는 것이다.

그러는 사이에 나는 내 생모와 다시 연락을 주고받으려고 시도하고 있었다. 결혼할 무렵 나는 내가 입양됐다는 사실을 처음으로 알게 되었고 그때 생모와 딱 한 번 연락을 했다. 그게 처음이자 마지막이었다. 내 삶은 점점 바빠졌고 나의 결혼 생활은 무척 행복했고 모든 게 만족스러웠다. 굳이 생모를 찾을 이유가 없었다. 내가 입양 기관에 다시 연락했을 때 이번에는 생모가 연락을 하고 싶어 하지 않는다는 얘기를 들었다. '생모 개인의 인생에 걸려 있는 것이 너무 많다'는 것이 이유였다. 입양 기관에서는 생모가 다시 내 연락을 받으면 무척 힘들어질 것이라고 생각했다.

나는 생모의 마음을 이해할 수 있었다. 갑자기 나타났다가 순식간에 사라져 버린 나라는 존재가 생모 입장에서는 조심스러울 수밖에 없었을 것이다. 나는 입양 기관에 답장하지 않아도 된다는 조건으로 내가 편지를 보내면 생모가 받아 줄 여지는 있는지에 대해 문의했다. 나는 내가 어떤 인생을 살고 있는지 설명하고 싶었다. 나는 생모가 나를 입양시킨 데 대한 죄책감을 느끼게 하고 싶지 않았다. 다만 왜 그렇게 오랜 시간이 흐른 뒤에야 생모를 찾게 되었는지 말하고 싶었다. 편지를 받아 주면 다행이었고, 거부한다 해도 나는 이해할 수 있었다.

나타샤와 로이진은 엄마가 내일 죽는다면 내가 어떤 기분이 들지 물었다. 그 질문을 듣자 내 마음속에 안도감이 찾아들었다. 나는 내가 엄마 무덤 위에서 춤을 출 거라고 말하는 것이 아니다. 내 인생의 고통스러운 부분이 이제야 끝날 것이라는 안도감이 들 것이라고 말하는 것뿐이다. 이기적으로 말하자면, 내 인생은 이제 내 것이라는 생각이 들 것 같다. 내 삶은 더 이상 엄마의 행동과 말 속에 갇히지 않을 것이다. 엄마가 내게 건네고 나에 대해 속삭인 말은 모두 거짓말이었다.

나도 엄마가 돌아가시면 눈물이 날 것이다. 엄마 때문에 너무나 많이 잃어버린 나의 삶과 사랑의 상실 때문에 눈물을 흘릴 것이다. 나는 오랫동안 나에게 엄마다운 엄마가 없음을 슬퍼하고 있었다. 몇 십 년 전, 한 여자가 아기들이 가득한 방에서 한 아이를 골랐다. 그리고 그 아이가 자라나 엄마가 필요했을 때 그 여자는 아이를 버렸다. 어떻게 이런 일이 가능하단 말인가? 아이일 때, 십대일 때, 그리고 성인이 되어 세상에 나가던 그 중요한 시기에 엄마는 나를 거부했다. 나는 생모가 나를 포기해야만 했을 때 직면해야만 했던 상황이 끔찍했다는 것을 안다. 그렇지만 한때 나를 간절히 원했던 한 여성에게 거부당한 일은 내게 말할 수 없는 고통을 안겨 주었다.

엄마의 죽음은 내게 감당하기 어려운 일이 아니다. 아주 오랫동안 나는 엄마가 나를 거부한 것은 내 잘못이라고 생각했었다. 나는 이제 더 이상 그렇게 믿지 않는다. 나는 이제 엄마에게 연민을 느낀다. 나는 엄마의 처지가 정말 안쓰럽다. 엄마가 지내고 있는 보호 시설이 어디든지 간에 낯선 이들 옆에서 혼자 살고 있는 엄마가 안쓰럽게 느껴진다.

엄마의 죽음은 내 과거의 문이 닫히는 마지막 신호가 될 것이다. 나는 이제 내 남편 가족의 일원이다. 나는 시댁 식구들의 사랑에 둘러싸여 있다. 시댁 식구들은 나를 있는 그대로 받아들였다. 나는 그 점에 대해 깊이 감사한다.

나는 나와 비슷한 처지에 있는 다른 딸들에게, 거부당한 다른 모든 딸들에게, 자기애에 빠진 엄마를 둔 딸들에게 해 주고 싶은 말이 있다.

우선 나는 이렇게 말하고 싶다. 죄책감을 느끼지 말라. 죄책감은 서서히 그렇지만 분명히 우리 몸에서 생명력을 앗아간다. 좋은 딸이 되기 위해서 모든 것을 다 했다면 좋은 딸인 것이다. 안타깝게도 당신은 마땅히 받았어야 할 모성이 가득한 엄마의 사랑을 받지 못했을 뿐이다. 당신의 엄마가 당신을 사랑할 수 없다면, 당신의 엄마가 당신과 당신의 인생, 의견, 그리고 선택을 존중할 수 없다면, 당신의 엄마는 당신을 딸로 둘 자격이 없는 것이다. 그것은 엄마의 상실이다.

당신의 헌신이 소중하게 여겨지고 당신이 동등하게 대접받으며 조건 없이 사랑을 받는 관계를 찾고 발전시키라고 말해 주고 싶다. 이 방법은 내게 효과가 있었다. 이런 관계를 맺을 수 있는 사랑하는 사람과 친구를 찾으라. 당신 엄마가 당신이 어떤 기분을 느끼게 했든지 간에 당신은 사랑을 받을 자격이 있으며 사랑스러운 존재다.

자신을 사랑하는 법을 배우라. 나쁜 엄마에게 상처를 받았을 때 당신 자신에 대해 좋은 감정을 느끼기는 어렵지만 노력을 멈추지 말라. 사람들의 사랑과 친절을 받아들이면 당신의 상처를 치유하는 데 도움이 될 것이다.

자신의 엄마에게 거부당한다는 것은 끔찍한 일이다. 그렇지만 엄마도 우리 인생 가운데 있는 한 사람(물론 가장 중요한 한 사람임을 인정한다.)일 뿐이다. 엄마가 당신을 가두게 만들지 말라. 엄마가 당신 인생을 망치게 두지 말라. 새로운 장을 쓰라. 새 책을 열라.

가능하다면 상담사를 찾아가 상담을 받으라. 열심히 듣는 훈련을 받았으며 당신을 판단하지 않는, 그리고 가족이 아닌 누군가에게 큰 목소리로 자신의 심정을 토로하는 것을 통해 고통으로부터 놓임을 얻을 수 있다. 상담이 당신에게 맞지 않는다면 '좋은 딸 되기 클럽'을 만들라. 편견 없이 들어 줄 사람들을 찾으라. 나는 도움을 받았고 당신에게도 도움이 될 것이다.

✉ 자기애에 빠진 엄마의 딸이 엄마에게 쓴 편지

엄마, 미안해요.

딸로서 엄마에게 실망감을 줘서 미안해요. 평생 동안 아무도 믿지 못한 채 인생을 산 엄마가 안타까워요. 엄마의 인생이 엄마를 실망시킨 것 같아 마음이 아파요. 엄마가 가족과 친구의 진정한 사랑을 알 수 없었던 점은 유감이에요.

아빠를 아주 많이 그리워하는 엄마를 보니 가슴이 아파요. 우리가 서로에 대해 더 잘 알지 못했고 앞으로도 그럴 것이라 생각하니 안타까운 마음이 들어요. 엄마 자신에게, 그리고 다른 사람들에게 솔직해진다는 것이 무엇인지 모르는 엄마를 생각하면 마음이 좋지 않아요. 안타깝지만 저는 엄마가 어떻게 지내는지 알아보기 위해서 더 애쓰지는 않을 거예요.

엄마가 거짓말을 하고 사람들을 거짓으로 조종하는 일을 즐기는 것이 유감스러워요. 조건 없는 사랑이 무엇을 뜻하는지 모르는 엄마가 안됐다는 생각이 들어요. 제가 딸로서 엄마를 사랑하지 않아서 미안해요. 엄마가 진정으로 행복했던 적이 결코 없었다는 점에 가슴이 아파요.

엄마가 엄마 자신이 될 수 없고, 다른 사람들이 엄마를 어떻게 생각하는지 신경 쓸 수 없다는 점이 유감이에요. 엄마가 어디에 있는지 나나 이모들에게까지 말하지 못하고 숨어 있다니 마음이 아파요. 치매 때문에 엄마가 진실이라고 믿고 있는 현실이 거짓이라는 사실을 깨닫지도 못하는 것 같아 안타까워요.

제가 마땅히 받았어야 할 엄마의 사랑을 엄마가 주지 못했던 점은
유감이에요. 그리고 우리가 결국 이렇게 되다니 정말 가슴이 아파요.

당신의 딸 릴리 올림.

엄마처럼 된 딸의
엄마과제

캐시는 우리에게 자신이 엄마처럼 되어 가는 것이 두렵다는 내용의 편지를 썼다. 캐시는 또한 좀 더 인내심을 가지고 엄마를 대할 수 있기를, 그리고 엄마에게 이래라 저래라 하는 일을 그만두기를 원했다. 여기에 캐시가 어떻게 지내고 있는지 소개한다.

내가 의식적으로 엄마와 내 관계를 바라보기 시작한 이후로 어떻게 상황이 변하고 개선됐는지 한 단어로 말하자면 '대화'라고 할 수 있을 것이다. '좋은 딸 되기 클럽'에 가입한 후로 나는 엄마와 대화하는 방식에 대해 많은 생각을 했다. 내가 어떻게 말하는지, 엄마 말을 잘 듣고는 있는지, 엄마와 내가 주고받는 아주 작은 것들에 대해서 깊은 생각을 했다.

전화 통화가 딱 알맞은 예다. 우리 집에서 오랫동안 전화기를 붙들고 있는 것은 있을 수 없는 일이었다. 혹시 중요한 전화가 걸려올지도 모르는 일 아닌가? 내가 스페인 어 숙제에 대해 쓸데없는 수다를 떨고 있을 때 바로 그 순간 누군가가 중요한 소식을 전하려고 할지도 모르는 일이었다. 바로 옆 마을에서 집이 불타 버렸다든가, 최신 정치 스캔들이 터졌다든가. 우리는 되도록 빨리 전화를 끊어야 했다.

버릇이 되어 버린 듯, 나는 집을 떠나 있을 때도 엄마와 계속 이런 식으로 통화를 했다. 전화 통화는 언제나 서둘러서 마무리되었다. 기본적인 얘기만 주고받고 서둘러 통화를 마무리했다. 나의 '엄마과제'는 엄마 이야기에 좀 더 귀를 기울이는 것이었다. 나는 과제를 수행하기 위해 노력했고 그 결과는 무척 놀라웠다.

내가 길어진 전화 통화에서 발견한 사실 한 가지는 엄마의 청력이 악화되고 있다는 점이었다. 때때로 내가 엄마에게 이야기를 하고 있다기보다 소리를 지르고 있는 것처럼 느껴졌다. 우리는 모든 것에 대해 이야기를 했다. 엄마는 스스로 늙었다고 느끼고 있었다. 엄마는 자식들이 양로원에 보낼 생각을 하고 있어서 걱정을 하는 친구 메리에게 무슨 말을 해야 할지 몰라 하고 있었다. 내가 엄마에게 이 주제에 대해 길게 이야기할 수 있는 여유를 줬을 때 가장 먼저 본능적으로 든 생각은 엄마에게 조언을 하는 것이었다. 오랜 가족 습관에 빠져 남의 일에 간섭을 하는 것이었다. 하지만 나는 참았다. 나는 엄마가 나의 습관을 고칠 수 있도록 하고 싶은 모든 이야기를 내게 하지 않는다는 것을 알아 가고 있었다. 나는 엄마가 단지 하고 싶은 말을 큰 소리로 말하고 싶어 한다는 것을 깨달았다. 간섭 없이 그냥 들어 주기만을 바랐던 것이다.

나는 금요일마다 엄마에게 전화를 하기 시작했다. 나는 엄마가 하고 싶어 하는 이야기는 뭐든지 다 들으려고 한 시간을 비워 두었다. 전화를 걸기 전에 나는 전화 통화의 목적에 대해 다시 한 번 생각했다. 나는 들으려고 전화를 한 것이었다. 나는 엄마가 특별히 물어보지 않는 한 어떤 조언도 하지 않았다. 그렇게 몇 주가 지나자 나는 엄마 이야기를 듣는 것이 자연스럽게 느껴지지 시작했다. 엄마는 이야기했고 나는 들었다. 나는 짐을 내려놓은 듯한 홀가분함을 느낄 수 있었다.

이러한 대화를 통해 나는 엄마에 대해 더 잘 알게 되었다. 내가 깨닫지 못했던 아주 중요한 것들이었다. 엄마 캐슬린 여사는 일흔아홉 살이었다. 엄마는 나이 들어 가는 것에 대해 이전보다 더 편안하게 받아들이고 있었다. 중앙역만큼이나 바쁘고 복잡한 집에서 엄마는 수십 년 동안 아이들을 양육해 왔고, 15년 전 아빠가 돌아가신 이후로 더욱 쓸쓸하고 더 초라해진 삶에 적응해 왔다. 매주 금요일마다 전화로 엄마 이야기를 들으면서 나는 엄마가 어떤 사람인지를 알아 가기 시작했다. 엄마는 이런 사람이라는 내 생각이 아니라 현실 속 진짜 엄마의 모습을 보기 시작했던 것이다.

"나는 싫어. 나는 늙는 게 정말 싫어." 엄마가 내게 말했다. 이것은 전에 엄마한테 백만 번쯤 들었던 말이었다. 그리고 엄마가 이 말을 하면 나는 엄마에게 이런 부정적인 생각에서 벗어나야 한다고 이야기하면서 엄마를 이성적으로 설득하려고 했었다. 내 말투는 설교조에 위협적이고 심지어는 매우 화가 난 상태가 되기도 했다. 예전 같으면 이렇게 말했을 것이다. "엄마가 여든이 다 되어 간다는 건 분명한 사실이에요, 그렇죠?", "엄마 친구들에 비하면 엄마는 건강한 편이에요. 일주일에 두 번 카드 게임 하러 나가시잖아요. 그렇죠?" 나는 그런 식으로 엄마의 불평을 일축했다. 그렇지만 그것은 내가 엄마 말을 들어 주기로 결심하기 이전의 일이었다. 나는 요즘 아무 말도 하지 않는다. 엄마의 이야기를 그저 듣고만 있을 뿐이다.

"나는 늙는 게 정말 싫어." 엄마는 늘 그랬듯이 내가 엄마의 불평을 일축하기 위해 끼어들 시간을 주기 위해 잠시 말을 멈추었다. 그러나 그런 일은 일어나지 않았고 엄마는 자유롭게 이야기를 이어 갈 수 있었다. "나는 정말로 싫어. 사람들이 나를 바보 취급하잖아! 나는 움직일 때 내 뼈가 삐걱거리는 게 싫어. 나는 슈퍼마켓에서 사람들한테 투명 인간이 된다는 사실도 견딜 수가 없어. 늙는다는 것은 끔찍한 일이야. 늙어서 좋을 게 없어. 알지도 못하면서 허튼소리를 하는 다른 사람들 말은 들을 필요도 없어."

나는 엄마의 말에 귀를 기울였다. 나는 강하고 재치 있으며 예리한 여성인 엄마가 육체적 노화의 현실에 대해 한탄하는 말과 지루한 노년의 여생과 씨름하는 소리를 들었다. "캐시, 그냥 완전히 따분하고 재미가 없어." 엄마가 전화에 대고 소리를 질렀다. 나는 십대의 내 아들이 종종 불평하는 일종의 지루함을 일흔아홉 살의 여성이 경험하고 있다는 걸 이해할 수 없었기 때문에 입을 꾹 다물었다. 엄마는 자신이 얼마나 인생의 즉흥성을 사랑했었는지에 대해 이야기했다. 엄마는 결코 계획을 세우는 사람은 아니었다. 엄마는 순간을 즐기며 살았다. "지금은 모든 걸 계획해야만 해." 엄마가 당연하게 받아들였던 매일 일어나는 의례적인 일들 모두가 이제는 오히려 시련이 되었다. 늙는다는 것은 모든 것에서 생생함이 사라지는 것이다.

엄마는 금요일마다 전화로 수다를 떠는 동안에 친구 이야기를 많이 했다. 엄마 친구들은 늘 엄마 인생에서 매우 중요한 부분이었다. 엄마는 오랜 세월에 걸쳐 넓고 다양한 사람들과 인간관계를 맺어 왔다. 이제 옛날 친구들은 거의 만날 수가 없지만 엄마는 정기적인 카드 게임 모임에서 새로운 친구들을 만날 수 있었다. 엄마는 친구들과 함께 대저택을 방문하고 야채와 식품을 파는 시장과 벼룩시장을 찾아다니며 시간을 보냈다. 엄마의 새 친구들은 진정으로 엄마와 동행하는 것을 즐기는 것 같았고 엄마 곁에 있고 싶어 했다.

로렌 언니는 죽어 가고 있다. 우리는 몇 달 전에 로렌 언니가 유방암 3기라는 사실을 알게 되었다. 언니는 가망이 없었다. 우리는 완전히 큰 충격을 받았다. 자식이 있는 나는 엄마가 겪고 있는 고통을 상상조차 하기 힘들었다. 나는 엄마가 이 고통스러운 시간을 통과하는 동안 엄마 곁에 있어 드리고 싶었다.

엄마가 우리 가족의 배였다면 로렌 언니는 마치 닻과도 같은 역할을 했다. 언니는 우리 가족을 한 지역에 머물게 하면서 지인들로부터, 그리고 무엇보다도 엄마로부터 너무 멀리 떨어져 방황하지 않도록 했다. 로렌 언니는 집 근처 대학에 다녔고 첫 사랑과 결혼을 했다. 언니는 십대 아이 둘을 남겨 두고 떠나게 될 것이다. 그 생각만 하면 나는 견딜 수가 없다. 자라면서, 그리고 심지어는 어른이 되어서도 나는 늘 로렌 언니와 엄마가 맺고 있는 관계를 질투했다. 그런데 지금 그 관계에는 슬픔만이 남아 있다. 엄마는 자신이 낳은 첫 아이와의 관계가 끝나 가고 있다는 사실을 받아들이는 법을 배우는 중이다. "나는 로렌이 잠깐 들르면 정말 좋아." 엄마는 내게 말하곤 했다. 언니는 아프기 전에 거의 매일 엄마한테 들르고는 했다. 언니는 어떤 면에서 나는 결코 할 수 없었던, 엄마 비위를 맞추고 구슬리는 법을 알았다. 어느 날 나는 로렌 언니가 엄마보다 더 젊은 이웃집 아주머니에 대해 이야기하는 것을 들은 적이 있다. "그 아주머니가 신발 가게에서 깔창을 사는 것을 봤어요. 그 아주머니가 엄마보다 스무 살은 더 늙어 보이더라고요." 로렌 언니가 이렇게 말하면 엄마는 무척 좋아했다.

나는 그런 쪽으로는 아무 재능이 없었다. 큰언니한테는 자연스러운 일이었지만, 엄마를 기분 좋게 해 줄 말이 나는 좀처럼 떠오르지 않았다. 그리고 나는 로렌 언니가 했던 만큼 엄마와 함께 많은 시간을 보내는 일에는 관심이 없었다. "아, 이틀 동안이나 로렌을 못 봤네.", "엄마는 매일매일 로렌 언니를 봐야만 해요?" 나는 늘 이런 식이었다.

로렌 언니 같은 딸이 있다는 것은 엄마에게 얼마나 큰 기쁨이었을까! 엄마에게 그런 기쁨을 느끼게 해 준 언니가 나는 무척 고맙다. 로렌 언니를 지켜보면서 엄마는 점점 더 약해져 간다.

"자연스럽지 않아. 순리에 맞지 않다고." 엄마의 말에 나는 가슴이 찢어지는 것처럼 아팠다.

'좋은 딸 되기 클럽' 마지막 모임에서 매브는 엄마와 함께한 포르투갈 휴가에 대해서, 그리고 '단둘만의 시간'을 얼마나 진심으로 즐겼는지에 대해 말했다. 매브의 얘기를 들으면서 나는 엄마가 지금 벌어지고 있는 모든 일로부터 떠나 잠깐 휴식을 취하면 엄마 기분이 훨씬 좋아질 것이라고 생각했다. 그래서 나는 주말에 엄마를 우리 집으로 초대했다. 엄마는 마지못해 초대에 응했다. 나는 이번만큼은 방문 기간 동안 엄마를 최고로 모실 생각이었다. 나는 '좋은 딸 되기 클럽'에서 이 결심에 대해 이야기를 나누었고 확실한 계획이 준비되어 있었다. 이 모임에 참여하는 동안 내게 사랑할 엄마가 있다는 사실에 대해, 나를 사랑하는 엄마가 있다는 사실에 대해 감사하는 마음이 내 안에서 점점 더 자랐다. 엄마는 때때로 나만큼이나 결점을 드러내면서 짜증이 나게 하는데도 말이다.

나는 엄마가 도착하기 전에 아이들을 준비시켰다. "외할머니가 다니러 오실 거야. 외할머니는 여기에 계시는 동안 모든 관심의 중심에 계실 거야." 아이들이 웃어 댔다. 엄마가 외할머니를 그렇게 대한 적이 없다는 사실을 아이들은 잘 알고 있었다. 그렇지만 나는 지금부터는 그렇게 할 작정이다. 그리고 지난 시간을 후회하느라 시간을 낭비하지는 않을 것이다.

그레이엄과 나는 엄마를 태우러 기차역으로 갔다. 우리는 차를 몰고 시내를 가로질러 갔는데 엄마가 아주 좋아하는 코스다. 엄마는 이제 움직임이 불편한데도 명소를 구경하는 일에 열심이다. 엄마가 우리 집을 요모조모 뜯어볼 때 나는 입을 꾹 다물었다. 엄마는 벽에 새로 바른 페인트 색깔과 내가 산 램프에 대해 이러쿵저러쿵 이야기했다. 악의가 있어서가 아니었다. 엄마는 엄마 일을 하고 있는 것뿐이었다. 할 수 있는데까지! 엄마는 나라와 경제 상황에 대해서 같은 방식으로 이야기를 꺼낸 다음 판을 벌여 놓는다. 엄마는 수십 년째 같은 좌판에 서 있다. 그게 뭐가 어떻다는 건가? 나는 전에도 그 이야기를 전부 들었었다. 그래서 그게 어떻다는 건가? 엄마는 여전히 하루에 신문 두 부를 읽으며 세상 돌아가는 일에 대해 자기의견을 낸다. 그 의견들은 엄마가 말하기 전부터 대부분 예측 가능한 것들이다. 수없이 들었으니까! 그래서 그게 어떻다는 건가? 내가 엄마처럼 일흔아홉이 되었을 때, 나도 과연 엄마처럼 하루 신문 두 부를 읽고 나만의 의견을 말할 수 있을까? 그럴 수만 있다면 나는 나에게 박수를 쳐 줄 것이다.

밤이 되었다. 엄마는 우리 침실 맞은편에 있는 손님방에서 잠을 자고 있었다. 방은 상황에 맞춰 조심스럽게 꾸몄고 침대 옆 탁자 위에 싱싱한 꽃을 놓았다. 나는 엄마를 위해 독서용 램프를 켜 두었다. 덕분에 엄마는 침대로 가는 길을 알아볼 수 있었다. 엄마가 책 읽는 것을 좋아하기 때문에 책은 보관함 위에 두었다. 아침에 나는 엄마 방에 들어가 엄마가 자고 있는 모습을 지켜봤다. 자그마한 체구의 엄마는 부드럽게 코를 골고 있었는데 자는 모습이 꼭 어린아이 같아서 얼굴이 무척 순해 보였다. 나는 엄마를 지켜보면서 속으로 엄마를 사랑한다고 생각했다. 나는 조용히 침대로 돌아왔다. 그날 아침은 오롯이 외손주들과 엄마를 위한 시간이었다. 나도 함께하고 싶었지만, 끼어들지 않았다. 엄마에게는 최고의 아침이었다.

"엄마한테 이발소에 데려다 달라고 말해 본 적 있니? 네 사랑스러운 얼굴이 머리에 가려서 보이지 않는구나." 나는 엄마가 내 아들에게 하는 말을 듣고 있었다. 늘 내게 했던 말투였고, 나도 내 아이들에게 사용하는 말투였다. 아이들은 외할머니의 말을 가볍게 받아 들이며 재미있어했다. 엄마의 말이 공기 중에 가볍게 떠다녔다.

엄마는 아침 내내 가운을 입고 있었다. 엄마는 가운을 좋아한다. 엄마가 집에 올 때면 나는 엄마를 위해 새 가운을 준비했고, 엄마는 그

가운을 가지고 집으로 돌아갔다. 엄마는 가방에 뭔가 새 것을 넣어서 가는 것을 좋아했다. 우리가 기차역에 엄마를 내려 드렸을 때 다른 주말과는 다른 느낌이 들었다. 엄마는 행복한 주말을 보낸 것처럼 보였다. 내가 그렇게 싫어하던 엄마의 지적도 자연스럽게 느껴졌고 엄마의 지적을 딱 잘라서 가로막지도 않았다. 나는 주말 동안 엄마를 사랑하며 돌볼 뿐이었다.

두 주 후에 로렌 언니가 죽었다. 나의 큰언니가 저세상으로 떠나 버렸다. 그리고 장례식에서 엄마는 형부의 팔짱을 끼고 관을 따라 걸었다. 엄마의 얼굴에는 슬픔이 어려 있었다. 이 세상 사람이 아닌 것처럼 보였다는 말밖에는 그 모습을 달리 묘사할 길이 없다. 장례를 치르고 며칠 후에 식탁 앞에 앉아서 찻잔을 들고 창밖을 내다보고 있는 엄마를 보았다. 엄마는 새 둥지가 어디에 있는지, 그리고 어떤 새가 그 둥지를 틀었는지, 새들이 둥지를 어떻게 만들었는지 알고 있는 듯했다. 엄마는 미동도 하지 않고 몇 시간이고 거기에 앉아 있었다. 창밖을 내다보지 않을 때면 부산스레 돌아다니며 음식을 준비하거나 미사 카드를 읽고, 또는 로렌 언니에 관한 이야기를 하려고 찾아오는 손님들과 이야기를 나눴다. 손님이 가고 나면 엄마는 다시 탁자 앞에 앉아서 차를 마시고 창밖을 내다보면서 언니의 죽음을 애도했다.

그런 다음 삶은 계속되어야 하므로 엄마는 다시 일상으로 돌아왔다.

엄마는 계속 내게 신경 쓸 필요가 없다고 말했다. 엄마는 딸을 잃은 이후의 삶에 대한 사람들의 조언을 듣고 싶어 하지 않았다.

"내가 어떻게 생각해야 한다거나 무엇을 해야 한다고 얘기해 주는 사람은 필요 없어. 나는 로렌을 너희들 가운데 누구보다 더 오래 알았어. 나는 어떻게 해야 하는지 알아." 엄마가 말했다.

나는 엄마에게 감탄했다. 엄마는 우리에게 조용히, 그리고 품위 있게 애도하고 있는 모습을 보여 주고 있었다. 나는 엄마에게 말했다. "엄마 정말 잘하고 있어요.", "엄마는 훌륭해요." 나는 엄마한테는 손주들이 있고 우리 모두 엄마를 위해 곁에 있었으며 우리가 얼마나 엄마를 필요로 하는지에 대해 말했다.

그래서 큰애가 말하는 대로 내가 정말로 엄마를 닮아 가고 있다면, 나는 아이들이 놀려 댈 말들, 다른 사람들의 삶에 대하여 폭력적으로 쏟아 놓는 위협적인 말 등 짜증스러운 것들을 물려받았다는 뜻일 것이다. 그러나 엄마를 닮아 가고 있다면 또 다른 것도 물려받았다는 의미일 것이다. 엄마처럼 된다는 것은 강해지는 것, 그리고 기품을 갖추는 것이다.

✉ 엄마처럼 된 딸이 엄마에게 쓴 편지

엄마께

엄마는 엄마가 얼마나 훌륭한 엄마인지 알고 계신가요?

엄마에게 드릴 말씀이 있어요.

엄마는 자식 셋을 키웠어요. 그런데 엄마 그거 알아요? 우리는 아주 잘 자랐어요. 우리는 착한 사람들이에요. 우리는 다른 사람들을 배려하고 좋은 친구들을 사귀며 확고한 가치관을 가지고 진지하게 우리 책임을 다해요.

엄마는 우리에게 서로 사랑하고 서로를 보살피며 서로에게 신경을 쓰고 절대로 의가 상하지 않도록 조심하라고 가르쳤어요. 그래서 우리는 그렇게 했어요.

우리 집은 우리와 우리 친구들의 천국이었어요. 우리 집은 누구나 자신의 이야기를 하고 모두 그 이야기에 귀 기울여 줄 수 있는, 교류의 중심지였어요. 그리고 그 중심에는 늘 엄마가 계셨어요.

우리 친구들은 엄마를 자기들 친구이자 동맹군, 그리고 두 번째 엄마로 생각해요. 그리고 지금까지도 엄마가 어떻게 지내는지 안부를 묻고 엄마를 보러 찾아가기도 하죠.

저는 엄마가 지금 이 순간 어떤 기분인지 상상할 수 없어요. 로렌 언니가 가 버렸어요. 엄마의 작은 별 하나가 져 버렸어요. 저 자신이 엄마이기 때문에 자식을 잃는다는 것이 어떤 기분일지 상상조차 하기 싫어요. 이것은 분명 자연의 섭리를 따른 일은 아니에요. 지난 몇 달 동안 엄마가 보여 준 용기는 우리 모두에게 모범이 되었어요. 아주 가끔 엄마가 무너질 때도 있었지만 저는 엄마가 무척 자랑스러워요.

로렌 언니는 엄마를 무척 사랑했고, 엄마는 언니를 무척 아꼈어요. 엄마가 언니를 위해서 언니가 투병하는 동안 강인한 모습을 보여 주려고 애쓰셨다는 것을 잘 알아요.

그리고 이제 엄마는 앉아서 창밖을 내다보며 언니가 이야기를 나누러, 언니가 좋아하는 점심이나 차나 저녁을 먹으러 오기를 기다리고 있어요.

그렇지만 그런 일은 다시는 일어나지 않을 거예요. 마법의 주문이 풀려 버렸어요. 엄마의 세 아이가 그린 원이 깨져 버렸어요. 엄마는 모든 세월 동안 우리를 보살펴 왔지만 결국 마지막 굽이에서 별을 잃게 되었어요.

엄마, 저도 정말 마음이 아파요. 하지만 하늘에 가면 행복하게 언니를 만날 수 있을 거예요. 엄마는 손주들을 위해 손주들 곁에 계셔야 해요. 아이들은 할머니를 정말로 사랑하고 다른 사람들에게 할머니에 대해 이야기하는 것도 좋아해요. 아이들은 자기들 곁을 지켜 주는 할머니가 필요하고 저도 곁에 있어 줄 엄마가 필요해요. 우리는 아직도 여기에 있어요. 작아졌지만 더 유대감이 깊어진 채 원을 그리고 모여 있어요. 그리고 그 중심에는 여전히 엄마가 계시죠. 몸도 마음도 건강하셔야 해요.

엄마의 딸
캐시 올림.

살아계신 엄마를 애도하는 딸의
엄마과제

알츠하이머는 이제 막 약혼한 그레이스가 익히 알던 엄마를 앗아가 버렸다. 그레이스는 엄마에게 부족하기만 한 딸이었다는 죄책감에 괴로 워하고 그 상실감을 감당하면서 '좋은 딸 되기 클럽'의 문을 두드렸다. 그레이스가 어떻게 지내고 있는지 여기에 소개한다.

엄마는 내 결혼식에 왔지만 실제로 결혼식장에 있지는 않았다. 나는 제단에 서서 어깨 너머로 엄마가 앉아 있는 곳을 보던 것이 기억난다. 엄마는 옷장 뒤에서 발견한 얇은 분홍색 슬립을 입겠다고 고집을 부 렸고 엉뚱한 생일 파티에 나타난 길 잃은 어린 불청객처럼 보였다. 4월 치고는 매우 추운 날이었고 교회는 얼어붙을 것처럼 추웠다. 아빠는 턱시도 재킷을 엄마에게 덮어 주었고 엄마가 자리에 앉아 꼼지락거리 거나 돌아다니지 못하게 지키고 있었다.

내가 '네'라고 대답할 때 엄마는 혼자서 종잡을 수 없이 음이 맞지 않는 장송곡을 큰 소리로 부르고 있었다. 교회 밖에서 엄마는 계속 땅에 떨어진 벚꽃을 주워 모아 공중에 뿌리며 큰 소리로 웃었다. 엄마는 밥을 먹을 때도 가만히 앉아 있지를 못했다. 아빠는 엄마를 달래려고 드라이브를 가는 바람에 축사를 놓쳤다. 그날 오후 늦게 이모가 엄마를 집에 모시고 가고 나서야 나는 안도감을 느꼈다. 그러고 나서 내 안도감에 대한 죄책감이 들었다. 나는 도대체 어떤 딸일까?

내가 아빠한테 결혼한다고 말했을 때 나는 아빠가 얼마나 안도하는지를 볼 수 있었다. 적어도 아빠 인생에서 더 이상 걱정하지 않아도 되는 것이 한 가지 생긴 것이었다. 낡은 사고방식이지만, 아빠에게 결혼이란 나를 돌봐 줄 누군가가 생긴다는 것을 의미했다.

어떤 면에서 나의 커다란 죄책감과 슬픔은 아빠와 관련이 있다. 엄마가 정신을 놓은 지 이제 5년째다. 나는 그동안 상실감에 익숙해져 갔으며 아빠를 충분히 돕지 못했다. 일주일에 하루, 그것도 오후 반 나절이 내가 엄마를 돌볼 수 있는 유일한 시간이었다. 아빠는 엄마를 하루 종일 돌봐야 했다. 아빠는 누구로부터도 도움을 받지 못했다. 아빠에게는 숨 돌릴 여유가 필요했다. 그러나 아빠는 엄마를 돌보는 일은 자신의 의무이며, 따라서 그 누구에게 도움을 구해서는 안 된다고 믿고 있었다.

내 어린 시절 가운데 가장 선명하게 기억하는 장면 중 하나는 욕조 안에서 우리가 좋아하는 아바(Abba)의 노래를 부르는 동안 엄마가 내 등에 비누칠을 해 주었던 장면이다. 목욕이 끝나고 나면 나는 앙네타(Agnetha Fältskog. 아바의 일원—옮긴이)처럼 엉덩이를 흔들었다. 엄마는 웃으면서 화가 난 척했다. "딸, 엄마한테 엉덩이를 흔들지 마." 그런 다음 엄마는 나를 커다란 수건으로 싸서("오 그래요, 그래요, 그래요, 그래요, 그래요, 정말 그래요.") 맞은편 방에 있는 소파로 나를 데리고 갔다.("워털루! 도망치고 싶지만 그럴 수 없어······") 일요일 밤이었고 엄마는 어린이 합창 프로그램이나 『앤틱로드쇼』(영국의 오래된 골동품 감정 프로그램—옮긴이)에 채널을 고정했다. 엄마와 나는 텔레비전 앞에서 서로 꼭 끌어안고 있었고 아빠는 안락의자에 앉아서 신문을 읽고 있었으며 오빠 둘은 밖의 잔디밭에서 놀고 있었다. 내 기억으로 쇠살대 안쪽에서 불이 타닥거리며 타고 있었고 벽난로 장식 위에 올려둔 시계에서 똑딱거리는 소리가 크게 들렸다. 티타임 달걀부침 냄새가 났고, 나는 파란색 샴푸 때문에 눈이 따끔거렸다.

나는 평소처럼 월요일에 엄마 집에 가면서 어린 시절 그 목욕 장면을 생각했다. 엄마 집에 가면 무엇이 나를 기다리고 있을지 알고 있었다. 엄마는 어린 시절 내가 인형 얼굴에 화장을 하듯 화장을 한다. 밝은 금속성 파란색 아이섀도가 엄마 눈썹 높이까지 번져 있고 엄마 입 근처는 마구잡이로 그은 빨간 립스틱 자국으로 가득하다. 엄마는 몇 번이고 반복해서 파우더를 두드린다. 뺨과 목에 하얀 분가루 얼룩이 진다. 엄마의 머리카락은 엉켜서 옆머리에 찰싹 달라붙어 있었고 머리 꼭대기에서는 우스꽝스러운 모양으로 툭 삐져나와 있었다. 엄마는 그날 밤에 이모들과 외출할 예정이었다. "엄마, 어서요. 아름답게 꾸며야죠." 내가 말하자 엄마가 생일 파티에 간 여섯 살 난 아이처럼 낄낄거렸다.

나는 늘 하던 대로 엄마 머리를 감겼다. 그리고 바람을 넣어 가며 머리를 말려서 엄마가 좋아하는 부팡 스타일(머리카락을 둥글게 부풀린 모양―옮긴이)을 만들었다. 나는 인형같은 엄마의 화장을 지우고 한 듯, 안 한 듯한 옅은 화장을 했다. 어디선가 이상한 냄새가 났다. 오늘 체취 제거제를 안 뿌렸나? 처음에는 내 몸에서 나는 냄새라고 생각했지만 그 냄새는 엄마한테서 나는 것이었다. 한동안 샤워를 하지 않았음을 짐작케 하는 시큼한 냄새였다. 엄마가 그런 냄새를 풍기며 이모들을 만나러 나간다는 생각에 나는 슬펐다. "엄마." 나는 부드럽게 엄마를 구슬리기 시작했다. 아주 조심스럽게 단어를 골라야 했다. 그렇지 않으면 일이 곤란한 지경에 빠지게 된다. "금방 저기에 가서 샤워를 하면 어때요? 오늘 날씨가 너무 더워요. 엄마, 이모들에게 산뜻하고 사랑스럽게 보이고 싶잖아요. 엄마랑 이모들이랑 모두 아주 멋진 아가씨들이에요. 엄마 머리는 아름답고 엄마 화장도 정말 훌륭해요. 엄마가 조금만 씻으면 모든 준비가 끝날 것 같아요. 샤워를 하면 좋지 않을까요?"

나는 엄마가 저항할 거라 예상했었다. 때때로 엄마는 걸음마를 막 뗀 아이처럼 발을 구르면서 짜증을 부렸다. 그러나 예상 밖으로 엄마는 내 말이 떨어지자마자 옷을 벗고 샤워실로 뛰어 들어갔다. 나는 샤워기를 손으로 들고 엄마가 씻는 것을 도왔다. 엄마는 손에 오렌지향 물비누를 한가득 붓고는 「댄싱 퀸」을 부르기 시작했다. 나는 엄마 등에 비누칠을 하기 시작했다. 사방에 비누 거품이었다.('젊고 달콤한 열일곱 살 소녀')

나는 눈물을 참으려고 억지로 애쓰지는 않았다. 나는 웃고 있었다. "엄마, 나한테 엉덩이를 흔들지 마세요."라고 엄마에게 말했지만, 나는 그 말이 엄마의 기억을 되살려 줄 것이라고는 생각하지 않았다. 목욕을 마치고 나면 엄마는 나를 소파에 앉히고 엉킨 머리카락을 빗겨 주었다. 그동안 나는 엄마가 타 준 코코아를 마셨다. 우리는 그 기억을 다시는 함께 나누지 못할 것이다. 나는 엄마를 잃었다. 그리고 나는 그것을 감내하며 살고 있다. 매일매일.

나의 엄마과제는 다른 회원들의 과제와는 많이 다르다. 나는 휴가나 외식을 계획할 수 없다. 엄마와 차 한 잔을 마시는 것도 쉽지 않다. 엄마는 탁자를 닦으면서 앉았다 일어났다를 반복하고 티스푼으로 탁자를 두드리다가 다시 일어나 찰랑거리는 찻잔을 손에 쥔 채 춤을 추며 돌아다닌다. 외출은 오히려 수월한 일이다. 나는 할 수 있는 한 자주 외출을 시도한다. 나는 엄마를 차에 태우고 그림 같은 곳을 돌아다닌다. 엄마가 상상 속에서나 입을 만한, 평상시에는 절대로 입지 않을 옷을 구경하며 가게를 돌아다니기도 한다.

한 번은 나타샤가 엄마와 함께 시간을 보내고자 하는 나의 동기에 대해 물었다. 흥미로운 질문이었다. 물론 사랑이 동기가 되었지만 죄책감은 절대로 나를 떠나지 않는 또 다른 동기였다. 이상한 점은 아빠에 대한 죄책감이 더 크다는 것이다. 엄마가 돌아가셔도 나는 엄마와 함께 시간을 많이 보내지 못했다는 이유로 슬퍼하지는 않을 것이다. 엄마와 딸로서 함께한 시간은 끝났다. 그러나 우리는 영원히 간직할 만한 추억을 만들었다. 뉴욕에서처럼 말이다. 우리는 중앙역에 갔을 때 여행 안내 책자에서 본 '속삭이는 회랑'에서 우리의 목소리가 곳곳으로 퍼져 나가는 것에 깜짝 놀랐었다.(석조 건물은 소리가 잘 반사되어 작은 목소리도 잘 퍼져 나간다.) "엄마, 사랑해요." 나는 엄마가 서 있는 곳에서 대각선으로 가로지르는 아치 안쪽에 대고 속삭였다. "그레이스, 나도 사랑해." 내 옆에 서서 귀에 대고 말하고 있는 것처럼 또렷하게 엄마 목소리가 들렸다. 엄마는 나를 사랑했다. 내 인생에서 아무도 엄마보다 더 나를 사랑한 사람은 없었다. 나의 엄마과제 일부는 이 사실을 받아들이는 것이었다.

다시 말하지만, 나는 엄마와 함께 많은 시간을 보내지 않은 것에 대해 후회할 것이라고 생각하지는 않는다. 나는 우리가 특별한 시간을 놓쳤다고 생각하지도 않는다. 대신에 나는 아빠를 좀 더 돕지 못한 것을 후회하게 될 것이다. "너는 네 생활이 있어." 아빠는 늘 내게 이렇게 말한다. "우리는 우리 인생이 있고 이제 너는 네 인생을 살아야 해." 아빠는 늘 걱정하지 말라고 하시지만 나는 언제나 아빠를 걱정한다.

나는 엄마와 아름다운 관계를 맺을 수 있었다는 사실이 얼마나 다행인가를 생각한다. 나는 그 점에 대해 무척 감사해 왔고, 지금도 그렇다. 우리는 다른 엄마와 딸처럼 공격하고 방어하는 그런 관계가 아니었다. 엄마는 그런 면에서 특별했다. 엄마는 내게 절대로 이런 말을 하지 않았다. "그러다가 뚱뚱이가 되겠어. 빵 좀 그만 먹어.", "이번에는 8호 사이즈(한국의 55 사이즈—옮긴이)에 도전해 봐야 해." 내 친구들이 늘 엄마로부터 듣는 이야기들이다. 나는 지금까지 엄마에게 그런 말을 단 한 번도 들은 적이 없다. 엄마는 이례적으로 항상 내 편이었다. 엄마는 언제나 나를 보살피려고 노력했고 그것이 곧 삶의 목표였다.

나는 내가 무엇을 잃어버렸는지 너무나도 잘 알고 있다.

나는 지금의 상황에 내가 특별히 잘 대처하고 있다고는 생각하지 않는다. 혹은 나만의 방식으로 대처하고 있다고도 생각하지 않는다. 나만의 방식이 있다면 엄마를 나와 분리시키는 것이다. 나는 일하는 곳까지 엄마 생각을 가져오지 않는다. 또는 친구들과 만나 어울릴 때도 내 머릿속에서 엄마를 내려놓는다. 나는 여전히 엄마로부터 도망친다. 나는 내 의무를 다 하고 나서 다른 일주일 동안 엄마에 대한 모든 생각을 차단하려고 노력한다. 이것이 나만의 유일한 대처 방식이다. 엄마가 처음 알츠하이머 진단을 받았을 때, 나는 엄청나게 큰 충격을 받았다. 모든 것이 산산조각 났다. 나는 공포감 속으로 끝없이 추락하고 있었다. 나는 절망적이었다. 나는 사람들이 그런 충격에서 회복할 수 있는지 모르겠다. 나는 회복하지 못했다고 생각한다. 아마도 앞으로도 결코 그러지 못할 것이다.

나는 내가 할 수 있는 유일한 방법으로 엄마의 병에 대처하고 있다. 오빠들은 전에 한 번도 제대로 해 본적이 없는 가족 모임을 열어 보려고 애를 썼다. 우리는 다 같이 모이기가 쉽지 않은 사람들이다. 나는 이제 와서 그런 식으로 가족 모임을 시작하고 싶지는 않았다. 문제 해결에 효과적이지도 않을뿐더러, 모인다 해도 엄마가 알아볼 수 있는 사람은 아무도 없었다. 나는 그 계획을 중단시켰다.

나는 이제 좀 더 전면적으로 엄마의 병에 맞서고 있다. 엄마는 점점 더 악화될 것이다. 매주 엄마를 보며 그 사실을 확인한다. 나는 현실을 부정하지도, 다가올 불행한 미래도 부정하지 않는다. 그저 감당할 뿐이다. 그러나 쉽게 받아들일 수 있는 일은 아닐 것이다. 평온해지거나 편안해지지도, 영적이 되거나 그 상황에 대해 낙관적인 평화의 경지에 이를 수도 없을 것이다.

때때로 나는 엄마가 돌아가셨다고 말하는 목소리가 내 전화기에서 흘러나오는 백일몽을 꾼다. 만약 엄마가 아빠 옆에서 주무시다가 평화롭게 돌아가신다면 나는 안도감이 들 것이다. 끔찍하지만 안도감이 밀려올 것이다. 나는 엄마에 대한 아무 희망도 없다. 지금 엄마 앞에 있는 것은 오로지 비참함과 고난과 고통뿐이다. 그리고 남을 배려하며 헌신적인 아빠 앞에도 오로지 그것만 남아 있다. 나는 엄마의 죽음을 끔찍한 일이라고만 말할 수는 없다.

이모들이 엄마를 돌보는 주중에 아빠는 일하러 나간다. 이모들은 엄마를 데리고 점심을 먹으러 가고 산책을 한다. 이모들은, 우습게 들리겠지만 엄마가 아주 젊은 시절부터 시설에 들어가는 것에 공포심을 갖고 있었다고 말했다. "제발 나를 요양 시설에 보내지 말아 줘." 엄마가 처음에 알츠하이머 진단을 받았을 때 했던 말이다. 아빠는 아마도 상대해야 할 문제가 하나 더 늘어난 느낌이었을 것이다. 아빠는 수년째 그 이야기를 듣고 있다.

나는 아빠가 어떻게든 위안을 얻을 수 있기를 바란다. 아빠가 내게 다른 여자와 관계를 맺고 있다고, 바람이 났다고 얘기한다면 나는 "할렐루야!"라고 외칠 것이다. 나는 아빠가 엄마를 두고 바람을 피울 것이라고 생각하지는 않는다. 다만 나는 아빠가 온전히 다른 생활을 갖기를 바란다. 아빠는 그럴 자격이 있다.

아빠가 엄마를 요양 시설에 보내지 못하겠다고 말한다면, 나는 아빠에게 꼭 그렇게 해야만 한다고 말할 것이다. 엄마는 무슨 일이 벌어지는지도 모를 것이며 설령 알게 된다 할지라도 그렇게 고통스러워하지는 않을 것이다. 나는 아빠가 죄책감에서 벗어났으면 좋겠다. 아빠는

5년 동안 엄마를 돌봤고 아빠에게도 살아야 할 인생이 있다.

엄마는 예전의 그 사람이 아니다. 어떤 면에서 내가 필요한 사람은 엄마보다 아빠다. 내 엄마과제는 실제로는 아빠과제다. 나는 이제야 그것을 깨달았다.

✉ 살아 계신 엄마를 애도하는 딸이 엄마에게 쓴 편지

엄마께

지금까지 늘 저를 돌봐 주셔서 감사해요. 무슨 말이든지 다 할 수 있는 엄마가 되어 주셔서 감사해요. 저는 그런 엄마가 매우 드물다는 사실을 알게 됐어요. 비록 너무 짧게 끝나 버렸지만 엄마와 함께 그런 경험을 할 수 있었다니 저는 무척 운이 좋은 것 같아요. 저는 엄마를 무척 많이 사랑해요. 저를 둘러싸고 있던 엄마의 도움과 다정함이 사라졌다는 사실을 저는 견딜 수가 없어요.

저는 엄마가 이제는 이 편지를 읽거나 이해할 수 없다는 걸 알아요. 그렇지만 이 모든 이야기가 엄마 머릿속 어딘가에 있을 거라고 생각해요. 제가 얼마나 엄마를 사랑하는지, 그리고 제게 엄마가 얼마나 큰 의미인지 엄마가 알았으면 좋겠어요.

엄마의 아름다운 인격이 매일 조금씩 무너지는 것을 지켜보는 일은 저를 죽이는 것과 같아요. 저는 엄마가 엄마만의 세상에서, 더없이 행복한 망각의 세계에서 고통 없이 지내시기를 바랄 뿐이에요.

조금씩 엄마를 잃어 가고 있다는 사실이 무척 슬퍼요. 그렇지만 제 어린 시절부터 모든 것이 변하기 시작하기 전까지, 우리가 함께했던 소중한 시간과 멋진 추억들 모두에 아주 감사해요.

　인내심을 잃거나 또는 엄마를 만나기를 꺼렸던 시절의 저를 용서해 주시면 좋겠어요. 저는 정말로 노력하고 있어요. 저는 영원히 엄마를 사랑할 거예요.

　엄마를 대신해서 제가 아빠를 보살펴 드릴게요. 엄마를 대신해서 아빠를 사랑할 거예요.

그레이스 올림.

마지못해 억지로 하는 딸의
엄마과제

애나의 가장 큰 두려움은 엄마가 돌아가시는 것이 아니라 엄마가 구십대, 아니 그 이상 계속 사시는 것이다. 엄마가 구십 세를 넘어 계속 살게 되면 애나의 전체 재산(애나의 유산) 가치는 엄마를 돌보는 비용 때문에 줄어들 것이며 동시에 엄마 생활의 질도 낮아지게 될 것이었다. 애나의 마음속에 자리 잡고 있는 것은 딸로서의 의무뿐이다. 애나가 어떻게 지내고 있는지 여기에 소개한다.

'좋은 딸 되기 클럽'은 내가 엄마를 냉정하게 '사례 연구'로 다룰 수 있는 유일한 길이다. 내가 모임에 가입했을 즈음, 엄마는 정신적으로 급격히 내리막길을 걷고 있었다. '사례 연구'는 심각한 위기 상황에서 내가 잘 써먹는 방법이다. 당연히 나를 연민이 부족한 사람이라고 생각하겠지만 그렇게 쉽게 생각할 일은 아니다. 나는 엄마의 불평이 나에게도 전염될까 봐 엄마에게서 벗어나려고 어렸을 때 집을 떠났다.

나는 엄마가 자기 자신과 다른 사람의 삶에 대해 실망과 비난과 불평하는 소리를 들으며 자랐다. 엄마는 자기 자신에 대해, 그리고 사람들에게 비춰지는 자기 모습에 대해 생각해 본 적이 없는 사람이었다. 나는 예의와 다정함을 지키고 엄마의 도움을 최소화하려고 노력했고 그렇게 엄마와 일정한 거리를 유지하며 엄마의 부정적 기운으로부터 탈출해 왔다. 그러나 아빠가 돌아가시고 엄마의 정신 건강이 온전치 못하게 되면서부터 엄마는 블랙홀처럼 나를 엄마의 영향권 안으로 다시 끌어당기고 있다. 무시무시한 중력으로 슬픈 행성 하나를 잡아당기고 있다. 엄마는 죽음의 별이다.

내가 나의 가장 큰 두려움은 엄마가 나보다 오래 사는 것이라고 말했을 때 클럽의 다른 회원들은 약간 충격을 받았다. 엄마는 120년 동안 해초류 외에는 아무것도 먹지 않는 작고 늙은 일본 여인들을 먼저 보내고, 주식으로 곡물과 살구를 먹고 호호바 너트의 비밀 덕에 젊음을 유지해 온 훈자계곡에 사는 중앙아시아 여성들을 웃음거리로 만들면서 전 세계에서 가장 장수하는 여성이 될 것이다. 엄마를 흘긋 곁눈질로 보기만 해도 장수의 유전자를 확인할 수 있다. 엄마는 아직도 주름이나 잡티 하나 없는 까무잡잡한 올리브색 피부에, 타인을 비난할 때 내지르는 강하고 날카로운 목소리, 그리고 사람을 질리게 만드는 호전성을 지니고 있다.

아흔 살에 가까워지고 있는 지금도, 엄마의 육체는 아름다움의 증거로 가득 차 있다. 엄마에게 육체는 축복이었지만, 영혼은 재앙이었다. 엄마는 인생의 기회를 발견하는 측면에서는 무능력 그 자체였다. 엄마는 자신의 삶을 최선을 다해 저주했다. 사람이 그럴 수 있다니! 그것만이 내가 엄마에게서 발견할 수 있었던 '존재의 기적'이다. 엄마의 입은 언제나 아래로 축 처져 있고 침울했으며 눈은 불만으로 불타고 있었다.

나는 엄마가 불편한 것을 바라지 않으며 고통받기를 바라지 않는다. 그렇지만 우리는 결코 유대감을 가져 본 적이 없다. 당연히 있어야 할 가족, 엄마의 방어막이 없었다. 우리에게는 공유할 만한 근본적이며 통합적이고 골육적인 요소가 전혀 없었다. 그리고 물론 그것 때문에 나는 죄책감을 느꼈다. 우리는 물질과 반물질 같다. 나는 이상하게도 항상 엄마에게서 불쾌감을 느껴 왔는데 이는 내가 전투적이어서가 아니라 불운에 대한 엄마의 사고방식에 물들지 않으려는 자기 보존에서 기인한 것이다.

옛날의 주술 사회였다면, 엄마는 '불운한 영혼'으로 묘사되었을 것이다. 백 명의 여성이 같은 옷을 샀지만 엄마 옷에만 하자가 있었고 교환도 불가능했다. 백 명의 여행객이 여행을 떠났지만 엄마가 가는 곳에는 토네이도가 오고 산사태가 나서 길이 막혔다. 백 명이 우편을 통해 공짜 선물을 받았지만 엄마가 받은 봉투는 비어 있었다.

우리는 우리의 운을 만드는가? 우리의 삶은 우리의 계획대로 이루어지는가? 엄마는 언제나 최악의 결과를 예상하는 사람이었기에 웬만해서는 불행에 놀라는 법이 없었다. 엄마는 정말로 불행한 영혼을 갖고 태어난 사람이었을까? 아니면 자기 충족적 예언을 실현하기 위해 불행 속으로 스스로를 밀어 넣은 것일까? 엄마가 걸음마를 하는 아기였을 때 처음으로 세상을 탐험하는 과정에서 정말로 뭔가 나쁜 일이 일어났을까? 나는 이렇게 습관과 취향이 협소한 사람을 만나 본 적이 없다. 음식, 여행 방식, 사고방식, 취미, 심지어는 텔레비전 채널까지 엄마처럼 새로운 것을 시도하기를 주저하는 사람은 나이를 불문하고 한 번도 만난 적이 없다.

엄마는 '밖'으로 발을 내딛어 본 적이 없다. 물론 '편안한 지역' 밖으로 발을 내딛을 때는 누구나 조심스럽다. 그러나 엄마의 경우에는 엄마가 틀어박혀 지내는 곳은 결코 엄마를 행복하게 해 준 적이 없는, 절대로 '편안한' 곳이 아니었다.

엄마 주위에는 다른 관점으로 상황을 보지 못하게 막는, 모험을 하지 못하게 방해하는, 다른 사람들의 말에 귀를 기울이지 못하게 하는 어떤 '힘의 장'이 있는 것 같다. 엄마는 미래를 계획하고 과거의 진실을 보기를 거부했다. 엄마에게 '걱정'이란 문제 해결의 실마리가 아니라 변화의 필연성을 거부하는 수단이었다.

그리고 엄마에게는 비난할 누군가가 항상 있었다. 엄마는 병원의 실수로 아빠가 죽었다고 주장했다. 그러나 아빠는 뇌졸중으로 일곱 번이나 쓰러졌고, 심장 마비도 한 번 있었으며 나이가 여든여섯 살이었다. 병원의 실수와는 상관이 없었다. "그 망할 놈의 병원만 아니었다면 아빠는 아직도 살아 있을 거야." 엄마 다리가 고통스러울 정도로 붓는 것은 엄마가 고령인 탓에 운동을 할 수 없고 증상을 완화하기 위해 다리를 계속 올려놓아야 하는데 그렇게 하지 않기 때문이었다. 그런데도 엄마는 '외국인 버스 운전사'가 버스에 올라탈 수 있게 발판을 내려 주지 않아서 넘어졌고 그 부상 탓에 합병증에 이른 것이라고 탓을 했다.

그리고 엄마의 병 ― 관절염과 온몸이 아프고 쑤신 것 ― 은 나이 든 여성들에게 흔히 나타나는 질병인데도 엄마는 '매우 홀대받아서'

생긴 병이라고 진단했다. 엄마 말대로 아픈 데 없이 조깅을 하는 구십 세 노인들이 있다. 그러나 엄마가 잊어버리고 있는 것이 있다. 엄마도 그 흔한 질병(관절염과 근육통)을 제외하면 아픈 데가 전혀 없다는 것이다. 암 진단을 받은 적도 없고, 자궁 절제술도 받은 적이 없으며, 심장 질환, 당뇨, 위와 관련된 질병도 없다. 감기조차 걸리지 않는다.

그런데도 엄마는 고통스럽다. 엄마는 정말로 뭔가 잘못됐고 엄마는 그것에 대해 이야기를 하거나 받아들이려 하지 않는다. 엄마는 알츠하이머다. 그리고 엄마는 사람들에 대한 공격성으로 병에 대한 두려움을 감추고 있다고 나는 확신한다. 오징어가 먹물을 뿜거나 타란툴라가 독이 있는 털을 날리는 것처럼. 엄마는 사회 복지사의 도움도 두 번이나 거부했다.

나는 휴대폰으로 엄마의 영상을 촬영하기 시작했고 엄마의 이상행동을 담은 영상 모음집을 만들고 있다. 한 영상에서 엄마는 내가 '그들'에게 모든 것을 지시하고 있다고 말했다. "너를 아주 많이 사랑해." 한 짧은 영상에서 이렇게 말하며 흐느끼던 엄마가 이제는 내가 '그들'을 끌어들여서 '엄마에게 등을 돌리고 배신을 했다'며 나를 비난했다. 기억 장애 클리닉에서 온 한 여성에게 엄마는 '꺼지라'고 고함을 질렀다. 어느 날 엄마가 사라져 버린 적이 있었다. 엄마의 가방 속에는 봉제 인형과 동전이 든 플라스틱 상자, 마른행주 몇 장, 커다란 구식 알람 시계, 그리고 신문에서 오린 크로커스 꽃 관련 기사가 들어 있었다. 나는 그 가방을 보며 연민을 느끼지 않을 수 없었다. 휴가를 떠나기 전, 어린 소녀가 엄마를 흉내 내며 꾸린 짐처럼 보였다. 나는 조심스럽게 모든 물건을 원래 자리에 도로 갖다 두었다. 며칠 후에 엄마는

'그 물건들'을 기억해 냈다. 순식간에 집 안은 아수라장으로 변했다. 나에 대한, 그리고 내가 꾸미는 '음모'에 대한 엄마의 분노와 비난의 목소리가 가득한 밤이었다.

그 후로 나는 엄마 집에 갈 때마다 엄마를 그림자처럼 따라다니기 시작했다. ─ 물건을 줍고, 오븐에서 타 버린 플라스틱 그릇을 꺼내고, 끝도 없이 오려 내는 낡은 신문과 잡지 조각을 치우고 그리고 돌돌 말아서 낡은 깡통 안에 넣어 놓은 20파운드짜리 지폐(족히 수백 파운드는 되어 보인다.)를 펴서 엄마 은행 계좌에 입금을 한다. 일주일에 한 번 엄마 집에 갈 때마다 나는 집 안을 닦고 쓸고 정원을 손질하고 물건을 고치고 엄마 점심을 만든다. 하는 일은 늘 똑같다. ─ 엄마 연금을 타다가 장을 보고, 풀을 깎고, 쓰레기를 분리수거하고 집 안 청소를 하고, 화장실을 청소하고, 침실을 환기시키고 엄마가 보석을 내다 버리지는 않았는지 확인한다.

'좋은 딸 되기 클럽' 회원들을 만난 이후 나는 엄마와 뭔가 긍정적인 관계를 쌓아 나갈 필요가 있음을 깨달았다. 나는 아빠가 돌아가신 이후로 엄마를 도우려고 노력해왔다. 아빠가 돌아가신 직후 엄마의 이사를 도왔고, 다리가 아픈 엄마를 고려해서 계단이 없고 화장실 다니기가 편한 집을 다시 알아보기도 했다. 그러나 엄마를 돌보는 일은 점점 파국으로 치닫고 있다. 나는 진즉에 나의 진심을 엄마에게 털어놓았어야만 했다. 엄마는 이제 내가 20초 전에 한 이야기를 기억하지 못한다. 엄마는 더 이상 대화의 맥락을 쫓아갈 수 없다. 엄마와 실제로 '대화'를 나눈다는 것은 불가능한 일이 되어 버렸다. 엄마는 일상적으로 주고받는 대화도 전혀 이해하지 못하는 것처럼 보인다. 엄마는 엄마만의 생각 속에 갇혀 지낸다.

엄마와 나는 세계관도 다르고 성격도 다르다. 그냥 다른 것이 아니다. 엄마와 나는 전혀 다른 세기에 사는 사람들이다. 35살의 나이 차이와 세대 차이로는 설명할 수 없는 근본적인 다름이다. 그럼에도 불구하고 나는 여전히 엄마의 집안일을 돕는 것을 좋아한다. 엄마의 작은 앞마당과 뒷마당을 가꾸는 일이 즐겁다. 엄마는 아이스크림을 좋아한다. 그래서 나는 엄마를 휠체어에 태워 마음에 드는 프랑스 식당에 모시고 가서 아이스크림과 맥주를 사 드린다. 그러면 엄마는 정말 즐거워한다.

계속해서 되풀이되는 엄마의 똑같은 질문에 대답하는 것은 매우 힘든 일이지만 엄마를 휠체어에 태워 주변을 돌아다니는 일도 즐겁고, 가벼운 쇼핑을 즐기듯 사소한 일들을 통해 엄마의 생활이 다양해지는 것도 즐겁다.

2014년 8월 현재, 결국 엄마는 공식적으로 혼합형 치매 진단을 받았다. 지역 기억 장애 클리닉의 정신과 의사가 그 소식을 전하러 들렀다. 그 의사는 '위축증'과 '질병 자각증 결여'라는 단어를 썼다. 어떤 종류의 치매는 양면적으로 잔인한 증상을 보이는데, 첫째로 환자 자신이 도움이 필요하다는 사실을 알지 못하며, 둘째로 자기가 다른 사람들에게 스트레스를 유발하고 있다는 것을 알지 못한다. 엄마는 몹시 당황하고 짜증을 내며 말했다. "뭘 기대했는데? 나는 여든여덟 살이라고!" 의사는 부드럽게 대화를 이끌어 가며 엄마에게 몇 가지 평가 질문을 던졌다. 그런데 엄마는 내 생일과 지금 살고 있는 집에서 얼마나 오랫동안 살았는지, 또는 내 직업이 뭔지를 기억하지 못했다. 엄마는 증상

악화를 늦추는 데 도움을 줄지도 모르는 약의 복용을 거부했다. 20분 후에 의사가 떠난 뒤 엄마는 내게 '저 여자'가 누구이며 왜 여기에 왔는지 공격적으로 물었다. 그리고 물론 엄마는 약을 드셔야 했다.

나는 알츠하이머에 걸린 엄마를 둔 딸들처럼 '예전 엄마'의 상실로 인해 정서적 상처를 받지는 않았다. 나는 엄마와의 관계에서 잃어버릴 것이 많지 않았다. 우리는 항상 사고방식과 관심사, 인식에 있어서 극과 극이었다. 나는 아무리 친하다 할지라고 누구 때문에 좀처럼 슬퍼하지는 않는다. 그렇지만 나는 90년 동안 한 번도 반성한 적이 없는 누군가의 정신적 퇴보와 누군가가 놓쳐 버린 새로운 기회 때문에 몹시 슬펐다. 내 마음 뒤편에는 언제나 미스터리 하나가 있다. 치매에 걸리기 전에 그렇게 선천적으로 영리하고 지적이며 박식했던 사람이 어떻게 스스로의 미래에 대해 아무런 결정도 할 수 없는 사람이 되었는지 도무지 그 이유를 가늠할 수가 없다. 엄마는 일생을 통해 아주 작은 하나의 원을 돌고 또 돌았다. 어떤 것도 내다 버릴 수 없었고 당신의 엄마로부터 벗어나지도 못했으며, 당신의 조건과 배경에서 벗어나 살 수도 없었다. 아마도 엄마는 당신이 태어난 곳 10킬로미터 반경 내에서 삶을 마감할 것이다. 매우 제한적으로 산 인생은 내게 낭비된 인생처럼 보였다.

대개 다른 가족들은 그들이 아주 좋아했거나 참여했던 취미나 가입했던 모임, 또는 함께 만들었던 것에 대한 애정 어린 기억으로 도배가 되어 있을 것이다. 그러나 가족과 함께, 그리고 엄마와 함께 즐거웠거나 사랑을 나눈 적이 별로 없는 나로서는 엄마의 장례식에서 무슨 말을 해야 할지 몰라 무척 당황해할 것이다. 나는 그런 기억이 전혀 없다. 엄마는 쇼핑을 하고 텔레비전을 보고 음식을 만들었다. 그리고 불평하고 투덜대며 짜증을 냈다.

나는 '좋은 딸 되기 클럽'에 가입한 이후에 햇살 좋은 날 엄마를 모시고 밖에 나가거나 점심을 사 드리고 폭신한 담요와 쿠션을 가지고 와 엄마를 편안하게 해 드리면서 엄마 인생에 약간 소박한 행복을 가져다주려고 애를 써 왔다. 나는 엄마를 위해 장을 보고 엄마가 좋아하는 음식을 사고 엄마를 위해 요리하는 것을 즐긴다. 물론 엄마는 그중 어느 것도 기억하지 못한다. 나는 매주 엄마의 음식 시중을 들고 엄마를 모시고 외출을 하며 엄마와 함께 하루 꼬박 8시간을 보낸다. 그러나 엄마는 참을성이 많은 이웃에게 '몇 주째' 나를 못 봤고 내가 '아마도 외국 어딘가'에 있는 것 같다고 말한다. 그리고 이웃이 나에 대해 다정하지 않고 무심한 딸로 묘사하는 것을 재차 확인한다. 엄마는 사회 복지사의 도움과 생필품 지원을 거부하고 있다. 엄마는 더 이상 스스로 요리를 하지 못함에도 불구하고 여전히 자신을 완벽하게 돌볼 수 있다고 고집을 부린다.

엄마가 10년을 더 사신다면 엄마는 '무서운' 요양원(엄마가 그곳에 들어가느니 차라리 죽겠다고 말하던)에서 생을 마감하게 될 것이다. 종종 요양원에 대한 아주 섬뜩하고 우울한 뉴스가 보도된다는 점에서 나는 엄마의 두려움에 공감한다. 내가 아무리 설득하려 해도 엄마는 발길질을 하고 비명을 지르면서 끌려갈 것이고 나는 그 트라우마에 평생 시달려야 할 것이다. 요양원은 입이 떡 벌어질 정도로 돈이 많이 들어간다. 비용이 극악해서 평균 한 달에 3500 파운드(한화로 약 630만 원—옮긴이)가 든다. 그 비용을 보태기 위해 엄마 집을 세놓는다고 해도 요양원 비용은 월세 수익의 세 배 이상이다. 그리고 엄마가 돌아가시면 막대한 채무금을 갚기 위해 그 집을 팔아야만 할 것이다. — 물론 엄마는 집 재산 가치의 마지막 1페니까지 다 바닥을 낼 때까지 살아 계실지도 모른다. 잉글랜드의 우리 세대가 감당해야 하는 유감스러운 일 가운데 하나다.(스코틀랜드에서는 법규가 달라서 요양 시설이 무료다.) 부모 세대의 평균 수명이 늘어날수록 자식들은 극빈 상태에 빠지게 되는 것이 현실이다.

솔직하게 말하고 싶다. 나는 엄마의 유산을 요양원이 아니라 나를 위해 멋지게 쓰고 싶다. 내 꿈을 실현하는 데 쓰고 싶다. 배를 타고 태평양을 건너가 해양 보호 프로젝트에 참가하여 자원봉사 활동을 하면서 살고 싶다. 회사에 다니는 대신, 뭔가 가치 있는 일에 기여하고 싶다.

그렇지만 엄마 집은 요양원의 몫이 될 것이 뻔하다. 나도 점점 나이가 들어가고 나의 꿈도 옛이야기로 남고 말 것이다. 엄마가 돌아가시기도 전에 나는 이미 육십 대 후반이 되어 있을지도 모른다. 그 나이가 되어서 물려받을 유산 하나가 없을지도 모른다는 사실에 나는 매우 우울해졌다. 나는 태평양의 산호초와 중앙아메리카의 어미를 잃은 동물들에게 해 주고 싶은 것이 많다. 나는 내 꿈을 위해 도시와 직장 생활을 떠나 건강한 몸을 유지하고 싶다. 그러나 지금의 내 상황은 건강을 유지하기는커녕 암울한 심정으로 죽을 때까지 술이나 퍼마시지 않을까 걱정이 될 지경이다. 엄마를 돌보면서 나는 자꾸 술병을 찾게 되었다. 나는 생존해 있는 엄마의 단 하나뿐인 가족이며, 모든 상황을 나 혼자 감당해야만 한다.

엄마에게도 긍정적인 면은 있었다. 엄마는 언제나 계산에 밝았고 세계 동향과 정치에 민감했으며 환경 문제에 관심이 많았다. 엄마는 1970년대에 그린피스에 가입했으며 나는 그 점에 있어서는 엄마를 자랑스러워했다. 엄마는 항상 동물을 다정하게 대했고 애완동물을 사랑했다. 아빠가 돌아가시기 전까지는! 그 이후로 엄마의 인생 좌우명은 '그냥 한 번 해봐.'의 정반대였다. "굳이 위험을 무릅쓰지는 마."가 엄마의 좌우명이었다.

나는 아빠가 돌아가신 후 엄마가 클럽에 가입하거나 당일치기 여행을 다니면서 사람을 사귀지 않았다는 사실이 무척 슬프다. 엄마는 쉴 새 없이 대화를 이끌어 가는 언어 감각과 예리한 미적 감각을 지녀서 클럽 가입이나 여행 제안을 아주 많이 받았었다. 엄마는 언제나 너그럽고 훌륭한 요리사였으며 멋진 정원사였다. 그리고 스스로 자신의 건강을 돌보고 유지할 수 있는 사람이었다. 엄마는 몇 시간동안 직접 머리를 만져서 멋진 핀컬(핀을 꽂아 만드는 곱슬머리 - 옮긴이) 스타일을 만들 수도 있었고, 타인의 시선을 끌 정도로 맵시 있는 여자였다. 엄마는 아빠가 돌아가신 뒤에 다른 남자를 만날 수도 있었다. 왜 엄마는 끊임없이 최악의 상황만을 예상했던 것일까?

나는 할 수만 있다면 옛날로 돌아가 어린 소녀 시절의 엄마를 만나서 엄마가 좀 더 편견이 없는 사람이 되도록 돕고 싶다. 엄마에게 저 밖에 있는 아름다운 세상을 보여 줄 수 있으면 좋겠다. 엄마는 무더운 날씨를 좋아했지만 뜨거운 태양을 찾아 외국으로 휴가를 떠날 생각은 결코 해 본 적이 없다. 어린 시절 형편이 넉넉한 편은 아니었지만, 우리 집도 스페인으로 패키지여행을 할 정도의 여유는 있었다. 그러나 해외여행을 간다는 것은 달나라에 가는 것만큼이나 아득한 꿈이었다. 나는 때때로 엄마가 어렸을 때 뭔가 끔찍한 일이 벌어져서 엄마를 화나게 하고 두렵게 만들었을 것이라는 가정을 한다. 여러 종류의 학대가 인격 장애와 분노를 불러온다. 전쟁과 아빠에 대한 엄마의 그 모든 불평은 훨씬 더 충격적인 경험을 감추기 위한 위장에 불과했을까? 나는 엄마가 학대를 일삼는 사람들의 손에 고통을 받았을지도 모른다는 생각, 그리고 그 모든 자기 부정은 단지 자신감 부족에서 생겼으리라는 생각에 견딜 수가 없다. 엄마와 같은 세대와 계층에 속하는 사람들은 아무도 '그런 일들'에 대해 이야기를 하지 않았고 이제 와서 그 주제를 들추어내기는 늦어도 한참 늦어 버렸다. 나는 의무감으로 엄마과제를 계속할 것이다. 그래, 그리고 사랑으로 엄마과제를 계속할 것이다. 그렇지만 엄마에 대한 미스터리는 결코 풀리지 않을 것이며 주위에 궁금증을 풀어 줄 사람은 아무도 없다.

✉ 마지못해 억지로 하는 딸이 엄마에게 보내는 편지

엄마께

모든 것이 달라질 수 있었다면, 엄마가 행복할 수 있었다면 얼마나 좋았을까요. 엄마가 스스로 쌓아 놓은 저항의 벽, 편안한 삶과 행복한 삶을 스스로 거부하면서 쌓아 놓은 벽을 뚫고 엄마에게 갈 수 있었다면 얼마나 좋았을까요. 엄마가 저의 세계관과 꿈을 이해할 수 있었다면 얼마나 좋았을까요. 불행히도 엄마는 그렇지 않았어요. 엄마는 현대 음악과 현대 미술, 그리고 지적인 것은 뭐든지 아주 싫어했어요. 저는 아주 어렸을 때부터 엄마처럼 살지 않겠다고 생각했어요. 저는 가

정주부가 되지도 전통적인 '남성'과 결혼하지도 않을 작정이었어요. 저는 초현실주의 미술과 정신 분석을 공부했고 반체제 문화와 대안적인 생활 방식을 추구했어요. 저는 결심대로 결혼을 하지 않았고 자식도 없어요. 엄마에게 얼마나 실망을 안겨 줬는지 저는 알아요. 저는 우리 둘 다 서로에게 실망을 안겨 줬다고 생각해요. 저는 책을 아주 좋아했어요. 그러나 엄마가 책을 읽는 모습을 한 번도 본 적이 없다는 사실이 저는 몹시 슬펐어요. 엄마와 유명한 고전 작품에 대해 대화를 나눈다는 것은 불가능한 일이었어요. 레이먼드 챈들러(Raymond Chandler)나 조지 오웰(George Orwell)의 작품조차도요. 엄마는 고전을, 아니 책을 절대로 읽지 않았으니까요.

저는 엄마가 어떤 면에서는 저를 자랑스러워했다는 걸 알아요. 제가 학위를 받고 제 책이 출판됐을 때, 그리고 다양한 기술을 혼자서 터득했을 때에 말이에요. 엄마는 제가 십대 때부터 지금까지 쉬지 않고 일해 왔다는 점을 늘 자랑스러워했어요. 그러나 엄마는 제가 성취한 것들이 우리 세대가 가진 특권이라고 생각했어요. 그리고 엄마는 전쟁 때문에 그런 특권을 누릴 수 없었다고 생각했어요. 저도 특권이라고 생각해요. 그런데 이런 시대에 태어난 것이 제 잘못은 아니잖아요? 엄마에게 저는 분명히 마법의 보호를 받는 특별한 인생처럼 보였을 거예요. 제가 팝 스타 포스터와 패션 잡지, 학생 파티, 해외여행, 그리고 자유롭고 진보적인 예술 교육을 누리는 데 반해 엄마는 영국 대공습과 빈곤, 성차별, 그리고 엄마가 태어났던 시대의 편협함에 고통을 받으며 자랐으니까요. 엄마가 20년 뒤에 태어났었더라면 엄마는 어떤 모습이었을까요? 그 끔찍한 부정적 성향에서 자유로워졌을까요? 전쟁이 엄마 인생을 망쳤다고요? 그럴 수도 있어요. 그러나 매우 긴 엄마의 인생에서 전쟁이 차지한 시간은 딱 6년이었어요.

저는 엄마에게 무슨 말을 해야 할지 몰랐어요. 엄마와의 대화가 끔찍하지 않으려면 어떻게 말을 해야 하는지 알 수가 없었어요. 엄마와의 대화는 끔찍했거나, 아니면 엄마에게 끔찍했다는 비난을 받는 것으로 끝나는 경우가 대부분이었어요. 어렸을 때 저는 엄마가 사회에 일어나는 변화를 수용하기를 완강히 거부하는 모습에 무척 당황했어요. 엄마는 제 친구들 엄마 옆에서 일부러 침울하고 비사교적인 사람이 되고 싶어 했어요. 그렇지만 엄마는 그럴 필요가 없었어요! 엄마는 자신을 매력적으로 꾸미고 변화를 받아들이며 새로운 시대의 편안한 생활을 즐길 수도 있었어요. 엄마의 선택은 불행히도 그런 쪽과는 거리가 멀었어요. 그 대신 엄마가 선택한 것은 아빠를 비난하는 일이었어요. 저는 방과 후 대부분의 저녁 시간을 친구들 집에서 보내면서 그들의 생활이 우리와 얼마나 다른지 알게 됐어요.

재미있게 놀고 디너파티를 열며, 새로운 음식을 먹어 보고 함께 여행을 즐기는 삶이었어요. 그렇지만 우리는 그렇지 않았어요. 엄마는 언제나 형편 핑계를 댔지만 실제로 우리 집 형편은 그렇게 나쁘지는 않았어요. 엄마는 스스로 즐거움과 친구들과의 연락을 거부하는 것처럼 보였어요. 저는 다른 집 딸인 척한 적도 있어요. 우리 집에는 없는 유대감과 사랑과 따뜻함을 느끼고 싶었어요. 정원을 돌아다니며 아이들을 쫓아다니고, 아이들을 차에 태우고 캠핑 모험을 떠나며, 바비큐를 만들어 주고 함께 자전거를 타는 아빠를 갖고 싶었어요. 다정하게 보이는 부모 — 그건 정말 충격적인 모습이었어요! — 를 갖고 싶었어요.

아빠의 뇌졸중은 엄마에게 사람들이 집에 올 수 없는 이유가 됐어요. 엄마는 사람들이 아빠의 그런 모습을 보는 것을 싫어했어요. 항상 뭔가가 있었어요. 언제나 사람들과 어울리지 못할 이유가 있었어요. 그럼에도 불구하고 엄마는 사람들과 어쩔 수 없이 어울려야만 하는 상황을 만나면 수다스럽고 아는 것이 많은 매력적이 사람이 되었어요.

저는 엄마가 낙관적인 인생관을 갖도록 돕고 싶었어요. 그러나 엄마는 그 어떤 것도 받아들이지 않았어요. 엄마는 늘 아빠만 아니었다면, 저를 갖지만 않았다면 엄마의 인생이 달라졌을 것이라는 말만 반복했어요. 엄마는 과거의 불운과, 이제는 너무 늦어 버린 '지금'을 끊임없이 저주했어요.(엄마 기준에 의하면 1970년대와 1980년대, 1990년대는 '너무 늦은' 것이었어요. 그런데 결국에는 확실히 엄마 말이 맞았네요. 이제는 너무 늦어 버렸거든요.)

저는 1920년대와 1930년대 기록 영화에서 한 마을을 보았어요. 그것은 지금은 마치 바다로 가라앉은 것과 다름없을 정도로 너무 다른 모습이었어요. 20세기에는 이전의 어떤 때보다 더 많은 변화가 일어났어요. 20세기에는 가장 불안했지만 어떤 시대보다 가장 흥미진진한 시기였어요. 라디오마저도 엄마가 태어났을 때는 새로운 발명품이었죠.

제가 엄마가 거부했던 것들 중 하나라 유감이에요. 제가 엄마가 바라는 딸이나 친구가 되어 드리지 못해서 안타까워요. 제가 엄마와는 아주 다른 사람이라 미안해요. 그 간극이 너무 커요.

사랑과 슬픔 속에서
엄마 딸 애나 올림.

기대에 미치지 못하는 딸의
엄마과제

데비는 지금까지 자기가 해 왔던 모든 일 가운데 마음에 쏙 드는 일이 한 가지도 없다고 생각하는 사람이다. 데비는 엄마가 앵그리버드 게임을 멈추고 자신에게 말을 걸게 할 방법을 찾고 싶어 했다. 데비가 어떻게 지냈는지 여기에 소개한다.

만약 '좋은 딸 되기 클럽'이 대학교 정규 수업이었다면 나는 분명히 과락을 면치 못했을 것이다. 나는 상당히 극적인 방식으로 엄마와의 관계 개선에 실패했다. 나는 앞으로 어떤 것도 제대로 해낼 수 없을 것만 같다.

나의 계획은 엄마를 모시고 휴가를 가는 것이었다. '좋은 딸 되기 클럽' 모임에 참가하면서 그 계획을 세우게 되었다. 함께 바닷가를 조용히 산책하거나, 남편이 아이들을 데리고 노는 동안 그늘진 베란다에서 아늑하게 점심을 먹거나 할 생각이었다. 그러다가 나는 엄마에게 내 기분에 대해 말할 것이고 엄마는 고개를 끄덕이며 내 기분을 이해한다고 말하는 장면을 상상하기도 했었다. 그리고 엄마가 아이패드를 치우면서 이렇게 말하는 장면을 상상했었다. "앵그리버드는 이제 할 만큼 했어. 나는 내 딸하고 즐거운 시간을 보내고 싶어." 그렇지만 그런 일은 일어나지 않았다.

프랑스에서의 캠핑 휴가는 재앙이었다. 엄마는 출발하기 전에 심각한 폐 감염으로 아팠고 우리는 어쩌면 엄마가 휴가에 아예 함께 갈 수 없을 것이라고 생각했었다. 나는 딸 같지 않게 생각하기 증세가 아주 심했다. 나는 엄마가 일부러 아픈 것이 아니라는 것을 알았지만 시기가 아주 좋지 않았다. 집을 떠나 아프기까지 한 엄마에 대해 부담을 느끼지 않으며 엄마를 행복하게 해 주는 것은 어려운 일이었다.

엄마는 처음 이틀 동안 원기를 회복하는가 싶었다. 그리고 앵그리버드나 아이패드를 결코 멀리하지는 않았지만 자제하려고 노력을 하고 있는 것 같았다. 그러나 다시 상태가 악화되었고 성격이 온화한 사람도 짜증을 낼 만한 고통이 엄마에게 밀려왔다. 물론 엄마가 온화한 사람이라는 말은 아니다. 나는 엄마가 의사 진찰을 받아야 한다고 주장했고, 그날 아침 병원 진료 후에 엄마를 모시고 단둘이 커피를 마시러 갈 생각이었다. 커피를 마시면서 많은 이야기를 나눌 것이라는 기대와 함께. 그러나 불가피한 이유로 아이들이 동행하게 되었고, 아주 어렵게 만든 우리 둘만의 시간은 사라져 버렸다.

그 뒤로는 그야말로 최악이었다.

남은 시간 동안 엄마는 그 누구도 견디지 못했다. 엄마는 우리 모두를, 특히 아이들을 잠시도 가만히 있지 못하고 시끄럽다며 비난하거나 아니면 앵그리버드 게임을 하거나 둘 중 하나였다. 휴가 마지막 날, 엄마는 남편이 몇 시간 동안 혼자 사라지는 바람에 나 혼자 곤란을 겪었다며 남편을 비난하면서 짜증 나게 만들었다.

그리고 집에 오는 길에 차가 고장이 났고 우리는 자동차 수리 서비스를 불러야 했다. 이 일은 엄마의 또 다른 비난 세례로 이어졌으며 나는 다시 한 번 엄마의 기대에 미치지 못한 딸이 된 것 같은 기분이 들어 마음이 아팠다. 마침내 집에 도착했을 때 우리는 거의 실신 상태였다.

엄마는 그다음 날 아침에 일어나 친구들을 만나 커피를 마신다며 자고 있는 아이들에게 잘 있으라는 인사도 없이 서둘러 떠나 버렸다. 엄마가 마지막으로 쏘아붙였던 말은 이전에도 자주 들었던 이야기였다. 요약한 이야기가 이 정도다. 엄마의 눈에는 늘 견딜 수 없을 만큼 내 집은 어수선하고 나의 양육법은 어설프다.

엄마는 그날 이후로 내게 말을 하지 않는다. 내가 몇 번 전화를 했지만 엄마는 전화를 받지 않았다.

나는 '좋은 딸 되기 클럽'의 쓸모없는 회원이다. 나는 결코 어떤 진전도 이룰 수 있을 것 같지 않다. 나는 나타샤에게 그만두고 싶다는 편지를 쓰고 싶었다. 그러나 딸이 되는 일은 다른 일처럼 안 되면 두 손을 들고 포기할 수 있는 일이 아니다. 딸의 역할을 잘하고 못하고를 말하는 것이 아니다. 딸이라는 자리를 말하는 것이다. 역할을 잘하고 못하고를 떠나서 내가 엄마의 딸이라는 사실은 절대로 바뀌지 않는 사실이다. 아무리 원해도 그 자리에서 벗어날 방법도, 갈 곳도 없다.

그럼에도 불구하고 아직도 난 희망을 본다. 내게는 엄마와 함께 해야 할 일들이 분명히 있다. 나는 엄마와 함께 앉아서 나와 관련된 엄마의 문제, 엄마와 관련된 나의 문제에 대해 설명하고 싶다. 나는 엄마에게 내 집이 엉망일지도 모르고 내 인생이 어수선할지도 모르지만 그렇다고 해서 내 삶이 잘못됐거나 나쁜 것은 아니며 내가 실패자라는 것을 의미하지도 않는다는 말을 하고 싶다. 엄마는 나의 세계가 낯설듯이, 나는 잘 정돈된 집에서 침대에 누워 마음껏 앵그리버드를 할 수 있는 엄마의 세계가 이상하게 느껴진다고 말하고 싶다. 우리의 인생이 그만큼 다르다는 것을 설명하고 싶다.

그러나 지금은 적절한 때가 아니다. 아직도 엄마는 어떤 것도 할 수 없을 정도로 아빠의 죽음에 대해 슬퍼하고 있다. 나는 엄마가 우울증에 걸릴까 봐 걱정이다. 컴퓨터 게임은 엄마의 중요한 도피처일지도 모른다. 게임이 알코올 중독보다는 낫다.

나는 엄마로 산다는 것, 딸로 산다는 것에 대해 많은 생각을 했다. 엄마가 우리를 위해서 곁에 있는 시간은 정해져 있으며 시간이 지나면 떠나야만 한다. 우리도 엄마를 위해 엄마 곁에 있어야 한다. 단순한 이야기로 들리지 모르겠지만, 이것이 내가 '좋은 딸 되기 클럽' 녹음 파일을 듣기 시작한 이후로 얻은 커다란 깨달음이다.

나는 엄마에 대한 좋은 기억들에 애써 매달린다. 나는 엄마와 아빠 사이에 굉장한 사랑이나 친밀함이 있었다고 생각하지는 않는다. 그러나 엄마는 아빠가 투병 중일 때 엄마의 사랑을 깊고도 놀라운 방식으로 보여 주었다. 암이 진행되어 걸을 수도, 말할 수도 없게 된 아빠를 엄마는 마지막까지 집에서 혼자 간호했다. 엄마는 그 누구의 도움도 받고 싶어 하지 않았다.

나는 기회가 있을 때마다 도왔다. 나는 엄마가 직면하고 있는 어려움이 무엇인지를 알았다. 어느 날 엄마는 전화를 걸어서 내게 이렇게 말했다. "사랑해. 도와줘서 고마워. 그리고 이야기를 들어 줘서 고맙고. 정말로 네가 그립구나." 엄마에게서 듣게 되리라고는 단 한 번도 상상하지 못했던 말이었다. 그때 우리가 느꼈던 친밀감은 다 어디로 사라졌는가!

엄마는 지금 외롭고 슬프고 화가 나 있다. 내가 할 수 있는 일이 없어서 무척 가슴이 아프다. 엄마와 나 사이에는 말로 할 수 없는 유대감이 아직 남아 있지만 친밀하지는 않다. 나는 엄마를 돌보기 위해 모든 것을 내려놓을 수 있을까 하는 상상을 해 본다. 정말 그럴 수 있을까? 아니다. 나는 그렇게 할 수 없다. 직장과 가정에서 내가 해야 할 일, 그리고 나에게 바라는 일이 너무 많다. 모든 것을 내려놓는 것은 대안이 아니다. 다 내려놓지 못했다고 해서 내가 나쁜 딸이 되는 것은 아니라고 나는 나 자신에게 끊임없이 말해야 한다.

✉ 기대에 미치지 못하는 딸이 엄마에게 쓴 편지

엄마께

어디서부터 시작해서 어디에서 끝을 맺어야 할지 모르겠어요.

엄마는 엄마만의 방식으로 저를 위해, 제 모든 인생을 위해 저와 함께 있어 줬어요. 그렇지만 여전히 엄마에게 설명하고 싶고, 엄마를 이해하고 싶은 일들이 있어요.

제가 엄마가 되어 보니 어느 정도 엄마가 이해가 돼요. 그중 하나가 대화가 만능열쇠는 아니라는 점이에요. 때로는 아무런 말을 하지 않고 한쪽에 치워 두는 것이 필요해요. 밤에 한숨 잘 자고 나면 아무 일도 없었다는 듯이 평상심으로 돌아가기도 하더라고요.

두 번째로는 완벽한 부모는 없다는 거예요. 그럭저럭 부모 역할을 해 나가는 것뿐이에요. 어린 시절 엄마 때문에 괴롭다고 생각했지만, 돌이켜 보면 엄마는 언제나 최선을 다했다는 것을 느껴요.

또한 엄마가 해 주는 것을 당연하게 여기고, 엄마 말을 귀담아듣지 않고, 엄마한테 상처를 주고 엄마를 실망시키고 고마워하지 않았던 제 모습이 보여요.

저는 엄마에게 무엇이든지 말할 수 있다고 생각하면서도 그러지 못했어요. 제 이야기에 대한 엄마의 반응이 때로는 제가 기대했던 것과 많이 달랐으니까요. 그리고 저는 사실 엄마의 정신 상태와 문제들을 의아하게 여겼어요. 엄마는 이제 저를 돌보는 사람이 아니에요. 엄마는 다시 엄마 스스로로 돌아갔고 저는 제가 돌봐야 해요.

저는 지난 2년간 많은 말과 행동으로부터 큰 상처를 받았어요. 엄마는 가족 모두를 행복하게 해 주어야 하는데 왜 가족들에게 상처를 주는 말이나 행동을 하는지 그 동기를 이해할 수 없는 순간들도 있었어요.

그렇기는 해도 저는 엄마가 최선을 다해 최고의 엄마가 되어 주셨음에 감사하고 싶어요. 엄마가 했던 헌신적이며 배려 깊은 모든 행동과 말에 대해, 길을 잃고 헤맬 때 일상으로 돌아가게, 제가 앞으로 나갈 수 있게 곁에 있어 준 것에 대해, 그리고 아이들에게 멋진 외할머니가 되어 주고 바쁜 저 대신에 아이들에게 사랑과 애정을 준 것에 대해 감사해요. 아이들은 외할머니를 정말로 사랑해요.

저는 이 편지를 원망으로 가득 채울 작정이었어요. 지난 수년간 엄마로부터 받아 온 상처나 오해, 홀대에 대해서 쓸 생각이었어요. 그런데 아빠와의 일이 생각났어요. 아빠가 돌아가시기 직전, 저는 아빠와 단둘이 지난 일에 대해서 이야기를 나누며 오해를 풀려고 노력했어요. 제가 잘못했던 모든 것에 대해서 아빠에게 사과했어요. 그러나 우리는 그럴 필요가 없다는 것을 금방 깨달았어요. 진부하게 들릴지도 모르지만 부모와 자식 간의 사랑은 오랜 오해와 다툼도 한순간에 극복하는 것인지도 몰라요. 저는 그냥 두 가지를 말하고 싶어요.

엄마 고마워요. 그리고 사랑해요.

데비 올림.

의존적인 딸의
엄마과제

로이진은 엄마에게 지나치게 의존하는 것과 가족 모임에서 소동을 일으키는 주범 역할을 그만두고 싶어 한다. 로이진이 어떻게 지냈는지 여기에 소개한다.

'좋은 딸 되기 클럽'을 진행하던 즈음에 스팸메일을 받은 적이 있었다. 그리고 나도 모르는 사이에 한 통에 128유로(약 16만원)인 체중 감량 알약에 관한 이메일이 내 주소록에 있는 수백 명의 사람들에게 밤새 발송된 것을 알게 되었다.

나는 몇 달 동안, 어쩌면 수년간 이야기 한마디 나누지 않은 사람들이 갑자기 내가 보낸 살 빼는 약 광고 이메일을 받았을 것을 생각하면서 내 모니터 화면 앞에 앉아 있었다. 그들에게 필요한 것은 월요일 아침에 눈을 뜨고 싶게 만들어 주는 약일 것이라고 생각하면서.

메일을 받은 사람들 가운데 일부가 내 주소록에 있는 모든 사람들에게 스팸메일이 갔음을 알리는 메시지를 보내는 것이 어떻겠냐는 연락을 해 왔다. 나로서는 엄두가 안 나는 일이었다. 나는 엄청난 기계치에 '컴맹'에 가까운 사람이다. 그러니까 내 주소록에 있는 사람 전체에게 한 번에 메일을 보내는 방법을 모른다는 것이다. 또한 나는 내 연락처에 있는 사람들 대부분은 내가 실제로 체중 감량 제품에 128유로를 쏟아부을 것을 요청하는 이메일을 보내지 않았음을 깨달을 만큼 상황 판단이 정확할 것이라고 생각했다. 그렇지만 단 한 사람, 엄마는 아니었다. 그래서 나는 엄마에게 버튼을 누르면 안 된다는 말을 하려고 이메일을 보냈다. 내가 '뚱뚱하다'고 놀림을 받기 시작했을 때부터, (사실 열네 살쯤에 찍은 사진을 보면 나는 뚱뚱하지 않았다.) 나는 엄마에게 체중 감량에 대한 고민을 털어놓았다. 내가 이미 언급했듯이 우리는 둘다 지나치게 음식을 좋아한다. 내 경우에는 음식을 모든 질병의 만병통치약쯤으로 여긴다. 과자 한 봉지로 치유되지 못할 병은 없다. 나는 평생 그렇게 믿고 살았다.(조언: 사실 과자는 당신을 치료할 수 없다!)

수십 년 동안 우리는 앳킨스 다이어트(일명 황제 다이어트)와 웨이트와처 프로그램, 유니슬림, 체중 관리 클리닉과 양배추수프 다이어트 등에 대해 함께 이야기하며 시간을 보냈다. 우리는 5:2 다이어트(일주일에 2일은 칼로리 섭취를 극도로 제한하고 5일 동안은 자유롭게 먹는 다이어트—옮긴이)와 사우스비치 다이어트, 그리고 『프랑스 여자들은 살찌지 않는다(French Women Don't Get Fat)』(미레유 길리아노 Mireille Guilianor가 쓴 다이어트 관련 서적—옮긴이)의 '실상'에 대해서 이야기를 했다. 뜻밖에도 엄마는 지난 2년 동안 위의 방법들 가운데 어떤 것도 사용하지 않고 약 13킬로그램의 감량에 성공, 지금까지 체중을 유지하고 있다. 엄마는 배가 고프지 않을 때는 먹지 않는다는 단순한 원칙 하나를 지킴으로써 감량에 성공했다.(엄마는 다이어트 책을 써야만 한다. 그러나 엄마가 쓴 책은 절대 팔리지 않을 것이다. 다이어트 책에는 깜짝 놀랄 만한 비법 하나쯤은 있어야 한다. 배가 고프지 않으면 먹지 않는다! 라니.)

엄마는 백세까지 살겠다는 포부를 가지고 체중 감량에 돌입, 서서히 그리고 체계적인 방법으로 성공함으로써 내게 용기를 주었다. 엄마는 가장 나이 어린 손주들이 자라 청년과 숙녀가 되는 모습까지 보고 싶어 했다. 엄마의 동기는 순수했다.

〈이건 여담이다. 믿거나 말거나 나의 동기도 엄마처럼 순수하다. 나는 사람들과 사회의 시선을 의식해서 살을 빼려는 것이 아니라는 점을 분명히 말하고 싶다. 나도 내 딸들을 위해서 건강을 유지하고 싶을 따름이다. 나는 정말로 사회에서 내가 어떻게 보여야 한다고 말하는 것에 전혀 신경을 쓰지 않는다.

나는 아일랜드 오페라 가수 타라 에로트(Tara Erraught)에 대한 칼럼을 쓴 적이 있다. 많은 남성 비평가들은 그녀의 목소리보다는 몸매에 대한 비평을 하고 싶어 했다. '포동포동한 살의 푸짐한 한 묶음', '땅딸막한', '믿을 수 없을 정도로 보기 흉측하며 매력이 없는', '비대한'이란 표현이 뒤섞인 그녀에 대한 비평이 여러 신문에 실리고 있었다. 그 비평가들 중 한 사람은 그녀가 '그럴듯해 보이는 연인'이 아니라고 말했다. 그들이 생각하는 것을 상상해 보았다. "저 여자 좀 봐. 얼마나 충격적이야. 어떻게 저렇게 생긴 여자를 사랑할 수 있겠어?" 그들은 오페라에서 노래가 아닌 여가수의 몸매만을 보고 있는 것이다.

나는 그 뻔뻔스런 비평에 대해 반론을 제기하는 글을 썼다. 사랑스럽고 섹시하며 매혹적인 사람의 유형이 오직 하나라는 편견에 대해 썼다. 주위를 둘러보라. 온갖 유형의 사람들이 온갖 유형의 사람을 사랑한다. 어떤 남자들은 '비대한' 여성을 사랑한다. 어떤 여성들은 '통통한' 남자들을 사랑한다. 뚱뚱한 남성은 '땅딸막한' 사람을 사랑한다. 마른 여성은 몸집이 큰 남자를 사랑한다. '뚱뚱한' 사람들은 성공하기도, 실패하기도 한다. 그러나 우리는 스키니진이 잘 어울리는 사람들과 똑같은 방식으로 삶을 살아가고 싶어 한다. 우리는 꿈을 꾼다. 우리는 웃는다. 우리는 우리 자신에 대해 안타까움을 느낀다. 우리는 우리 스스로에게 털어내라고 기운을 북돋는다. 그리고 대개 우리가 상처를 받는 것은 누군가가 우리 드레스나 바지 라벨에 쓰여 있는 숫자로 우리를 바꾸기 때문이다.

나는 10호(한국 사이즈 55반)나 12호(한국 사이즈 66), 또는 14호(한국 사이즈 66반)가 되는 데 아무 관심이 없다. 나는 서로 부딪치지 않는 허벅지나 신스피레이션(thinspiration; thin과 inspiration을 합친 신조어로 가족이나 친구에게 들키지 않고 주로 굶어서 날씬해지는 방법과 그 생활 방식을 제안하는 웹사이트—옮긴이) 해시태그, 드러난 쇄골이나 갈비뼈 등에 관심이 없다. 또한 비쩍 마른 여성이나 임신 후에 순식간에 '몸매를 되찾아서' 전혀 아기를 출산한 것처럼 보이지 않는 여성들을 축하해 주는 일에도 아무런 관심이 없다.

더 건강한 몸무게가 되고 싶어 했던 아일랜드의 방송 진행자인 2FM 디제이 루이즈 맥샤리(Louise McSharry)는 어느 날 자신의 라디오 프로그램의 청취자들에게 자신의 생활 방식에 약간 변화를 줄 것이라고 말했다. 루이즈는 그 당시 약혼을 한 상태였지만 이 생활방식의 변화가 자신의 결혼과 어떤 관련이 있다는 언급은 전혀 하지 않았다. 나중에 타블로이드 신문에서 '결혼식을 앞둔 2FM 루이즈 맥샤리의 군살과의 전쟁'이라는 제목으로 기사를 실었다.

"아니에요. 저는 군살과 싸우고 있지 않아요." 그날, 루이즈 맥샤리는 트위터에서 설명했다. "내 결혼식이 동기는 아니에요. 내가 말했듯이 건강과 체력 단련과 내가 내 자식들을 보살필 수 있는 미래가 내 동기예요. 신부는 결혼식 전에 다이어트가 필요하다는 생각과 내가 연관되는 것을 바라지 않아요. 모든 신부는 사이즈와 관계없이 아름답답니다." 나는 환호성을 질렀고 타블로이드 신문은 그 기사를 고치고 '실수'에 대해 사과했다. 여담 끝!〉

다시 한 번 강조하지만, 나의 동기는 순수하다. 어쨌든 이 지루한 이야기의 결론을 말하자면, 엄마는 결국 스팸메일의 구매 버튼을 눌렀고 체중 감량 알약 한 통에 128유로를 썼다는 것이다. 내가 보낸 이메일이 도착하기도 전에 엄마는 구매 버튼을 누르고 말았다. 내막을 알고 나서 엄마는 몹시 당혹스러워했다. 일주일 뒤에 알약이 든 소포가 도착했다. 엄마는 배송원에게 그 소포를 반송해 달라고 해 봤지만 소용이 없었다. 그 소포는 엄마 옷장 맨 위에 한 번도 뜯지 않은 채 배달될 때 모양 그대로 있다. 엄마는 그 소포를 떠올릴 때마다 바보가 된 기분이었다.

엄마는 내 문제라면 팔을 걷어 부치고 나서는 사람이고, 그 과정에서 어쩔 수 없이 평상시의 냉철함과 판단력을 잃는다.

"이 일을 통해 내가 이런 식으로는 더 이상 너를 도울 수 없다는 사실을 알게 되었어." 엄마가 스펨메일의 희생자로 전락했음을 고백한 뒤에 내게 한 말이다. 나도 같은 생각이었다. 일흔다섯 살의 엄마가 내 개인적인 일을 떠안아서는 안 된다. 나는 엄마가 언제나 나를 응원한다는 것을 안다. 내가 체중 감량에 성공했을 때 엄마보다 더 기뻐할 사람은 이 지구 상에 아무도 없을 것이다. 그렇지만 나 혼자 해야 한다. 나의 문제로부터 엄마를 자유롭게 해 드리는 것, 그것이 나의 '엄마과제'다.

내가 '좋은 딸 되기 클럽'에서 바꾸고 싶다고 말했던 것들 중 하나는 엄마와 대화를 할 때 내 이야기를 하는 데에만 몰두한다는 점이었다. 나는 엄마와 점심을 먹으며 의식적으로 평상시보다 말을 훨씬 적게 하겠다고 결심했다. 그러나 결심과 현실의 차이는 컸다. 나는 점심 식사 내내 내 이야기를 하는 것에만 열중했다. 내 버릇은 생각보다 몸에 깊이 배어 있었다.

그때 엄마를 인터뷰해야겠다는 아이디어가 떠올랐다. 인터뷰를 진행하는 사람은 자기 이야기를 하지 않는다. 다만 질문하고 대답을 들을 뿐. 나는 그렇게라도 내 이야기가 아니라 엄마의 이야기에 집중하고 싶었다. 그런데 나 또한 인터뷰를 하고 있는 사람과 친한 친구가 되려고 노력하고 있을 때에는 이번과 같은 예외가 발생한다. (케이틀린 모런과 달라이 라마 미안해요.)

나는 인터뷰를 위해 엄마를 모시고 식당에 갔다. 자리에 앉고 나서 나는 탁자 위에 딕터폰을 놓았다. 두 시간 동안 엄마는 이야기를 하고, 또 했다. 최고의 인터뷰였다. 그리고 전에는 몰랐던 몇 가지를 알게 되었다.

1. 엄마는 자식들과 보내는 '단둘만의 시간'을 상당히 좋아한다. 사위나 며느리, 손주들 할 것 없이 일대일로 만나는 것을 즐긴다.(이 소중한 공동체의 일원들 누구도 기분 상하지는 마시길.)

2. 엄마는 베니스에 무척 가고 싶어 한다. 엄마가 "코네토 하나만 내게 주세요."라는 광고(코네토는 영국 아이스크림 브랜드 '월스'의 아이스크림 콘으로 광고에 베니스에서 곤돌라를 탄 두 남녀가 등장한다. ─옮긴이)를 처음 본 1980년대 이후로 엄마의 꿈이었다.

3. 때때로 엄마가 이삼일 동안 내 소식을 듣지 못하면 ─그런 일은 좀처럼 없다─ 엄마는 아주 기뻐할 것이다. 무소식이 희소식이니까! 그건 내가 엄마 없이 잘 지내고 있다는 의미인 것이다. 나는 이 사실에 무척 놀랐고 내가 엄마에게 걱정을 끼치고 있다는 것이 몹시 부끄러웠다. 나는 침울한 표정으로 엄마를 찾아가 내 슬픔을 쏟아 내며 카타르시스를 느끼던 내 모습을 떠올려 보았다. 내색을 하지는 않았지만 엄마는 내 이야기를 들으면서 마음속으로 근심에 근심을 더하게 되었을 것이다. 나는 더 이상 이런 식으로 엄마에게 짐을 지우면 안 되겠다고 결심했다.

4. 엄마는 이제 보살피는 것보다는 보살핌을 받는 느낌을 더 좋아한다. 엄마가 지난주에 눈에 주사를 맞고 돌아왔을 때 기운이 너무 많이 빠져서 누워 있어야만 했다. 엄마는 누군가 우리 자녀들 중 한 명이 엄마가 주사를 맞는 날임을 알고 어땠는지 묻는 전화를 했었더라면 좋아했을 것이다. 때때로 엄마는 상대적으로 건강하기 때문에 많은 관심을 받지 않는다고 생각했다. "모두 나는 당당하고 탄탄하고 건강해서

걱정할 필요가 없다고 생각해. 그렇지만 나는 사람들이 나를 걱정해 주는 것이 약간 더 좋아. 나는 그걸 좋아하는 것 같아."

5. 엄마는 무시를 당하거나 이야기를 전해 듣는 것을 좋아하지 않는다. 엄마와 인터뷰를 마친 후에 나는 "엄마는 그걸 좋아하지 않을 거야.", 또는 "엄마는 더 이상 젊지 않아." 와 같은 말은 쓰지 않아야 한다는 것을 알았다. 최소한 그런 이야기는 엄마가 듣지 않는 데서 해야 한다.

6. 엄마는 인정받는 것을 더 좋아한다. 엄마가 말했다. "나는 가족에게 최선을 다했지. 아주 많은 에너지와 시간을 들였어. 나는 그게 너무 좋았고 그렇게 하고 싶었어. 그게 내 일이니까. 그렇지만 때때로 식구들이 나한테 고마움을 느끼는지 잘 모르겠더라고. 내가 존중받고 인정받는다는 느낌을 좀 더 받고 싶어." 그러나 엄마는 모든 원인을 자신에게 돌렸다. "어쩌면 내가 너희들을 그렇게 키웠는지도 몰라. 나는 '어머니날' 카드도 바라지 않는다고 했어. 내 생각 하지 말고 각자 너희들 할 일을 하는 데 집중하라고 했지. 그건 진심이야. 그렇지만 때때로 궁금해. 아이들이 나를 정말로 사랑하는 걸까?"

이것은 일종의 폭탄선언이었다. 나는 다른 가족들은 엄마의 이 말에 대해 어떻게 느끼는지 궁금했다. 나는 엄마와 앉아서 두 시간 동안 이야기를 나누며 엄마와 함께 호화롭고 놀랍게도 포만감을 주는 점심을 먹은 것 외에도 소중한 내부 정보를 얻었다고 생각했다. 엄마를 인터뷰하지 않았다면 결코 알아낼 수 없었던 것들이었다.

인터뷰를 통해 얻은 정보는 아주 유용하게 쓰였다. 우리 형제들은 돈을 모아 베니스 여행을 보내 드렸고, 여동생 레이철은 엄마와 단둘이 점심을 먹을 계획을 세웠으며, 나는 엄마가 돌봄을 받는다는 느낌을 가질 수 있도록 엄마의 병원 예약에 세심한 신경을 기울인다.

내가 이야기하고 싶은 것은 이것이다. 엄마를 위해 무엇을 할 것인가 쉽게 떠오르지 않는다면 엄마를 인터뷰해 보라는 것이다. 아마도 깜짝 놀랄 만한 새로운 사실을 알게 될 것이다.

엄마 이야기에 좀 더 귀를 기울이고 말을 적게 하는 것 말고도 나는 또 다른 '엄마과제'가 있었다. 가족 모임에서 분란을 일으키는 시한폭탄과 같은 존재가 되지 않는 것 말이다. 브라이언 오빠가 우크라이나를 돌아다니다가 아일랜드로 돌아왔을 때 우리는 형제들끼리 다시 저녁을 먹기로 결정했다. 남편이나 아내, 아이들 없이 우리 여덟 형제들끼리만 밥을 먹기로 한 것이다.

그날 저녁 브라이언 오빠는 내가 저녁을 준비하는 것을 돕고 있었다. 우리가 재료를 썰고 육즙을 끼얹을 때 나는 오빠가 때로는 다른 형제들에게 적대감을 줄 수 있어서 항상 입을 꾹 다물고 있어야 했다는 사실을 상기시켰다. 브라이언 오빠는 지난번 형제 모임을 엉망으로 만든 것은 자기가 아니라 나였다는 사실을 상기시켰다. 오빠 말이 맞았다. 나는 이번 만찬이 나 때문에 망치는 일은 없을 것이라고 굳게 다짐했다. 나의 임무는 평화를 지키는 것이었다.

엄마가 내게 백만 번쯤은 말했을 것이다. 엄마에게 가장 큰 즐거움은 장성한 자식들이 서로 잘 지내는 모습을 지켜보는 것이라고. 엄마가 싫어하는 것은 가족 간의 화합이 무의미하고 하찮은 논쟁으로 훼손되었을 때다.

모든 것이 내 결심대로 잘 진행되고 있었다. 내가 만든 닭고기구이(유기농에 자유 방목한 닭)는 아주 훌륭했고 야채 요리도 대성공이었다. 그리고 구운 감자는 수준급이었다.

그때 엄마가 내 여동생과 같이 사는 일이 얼마나 즐거운지에 대해 이야기하기 시작했다. 엄마는 당신이 지금 얼마나 행복한지, 그리고 여동생 집 말고는 다른 곳에서는 살고 싶은 생각이 없음에 대해 말했다. 그리고 우리 형제들 모두 케이티에게 감사해야 한다고도 말했다.(그런데 케이티는 그날 저녁 모임에 오지 않았다. 아마도 불 보듯 뻔한 소동을 피하고 싶었는지도 모르겠다.)

평화를 지키겠다는 목표가 없었다면 나는 엄마가 케이티와 함께 사는 것에 대해 엄마에게 할 말이 무척 많았을 것이다. 꼭 모든 것이 평화로워야만 하는 것은 아니다. 내말은, 엄마가 나와 함께 살면 좋겠다는 뜻이다. 케이티는 엄마와 함께 살면서 입주 아기 돌보미까지 구한 셈이다. 케이티는 피사를 제외한 지역에서 라자냐를 가장 맛있게 만드는 사람과 함께 살게 된 것이다. 케이티가 엄마와 함께 살면서 힘든 일은 거의 없다. 아마도 나는 언쟁이 촉발될 때까지 이 모든 말을 했을 것이다.

그렇지만 '좋은 딸 되기 클럽'에 참여한 이후로 나는 흥분하지 않고 대신에 딕터폰을 찾아 전략적으로 엄마 바로 옆에 놓았다. 이 대화는 '좋은 딸 되기 클럽' 회원들에게 좋은 재료가 될 수 있다고 나는 생각하고 있었다. 그렇게 생각할 정도로 순진했다. 나는 이 프로젝트를 시작한 이후로 엄마와 나의 대화를 모두 녹음하고 있었다. 그렇지만 이 하나의 움직임은 다른 분쟁의 신호탄이 되었다.

또 다른 빅브라더 언니가 가족들의 대화를 녹음하려는 내 모습을 보고 나쁜 행동이라며 강하게 비판했다. 지금은 언니의 말에 완벽하게 동의하지만 그 당시에는 그렇지 않았다. 나는 닭고기가 엉겨 붙은 접시를 들고 흥분했고, 언니도 흥분해서 뛰쳐나갔다. 내가 언니의 뒤를 이어 뛰쳐나갔고 또 다른 언니가 합세했다. 그리고 엄마는 화를 내며 눈물을 흘렸다. 나는 평화를 지키는 데 완벽하게 실패했다.

모든 상황이 진정되는 데 한 시간이 걸렸다. 잠시 후 다툼의 원인을 제공한 내가 어린 시절 사진이 든 상자를 가져왔고, 언니는 끔찍한 1970년대 옷에 대해 향수를 불러일으키는 말을 했다. 천천히 다시 평화가 찾아왔다. 엄마는 다시 행복을 찾은 것처럼 보였다. 그렇지만 나는 행복하지 않았다. 나는 다시 분쟁의 주인공이 되고 말았다는 사실에 절망하고 있었다. 그렇게 결심했는데도 말이다. 결심이 도대체 무슨 소용인가?

나중에 나는 나쁜 태생적 습관은 버리고 싶어 한다고 해서 그냥 사라지는 것이 아니라는 점을 깨달았다. 중요한 점은 변화가 일어날 때까지 계속해서 노력과 실패를 반복해야만 한다는 것이다. 사뮈엘 베케트(Samuel Beckett: 아일랜드 태생의 희곡 작가—옮긴이)는 완전히 다른 맥락이지만 이런 글을 쓴 적이 있다. "시도해 봤는가? 실패해 봤는가? 그것은 중요하지 않다. 다시 실패하라. 더 나은 실패를 하라."

딱 내가 하고 싶은 말이다. 엄마에 대해서라면 나는 더 나은 실패를 얼마든지 감수할 각오가 되어 있다. 그리고 그것은 이런 모습이어야 하는 것이다. 어느 날 당신은 방탄조끼처럼 결심으로 몸을 감싼 채 당신의 모든 가족과 엄마가 모여 있는 이탈리안 레스토랑 안으로 들어

갈 것이다. 이따금 당신과 논쟁을 일으키는 사람들과 먼 쪽에 있는 의자를 선택할 것이다. 당신이 귀를 쫑긋거리며 적대감을 불러일으킬 말을 기다리는 대신에 어떤 대화는 당신한테 들리지 않을 것이다. 당신은 어떤 터무니없는 이유로 당신 심기를 거스르는 말은 무시하고 당신에게 기쁨을 가져다줄 말에만 집중할 것이다. 당신은 엄마를 계속 그모임의 중심에 두고 분쟁을 일으킬 수 있는 순간이 있으면 알아차릴 것이다. 오토바이 운전자가 패인 곳을 계속 주시하듯이 당신은 그런 순간을 피해나갈 것이다. 당신은 영향을 받지 않고 아주 평화로울 것이며 어느 순간에 엄마가 당신의 여자 형제 하나를 험담하는 데 당신을 끌어들이려고 하면 당신은 품위 있게 거절할 것이다. 엄마는 낯선 사람을 보는 것처럼 이상한 표정으로 당신을 쳐다볼 것이다. 그렇지만 식사가 끝났을 때 깨진 접시도, 상처 입은 자아도 없을 것이며 엄마가 아름답게 미소를 지으며 모든 것의 중심에 있을 것이기 때문에 그것으로 가치가 있을 것이다. 그리고 의존적인 딸인 당신은 엄마의 미소의 이유가 될 것이다.

이것은 '좋은 딸 되기 클럽'이 끝나 갈 때 내게 일어날 정확한 시나리오다. 그리고 성공의 맛을 맛볼 수 있을 것이다.

✉ 의존적인 딸이 엄마에게 쓴 편지

사랑하는 엄마께

이 노래 기억나요? 코러스가 나오는 부분이에요. "엄마, 여기 좀 보세요. 손을 놓았어요." 패서네이팅 아이다(Fascinating Aïda: 1983년에 창단한 아일랜드 코미디 뮤지컬 그룹 — 옮긴이)가 곡을 썼지만 나중에 카밀 오설리번(Camille O'Sullivan)이 망사 스타킹을 신고 실크해트를 쓰고 나와서 이 노래를 훨씬 더 잘 불렀었잖아요.(제대로 듣고, 신기만 하면 망사 스타킹과 실크해트는 뭐든지 더 근사하게 해 줘요.)

우리는 스피겔텐트(네덜란드 어로 거울 텐트라는 의미인 거대한 야외 공연장 — 옮긴이)에서 카밀 오설리번을 같이 봤잖아요. 그녀는 버릇대로 공중그네에 있었고 그녀의 머릿속에서 돌아가고 있는 옛날식 회전목마를 엄마도 거의 보고 소리도 들을 수 있었어요. 그녀는 어린 시절의 세상을 모두 생각나게 해 줬어요. 그리고 나중에 집에 올 때 엄마는 약간 음정이 맞지 않는 목소리로 노래를 불렀어요. 엄마는 감정에 북받쳐서 목소리가 잘 나오지 않았고 돈 매클레인(Don McLean)의 「빈센트(Vincent)」같은 노래에서는 아주 빠르게 눈물이 흘러내렸어요. 왜냐하면 엄마는 아빠가 떠올랐기 때문이었어요. 그리고 저는 소리 내어 웃었어요. 엄마를 비웃은 게 아니라 엄마랑 함께요. 저는 이해했어요. 적어도 이해했다고 생각했어요.

이 노래가 기억나요? 저는 엄마가 되어 지난 5년을 보내고 나서야 이 가사를 정말로 이해하게 됐어요. 저는 어떻게 엄마가 내면 세포 하나하나까지 그것을 느끼게 됐는지 몰랐어요. 그렇지만 이제 저는 그 노래를 부르며 조야와 프리야를 생각해요. 지금까지 어느 누구도 저를 필요로 한 적이 없었지만 어떤 면에서 두 아이는 제가 필요해요. 그래서 겁이 나요. 제가 어렸을 때 저를 안전하게 지켜 주고 제 눈물을 닦아 주고 다 괜찮을 거라고 말해 줄 엄마가 저한테 필요했던 것처럼 두 아이도 제가 필요한 거예요. 엄마는 결코 두려워하는 것 같지 않았어요. 엄마는 저의 챔피언이에요. 엄마는 세계 챔피언이에요. 엄마 품에 있으면 침대 밑에 있을 것만 같은 괴물도 사라지고 모든 것이 괜찮았어요. 저는 그 노래 가사를 전에 외웠었어요. 엄마에게 이 노래를 불러 드리고 싶었어요. 이제 엄마에게 노래를 불러 드릴게요.

♪♫ 엄마, 축제가 기억나요.
　　엄마, 우리 둘이 거기에 있었어요.
　　회전목마 옆이었죠?
　　엄마, 여기 좀 보세요. 손을 놓았어요.
　　나 혼자서 회전목마를 타고 있어요.
　　엄마, 여기 좀 보세요. 손을 놓았어요.
　　나는 엄마를 지나치며 외쳤어요.
　　빨리, 더 빨리.
　　"얘야, 꽉 잡아!"
　　엄마는 두려움에 소리를 질렀죠.
　　그렇지만 나는 깔깔깔 웃었어요. 못 들은 척하면서…….

엄마, 샌디마운트 공원의 난간에 제 머리가 끼어서 소방대원들이 저를 빼내야 했던 일 기억나요? 언젠가는 머리를 부딪쳤는데 만화처럼 혹이 크게 난 적이 있었어요. 그것도 기억나요? 우리는 병원에 가는 버스를 탔어요. 엄마는 제 손을 잡았고요. 제가 위험한 사람들하고 어울려 다닐 때 엄마가 저를 술집에서 끄집어냈던 때가 기억나요? 저는 집에 가는 내내 엄마한테 소리를 질렀어요. 기억나요?

　저는 기억해요.

♪♫ 부루퉁하니 눈물을 흘리던

　그 세월이 기억나나요?

　엄마 기억나요? 엄마가 "열 시까지 돌아와"라고 했을 때

　나는 엄마가 정말로 미웠어요.

　나도 다 알았어요.

　항상 내가 뭘 했는지 알려고 물었죠.

　내가 기억하기로 그때 나는 그냥 재미있게 지내고 있었어요.

　저는 그냥 재미있게 지내고 있었어요. 그렇지만 여자아이들 모두 저보다 앞서 있었다는 것을 알아요.

♪♫ 그 딸을 기억하나요?

　당신이 딸에게 가르쳤던 모든 것은요?

　딸은 마침내 자라 어른이 됐어요.

　딸에게 자기 아이도 생겼어요.

　딸은 혼자 힘겨워하고 있어요.

　세월이 너무 빠르게 지나갔기 때문이죠.

　그렇지만 이제 당신은 딸의 부름에 대답할 수 있는 그곳에 없어요.

　딸이 발을 헛디뎌 넘어질 때 그녀를 잡아 줄 수 있는 그곳에

　당신은 없어요.

엄마는 이 부분에서 고함을 질렀어요. 엄마는 완전히 산산이 부서지는 것 같았을 거예요. 그리고 왜 그랬는지 이제 저는 알아요. 저와 그 노래의 내용 중에 다른 것이 있다면 제게는 아직도 엄마가 곁에 있다는 거예요. 우리에게는 많은 세월이 남아 있었으면 좋겠어요. 엄마가 돌아가시지 않아서 제가 엄마를 그리워할 일이 없었으면 좋겠어요. 아직은요.

♪♬ 엄마, 여기 좀 봐요. 손을 놓았어요.

나는 나 혼자 힘으로 해야 할 일이 있어요.

엄마, 여기 좀 봐요. 손을 놓았어요.

나는 엄마 말을 무시했어요.

이제 나는 엄마가 그리워요.

…… 우리가 어렸을 때 우리는 얼마나 무심했는지 ……

'좋은 딸 되기 클럽' 프로젝트를 통해 가장 크게 배우고 깨달은 것은 엄마가 나이 들어 감에 따라 제가 더 엄마를 배려하고 엄마에게 감사해야 한다는 거예요. 엄마는 점점 더 약해질 거예요. 엄마는 우리 모두가 더 필요해질 거예요. 그렇다고 엄마가 과잉보호를 좋아할 것이라고는 생각하지 않아요. 제가 받은 엄마의 사랑을 곧 엄마에게 돌려드려야 할 때가 오리라는 걸 알아요. 그때가 너무 빨리 오지 않기를 바라지만, 저는 그런 상황에 적응하고 그때를 준비하기 시작해야 해요. '좋은 딸 되기 클럽'은 제게 변화가 필요하다는 사실을 알려 주는 모임이에요.

저는 더 이상 엄마의 무심한 딸이고 싶지 않아요. 엄마를 향한 제 사
랑은 조금씩 더 자라고 있어요. 최고의 엄마가 되어 주셔서 감사해요.
그리고 늘 즐겁고 행복하게 해 주셔서 감사해요.

엄마의 딸

로이진 올림.

헌신적인 딸의
엄마과제

내가 이 책을 시작했을 때 나는 이 책에 '엄마가 돌아가시기 전에 엄마와 해야 할 열 가지'라는 제목을 붙이고 싶었다. 실제로 내가 엄마와 보낼 수 있는 시간은 얼마나 남은 것일까 하는 절박하고도 긴박한 심정이었고 이 심정을 공유하고 싶었다. '좋은 딸 되기 클럽'을 시작하기 전에 나는 내가 하고 싶었던 열 가지를 이미 시작한 상태였다. 그 열 가지는 내게 십계명과도 같다. 여기에 나의 십계명을 소개한다. 여러분도 여러분만의 십계명을 만들 수 있을 것이다.

하나. 엄마에 대해 알기

우리는 식사 시간과 가족 모임에서 엄마와 관련된 사진, 재미있는 사건, 그리고 엄마가 살아온 이야기를 반복해서 들으며 자란다. 같은 버전의 이야기를 듣고 자라면서 우리는 엄마를 이해하고 그게 엄마의 전부라고 믿게 된다. 그리고 엄마에 대해 다른 이야기는 더 알려 하지 않는다. 다른 버전의 엄마 이야기는 없는 것일까? 나는 다른 버전의 이야기를 듣고 싶었다. 엄마가 스스로 말하는 엄마의 이야기를 듣고 싶었다. 사람들의 입을 통해 전해 들은 엄마 이야기와 엄마의 실제 삶과는 공백과 간극이 있었다. 나는 엄마가 돌아가시기 전에 어떠한 공백과 간극도 없는 진짜 엄마 이야기를 듣고 싶었다. 그것이 내가 모르는 엄마 이야기를 들려 달라고 엄마에게 부탁한 이유다.

엄마와 나는 서로 못 할 이야기가 없는 사이다. 나는 참 운이 좋다. 나는 늘 엄마와 외할머니의 관계에 대해 궁금한 점이 많았다. 외할머니는 우리 집 별채에서 살았다. 나는 어린 나이에도 엄마와 외할머니 사이에는 긴장감이 있다는 것을 느낄 수 있었다. 매우 궁금했지만 나는 한 번도 엄마에게 외할머니와의 관계에 대해서 물어 본 적이 없었다. 엄마는 어떻게 그런 멋진 엄마가 될 수 있었을까? 외할머니가 역할 모델이 아니었다면 엄마는 엄마 스스로 멋진 엄마가 된 것일까? 나는 알고 싶었다.

어느 날 저녁, 엄마와 함께 우리가 좋아하는 구운 송어와 아스파라거스로 저녁을 먹으면서 엄마에게 '좋은 딸 되기 클럽'의 새로운 소식을 전했다. 결국에는 어떤 사람이 나의 엄마가 되는가는 정말로 운이다. 인생에서 가장 중요한 복권 추첨과도 같다. 나는 외할머니 이야기를 꺼냈다. "너희 외할머니는 무척 강압적인 분이었어." 엄마가 와인을 한 모금 마시면서 말했다. "나타샤, 너는 눈치 못 챘겠지만 나는 종종 별채에서 울면서 나왔단다. 가끔은 외할머니가 너무 싫었어. 내가 외할머니의 하녀처럼 느껴졌거든."

"엄마는 외할머니가 엄마를 사랑했다고 생각해요?"

"외할머니가 돌아가시기 직전까지 그런 말씀은 안 하셨지만 나를 사랑하셨다는 걸 알지. 나는 그날 밤을 아직도 기억해. 우리는 셰리(영국 사람들이 자주 마시는 달콤한 술―옮긴이)를 마시면서 나른하게 앉아 그날 경마에 대해 이야기를 하고 있었지. 경마 이야기는 다른 이야기로 옮겨 갔고 외할머니는 셰리를 한 잔 더 달라고 했지. 외할머니한테는 드문 일이었어. 외할머니가 사용했던 단어들이 정확히 기억나지 않지만 외할머니가 했던 말의 느낌은 지금도 내게 남아 있어. 외할머니는 내게 돌봐 줘서 고맙다고 했어." 엄마는 그때를 특별한 순간이라고 표현했다. "나는 손을 잡으며 외할머니를 사랑한다고 말했어. 그전까지는 한 번도 해 본 적이 없는 말이었지."

얼마 후 나는 엄마의 '남자들'에 대해서 물었다. 엄마도 전에 내게 '남자들'에 대해 물은 적이 있었다. 대화는 몇 시간이고 계속됐다. "아빠를 만나기 전에 남자 친구는 없었어요?", "가슴 아픈 사랑을 해 본 적은요?" 과거의 연애사를 마치 몽상 속으로 빠져드는 표정으로 이야기하는 엄마의 모습은 '엄마' 메리 트로이 여사가 아니라 '여자' 메리 트로이였다. 엄마의 이야기는 엄마의 인생 속에는 많은 사건들이 겹겹이 쌓여 있고, 나는 그것들 중 하나일 뿐이라는 것을 일깨워 주었다.

대부분의 사람들은 자기 자신에 대해서 말하고 자신의 이야기를 들려주는 것을 즐긴다. 엄마도 마찬가지다. 엄마가 얼마나 하고 싶은 말이 많은 존재인지 우리는 모른다. 엄마의 이야기를 듣고 싶은가? 그렇다면 여러분은 먼저 엄마에게 물어야 한다. 습관처럼 엄마에게 여러분의 이야기만 떠드는 대신에.

둘. 엄마와 여행하기

나는 항상 엄마와 여행을 다녔다. 기차, 버스, 비행기, 그리고 배를 타고 전 세계를 다녔다. 엄마와 소카, 그리고 나는 비행기를 타고 오슬로로 가고 있었다. 엄마는 남극의 빙벽을 보고 싶어 했다. 그러나 루푸스를 앓느라 허약해진 엄마에게 남극 여행은 너무 무리였고, 대신에 오로라를 보기 위해 북극으로 출발했던 것이다. 엄마와의 마지막 여행이 될지도 모른다고 생각하면서 노르웨이의 트롬쇠에 도착했을 때, 트롬쇠는 눈으로 덮여 있었고 영하 1도였다. 다음 날 출발하는 오로라 관광선을 기다리며, 우리는 하루 일정으로 이 그림 같은 도시를 둘러볼 수 있었다.

우리는 추위에 대비해 철저한 준비를 했다. 보온 내의와 재킷을 겹겹이 껴입고, 스키 장갑을 끼고 울 모자를 쓰고 양말을 여러 겹 신었다. 우리는 얼어붙은 미끄러운 거리를 걸어서 북극곰 박물관을 향해 가면서 아름다운 가게를 들락거렸다. 소카는 물품을 비축하기 위해 슈퍼마켓을 찾으러 다녔고 엄마와 나는 옷을 잔뜩 껴입은 채 카페 밖에 앉아서 터무니없이 비싼 가격의 커피를 마시고 있었다.

얼어붙을 것처럼 추웠음에도 불구하고 풍광이 너무 아름다워서 카페 안에 앉아 있을 수 없었다. "우리가 여기에 와 있다니 믿기지가 않아. 우리는 참 운이 좋지 않니?" 엄마가 말했다. 그 말은 엄마 인생의 문구 같았다.

우리는 그다음 날 우리 선실에 짐을 풀었다. 엄마가 선실에서 쉬는 동안 소카와 나는 배가 떠나기 전, 항구의 술집에서 술을 마셨다. 맥주를 마시면서 소카는 계속 엄마 걱정을 했다. 더운 선실에 있다가 갑자기 추운 갑판으로 나오게 되면 엄마의 폐에 무리가 갈 수 있다는 것이 소카의 걱정이었다.

"우리는 엄마가 아프게 하면 안 돼. 엄마는 폐렴에 걸릴 테고 그러면 오로라를 볼 수 있는 모든 기회를 놓치게 될 거야."

물론 소카 말이 맞았다. 그렇지만 우리는 엄마한테 너무 많이 이래라 저래라 말하는 것도 조심해야만 했다. 우리가 배로 돌아왔을 때 엄마는 벌써 일어나서 주위를 샅샅이 둘러볼 준비를 하고 선실에서 책을 읽고 있었다. 엄마는 언제나 모험심이 많은 여행가였다. 결혼 초기에는 아빠와 여행을 많이 다녔고, 형제들이 전 세계 다양한 곳에서 살게 되면서 자식들을 보러 다니는 일이 엄마에게는 곧 여행이었다. 1990년대 초반에 엄마는 NGO에서 일하는 소카를 보러 나이로비에 갔었고, 나는 엄마와 함께 상트페테르부르크에서 영어를 가르치고 있는 케이트를 만나러 갔었다. 내가 오스트레일리아에서 살고 있었을 때 엄마는 나와 배낭을 메고 오스트레일리아 사막을 지나 골드 코스트까지 갔고 계속해서 동남아시아까지 갔었다. 1990년대 후반에 나와 엄마는 소카와 소카 가족이 사는 아프리카 전역과 중앙아메리카의 다양한 나라들을 방문했었다. 엄마가 병에 걸리기 일 년 전, 우리는 함께 갈라파고스 제도와 엄마가 늘 가 보고 싶어 했던 여러 곳을 여행하며 일생에 남을 만한 추억을 만들었다.

북극에서 지내는 동안 날마다 놀라운 경험들을 할 수 있었다. 우리는 운 좋게도 오로라를 두 번 볼 수 있었고 개썰매 체험을 하기도 했다. 우리가 집으로 돌아온 지 일주일 뒤, 엄마는 폐렴에 걸려 다시 병원에 입원했다. 예상대로 북극 여행이 우리의 마지막 여행이었다. 엄마는 폐가 조이면서 숨이 거칠어졌다. 그때가 크리스마스 두 주 전이었다. "폐렴에 걸렸어도 괜찮아." 엄마가 병원 침대에서 말했다. "그만한 가치가 있었어." 엄마는 크리스마스에 집에 돌아왔다. 나는 이미 다음 여행으로 카나리아 제도의 란사로테 섬에서 햇살 가득한 크리스마스를 계획하고 있었고, 그때까지 엄마의 건강이 회복되기를 바랐다.

엄마와 함께 하는 여행은 '중립 지대'에서 귀중한 시간을 보내는 일이다. 그렇지 않았다면 갖지 못했을지도 모르는 대화의 시간이 생긴다. 여행은 엄마와 딸이라는 고정된 역할과 그로부터 의무적으로 뒤따르는 일상으로부터 벗어날 수 있는 기회이기도 하다. 나는 늘 많은 사진을 찍고 나중에 여행과 관련한 이야기를 많이 하는데 그것이 엄마와 나, 우리 둘 모두에게 여행 자체만큼의 큰 즐거움을 준다.

셋. 엄마의 생일 축하하기

"닭 가슴살 서른 조각이면 충분한 게 확실해요?" 우리는 슈퍼마켓에서 곧 있을 엄마를 위한 파티에 쓸 재료를 사고 있었다. 쇼핑 카트는 가득 차고 있었고 내 머릿속에는 온통 내가 진토닉을 몇 잔이나 마셔야 이 모든 음식을 하는 데 도움이 될까 하는 것뿐이었다. 엄마는 아름답고 고풍스러운 지팡이를 한 손에 쥐고 다른 한 손에는 종이에 적은 긴 목록을 들고 통로를 천천히 돌아다니고 있었다. "엄마, 목록에 있는 것만 사면 안 돼요?" 엄마가 올리브 가격을 자세히 들여다보고 있을 때 내가 물었다. 우리는 전채 요리로 훈제 고등어 파테(고기나 생선을 곱게 다지고 양념하여 차게 해서 상에 내는 것으로 빵 등에 펴 발라 먹음—옮긴이)를 만들기로 했다. 간단하게 만드는 우리만의 비법이 있다. "그렇지만 그거면 충분할까? 닭고기 파테도 만들어야 하지 않을까? 만약을 위해서 말이야." 나는 엄마를 올리브 선반에서 멀찌감치 떼어놓았다. 우리는 엄마를 위해 파티를 열 때, 해마다 똑같은 일로 옥신각신했다.

해마다 7월에는 엄마 생일을 축하하는 파티를 정원에서 열었다. 올해는 나를 도와주던 여동생 둘이 없었다. 둘 다 외국에 살고 있었다. 나는 오후 2시 파티를 위해 아침 7시 30분에 일어났다. 집은 고요했다. 엄마도 자고 있었다. 산소발생기가 돌아가는 소리가 들렸다. 안타깝게도 진토닉은 아침에 적당하지 않아서 대신에 진한 커피를 잔뜩 마시며 내 앞에 놓인 일을 해 나갔다. 아름다운 아침이었다. 정원 파티에는 화창한 날씨가 필수이다. 우리는 정원에서 파티를 열 예정이라 좋은 날씨를 위해 기도했고 하나님이 우리의 기도를 들어주신 듯, 비가 미친 듯이 내린 뒤 날이 더욱 화창해졌다.

나는 파티 전에 부엌에서 준비하며 보내는 시간을 좋아한다. 재료를 썰고 섞고 맛을 보며 약간의 카레를 첨가하고 생강을 갈아서 넣는 시간은 아름답고 고요하다. 나는 작업대 위에 쌓여 있는 서른 개의 닭가슴살을 한 번 째려보았다. 돈을 더 주고 미리 잘라 놓은 닭고기를 사면 어땠을까? 나는 타이식 카레를 만들고 있기 때문에 닭고기를 잘게 잘라야 했다. 나는 열한 개째 닭고기를 잘랐고 앞으로 열아홉 개만 더 자르면 된다고 신경을 다른 데로 돌렸다. 다른 데에 정신을 팔다가 몇 분 후에 아래를 내려다보니 잘린 닭고기 양이 점점 늘어나고 있었다.

할 수 있는 한 엄마를 축하하는 일은 딸로서의 내 십계명 가운데 근본적인 계명이다. 나는 얼마나 오래도록 엄마가 우리와 함께 있을지 알 수는 없지만 가족으로서 우리는 엄마 생일 때마다 이번이 엄마의 마지막 생일인 것처럼 축하해 드렸다. 그것은 공연한 법석일 수도 있었다. 그러나 나는 그런 식으로 나의 마음을 표현하고 싶었다. 엄마의 지금 모습 그대로, 엄마로서의 그리고 여성으로서의 엄마를 사랑하는 내 마음을 표현하고 싶었다. 공연한 법석은 엄마에 대한 우리의 사랑과 존경을 표현하는 방식이었다. 그리고 엄마가 오랜 세월에 걸쳐 우리를 축하해 주었듯이, 이제는 우리가 엄마를 축하해 줄 차례인 것이다.

엄마의 일흔 번째 생일은 정말로 특별했다. 우리는 엄마가 병을 앓느라 오랫동안 만나지 못했던 오랜 친구들을 초대했다. 엄마가 아기 때부터 찍은 우리 사진을 사진첩에 넣어 우리 모두에게 하나씩 나눠 줄 때는 우리 모두 깜짝 놀랐다. 여러 해 동안 엄마를 봐 왔지만 그날 엄마는 가장 행복해 보였다. 엄마의 가족과 친인척들, 손주들과 새로 태어난 손녀딸 제시카에 둘러싸인 엄마는 아주 행복해 보였다. 소카는 엄마의 젊은 시절부터 교직 생활, 예루살렘으로 돌아간 이야기와 루푸스 진단을 받은 이야기까지 엄마의 인생 이야기를 요약해서 연설했다. 소카는 엄마의 위대한 점으로 용기와 뛰어난 유머 감각, 너그러움과 자식들에 대한 끝없는 사랑과 지지를 특히 강조했다.

좋아할 수도 없는, 혹은 잘 지내지도 못하는 엄마의 생일을 어떻게 축하해 줄 수 있을까? 물론 쉬운 일은 아닐 것이다. 그러나 아주 작은 일이라도 두 사람 모두에게 기쁨을 주는 일을 찾는 것은 매우 중요하다. 진심과 희망을 담아서 찾는다면 방법이 있을 것이라 믿는다. 적어도 우리가 노력을 했다는 것을 알기에 죄책감이라도 조금 덜 수 있을 것이다.

넷. 엄마와 함께(그리고 엄마를 위해서) 음식 만들기

엄마는 『간 고기를 이용한 50가지 맛있는 요리법(Fifty Great Ways With Mince)』이라는 책을 두 권 가지고 있다. 이 책이 나를 먹이고 키운 책이라고 말했을 때 로이진은 걷잡을 수 없이 웃음을 터뜨렸다. 엄마는 그 책을 1970년대 초에 헬가라는 독일인 친구에게서 얻었다. 어린 시절 우리는 수많은 종류의 간 소고기 요리를 먹었다. 어쩌면 어떤 이들은 상상하고 싶지 않을 것이다. 공연히 트집은 잡지 말았으면 좋겠다. 스파게티 볼로네즈와 미트볼, 수제 버거, 라자냐와 셰퍼드 파이(으깬 감자 안에 다진 고기를 넣어 만든 파이 — 옮긴이) 등등 우리는 그 음식들을 먹으며 왕처럼 살았다. 마르고 닳도록 그 책을 끼고 산 엄마에게 남은 후유증이 있다면, 그 후로 지금까지 간 소고기는 쳐다보지도 않는다는 것이다.

엄마와 함께 하고 싶은 일을 한 가지라도 찾을 수 있다면 엄마와의 관계는 아주 풍성해진다. 엄마와 나는 요리에 대한 열정을 공유한다. 간 소고기로 음식을 만들던 시절에도 엄마는 창의적인 요리사였다. 열일곱 살 때 엄마는 대학교에 가기 전 일 년 동안 독일에 있는 예비 신부 학교(부유층 처녀들이 상류 사회 사교술 등을 익히는 사립학교 — 옮긴이)에 다녔다. 엄마는 빵 굽기부터 다림질, 청소, 예산 세우기와 바느질까지 그 당시 여성이 집안 살림에 대해 알아야 할 것들을 모두 배웠다. 오늘

날에는 구식처럼 들리겠지만 엄마는 그런 훈련이 삶을 꾸려나가는 데 큰 도움이 되었다고 힘주어 말했다. 가난한 살림 때문에 엄마는 재봉틀로 수년 동안 옷을 직접 만들어 입었고 손수 잼을 만들고 빵을 구웠으며 간 소고기를 이용해 음식을 만들었다. 그리고 내게는 엄마를 도와 음식을 만들고 엄마가 주최하는 저녁 모임과 하우스 파티를 위해 청소를 했던 일이 즐거운 기억으로 남아 있다.

이제 엄마가 혼자 요리를 하는 일은 드물지만, 나와 함께 요리하는 것을 아주 좋아한다. 우리는 종종 함께 요리를 하고 새 메뉴를 개발하기도 한다. 나는 엄마와 함께 12월 초부터 이른바 '집밥하기 프로젝트(Cookathons: 간단한 요리법을 통해 집에서 좀 더 건강한 음식을 만들어 먹자는 영국 전역에 기반을 둔 프로젝트—옮긴이)'에 돌입했다. 외국에 나가 사는 형제들이 크리스마스를 보내기 위해 엄마 집으로 모여들 때를 대비하여 냉동고에 저장할 음식을 만드는 일이었다. '집밥하기 프로젝트'는 일주일 이상 걸렸고 지치기도 했지만 무척 재미있었다. 우리는 타이 카레에서부터 닭고기와 초리조 스튜, 생선 파이, 그리고 모두가 사랑해 마지않는 간 소고기로 만든 미트볼까지 모든 음식을 만들었다. 크리스마스 휴가 기간 동안 따로 음식을 하지 않고 적어도 열 명을 매일 먹일 수 있을 만큼의 양이었다. 이번 프로젝트는 사전 계획 단계부터 많은 시간을 투자해야 했다. 냉동저장이 가능한 메뉴 선택, 대형 저장 용기를 찾는 일, 이번에는 미트볼에 간 돼지고기를 섞어 보자는 아이디어까지, 엄마와 나는 밤마다 전화통에 매달려 수다를 떨었다.

요리는 금요일 밤에 시작했고 보통 일요일 점심때쯤 끝났다. 엄마의 역할은 매우 명확했다. 엄마는 당신이 말한 대로 최고 감독관이자 조언자, 맛 감별사였으며 정신적 지주였다. 엄마는 그날의 기분에 따라 내 잔에 와인이나 진토닉을 계속 채워 줬다. 재료를 다지고 썰고 섞고 맛을 보고 중간에 와인을 홀짝이면서 이렇게 여러 날을 오랫동안 함께 붙어 있으면서 우리는 서로 많은 이야기를 나누고 많이 웃을 수 있었다.

투병 생활 초기만 해도 엄마는 우리에게 요리를 맡기는 것을 꺼렸다. 엄마는 우리가 집에 도착하기 전에 쇼핑을 하고 우리가 도착한 금요일 밤에 당신이 요리를 직접 하겠다고 고집을 부렸다. 그리고 그다음 날 아침에는 전날 썼던 기운을 회복하느라 침대에 누워 있어야만 했다. 수년에 걸쳐 엄마는 서서히 주방을 자식들에게 내주었다. 이제 엄마는 자식들이 요리하는 모습을 즐기기까지 한다. 그렇지만 나는 그일이 엄마에게 얼마나 어려웠을지 짐작하고도 남는다. 오랜 세월 동안 우리를 위해 음식을 만들어 오다가 주 요리사로서의 엄마의 역할을 놓는 것은 매우 어려웠을 것이다. 그렇지만 함께 요리를 하는 일은 무척 아름답다. 함께 요리를 할 때, 엄마는 병들고 쓸모없어져 은퇴를 앞둔 노인이 아니며 나는 호시탐탐 엄마의 자리를 노리는 야심 찬 딸이 아니다. 우리는 둘 다 우리의 역할이 있으며 함께 멋진 음식을 만들어 낸다.

다섯. 엄마에게 최신 기술 알려주기

엄마가 어렸을 때 엄마 집 전화번호는 리머릭 9였다. 엄마 집은 도시(리머릭)에서 몇 대 안 되는 전화기가 있는 집이었다. 환자들로부터 오는 연락을 받으려면 전화기가 필요했다. 외할머니는 의사였다. 그 당시의 첨단 기술이란 라디오 다이얼을 돌려 주파수를 맞추는 것이거나 뒷마당에 있는 탈수기 작동법이 고작이었다.

1980년대에 엄마가 외할머니에게 팩스의 마법 같은 기능을 보여주던 모습이 기억난다. 외할머니는 어떤 사무실에서 종이 위에 쓴 메시지가 엄마 부엌에 있는 투박한 기계에 나타나는 마법을 쉽게 이해하지 못했다. 팩스 보내는 법을 배우게 되면서, 외할머니는 짐바브웨에서 선교 활동 중인 동생 테리 수녀로부터 흥분과 전율로 가득 찬 소식을 받을 수 있었다. 전자레인지가 나왔을 때도, 그리고 외할머니가 완전히 흥분하여 정신을 못 차렸던 비디오카메라가 나왔을 때도, 엄마는 외할머니에게 첨단 기술에 대한 이해와 설명을 아끼지 않았다. 엄마 덕분에 외할머니는 시대에 뒤떨어지지 않았다.

나도 현대 기술의 발전 속도를 따라잡기에 버거움을 느낀다. 더구나 나는 신기술을 혐오하는 성향이 짙은 사람이다. 다행히 그런 나의 성향을 훌륭히 참고 견뎌 주는 젊은 직원에게서 꼭 필요한 것만 배우는 방식으로 나는 겨우 낙오자 신세를 면하고 살아남아 있다.

우리 엄마들, 탈수기와 한 자릿수 전화번호 시대를 살아온 사람들에게 첨단 기술의 발전에 발맞춰 간다는 것은 악몽일 수 있다. 그렇지만 우리의 엄마들도 첨단 기술의 혜택을 누릴 자격이 있다. 나는 우리가 엄마 세대를 첨단 기술의 길로 인도하는 것은 우리의 의무라고 생각한다.

엄마는 아이패드와 휴대전화 그리고 킨들, 블루투스 스피커, 넷플릭스(미국 영화 대여업체―옮긴이)와 연결된 스마트 TV, 노트북과 디지털카

메라를 가지고 있다. 엄마는 침대에 누워서 넷플릭스를 보기 위해 아이패드를, 우리와 연락하는 데는 휴대전화를, 그리고 책을 읽을 때는 킨들을 사용한다. 아이패드에 있는 앱을 이용하여 블루투스 스피커로 라디오 방송을 듣고, 노트북으로 글을 쓰고 이메일을 보내며, 터키에 있는 내 동생 케이트와 위성 통화를 한다. 케이트에게는 한 살배기 딸 아누가 있다. 엄마는 아누가 첫 걸음마를 하는 모습을 컴퓨터 화면으로 봤다.

엄마에게 이 모든 새로운 첨단 기술을 알려 주는 일은 쉽지 않았지만 그만한 가치가 있었다. 내가 좀 더 컴퓨터에 능통하고 똑똑하며 예리한 사람이었다면 훨씬 수월했을지도 모르겠다. 내가 처음에 아이패드를 엄마에게 드렸을 때 화면을 민다는 개념은 엄마에게 완전히 생소한 것이었다. 나는 화면을 터치하는 방법과 앱을 사용하는 방법을 설명하는데 많은 시간이 걸렸다.

나는 엄마가 이 모든 것들을 사용할 줄 알게 된다면 엄마는 좀 더 독립적이 될 테고 지루한 투병 생활에도 큰 도움이 될 것이라고 믿었다. 엄마에게 첨단 기계 사용법을 가르친다는 것은 사실 모험이었다. 엄마에게 자신을 바보처럼 느끼게 만들 수도 있는 일이었고, 첨단 기계를 척척 다루는 자신감 넘치는 첨단 여성으로 만들 수도 있었다. 나는 그 사이에서 아슬아슬한 줄타기를 해야만 했다. 그러나 분명히 말할 수 있는 것은 엄마를 위해서 그럴 만한 가치가 있다는 것이다.

도저히 엄마를 가르칠 수 없을 것 같다는 생각이 드는가? 대안은 있다. 조카를 찾아보시라. 그들 중에 당신이 상상할 수 없는 인내심으로 끝까지 가르치고야 말 사람이 있을 것이다.

여섯. 엄마에게 참을성 있게 대하기

엄마에게 새로운 첨단 기술을 소개해 주는 일은 새로운 가능성을 여는 일이다. 엄마의 인생에만 새로운 가능성이 열리는 것이 아니다. 우리에게는 엄마에게 인내심을 발휘해야만 하는 새로운 세계가 열린다. 아홉 자리에 달하는 지옥 같은 인터넷 비밀번호의 세계를 아는가? 엄마는 학사 학위가 두 개 있고 트리니티 칼리지에서 강사를 역임했으며 히브리 어 석사 과정을 마쳤고 5개 국어에 능통하다. 그렇지만 엄마가 아마존 비밀번호를 기억할 수 있다고 생각하는가? 아니다. 엄마는 기억할 수 없다. 우리가 엄마에게 첨단 기술을 전수하려고 결심하고 실행에 옮길 때, 그때야말로 엄마에 대한 우리의 사랑이 시험대에 오르는 순간이 될 것이다. 일 년에 50번, 킨들과 이메일, 스마트 TV의 비밀번호를 재설정하면서 말이다.

그렇지만 우리 엄마들에 관해서라면 인내심은 아주 중요하다. 엄마들은 이 세상에서 우리보다 수십 년을 더 오래 살았다. 엄마들은 살고 사랑하며 넘어졌다가 다시 일어났다. 우리가 당연하다고 생각하는 것과 엄마들의 방식이 잘 맞지 않다고 하더라도 적어도 딸들은 인생의 마지막 시간을 보내고 있는 엄마들에게 약간의 인내심을 보여야 한다. 엄마들은 그럴 만한 자격이 있다.

그럼에도 불구하고 우리는 아직도 조급하다. 엄마는 병에 걸리고 나서 몇 년 전보다 훨씬 느리게 걷는다. 나는 멈춰 서서 엄마에게 더 빨리 오라고 재촉해야만 했다. 특히 무거운 장바구니를 두 개를 가지고 있을 때면 말이다. 무의식적인 것이지만 나는 엄마보다 앞서 걸으며 때때로 조바심을 내며 뒤를 돌아봤다. 내가 엄마에게 입 밖에 내지 않은 말은 이렇다. '엄마, 조금만 더 빨리 갈 수 없어요?' 어느 날 이 말이 엄마에게 압박감을 준다는 사실을 깨달은 뒤에야 나는 얘기를 나누며 엄마 옆에서 걷기 시작했다.

나는 성 프란치스코 살레시오(st Francis de Sales; 제네바의 주교이자 로마 가톨릭교회의 성인—옮긴이)가 모든 것에 대해, 그렇지만 그 무엇보다 자기 자신에 대해 인내심을 가지라는 그의 조언을 받아들이고 노력할 것이다. 그리고 나는 거기에 당신의 엄마에게도 인내심을 가지라고 한마디 덧붙이고 싶다.

일곱. 엄마의 주치의가 되지 말기

엄마를 돌보는 아주 훌륭한 팀이 있다. 캐버나 선생님, 워터스 선생님, 가이느 선생님, 그리고 오레건 선생님이 엄마에게 필요한 모든 치료를 담당한다. 집에는 올리브가 있다. 나와 내 형제자매들은 성자 올리브라고 부른다. 엄마의 주치의들과 올리브는 정말로 엄마를 잘 돌봐준다. 그런데도 왜 나는 아직도 내가 엄마의 주치의라고 생각하는 걸까?

엄마가 처음 병에 걸렸을 때부터 그랬다. 나는 엄마가 잘못될지도 모른다는 두려움 때문에 엄마의 주치의 노릇을 하기 시작했다. 엄마 목 안에서 달그락거리는 소리가 나면 나는 엄마에게 병원에 가야 한다고 법석을 떨었다. 엄마가 정원에 나가려고 하면 나는 엄마가 나갈 수 없는 이유를 들어 반대했다. 엄마 집에 가면 나는 엄마가 약을 언제, 얼마나 많이 먹어야 하는지 귀에 못이 박히도록 잔소리를 했다. 엄마가 저녁을 먹으며 와인을 한 잔 마시고 싶어 하면 나는 그래도 되는 것인지 물었다. 나는 옳은 일을 하고 있다고 생각했다. 딸로서 당연히 할 일을 하는 것이라고 생각했다. 두 주가 지났을 때 엄마는 심하게 화를 내며 내게 말했다. "나타샤, 나 스스로 이 문제를 해결하려고 노력하고 있어. 내게 그렇게 할 여지를 좀 남겨 다오."

내가 그 습관에서 벗어나는 데는 얼마간의 시간이 걸렸고 나는 아직도 완전히 벗어났다고는 말할 수 없다. 루푸스를 앓는 엄마에게 신경 쓰고 도우려고 하는 것은 딸로서의 본능이니까. 내 주변에도 나처럼 자기 엄마에게 마치 자신이 의사인 듯 행동하는 친구들이 있다. 엄마에게서 한발 물러서는 것은 딸에게 힘든 일이다. 친구 타라는 몇 달째 엄마의 침실을 아래층으로 옮기는 문제를 놓고 씨름하고 있다. 타라는 엄마가 계단을 이용해 위층 침실로 올라가는 데만 10분이 걸리는 데다가, 엄마가 계단에서 떨어질까 봐 걱정이다. 결코 끝나지 않는 전쟁이다. 타라는 엄마에게 침실을 바꾸라고 주장하고, 타라의 엄마는 45년 동안 쓰던 침실을 이제 와서 바꾸기 싫다고 고집을 부린다. 나이든 엄마가 있는 딸로서 우리는 항상 엄마가 나날이 더 연약해지는 현실에서 균형을 잡는 법을 배우고 있다. 타라는 자신의 생각이 옳다고 믿지만, 엄마의 선택도 중요하다고 생각한다. 타라는 여전히 갈피를 못 잡고 있다.

최근에 엄마는 앞으로 평생 산소발생기에 의존해야만 한다는 이야기를 들었다. 엄마는 한동안 나와 내 형제들의 전화를 받지 않았다. 엄마는 마음을 추스릴 시간이 필요했고, 나는 엄마에게 전화하고 싶은 욕망을 참아야만 했다. 그것은 엄마를 존중하는 일이기도 했다.

엄마와 이 일에 대해 의논한 후에 나는 중요한 것은 엄마가 육체적으로 연약한 상태에 있다고 하더라도 엄마의 뜻을 존중하는 것이라고 생각했다. 얼마 후 엄마를 만났을 때, 엄마는 내게 가장 큰 두려움은 자식들이 엄마의 의료 결정을 좌지우지하고 엄마는 무장 해제된 채 직접 의견을 낼 수 없고 어떤 통제권도 없는 상태가 되는 것이라고 했다. 나는 엄마에게 그런 일은 절대로 일어나지 않을 것이라고 약속했지만, 엄마의 두려움은 여전한 듯 보였다. 나는 밤마다 천천히 계단을 올라가는 타라의 엄마를 어느 정도 이해할 수 있을 것 같았다.

나는 더 이상 엄마의 주치의가 아니지만 엄마를 위해서 할 수 있는 일이 아직도 많다. 산소발생기를 점검하고 깨끗한 물을 한 잔 갖다 놓는다. 만약의 경우를 대비해서 수면제와 진통제를 침대에 누워 있는 엄마의 손에 닿는 거리에 놓는다. 나는 엄마와 얘기를 나누며 엄마 등이 아프지 않게 쿠션을 불룩하게 만들고 떠나기 전에 엄마가 편안한지 확인한다. 이것은 엄마와 나만의 잠자리 의식이다. 의식을 통제하고 할 일을 지시하는 것은 엄마다. 언제나 엄마가 의식의 주인이고 나는 엄마의 충실한 조력자이다.

여덟. 엄마의 간섭을 허용하기

엄마와 딸의 관계와 관련된 글들을 읽다보면 끝없이 반복되는 논란거리가 있다. 바로 친밀함과 자율권 사이의 지속적인 갈등이다. 한편으로는 엄마와 가까워지고 싶고, 또 다른 한편으로는 엄마로부터의 독립성을 유지하고 지키려는 간절한 욕구가 있다. 우리는 엄마가 우리의 영역을 지나치게 침범하는 것도, 동시에 엄마를 완전히 차단하는 것도 원치 않는다. 문제는 언제나 균형이다. 당신이 엄마의 개입에 혐오감을 가지고 있다면 내 제안이 이상하게 들릴지도 모른다. 나는 엄마의 간섭을 허용하라고 말하고 있으니까. 내가 하고자 하는 말은 엄마에게 해명할 기회를 주자는 것이다. 엄마의 입장과 의견, 걱정거리를 들어보자는 것이다.

물론 쉬운 일은 아니다. 엄마가 이 시대의 트렌드를 따라잡는다는 것은 불가능에 가까운 일이니까. 로이진은 종종 엄마가 자신에 대해 어떤 조언을 하려고 하면 곧바로 엄마를 차단한다고 했다. 그렇지만 나중에 결국 자신이 일축했던 조언을 구하러 슬그머니 엄마를 찾아간다고 했다.

우리가 살면서 내린 결정들을 엄마들이 언제나 지지하는 것은 아니다. 그러므로 때때로 엄마에게 우리의 결정을 얘기하고 엄마의 이야기를 듣는 것은 대단한 도전이 아닐 수 없다. 나 역시 그런 도전을 겪어 왔다.

나는 대학을 졸업한 이후에 나 나름대로 화려한 경력을 쌓았다. 나는 아일랜드공화국 공영방송국 RTÉ에서 5년 동안 리포터로 일했다. 킬리언 오빠도 그 당시 거기에서 일하며 아일랜드의 최장수 토크쇼 『레이트 쇼(The Late Late Show)』를 제작하고 있었다. 그리고 여동생 케이트는 미술팀에서 일하고 있었다. 가족끼리 다 '해 먹는' 분위기였다. 5년 뒤에 나는 이직을 생각하고 있었다. 그 당시 정권을 쥐고 있던 정당 피아나 페일(Fianna Fáil)의 정치 후원금 모금 책임자 자리에 지원할 생각이었다. 처음 내 생각을 엄마에게 털어놓았을 때 엄마는 별말씀이 없으셨다.

"그렇지만 RTÉ에서 아주 행복했잖아. 나는 네가 그 일을 아주 좋아한다고 생각했어." 엄마가 말했다. 엄마 말이 맞았다. 나는 정말로 내 일을 사랑했다. 그렇지만 나는 당시 겨우 삼십대 초반이었고 뭔가 다른 일을 해 보고 싶었다. 내가 정치 후원금 모금 책임자로 임명되었을 때 엄마는 기뻐하지만은 않으셨다.

피아나 페일은 부패와 사사로운 정에 이끌리는 정실 인사로 끔찍한 평판을 얻고 있었고 정실 인사의 뿌리는 정치 후원금에 닿아 있었다. 엄마가 말했다 "그들은 정권을 유지하는 데에만 관심이 있어. 그리고 그들은 자기들이 어떻게 하는지 신경도 쓰지 않아."

엄마의 조용한 반감, 때로는 그렇게 조용하지는 않은 반감에도 불구하고, 나는 5년 가까이 그 일을 했고 그 일을 정말로 좋아했다. 나는 정당이 어떻게 돌아가는지에 대한 현실적인 통찰력을 얻을 수 있었다. 나는 선거의 들뜬 분위기를 아주 좋아했고 모든 중요한 결정이 이뤄지는 심장부에서 일한다는 사실에 들떠 있었다. 지금 뒤돌아보면 나는 순진했었다. 피아나 페일은 내가 그 일을 그만두고 몇 년이 지난 후에 신임을 잃고 아일랜드 경제 붕괴의 원인으로 지목되면서 비난을 받았다. 권력에만 관심이 있다는 엄마의 말이 옳았다. 그러나 그렇지 않은 정당이 어디 있겠는가? 그럼에도 불구하고 나는 그 이유 때문에 정당을 떠났다. 역시 엄마가 옳았다. 나는 정당에서 일했던 시간을 조금도 후회하지 않지만, 내가 정당 일을 그만둔다고 말했을 때 엄마가 안심하던 모습이 기억난다.

이 책을 쓰면서 나는 엄마에게 많은 질문을 했고 엄마와 많은 대화를 나눴다. 최근에 자식들이 엄마가 지지할 수 없는 결정을 내렸을 때 심정이 어땠는지 물은 적이 있다.

"받아들여야지." 엄마가 대답했다. "너희가 누구인지를 받아들이는 거지. 내가 원하는 너희의 모습이 아니라. 너희가 나에게 조언을 구할 때 나는 정직한 답변을 해 줘. 그렇지만 결국 너희 인생이야. 너희는 어쨌든 너희들이 원하는 것을 할 거야. 나는 그걸 알아. 그래서 나는 너희들이 내가 지지할 수 없는 결정을 내려도 받아들일 수 있었지."

엄마는 평생 자식들을 '받아들이기 위해' 열심히 노력했고 무엇보다 엄마 자신을 받아들이는 데 힘썼다. 그리고 엄마는 엄마 자신을 받아들일 때만 우리 자식들이 자기 길을 가는 것도 받아들일 수 있다고 생각했다. 엄마가 해야만 하는 가장 힘든 일 중 하나는 당신의 결정을 받아들이는 일인지도 모른다. 엄마의 간섭을 허용하는 것은 당신이 끝내 하고 싶지 않은 일일지도 모른다. 그렇지만 엄마를 차단하는 대신에 엄마가 어떻게 생각하는지 말할 기회를 주려고 노력하라. 엄마는 당신을 놀라게 할지도 모른다. 설령 그렇지 않다고 하더라도 엄마에게 발언권을 주도록 하라.

아홉. 엄마 앞에서 사용하는 언어에 신경 쓰기

부모님이 나이 들어 감에 따라 우리가 부모님에 대해서 말할 때 사용하는 언어는 정말로 골칫거리다. 이 책에서도 곤란한 언어가 종종 나온다. 우리는 휴가에 부모님을 '데려오고', 부모님을 짧은 여행에 '보내 버리고', 쇼핑하는 데 부모님을 '데리고' 간다. 그리고 우리는 부모님이 약을 '먹게' 한다. 최악의 언어는 어딘가로 '엄마를 등 떠밀어 보내 버리다'이다. 우리는 어린아이 대하듯 엄마에 대해 말하는 습관이 들었다.

지난해 어느 신문사에서 '어머니날 특집 증보판'을 내며 어머니날에 관한 좋은 아이디어를 소개한 적이 있었다. 그 증보판의 말투는 네 살 미만의 어린아이를 독자로 겨냥한 것 같았다. "자 이 날은 여러분의 어머니가 부드럽고 소중하게 보살핌을 받는 날이라는 느낌이 들게 대접을 하고 스파에 예약을 하세요.", "느긋한 주말 휴가로 어머니를 아가도 하이츠(Aghadoe Heights) 호텔에 보내 버리는 것은 어떤가요? 아, 그리고 좀 더 모험심이 강한 어머니를 위해서라면 산에서 하는 엄격한 채식주의자 요가 수행에 등 떠밀어 보내 버리는 것은 어떨까요? 어머니의 숨겨진 창의성을 탐험할 수 있는 아트 코스에 보내는 것도 괜찮지 않을까요?" 그런 식의 말투로 기사가 계속 이어졌다. 엄마는 부엌 식탁에서 커피를 마시며 이 기사를 내게 읽어 줬다. 엄마가 말했다. "엄마들을 바보 얼간이처럼 만들어 놨어. 언제부터 우리가 어딘가로 등 떠밀어 보내지고, 보내 버리고, 데려오는 존재가 된 거야?"

이 잘난 척하는 말투는 대중 매체뿐만 아니라 사람들을 보살피는 직업에 이르기까지 광범위하게 퍼져 있다. "괜찮수?" "차 한잔 갖다 줄까요?" 내가 무슨 말을 하고 있는지 다들 알 것이다. 언제부터 누구나 60세가 넘으면 다 귀머거리 취급을 받고 어린아이 취급을 받게 되었는가? 왜 병원과 양로원에서는 모두 목소리를 높이는 걸까? 70세가 넘은 모든 여성들에게 큰 목소리로 말할 것이 아니라 실제로 듣기 힘든 사람들을 위해 소리를 질러야 하지 않는가?

우리도 예외는 아니다. 학창 시절에 어떤 친구들은 급식 대신 집에서 점심을 먹고 왔다. 점심을 먹고 나서 그 친구들은 엄마가 어떤 점심을 해 줬는지 비교했다. "우리 집 노친네는 점심으로 겨우 감자 두 개하고 포크촙을 해 줬어.", "야, 우리 집 노친네가 해 준 것보다는 훨씬 나은 거야." 또 다른 친구가 말했다. 나는 그 친구들이 농담을 하고 있을 뿐이라는 걸 알았지만 그 친구들이 엄마에 대해서 그런 식으로 말할 수 있다는 사실이 끔찍했다. 이 잘난 척하는 말투와 언어는 엄마의 품위를 박탈하고 위신을 떨어뜨리는 것이었다.

나는 그런 말투가 진짜 나쁜 의도에서 나온다기보다는 습관에 가깝다는 것을 안다. 나는 우리 모두에게 엄마에게 신경을 쓰고, 엄마에게 우리가 어떻게 말하는지에 신경을 쓰라고 요청하고 있다. 습관을 버려야 한다. 어머니날 즈음에 거들먹거리며 재잘거리지 않는 것은 습관을 버리는 훌륭한 출발점이 될 것이다.

열. 엄마의 장례식을 계획하기

8월 어느 일요일이었다. 아일랜드의 여름 아침치고는 뜻밖의 더위였다. 비가 오고 바람이 불거라는 예보와는 완전 딴판이었다. 아일랜드 사람들은 날씨에 대해 이야기하기를 좋아하는데 그날 아침 대화는 날씨가 아주 큰 비중을 차지했다. 나는 내 절친 조애나의 아빠 숀 가드너 씨의 시신을 운구하는 영구차를 따라 교회로 향하는 긴 행렬 가운데 끼어 있었다.

"장례식에 참 좋은 날이야. 날씨가 모든 걸 좌우하지." 어떤 이웃이 말했다. 교회로 가는 길에 가게 주인들이 나와서 오솔길에 서 있었다. 행인들이 가만히 서서 성호를 그으며 명복을 빌었다. 가드너 씨에게 경의를 표하며 가게 문을 닫았다. 커피를 마시던 두 남자가 일어나 영구차가 지나가는 모습을 지켜봤다. 우리가 교회 마당에 들어가자 의장대가 양쪽으로 줄지어 섰다. 잠시 후에 조애나가 아빠를 위해 아름다운 추도사를 낭독했다. 가드너 씨는 다정하고 재미있는 분이었으며 럭비 클럽의 회장이었고 가업을 이어 운영했으며 아빠이자 남편이었다. 나는 교회에 앉아서 조애나가 들려주는 가드너 씨의 이야기에 귀를 기울이고, 그녀의 모습을 지켜봤다. 조애나는 자신의 아빠를 멋지게 떠나보내고 있었다.

나는 이제 중요한 사교 행사가 세례식과 결혼식에서 장례식으로 바뀌는 나이에 있다. 장례식에 가는 날이 나날이 늘고 있다. 나는 요즘 엄마에게 합당한 장례식에 대해 생각한다. 이제 여든다섯 살인 아빠는 장례식을 '중요한 행사'라고 부른다. 아빠가 바라는 장례식에 대해서도 우리는 종종 의논한다.

조애나의 아빠를 땅에 묻고 우리는 그녀의 집으로 돌아왔다. 추모객들이 돌아간 후, 우리는 장례식을 되돌아봤다. 조애나가 말했다. "아빠는 오늘 아주 좋아하셨을 거야. 아빠는 아빠 뒤를 따라 사람들이 교회로 가는 것을 정말로 좋아하셨을 거야. 우리가 아빠를 제대로 대접해드린 것 같아."

여러 해 동안, 아프기 전부터 엄마는 내게, 그리고 엄마 자신에게 질문을 해 왔다. 매장인가, 화장인가? 그럴 때마다 나는 그저 엄마를 한 번 쳐다보았을 뿐 별다른 얘기를 하지 않았다.

최근에 엄마의 장례식에 대해 이야기를 먼저 꺼낸 사람은 바로 나였다. 엄마가 아프고 난 뒤부터 엄마가 마지막 가는 길은 엄마가 원하는 대로 해 드리고 싶었기 때문이었다.

많은 내 친구들처럼 당신도 이런 대화를 상상할 수 없는 일이라고 말할지 모른다. 사실 소름 끼치는 일이다. 그리고 어느 누구도 정말로 하고 싶지 않은 대화다. 엄마와는 절대로 나누고 싶지 않은 이야기라는 것도 이해한다. 이런 대화는 쉽지 않다. 그렇지만 이런 대화는 불가피한 것이며, 엄마와 내게 마음의 준비를 할 시간을 주는 일이라고 생각한다.

가장 최근에 나는 엄마와 골웨이에 있는 엄마 집 근처의 산책로를 걷다가 엄마 장례식에 관해 이야기를 나눴다. 나는 엄마의 팔짱을 끼고 이러쿵저러쿵 이야기를 하고 있었다. 나는 어떻게 시작해야 할지 정확히 몰랐지만 엄마에게 물었다. "엄마, 화장을 하고 싶은지, 매장을 하고 싶은지 결정했어요?"

엄마가 대답했다. "실은 결정했어. 나는 화장을 하고 싶어. 그리고 재는 내 뒷마당에 뿌리고, 나머지는 마오이니스 바다에 뿌려 줘."

나는 엄마의 분명한 대답에 깜짝 놀랐다. 나는 말했다. "그렇게 할게요. 그런데 엄마 재를 뿌리기 전에 잠시 내 거실 벽난로 장식 위에 올려놔도 괜찮아요?"

"그럼, 되고말고. 네 벽난로 장식 위에 있고 싶구나." 엄마가 대답했다. 진심이었다. 나는 될 수 있는 대로 오랫동안 엄마 재를 내 벽난로 장식 위에 두고 싶다.

우리는 더 상세한 부분까지도 이야기를 나눴다. 엄마가 거실에서 나를 불렀을 때 나는 부엌에서 새우 껍데기를 까고 있었다. 나는 무슨 얘기냐고 물어볼 필요조차 없었다. "퀸(Queen)." 엄마가 말했다. "퀸이 뭐요?" 내가 물었다. "아니, 퀸의 프레디 머큐리가 부른 「우리는 승리자예요(We Are the Champions)」말이야. 나는 장례식에 그 노래가 나왔으면 좋겠어."

마지막 가는 길에 엄마가 바라는 것이 무엇인지 미리 알게 되었다는 사실은 내게 큰 위안이 되었다. 편안한 대화는 아니지만 분명 위로가 되었다.

어느 날 내가 엄마와 해 질 녘 정원에서 진토닉을 마시고 있을 때 엄마는 카를 오르프(Carl Orff)가 작곡한 「카르미나 부라나(Carmina Burana)」도 연주되면 좋겠다고 말했다. 바로 그 순간 곡조가 기억나지 않았다. "내가 청소기로 청소하면서 항상 틀어 놓았던 곡 있잖아?" 나는 기억이 났다. 엄마는 우리를 깨우려고 할 때 청소기 흡입구를 굽도리널(방 안 벽의 밑부분에 대는 좁은 널빤지—옮긴이)에 대고 그 곡에 박자를 맞추고는 했었다. 나는 엄마가 늦지 않게 내게 좀 더 자세한 것들을 알려 줄 거라고 확신한다. 그리고 나는 엄마의 바람을 이행하면서 엄마의 인생을 축하하는 큰 파티도 열어서 더욱 행복할 것이다.

✉ 헌신적인 딸이 엄마에게 쓰는 편지

엄마께

이번 주말에 엄마를 찾아갔을 때 우리는 오랫동안 엄마가 아프지 않았다면 무엇을 하고 있었을까에 대해서 이야기를 했어요. 이제 더 이상 할 수는 없는 일이 되었지만, 우리는 하루 종일 그 일들을 상상하며 수다를 떨었어요.

우리는 아마 공예 마을에 가서 반짝이는 보석에서부터 스테인드글라스로 만든 램프까지 파는 가게에 들어갔을 거예요. 우리는 둘 다 유리 공예 제품을 좋아하니까요. 그런 다음에 우리는 바닷가로 걸어 내려가 수영을 했을 거예요. 그리고 나서 우리는 해마다 이맘때쯤이면 큰 할인 행사를 하는 아름다운 옷가게에 들렀을 거예요. 우리는 아마 시내에 있는 서점에 갔다가 돌아오는 길에 카페에서 커피를 마시면서 세상이 흘러가는 모습을 지켜봤을 거예요.

그러나 생각일 뿐이에요. 우리는 엄마의 아름다운 집에 있어요. 엄마는 하루의 대부분 잠을 자요. 그렇지만 우리 둘 다 상실감을 느끼지는 않아요. 우리가 어디에서 무엇을 하느냐는 중요하지 않아요. 엄마와 내가 함께한다는 사실이 중요할 뿐이에요. 우리는 함께 있으면 편안하고 행복하니까요. 엄마, 우리는 참 멋진 모녀지간이에요. 오스트레일리아에서 배낭여행을 하던 시절부터 골웨이 정원에 앉아서 진토닉을 마시고 있는 지금까지 우리는 언제나 함께 있으면 편안했어요. 저는, 그리고 엄마는 믿을 수 없을 정도로 운이 좋은 사람들이에요. 메리 트로이 여사님, 당신은 제가 늘 곁에 있고 싶은 여성이고, 또한 제 엄마예요.

엄마, 무한히 저를 믿어 주고 끊임없이 저를 격려해 주며 있는 그대
로의 제 모습을 인정해 주셔서 감사해요.

많은 사랑을 담아서

나타샤 올림.

8장

마지막
저녁

우리는 꽁꽁 얼 정도로 춥고 비 내리는 1월 밤에 모임을 시작해 훈훈한 6월 저녁에 모임을 끝냈다. 상당히 많은 일들이 그 사이에 있었고 나(나타샤)는 집 안을 둘러보며 회원들에게 있었던 일에 대해 생각했다. 캐시의 언니가 죽었고 매브는 임신 중이며 그레이스는 결혼을 했고 소피의 엄마는 병원에 입원했다가 다시 퇴원했다. 로이진과 나는 우리 클럽의 녹음 기록을 타이핑하던 '그녀'가 '좋은 딸 되기 클럽'에 가입하기 위해 결국 키보드에서 물러난 일은 아주 재미있고도 멋진 일이라고 생각했다. 지금 데비는 애나와의 대화에 열중하고 있다. 생각해 보면 데비는 아주 공정하지까지는 않더라도 완전히 독립적인 관찰자였다.

　우리는 모임을 통해 유대 관계를 맺어 왔다. 나는 마지막으로 식탁을 둘러보며 평생 지니고 있었던 엄마에 대한 마음의 짐, 그 속마음을 털어놓던 딸들을 떠올려 보았다.

우리는 더 이상 서로 낯설지 않다. 우리는 친구 사이일까? 우리는 독특하게 서로 교제를 나누는 사이다. 우리는 가장 친한 친구보다 이 사람들에 대해서 더 많이 안다. 그럼에도 불구하고 모임 너머에 있는 그들의 실제 삶은 여전히 베일에 싸여 있다. 6개월 전 첫 모임 때보다 분위기는 훨씬 더 가벼워졌다.

입 밖에 내지 않았던 비밀들을 서로 나누었다. 두려움을 표현했다. 말로 할 수 없는 것들을 쏟아 냈는데 어떤 경우에는 난생처음으로 털 어놓는 이야기도 있었다. 우리는 늘 그랬듯이 돌아가며 이야기를 나누 었다. 우리는 '좋은 딸 되기 클럽'이 우리 엄마들과의 관계에 어떤 영 향을 주었는지 이야기했다.

매브가 자신의 아름답게 부풀어 오른 배를 어루만지고 있었다. 그 안에서 자라고 있는 생명이 '좋은 딸 되기 클럽' 나이와 거의 똑같다고 생각하니 참 재미있었다. 그때 애나가 문을 열고 들어왔다. 애나는 아 침에 런던에서 비행기를 타고 도착했다. 애나는 이전 모임 대부분은 스 카이프로 참여했었다. 화면과 목소리가 서로 맞지 않고 따로 움직이는 경우가 많았다. 화면 속에 보이는 애나 뒤에 있는 책꽂이를 바라보며 애나는 어떤 책을 읽을까 궁금해했던 기억이 난다.

캐시가 와서 식탁에 앉자 더 많은 웃음소리와 접시와 잔이 부딪히 는 소리가 났다. 캐시는 아직도 언니의 죽음을 슬퍼하고 있었지만 그 어느 때보다 엄마와 더 가까워진 것 같다고 말했다. "이 모임이 아니었 다면 불가능했을 일이지요. 전에는 절대로 보이지 않던 것들이 보이기 시작했어요."

"이 모임에 참여하지 않았다면 나는 그냥 내 책임을 무시하고 회피하려고 했을지도 모른다는 생각이 들어요." 애나가 말했다. 매브는 또 다른 점을 짚었다. "나는 엄마와의 문제가 중요하다는 사실을 몰랐어요. 이 모임이 아니었다면 나는 늘 해왔던 대로 받아들이기만 했을 거예요. 아마 그래도 괜찮았을 거예요. 그렇지만 지금처럼 긍정적인 변화도 없었을 거예요."

"매브, 아직도 소파 뒤로 숨어요?" 누군가 물었다.

"어색한 순간에는요." 매브가 대답했다. "엄마는 좋은 뜻으로 왔지만 때때로 나는 엄마를 보며 생각하죠. '엄마가 또 왔어!' 나는 엄마가 필요로 하는 것을 늘 드릴 수는 없어요. 나는 정말로 바쁘거든요." 그녀는 엄마도 전과는 약간 달라졌다고 말했다. "엄마와 더 많은 시간을 보냈어요. 산책도 하고 점심도 먹고요. 그러다가 나는 문득 엄마의 방문이 약간 뜸해졌다는 사실을 깨달았어요. 나는 엄마와 있으면 전보다 편안해진 느낌이에요. 아마 임신 호르몬 때문인가 봐요. 누가 알겠어요?"

소피는 아무 결론도 내리지 못했을까? "나는 엄마를 있는 그대로 받아들여야만 해요. 부정적인 뜻으로 하는 말은 아니에요. 나는 우리 관계가 대부분의 엄마와 딸의 관계와는 매우 다르지만 내가 생각했던 것보다는 더 강하다는 것을 깨달았어요. 그리고 '좋은 딸 되기 클럽'의 모든 과정을 통해 엄마와의 관계가 인생에서 가장 귀중한 것 중 하나라는 사실에 대해 생각하게 됐어요. 왜 좀 더 시간을 가지고 엄마와의 관계에 대해 생각하고 마음을 내보지 않았을까 하는 생각이 들어요."

이제 릴리의 차례였다. '좋은 딸 되기 클럽'이 릴리에게 도움이 되었을까? "그럼요. 도움이 아주 많이 됐어요." 릴리가 미소를 지으며 대답했다. "함께 이야기를 나눌 수 있다는 사실이 좋았어요. 처한 상황은 서로 달랐지만 크게 소리 내어 말할 수 있었다는 것만으로도 도움이 됐어요. 내가 누군가에게 평가받고 있지 않다는 점도 굉장히 좋았어요. 나는 평생 동안 엄마에게 평가를 받고 거부당한다고 느꼈어요. 엄마에 관한 한 내 상황은 평범하지 않아요. 그렇지만 '좋은 딸 되기 클럽'은 그래도 내가 평범하다고 느끼는 데 도움을 줬어요."

릴리는 자신이 매우 특별한 경우라고 생각했다. "그렇지만 나는 클럽에 참여한 것에 아무런 후회가 없어요. 공통의 목적으로 가지고 만나는 여느 다른 모임과 크게 다르지 않았어요. 북클럽과 아주 비슷하죠. 크게 다르지 않아요. 내가 가입한 북클럽 회원 중에는 절대로 책을 읽지 않는 사람이 있어요. 그녀의 목적은 '책'이 아니라 '사람'과의 교제죠. 어떤 날은 북클럽을 통해 어느 누구보다 더 많은 것을 얻어요. 때로는 인생 최고의 책을 만나기도 하고, 어떤 날은 책에 대한 이야기를 빨리 끝냈으면 하고 조바심을 내죠. 그렇지만 이 클럽처럼 모든 모임에는 회원들 사이에 약속이 있어요. 이야기를 하고 소통하며 반론을 제기하는 거예요. 강요하지 않고 지원해 주는 거죠."

릴리는 늘 그래 왔듯이 자신의 이야기가 해피엔딩이 되지 못한 것에 대해 사과했다. 우리는 이 모임의 목적이 사람을 교정하는 것이 아님을 분명히 함으로써 릴리를 안심시켰다. 매브가 말했다 "당신 인생을 당신이 이끌고 나가야 해요. 모든 것을 받아들여야만 해요. 우리가 할 수 있는 일은 그게 다니까요."

"그렇지만 나는 여러분 모두 아주 운이 좋다는 것을 알았으면 좋겠어요." 릴리가 말했다. "거기서 나는 빼 줘요." 애나가 강한 어조로 말했다. "음, 좋아요. 그렇게 하죠. 그렇지만 여러분은 소피하고 나보다는 확실히 더 운이 좋아요." 릴리의 말이 이어졌다. "나는 여러분에게 거침없이 나의 진심을 말해 왔어요. 처음부터 그런 용기가 있었던 건 아니에요. 그리고 나는 여러분이 부러워요. 나는 여러분이 여러분의 엄마와 관계를 개선할 기회를 가졌다는 것에 질투가 나요. 여러분은 기회라도 있으니까요. 내가 얻은 성과가 있다면 엄마를 좋아하지 않는 것에 대해서 죄책감을 느끼지 않아도 된다는 것뿐이에요. 그렇다고 해서 나는 나와 엄마를 괴물이라고 생각하지는 않아요. 나는 슬프지만 이제는 받아들이는 감정에 더 가까워요. 용서했냐고요? 그건 모르겠어요."

애나는 궁금해했다. "엄마를 용서할 필요가 있나요? 꼭 필요한 일일까요? 나는 엄마에 대해서 양면적인 감정을 느껴요. 나는 그 양면성을 포용하게 되었고 그것에 대해 나쁘다고 생각하지 않아요." 애나의 말이 이어졌다. "엄마를 빼고도 내 카드 패는 최고는 아니었어요. 엄마카드 패는 나보다 더 나빴고요. 다만 그랬을 뿐이죠. 용서하고 말고 할게 없는 거죠. 요점은 용서는 필수적이 아니라고 생각한다는 거예요."

릴리는 식탁 위에 있는 보이지 않는 부스러기를 쓸어 내며 냅킨을 바로 놨다. "애나, 당신 말이 맞아요. 나는 어쩌면 인정이 용서보다 더중요할지도 모른다고 생각해요. 엄마는 엄마예요. 좋거나, 나쁘거나, 무심하거나. 되돌아갈 곳은 없어요. 그렇지만 나는 정말로 엄마한테 그렇게 화가 많이 나지는 않아요. 나는 차분해졌어요. 상담이 그런 면에도움을 줬지만…… 용서는 아직도 힘든 문제예요."

그레이스는 릴리의 말이 무슨 뜻인지 안다고 말했다. 그레이스는 릴리가 무슨 말을 하는지, 그리고 이제는 엄마가 자신이 알던 모습이 아니고, 더 이상 이 세상에 속해 있지 않다고 해도 자신은 운이 좋은 사람임을 안다고 말했다. 그레이스가 말을 이어 갔다. "우리는 편견 없이 서로의 이야기에 귀를 기울이고 서로 인정하며 지지를 주고받았어요. 나는 그 사실이 매우 놀라워요. 엄마와 딸의 관계는 인생에서 아주 큰 부분이라고 생각해요. 특히 여성의 인생에서요. 엄마와의 관계가 여러분의 인생에서 가장 중요한 관계 가운데 하나라면 여러분은 아주 운이 좋은 거예요. 그러나 우리는 그 관계를 자세히 살피지 않고 당연하게 받아들여요. 나는 딸들이 자신의 엄마에 대해 많은 죄책감을 가지고 있다고 생각해요. 책임감을 느끼죠. 우리는 엄마의 가장 친한 친구여야만 해요. 우리는 엄마를 위해 곁에 있는 사람이어야만 해요. 일반적으로 아들들은 이런 문제로부터 상대적으로 자유롭죠."

"내 말과 행동에 대해 훨씬 더 많이 생각해 보게 됐어요." 데비가 말했다. "내가 결국에는 상황을 해결하고 아빠가 아팠을 때처럼 다시 엄마와 내가 서로를 위해 곁에 있어 줄 수 있을 거라는 희망을 갖게 됐어요. 그렇지만 어떤 면에서는 슬프기도 해요. 어떤 회원의 이야기를 듣고 나도 엄마와의 관계가 저랬다면 얼마나 좋을까 하고 생각했어요."

"우리가 운이 좋다는 건 우리도 알아요." 로이진이 말했다. "전에는 그 사실을 몰랐고 지금은 알죠."

이야기의 주제는 엄마에서 일과 가족, 그리고 매브의 아기 이름으로 바뀌었다. 그날 저녁, 우리는 서로 작별의 입맞춤과 포옹을 나눴다. 내 집이 아닌 다른 장소에서 엄마가 아닌 다른 주제로 이야기를 나누며 와인을 마시자는 약속을 했다. 그리고 끝이 났다. 문이 닫혔다. '좋은 딸 되기 클럽'이 열리던 밤들은 내게는 가장 즐거운 저녁시간이었으며 나와 로이진에게 뭔가 놀라움으로 다가왔던 시간들이었다. 우리가 지난 1월 밤에 표시했던 '엄마과제' 목록 중 어떤 것은 실행이 어려울지도 모르지만, 우리의 만남이 서로에게 엄마와의 관계를 돌아보고 개선 방법을 찾게 만드는 계기가 되었다는 점은 분명하다.

내가 이 모임을 통해서 깨달은 것은 무엇인가? 그것은 엄마와 딸의 관계는 내가 생각했던 것 이상으로 복잡하다는 것이다. 내가 확인한 것은 무엇인가? 엄마들은 매우 부당한 대우를 받고 있다는 것이다. 마지막으로 내가 믿게 된 사실은 무엇인가? 그것은 엄마의 역할은 세상에서 가장 힘든 일이라는 것이다.

우리의 인생에는 성공도 있고 실패도 있다. '좋은 딸 되기 클럽' 역시 마찬가지였다. 우리는 최선을 다해 노력했고 성공과 실패가 있었다.

나는 글을 쓰면서 새로운 딸들을 기다리고 있다. 제 2기 '딸들'을 기다리고 있다. 나는 '딸들'이 둘러앉아 엄마에 대해서 이야기하는 모습을 상상한다. 내 바람은 더 많은 이해심과 통찰력, 목표를 가지고 함께 이야기를 나누는 것이다. 지혜와 경험을 나누고 주변의 다른 '딸들'과 이야기를 나누길 원한다. 나는 딸들이 울고 웃으며 사랑하고 엄마를 예전 모습 그대로, 그리고 지금 모습 그대로, 여성으로서 인정해 주기를 진심으로 바란다. 사랑할 수 없다면 엄마를 용서하기 바란다.

나는 얼마 남지 않은 엄마와의 시간을 생각한다. 시간이 한정되어 있음을 안다. 나는 이제 그 사실을 받아들인다. 나는 지난 몇 달 동안 엄마의 전화를 얼렁뚱땅 받아넘겼다. "지금은 엄마랑 이야기할 수 없어요. 글을 쓰고 있다고요.", "나는 지금 엄마하고 이야기할 수 없어요. '좋은 딸 되기 클럽' 모임이 있어요." 상상해 보라. 내가 다른 엄마들과 다른 딸들에 대해 생각하느라 너무 바빠서 정작 내 엄마와 이야기할 수 없다니. 그만하면 됐다. 나는 제1기 '좋은 딸 되기 클럽' 문을 닫고 제2기 회원들이 함께 모이기를 기다리면서 어떤 슬픔을 느낀다. 나는 지금 엄마에게 전화를 걸고 싶다. 지금 내가 하고 싶은 단 한 가지는 그것뿐이다.

엄마들이 딸들에게 주는 글

로이진의 엄마, 앤 잉글

올해 아이들이 내 일흔 살 생일 선물로 이탈리아로 여행을 보내 줬다. 내가 친구들과 가족들에게 이 기쁜 소식을 전하자 모두들 한결같이 주문을 외우듯 대답했다. "그럴 만한 자격이 있어." '그래도 딸 그래도 엄마'를 읽기 전까지만 해도 나는 그들의 말에 동의할 수 있었다.

내가 그럴 만한 자격이 있을까? 그럼, 당연하지. 나이 마흔에 남편을 저세상으로 먼저 보내고 홀로 여덟이나 되는 아이들을 키우지 않았는가? 내가 키우고 먹이고 입혔고 내가 할 수 있는 한 최선을 다해 숙제를 봐주고 아이들 재능을 키우지 않았던가?

그렇지만 내가 최선을 다했을까?

나는 자식들 중 한 아이가 더블린을 떠나 글래스고로 새로운 생활을 하러 갈 때 문간에서 작별 인사를 하던 기억이 났다. 그저 한 번 안아 주고 나서 잘 가라는 말만 하고는 그 아이를 떠나보냈었다. 그 아이는 내가 집 안으로 들어와 울었다는 사실을 몰랐고 나는 그 아이가 버림을 받았다고 느꼈다는 사실을 몰랐다.

나는 발을 다친 아이를 자전거에 태워 병원으로 보냈던 일이 기억난다. "너는 괜찮을 거야. 그냥 천천히 타고 가면 돼."

그리고 아이 이름을 '시프리어 소카 토마자크 아인젤'이라고 짓지 않았다고 억지를 부려서 가정 분만을 한 지 이틀밖에 안 된 딸애를 울렸다. 산파가 그날 출생 신고를 해야 해서 나는 딸아이한테 그렇게 말할 수밖에 없었고 내가 그 이름이 가장 좋다고 생각한 까닭도 있었다. 그렇지만 딸아이가 눈물을 흘리며 분해하던 모습은……지금 생각해도 끔찍하다.

딸이 남편과 동시에 직장을 잃고 집으로 왔을 때 나는 딸 부부에게 치킨파이를 만들어 줬지만 어떤 연민도 보이지 않았고 조언이나 위로도 하지 않았다.

나는 막내가 받을 상처에 대해서는 생각지도 않고 집을 팔았었는데 어쩌면 그 때문에 막내가 떠돌게 됐을지도 모른다.

나는 내가 여러 해에 걸쳐 했던 나쁜 결정에 대해 더 많은 이야기를 할 수도 있다. 나쁜 결정은 재앙이 될 수도 있었다. 나는 이 책에 등장하는 다른 딸들과 그들의 엄마들처럼 보통 사람이다. 그렇지만 나는 언제나 최선을 다하려고 노력했고, 그래서 나 자신을 용서해야만 하며, 자식들이 그 보답으로 나를 용서해 주기를 바란다.

나는 이 책에 실린 엄마와 딸의 이야기를 읽으며 무척 흥미롭고 보람 있는 경험을 했다. 그렇지만 우리가 엄마에게는 탁월함의 본보기를, 딸에게는 순응과 다정함을 기대한다는 사실에 나는 슬펐다.

아무 생각도 하지 않고 자기 엄마를 버린 딸들이 있다. 그들은 온갖 수단으로 자신의 행동을 정당화한다. 나는 심지어 '가장 중요한 엄마의 장례식'에 참석하지도 않았다. 나는 스물한 살에 엄마를 떠났고 그 후 나와 엄마의 관계는 잠깐 집에 들르거나 짧은 전화 통화, 그리고 고작 몇 통의 편지로 겨우 유지되었다. 나는 엄마를 많이 그리워하지는 않았다. 그리고 엄마의 기분에 대해서는 생각해 본 적이 한 번도 없었다. 그때 내가 '좋은 딸 되기 클럽'과 같은 모임의 도움을 받았다면 얼마나 좋았을까 하는 바람을 가져 보지만 이미 너무 늦어 버렸다.

이 책 속의 딸들은 용감하다. 그들은 로이진과 나타샤에게 이메일을 보내 자신들이 어떤 상황에 처했든지 간에 엄마와 더 좋은 관계를 맺고 싶다는 바람을 전했다.

나는 딸이 넷이다. 딸들은 자신들만의 독특한 특성을 가진 개인이기 때문에 나는 딸 한 명, 한 명에게는 서로 다른 엄마다.

큰딸은 내가 아니라 닥터 스폭(Dr Spock: 육아법으로 유명한 미국의 소아과 의사이자 교육자—옮긴이)이 키웠다. 당시 나는 닥터 스폭의 신봉자였다. 맏이가 자라면서 귀가 따갑도록 나에게 들은 이야기는 '너는 무엇이든 나처럼 잘할 수 있다.'였다. 누가 더 맛있는 마멀레이드를 만들었는가는 아직도 논쟁거리지만 나와 맏아이는 서로 동등한 조건에서 좋은 관계를 맺었다. 학업 면에서, 그리고 많은 다른 면에서 맏아이는 나를 능가했다. 나는 맏아이가 내가 완벽하지 않다는 사실을 처음으로 알았을 때를 아직도 선명하게 기억한다. 학교 선생님이 무슨 이유에서인지 'disremember(잊다)'라는 단어를 사용했다. "그런 단어는 없어." 나는 맏딸에게 단호히 말했으나 그 단어가 있다는 사실이 밝혀졌다.

그 단어는 미국 사람들이 만들어 낸 신조어였다. 내 말이 전적으로 틀린 것은 아니었지만, 분명히 허용되는 말이었다. 그때부터 내 신뢰도는 내리막길을 걸었고, 나는 더 이상 '모든 것을 아는 엄마'가 아니었다.

자식들 가운데 독립적인 딸이 하나 있었다. 나의 목표대로 자식들 모두 독립적이었지만, 그 아이는 독보적이었다. 그 아이는 실제로 어떤 일에도 내가 그렇게 많이 필요하지 않았고 내가 없어도 괜찮았다. 나는 그 아이가 나를 사랑한다는 사실을 의심치 않는다. 말보다 행동이 중요하다는 말도 있듯이 그 아이는 나에게 귀걸이를 사 주고 내가 외국에서 휴가를 보낼 수 있도록 기회를 만들어 준다.

그리고 또 다른 딸 로이진이 있는데 로이진과 나의 관계는 이미 로이진이 말한 그대로다. 여러분에게 모든 것을 이야기했을 것이다. 그렇지 않은가? 하기는 로이진이 모든 것을 다 이야기하지는 않았다. 로이진은 업무상 생기는 특별한 행사에 항상 나를 데리고 가는데 그곳에서 나는 특권을 가진 듯한 느낌을 받는다. 우리는 상당히 많이 싸운다. 때로는 격론을 벌이기도 하지만 재빨리 화해를 한다. 로이진은 내가 자신을 차별 대우한다고 생각하고 이런 말을 하기도 한다. "다른 형제들 같았으면 엄마는 그렇게 말하지 않았을 거예요." 어쩌면 로이진 말이 맞는지도 모른다. 최근에 로이진네 가족들과 며칠 동안 여행을 다녀왔는데 그 후에 로이진이 내게 문자를 보냈다. "엄마와 같이 있으면 모든 일이 더 잘 풀려요." 어제는 내가 눈에 주사를 맞고 나서 괜찮은지 안부를 묻는 전화가 왔다. 로이진이 어떻게 그걸 기억했지? 나는 이 책이 우리 둘 모두에게 도움을 주고 있다고 생각한다.

나는 내 막내딸 케이티와 사위 킬리언과 함께 살고 있는데 다른 사람들은 어떻게 볼지 몰라도 나는 이 생활에 아주 만족한다. 사람들이 케이티를 엄마 겸 딱지라고 부를지도 모르겠다. 나는 절대로 그렇게 생각하지 않는다. 내가 항상 곁에 있기를 바라는 케이티를 나는 좋아한다.

나는 딸이 넷(그리고 멋진 아들도 넷) 있으며 네 딸들 모두에게 큰 만족을 느낀다. 내가 더 바랄 것이 있을까?

죽음과 장례식 준비에 대해 엄마와 의논한다는 나타샤의 아이디어는 나에게도 적용된다. 장례식은 살아 있는 사람들을 위한 것이다. 나는 매장보다는 화장을 했으면 하고, 비싸지 않은 관을 사용했으면 좋겠다는 등 내 장례 절차에 대한 뚜렷한 소신을 가지고 있다. 하지만 내 자식들의 생각도 중요하다. 미리 상의하는 것은 중요하고도 바람직한 일이 될 것이다.

나는 내 딸들에게 아무것도 기대하지 않는다고 말해 왔다. 질풍노도와 같았던 십대 시절에 "누가 저를 낳아 달라고 했어요?"라고 나를 원망하던 딸들이다. 내가 뭘 기대하겠는가? 그렇지만 귀찮을 정도로 계속 묻는다면 몇 가지는 꼽을 수 있다. 딸들이 모든 잘못과 약점을 가진 내 모습 그대로 인정해 주면 좋겠다. 때때로 딸들이 나를 놀리는데 사실 내가 그 점을 그렇게 많이 신경 쓰지는 않는다.

그 밖에 바랄 것이 또 뭐가 있을까? 딸들이 나와 내 견해를 존중해 주기를 바란다. 자식들의 의견과 내 의견이 일치하는 않을 경우 내 의견에 따르지 않더라도 나는 내 의견을 물어봐 주는 것을 무척 좋아한다. 또한 내가 말을 마칠 때까지 기다려 주길 바란다. 그렇지 않으면 내가 막 하려고 했던, 내가 생각해도 경이로운 말들을 잊어버리기 때문이다.

나는 딸들과 한 명씩 만나는 것을 좋아하지만 손주들과 딸들의 바쁜 일상 때문에 그럴 기회가 그렇게 많이 생기지는 않는다. 최근에 한 딸과 나는 더블린에 있는 스목 앨리 극장(Smock Alley Theatre)에서 하루 종일 함께 시간을 보내며 계속 이야기를 나눴다. 우리가 언급된 주제에 대해 이야기를 할 수 있었고 딸아이가 내게 자신의 동료를 소개해 주었기 때문에 내게 매우 특별한 날이었다. 로이진은 이미 레스토랑에서 나와 단둘이 식사를 하면서 나를 인터뷰했던 날에 대해 언급했다. 우리는 엄마와 딸 사이라기보다는 함께 시시덕거리는 친구 사이에 가깝다.

나는 딸아이들과 함께 웃는 것을 좋아한다. 한번은 딸아이와 마드리드에 있는 박물관을 구경 간 적이 있다. 큐레이터가 시종일관 웃는 표정으로 어떤 그림에 대해 설명하고 있었고, 우리는 스페인 어를 한마디도 못 알아들었지만 큐레이터의 표정을 보고 재미있는 이야기를 하고 있다는 확신이 들었다. 그래서 우리는 그냥 따라 웃었고, 그런 서로의 모습에 웃음이 터졌다. 우리는 그날 너무 많이 웃어서 그날을 떠올리기만 하면 지금도 눈에 눈물이 고인다. 내 잠옷 때문에 너무 웃어서 옆구리가 아픈 나머지 『페파 피그(Peppa Pig: 유치원 또래 아이들을 대상으로 한 동화 시리즈. 텔레비전에서 방영되기도 했음—옮긴이)』에 나오는 등장인물들처럼 바닥에 누워 있어야만 했다는 이야기는 로이진이 이미 책에서 언급했다.

나 자신도 미처 깨닫지 못하고 있던 필요한 물건들을 딸아이들이 선물해 주면 정말 기분이 좋다. 어느 날 매우 빠듯하게 사는 딸아이가 깜짝 선물로 텔레비전을 들고 와 내 침실에 설치해 줬다.

나는 딸들의 사랑과 이해가 고맙다. 그리고 나는 절대로 딸들에게 짐이 되지 않기를 간절히 바란다. 내가 짐이 된다 해도 딸들은 전혀 내색을 하지 않을 것이다. 딸들은 대단한 연기력의 소유자들이고, 나는 연기에 속아 넘어가고 말 것이다.

나는 몇 년 전에 돈 미겔 루이스(Don Miguel Ruiz)가 쓴 『네 가지 약속(The Four Agreements)』을 우연히 읽었다. 딸들에게도 읽어 보라고 한 권씩 선물한 책이다. 그리고 우리는 종종 그 책에 나오는 한 대목을 인용하며 서로에게 다짐한다. 네 가지 약속 가운데 하나는 이렇다.

"언제나 최선을 다하라. 당신의 최선은 시시각각 변할 것이다. 어떤 상황에서도 그저 최선을 다하면 자기비판과 자학, 그리고 후회를 모면할 수 있을 것이다."

살다 보면 우리에게 요구되는 힘과 인내, 이해를 발휘할 수 없을 때가 있다. 우리는 그저 사람일 뿐이다. 우리가 할 수 있는 것은 오로지 최선을 다하는 것뿐이며 더 배울수록 더 좋은 딸과 엄마가 될 것이다. 때때로 우리의 최선은 충분하지 않을 수도 있고 또 어떤 때에는 과할 수도 있다. 나는 내 딸들의 사랑과 우정에 고마움을 느낀다. 딸들은 언제나 내게 충분할 만큼 최선을 다했고 앞으로도 그럴 것이다.

나타샤의 엄마, 메리 트로이

나타샤가 내게 '엄마로서의 삶'에 대해 글을 써 달라고 부탁했을 때 나는 그 단어가 나에게 편안하게 다가오지 않는다는 느낌을 받았다. 나타샤와는 달리 '딸로서의 삶'이라는 단어 역시 내게 익숙한 것은 아니었다. '엄마로서의 삶'이라는 단어는 나와 내 친구들, 그리고 우리 엄마 세대와는 거리가 멀다. 그렇다. 우리는 우리 아이들에 관해서만 말해 왔지 엄마로서의 우리 자신에 대해서는 거의 말한 적이 없었다. 내가 엄마로서의 삶을 이야기했을 때조차 초점은 언제나 자식에게 맞춰져 있었다.

내가 아이들 말을 더 귀담아들었더라면, 내가 아이들을 위해 더 곁에 있어 줬더라면, 내가 더 칭찬을 많이 해 줬더라면 등등 '어떻게 하면 좋았을 텐데'라는 구절이 자주 쓰였다. '어떻게 하면 좋았을 텐데'의 목록은 저마다 다를지 모르지만 우리 모두 동의하는 한 가지는 엄마가 된다는 것은 평생 지속되는 현재 진행형 도전 과제라는 점이다. 이 책을 읽으면서, 딸들은 엄마를 사랑하지만 그 사랑을 보여주지 못하고, 때로는 엄마가 자신들을 사랑하는지 확신하지 못한다는 사실이 가슴 아팠다. 그리고 나와 엄마도 똑같은 일을 겪었다.

내가 남편과 사랑에 빠졌던 시절은 피임약을 쉽게 구할 수 없었던 때였다. 어느 날, 나는 남편에게 결혼을 하게 된다면 아기를 가질 수밖에 없을 것이라고 말했던 기억이 난다. 내가 아기에 대해 큰 기대나 소망을 갖고 있지 않다는 사실을 알고는 있었지만, 그는 내 말에 깜짝 놀랐다. 왠지 나는 아기를 가지면 내 인생이 영원히 바뀔 것이라고 생각했다. 그리고 정말 그랬다. 나는 그 당시 학생이었고 대학을 두 군데 다니고 있었다. 그리고 결혼을 두 달 앞두고 내가 임신했다는 사실을 알았다. 그 소식을 듣고 나는 충격과 기쁨이 뒤섞인 감정을 느꼈지만 솔직히 내 학위를 끝내는 일에 더욱 신경이 쓰였다. 졸업 시험은 10월에 끝났고 아기는 11월에 태어날 예정이었다. 나는 6주 동안 내 첫아이가 태어나길 기다리고 있었다. 아직도 더플코트를 입고 흥분과 불안감을 모두 안은 채 버스를 타고 병원에 가던 내 모습이 눈에 선하다. 이틀 동안 진통을 하고 나서 제왕 절개 수술을 통해 나는 아들 오이신을 낳았다. 오이신은 9파운드 10온스(약 4.4킬로그램)였다. 내가 오이신을 품에 안자 오이신은 꿰뚫어 보는 듯한 파란 눈으로 나를 쳐다봤고 내 가슴은 매우 복잡한 감정으로 벅차올랐다. 눈에 눈물이 고일 정도로 가슴속에서 사랑이 벅차올랐고 오이신의 작은 열 손가락이 내 심장을 감싸 쥐고 절대로 놓지 않을 것 같았다.

그러나 여러 달이 지나면서 나는 오이신이 내게 '속하지' 않은 존재라는 느낌을 받기 시작했고, 느낌의 정도는 점점 더 강해졌다. 내 이야기를 들은 친구들은 내게 모성 본능이 없다고 말했다. 나는 여러 달 동안 내게 '좋은' 엄마가 될 능력이 있는가에 대해 고민을 하며 온갖 두려움과 불안감에 시달려야만 했다. 내게는 '엄마로서의 삶'이라는 미지(未知)의 여정으로 나를 이끌어줄 올바른 모정과 모성 본능이 부족했던 것일까? 그때 마가렛 언니가 칼릴 지브란(Kahlil Gibran)의 「예언자(The Prophet)」를 선물로 줬고 나는 거기에서 내 모든 염려와 두려움과 불안에 대한 답을 찾았다.

칼릴 지브란은 '당신의 자녀들'이라는 소제목에서 이렇게 적고 있다. "당신의 자녀는 당신의 자녀가 아니다.…… 그리고 당신의 자녀는 당신과 함께 있지만 당신에게 속해 있지 않다." 그는 우리가 우리 자녀들에게 우리의 사랑을 줄 수 있고 그들에게 우리를 맞추려고 노력할 수는 있지만 절대로 그들을 우리처럼 만들려고 해서는 안 된다고 말한다. 칼릴 지브란은 이어서 우리의 자녀를 화살에 비유하며 그들은 미래에 속해 있기 때문에 어떤 부모도 갈 수 없는 곳으로 날아가게 두어야 한다고 말한다. 그의 말에 따르자면 우리가 할 일은 최고의 궁수가 되는 것이다. 나는 이 책을 읽으면서 모든 죄책감으로부터 벗어났고 엄마로서의 자신감을 회복할 수 있었다.

킬리언, 나타샤, 소카, 그리고 케이트가 태어났을 때도 마찬가지였다. 나는 그들을 기르고 사랑했지만 나의 소유물처럼 대한 적은 단 한 번도 없었다.

나타샤가 태어났을 때 나는 뭔가 잘못됐음을 엄마의 본능으로 알았다. 그리고 내 모성 본능은 정확했다. 나타샤가 이미 언급했듯이 나타샤는 의사 진찰을 여러 차례 받았다. 그리고 나는 눈이 보이지 않고 뇌 손상이 염려되는 아이와 함께 어떻게 살아갈 것인가에 대해 고뇌해야만 했다. 다행히 나타샤는 모든 장애를 이겨 내며 잘 자라 주었다. 나타샤가 일하는 모습을 보면 그 누구도 나타샤가 법적으로 장님이라는 사실을 알아차리지 못한다.

나는 아이들이 십대 시절 수두나 홍역에 걸렸을 때를 생생하게 기억한다. 그때 나는 아이들 걱정에 직장에서 집으로 쏜살같이 달려왔고 아이들이 느끼는 고통이 내 고통인 것처럼 느꼈다. 그리고 아이들이 병에 걸렸을 때마다 나는 아이들과 함께 아파했고 할 수만 있다면 아이들이 겪는 모든 고통을 내가 대신 떠안고 싶었다. 나는 모든 부당함으로부터 내 아이들을 보호하고 싶었다. 때때로 내가 아이들을 위해 죽을 수도 있겠다는 생각이 들기도 했다.

자식들은 저마다 개성이 강했으며 각자의 개성에 따라 자신을 표현했다. 아이들의 십대 시절에 나는 아이들과 목소리를 높이며 언쟁을 벌이기도 했고, 어떤 아이한테는 밖에서 저녁을 먹으라고 아이의 손에 1파운드를 몰래 쥐어 줘야만 했던 적도 있었다. 당시의 나에게는 아이들 모두를 데리고 나가서 외식을 할 만한 여유가 없었기 때문이었다. 나는 아이들이 어떤 길이든 가고 싶어 하면 지원해 주려고 열심히 노력했지만 아이들에 대해 내가 갖고 있는 어떤 기대도 내비치려 하지 않았다.

세월이 흘러 자식들이 각자 선택한 길을 추구하면서 실패와 성공을 겪을 때, 나는 환희와 실망감에 빠졌다. 아이들이 걸어가는 저 마다의 길에는 툭 솟아오른 둔덕도, 돌부리도 있었다. 어떤 아이는 대학에서 낙제했다. 어떤 아이는 중고등학교 졸업 시험에서 수학 재시험을 치러야 했다. 이런 이야기를 다 하자면 끝이 없을 것이다. 슬픈 날들도 있었다. 자식들이 직장 때문에 모두 아일랜드를 떠나 나 혼자 남았을 때, 나는 무척 슬펐다.

우리 집은 내가 친구들을 집에 데리고 와서 놀 수 있는 형편이 아니었다. 나는 내 자식들만큼은 그렇게 기르고 싶지 않았다. 집은 아이들의 친구들로 늘 넘쳐 났다. 나와 엄마의 관계는 긴장 상태였었지만 엄마와 손주들의 관계는 상당히 달랐다. 엄마는 내 아이들에게 애정을 보였고 그들과 이야기를 나눴으며 아이들을 물심양면으로 적극적으로 지원했다. 아이들도 외할머니를 무척 따랐다. 아이들은 엄마 집에 자주 들락거리며 지냈고 외할머니 눈이 나빠지자 책을 읽어 드렸다. 엄마는 손주들의 인생을 풍성하게 해 주었고 아이들에게 사랑으로 기억되었다. 특히 막내딸 케이트는 유난히 내 엄마와 가까웠다.

요즘의 내 근황이 궁금하신 분들이 계실지도 모르겠다. 합병증 때문에 아이들 신세를 많이 져야만 했고 특히 지난 6년 동안 더 그랬다. 한 아이는 내 신상과 관련한 모든 것들을 관리해 주었다. 여러 가지 필요한 것들을 사 오고 내 약을 정리해 주었다(상당히 힘든 일이다.). 한 아이는 정치적·철학적 주제로 이야기를 나누는 말벗이 돼 주었고, 또 다른 아이와는 엄마가 된다는 것은 무엇인지, 그리고 부모로서 자식을 키우는 데 있어서 무엇이 최선인가에 대해 이야기를 나눴다. 나타샤는 이 책에 나를 위해 소카의 집에 욕실 딸린 방을 만들었던 이야기를 적어 놓았다. 그러나 내가 그 일에 얼마나 감동했는지는 쓰지 않았다. 기쁨과 고마움의 눈물이 계속 흘러내렸다. 부모에 대한 의무감 때문이라면 절대 할 수 없는 일이었기 때문이었다. 그것은 사랑으로만 가능한 일이었다. 나는 그 사실이 너무나 고맙고 기뻤다. 나타샤와 소카와 함께 북극에 여행을 갔던 때를 나는 결코 잊지 못할 것이다. 나는 우리가 함께 있을 때 나눴던 웃음과 즐거움을, 특히 정원에서 밥을 먹으며 큰 소리로 웃던 저녁 시간을 아주 소중하게 간직하고 있다. 그때 어찌나 웃음소리가 요란했던지 이웃에서 항의할까 봐 걱정할 정도였다! 우리는 파티를 무척 좋아하는 사람들이다. 축하할 일이 있다는 것보다 더 좋은 핑계는 없다. 생일, 기념일, 성공 등등, 정말로 우리 모두에게 감사할 뭔가가 있으면 무슨 핑계로든 우리는 파티를 열었다.

나는 여행을 무척 좋아했다. 여러 해 동안 나타샤와 함께 많은 곳을 여행할 수 있었으니 나는 아주 운이 좋은 사람이다.

나타샤와 나의 관계는 매우 친밀하다. 많은 면에서 나타샤는 우리 가족에게 바위 같은 존재이며 나의 시금석이었다. 나타샤는 손으로 만져질 듯 에너지가 넘치고 상식이 풍부하다. 나는 페인트 색깔과 요리법에서부터 나의 삶에 대해 중요한 결정에 이르기까지 선택의 시기에는 늘 나타샤와 상의를 했다. 나타샤는 조언만 하고 판단은 내리지 않았다. 최종 결정권은 언제나 나에게 있었다. 나타샤는 그렇게 나의 권리를 존중해 줬다. 나타샤는 나를 위해 휴가를 준비하고 거의 매일 전화를 했다. 그리고 나타샤의 집에 가면 언제든지 환영해 주었다.

나는 매우 축복받은 사람이라고 생각한다. 나는 내 자식들을 조건 없이 사랑한다. 나는 내 자식들이 윤리적이고 근면하며 건실하게 자라는 모습을 지켜봤다. 나는 내 자식들이 전쟁터로 나가거나, 약물 중독자가 되거나 어떤 범죄를 저질러 감옥에 갇히는 모습을 볼 필요가 없었다. 나는 그들이 항상 나를 위해 곁에 있음을 안다. 드디어 나는 내 자식들이 나를 사랑한다는 사실을 받아들일 수 있게 된 것이다.

칼릴 지브란의 구절로 이 글을 마치려 한다.

"사랑은 소유하지도, 누군가의 소유물이 되지도 않을 것이다. 사랑은 사랑 그 자체로 충분하기 때문이다."

덧붙이는 소식

매브는 딸을 낳았고,
릴리는 태어날 아기를
기다리고 있다!

그래도 딸 그래도 엄마

초판1쇄 인쇄 2015년 11월 30일
초판1쇄 발행 2015년 12월 7일

원제 THE DAUGHTERHOOD
지은이 나타샤 페넬, 로이진 잉글
옮긴이 정영수
발행인 도영
편집 남덕현, 김미숙
디자인 씨오디
발행처 솔빛길   등록 2012-000052
주소 서울시 마포구 동교로 142, 5층 (서교동)
전화 02) 909-5517
Fax 02) 6013-9348, 0505) 300-9348
이메일 anemone70@hanmail.net

ISBN 978-89-98120-25-2   03840